ALERTA DE SPOILER

OLIVIA DADE

ALERTA DE SPOILER

Tradução de Ana Rodrigues

Copyright © 2020 by Olivia Dade
Todos os direitos reservados. Nenhuma parte deste livro pode ser utilizada ou reproduzida sob quaisquer meios existentes sem autorização por escrito dos editores.
Esta edição foi publicada mediante acordo com Avon, um selo da HarperCollins Publishers.

TÍTULO ORIGINAL
Spoiler Alert

COPIDESQUE
Thaís Carvas

REVISÃO
Agatha Machado

PROJETO GRÁFICO
Diahann Sturge

ADAPTAÇÃO DE PROJETO GRÁFICO E DIAGRAMAÇÃO
Ilustrarte Design e Produção Editorial

IMAGENS
© FOS_ICON / Shutterstock, Inc. (emoji)

DESIGN DE CAPA
Yeon Kim

ILUSTRAÇÃO DE CAPA
Leni Kauffman

ADAPTAÇÃO DE CAPA
Lázaro Mendes

CIP-BRASIL. CATALOGAÇÃO NA PUBLICAÇÃO
SINDICATO NACIONAL DOS EDITORES DE LIVROS, RJ

D121a

    Dade, Olivia
        Alerta de spoiler / Olivia Dade ; tradução Ana Rodrigues. - 1. ed. - Rio de Janeiro : Intrínseca, 2024.

        Tradução de: Spoiler alert.
        ISBN 978-85-510-0683-2

        1. Romance americano. I. Rodrigues, Ana. II. Título.

23-87594   CDD: 813
                  CDU: 82-31(73)

Gabriela Faray Ferreira Lopes - Bibliotecária - CRB-7/6643

[2024]
Todos os direitos desta edição reservados à
EDITORA INTRÍNSECA LTDA.
Av. das Américas, 500, bloco 12, sala 303
22640-904 — Barra da Tijuca
Rio de Janeiro — RJ
Tel./Fax: (21) 3206-7400
www.intrinseca.com.br

Para todos que, como eu, já duvidaram: pessoas como você podem ser desejadas. Pessoas como você podem ser amadas. Pessoas como você podem ter um final feliz. Eu juro. ❤

1

Entre uma tomada e outra, Marcus se esforçou para não deixar transparecer o óbvio: aquele era um jeito muito idiota de morrer.

Mesmo assim, quando escutou o diretor gritar "ação", deixou escapar um urro gutural e saiu cavalgando em meio ao caos da batalha mais uma vez, entre as nuvens de fumaça sufocantes geradas pelas máquinas, sentindo na boca o sabor metálico da adrenalina. Assim como ele, dublês passavam cavalgando e urrando, enquanto o cavalo de Marcus sacolejava de maneira ritmada entre suas coxas. Um pouco de lama — ou alguma combinação nojenta de lama e bosta de cavalo, a julgar pelo cheiro — respingou em seu rosto. O equipamento adaptado disparava à frente, e a câmera no braço articulado acoplado ao SUV capturava toda a determinação e o desespero dele.

Tudo bem, Marcus não havia amado o roteiro daquela temporada. Mas amava *aquilo*. O aspecto físico da coisa toda. O fato de o generoso orçamento do programa permitir que comprassem aquelas máquinas de fumaça e a Spidercam que filmava a ação do alto, além de viabilizar a contratação dos dublês e as aulas de equitação que o próprio Marcus tinha feito. Aquele dinheiro garantia que hectares e mais hectares de terra na costa da Espanha fossem reservados com o único propósito de filmar o final da série, a batalha culminante, e havia possibilitado que a equipe pudesse ensaiar e gravar por semanas, e semanas, e sofridas e intermináveis *semanas* para conseguir as tomadas perfeitas.

E foram sofridas. Quase todas. Mas como os quase mil profissionais talentosos por trás das câmeras tinham produzido um cenário tão completo e convincente, Marcus nem precisava se esforçar muito para entrar no clima. A atmosfera caótica e turva ao seu redor o ajudava a incorporar o personagem, ainda que a coreografia literal e metafórica de um programa de TV de sucesso e daquela cena em particular ficassem voltando à sua mente, como um cachorro sempre retornando ao dono.

Não houve corte de cena quando Dido — Carah, sua talentosa colega de elenco há mais de sete anos, desde o começo da pré-produção da série — surgiu da névoa no lugar exato onde eles haviam ensaiado, a espada apontada diretamente para Marcus. Os *showrunners* haviam pedido tomadas longas e contínuas sempre que possível para aquela sequência de batalha.

— Estou aqui para me vingar, Eneias, o Traidor! — bradou Dido, a voz rouca e trêmula de raiva. E provavelmente também de uma exaustão real, imaginou Marcus.

Ele se manteve a uma distância segura, parou o cavalo e desmontou. Então, partiu para cima de Carah e derrubou a espada dela em um único movimento ágil, segurando-a pelos ombros logo em seguida.

— E eu estou aqui por *você*, minha amada. — Eneias segurou o rosto dela entre as mãos sujas. — Vim assim que soube que você havia voltado ao reino dos vivos. Nem mesmo o retorno dos mortos de Tártaro conseguiria me deter. Não me importo com mais nada, com mais ninguém. Que o mundo arda em chamas. Quero você, só você, e desafiaria os deuses para tê-la.

Marcus não se prenderia ao fato de que aquela fala contradizia temporadas de desenvolvimento do personagem, isso sem mencionar os livros que haviam inspirado a série. Não naquele momento.

Por um instante, Carah pareceu ceder ao toque dele, apoiando-se em sua mão.

Àquela altura do longo dia de filmagem, ela fedia. Assim como Marcus. E todos ao redor. Para não falar daquele campo coberto de bosta de cavalo. A lama havia se enfiado em lugares do corpo de Marcus que ele preferia nem pensar. No fim, não era um grande desafio mostrar desespero e determinação.

Dido o empurrou para longe.

— Você é um *semideus* — lembrou ela, com um toque de zombaria na voz. — Casado com uma semideusa, e, além de tudo, um adúltero. Você se deitou com a minha irmã, e, ao saber do meu retorno do reino de Hades, ela se deixou cair sobre a própria espada em desgraça por essa traição. Só torço para que a minha irmã também retorne dos mortos hoje e busque a própria vingança.

A vergonha, uma emoção que Marcus trazia à tona com tanta facilidade, o fez abaixar a cabeça.

— Pensei que havia perdido você para sempre. Lavínia pode ser minha esposa no título, mas não é a dona do meu coração. E Anna… — Ele franziu a testa, em um apelo por compreensão, apesar da aparente traição. — Ela não passava de um espelho que refletia uma imagem distorcida de você. Nada mais.

Um pensamento involuntário invadiu a mente de Marcus: *A Tiete Da Lavínia vai ter um ataque quando vir essa cena.*

— Você havia traído mortais, e agora traiu os deuses. Realmente, grande *Eneias, o Piedoso*. — Em um movimento ágil, Dido agachou e recuperou sua espada. — Mas terei a minha vingança primeiro. Todos os outros haverão de esperar para atormentá-lo na vida após a morte.

Ela segurou firme a espada e brandiu-a com destreza. Apesar do punho pesado de bronze, a lâmina era cega, feita de um alumínio leve, para segurança de todos os envolvidos. A dele era igual. Ainda assim, quando os dois começaram a coreografia que, àquela altura, já vinham ensaiando fazia semanas, houve um eco do impacto do metal.

Os movimentos fluíam sem que precisassem pensar muito, fruto de planejamento e de repetições intermináveis. Os profissionais responsáveis pela coordenação da luta haviam planejado cuidadosamente cada movimento para enfatizar que aquela era uma batalha de um lado só: Dido estava tentando atacá-lo, mas ele tentava apenas desarmá-la e evitar feri-la no processo.

Depois de afastá-lo com um movimento súbito e violento, ela disse em um arquejo:

— Nenhum homem vai me derrotar!

Mais cavalos galopavam ao redor. Parcialmente encobertos pela fumaça, fugitivos do submundo mordiam, chutavam e usavam armas descartadas para atacar os inimigos mortais e imortais que tentavam levá-los de volta a Tártaro. A luta de Dido e Eneias acontecia em meio a gemidos, morte e gritos.

Novamente, passos ensaiados na direção de Dido. Um passo da coreografia. Outro. Bloquear os movimentos determinados da espada dela.

— Isso pode ser verdade. — Marcus abriu um sorriso grande, predatório. — Mas como você acabou de lembrar a nós dois... sou mais do que um homem.

Aquilo era uma referência desajeitada à famosa fala tanto do segundo livro de *Deuses dos portões* quanto da segunda temporada da série, quando Dido murmurara nos braços dele que nenhum homem seria capaz de seduzi-la. *Sou mais do que um homem*, ele retrucara na época, e em seguida os dois haviam parado a filmagem para que a dublê de corpo de Carah assumisse o lugar dela pelo restante da cena.

Mais ataques de espada. Em alguns as lâminas se encontravam; na maioria, não. Então, chegou o momento fatal: para se defender da última ofensiva apaixonada de Dido, Eneias a empurra sem querer na direção da espada de ponta de borracha verde de um dos próprios homens dele.

O departamento de efeitos visuais ajustaria a espada e o sangue na edição. O público veria um ferimento fatal onde naquele momento havia apenas seda enlameada.

Lágrimas. Últimas palavras sussurradas.

Eneias se ajoelhou no campo de batalha e Dido morreu em seus braços.

Depois que ela partiu, Eneias deu uma última olhada na batalha que se desenrolava ao seu redor, os olhos úmidos. Viu que as forças do Tártaro estavam perdendo e que seus homens já não precisavam mais dele. Então, pousou delicadamente o corpo de

Dido no chão, ao lado da espada que havia sido um presente precioso que ele ganhara dela no tempo que os dois passaram em Cartago, e saiu caminhando em meio ao caos, permitindo que um dos mortos fugidos do Tártaro o atingisse com um golpe fatal.

— Nos encontraremos novamente nos campos Elíseos, minha amada — murmurou Eneias em seu último suspiro.

Durante todo aquele tempo, Marcus tinha deixado de existir. Havia apenas Eneias, desorientado, desolado, moribundo e esperançoso.

— Corta! — gritou o diretor, e a ordem foi ecoada por outros membros da equipe de filmagem. — Acho que dessa vez conseguimos tudo. Fechamos essa cena!

Enquanto o diretor e o coordenador de produção debatiam alguma coisa, Marcus voltou a si, piscando algumas vezes. Sua cabeça parecia estar flutuando, leve e desanuviada, como acontecia às vezes, quando ele se despia da própria pele e se perdia em um personagem.

Êxtase, de certa forma. A sensação pela qual ele vivera e se esforçara tanto para alcançar dia após dia.

E que não era o bastante. Não mais.

Carah se recuperou mais rápido do que Marcus. Ela se levantou da lama e deixou escapar um suspiro de prazer.

— Graças a Deus, cacete — disse, e estendeu a mão para ele. — Se eu quisesse lama na minha bunda, pagaria por um daqueles tratamentos detox de corpo inteiro e, nesse caso, a porra da lama teria cheiro de chá verde ou lavanda, não de merda de cavalo.

Marcus riu e permitiu que ela o ajudasse a se levantar. A armadura de couro que usava parecia pesar tanto quanto Rumpelstiltskin, o cavalo friesian que o tratador estava levando embora.

— Se serve de consolo, você está com o viço saudável de quem acaba de ser atingida por uma espada.

— Ah, que pena que eles já fizeram todos aqueles closes mais cedo. — Carah cheirou as axilas, franziu o nariz e encolheu os ombros, resignada. — Merda, preciso de um banho *neste segundo*. Pelo menos terminamos por hoje.

Carah normalmente não esperava respostas quando falava. Marcus simplesmente assentiu.

— Só tenho mais uma cena para gravar — continuou ela. — No estúdio, no final da semana. A montagem do meu treinamento com a espada. E você?

Ele avaliou mentalmente as palavras, procurando algum sinal de falsidade.

Mas não encontrou.

— Não tenho mais nada. Essa cena que acabamos de gravar foi a última. Já filmaram a da minha imortalidade antes da Batalha pelos Vivos.

Aquela cena seria a última lembrança de Marcus das filmagens de *Deuses dos Portões*, mas, para os espectadores, a ascensão de Eneias à condição de deus pleno seria o último vislumbre do personagem. Ambrosia, néctar e um bom gole do rio Lete, em vez de sangue, sujeira e desespero.

Depois do referido gole, Eneias se esqueceria tanto de Dido quanto de Lavínia. E da pobre Anna também.

E assim que a temporada final fosse ao ar, os fãs começariam a massacrar R.J. e Ron — os principais roteiristas, produtores executivos e *showrunners* da série —, tanto on-line quanto nas convenções. E por inúmeros motivos, já que a reviravolta abrupta do arco de personagem de Eneias era apenas uma das várias falhas de roteiro dos últimos episódios. Marcus não conseguia nem imaginar a quantidade de fanfics ressentidas e incisivas que seriam publicadas depois do último episódio, tentando "consertar" a história.

Centenas, sem dúvida. Talvez milhares.

Ele mesmo escreveria pelo menos uma ou duas delas como EmLivrosEneiasNuncaFariaIsso, com a ajuda da Tiete Da Lavínia.

Com os olhos irritados por conta da fumaça, Marcus deu uma examinada no seu entorno. Espadas no chão, pedaços de figurino rasgados, uma garrafa de água (que com sorte não teria aparecido em câmera) atrás de um boneco com as roupas do esquadrão de Eneias.

Ele deveria levar alguma lembrança do set de filmagem? Será que queria fazer aquilo? E o que naquele campo sujo seria capaz de representar mais de sete anos de trabalho na série e, ao mesmo tempo, ter um cheiro aceitável para ser exposto em sua casa?

Nada. Nada.

Então, depois de um último abraço emocionado em Carah, Marcus seguiu de mãos abanando em direção ao próprio trailer. Antes que conseguisse dar dez passos, no entanto, alguém colocou a mão em seu ombro.

— Espera, Marcus — ordenou uma voz muito familiar.

Quando Marcus se virou, Ron fez sinal para que várias câmeras se aproximassem — de alguma forma, elas estavam novamente em ação — e chamou de volta Carah e todos os membros da equipe que estavam por ali.

Merda. Marcus estava tão exausto que tinha se esquecido daquela cerimoniazinha. Em teoria, tratava-se de uma homenagem a cada ator principal da série no fim do seu último dia no set de filmagem. Na prática, era uma cena extra de bastidores para instigar os fãs a comprarem os boxes da temporada, ou ao menos a pagarem mais para assistir ao conteúdo exclusivo on-line.

Ron ainda estava com a mão no ombro dele. Marcus não se desvencilhou, mas baixou o olhar para o chão por um momento. Em seguida, se recompôs e se preparou.

Antes de finalmente poder ir embora dali, ainda tinha um papel para representar. Um papel que aperfeiçoara por mais de uma década, e que desejava deixar para trás com um fervor cada vez maior a cada ano.

O papel de Marcus Caster-Rupp.

Simpático. Fútil. Bobo como aquele campo de batalha enfumaçado ao redor deles.

Ele era como um Golden Retriever Bem Treinado, orgulhoso dos poucos truques que milagrosamente conseguira aprender.

— Quando começamos a procurar nosso Eneias, sabíamos que precisávamos de um ator atlético. Alguém que pudesse encarnar um líder dos homens e um amante das mulheres. E, acima de tudo... — Ron apertou a bochecha de Marcus, e se demorou tanto no gesto que talvez tenha sentido o calor da raiva súbita que aqueceu o rosto dele. — Um rostinho bonito. Não dava pra ter achado um cara mais bonito que esse, nem se tivéssemos passado mais uma década procurando.

A equipe de filmagem riu.

Marcus sentiu o estômago embrulhar.

Depois de receber outro apertão na bochecha, ele se forçou a dar um sorriso presunçoso. Então, jogou o cabelo para o lado e se livrou do peitoral da armadura, para poder mostrar ao público invisível o movimento dos bíceps, ao mesmo tempo que se afastava de Ron. Na sequência, o *showrunner* da série e a equipe começaram a incentivar Marcus a dizer algo, a fazer um discurso em homenagem a todos os anos que havia passado representando Eneias.

Um discurso improvisado. Será que aquele maldito dia nunca chegaria ao maldito *fim*?

Mas o papel que encarnava o envolvia como um abraço. Familiar. Reconfortante, embora cada vez mais claustrofóbico. Imerso naquela atuação, Marcus sabia o que fazer. O que dizer. Quem deveria ser.

— Cinco anos atrás... — Ele se virou para Ron. — Espera. Há quantos anos estamos filmando mesmo?

O chefe soltou uma risadinha.

— Sete.

— Sete anos atrás, então. — Marcus deu de ombros, como se quisesse demonstrar que não estava envergonhado pelo equívoco, e abriu um sorriso para a câmera. — Sete anos atrás, quando começamos a filmar, eu não tinha ideia do que nos aguardava. Sou muito grato por esse papel e pelo público que nos assiste. Já que vocês precisavam de um rostinho bonito — ele se obrigou a dizer —, fico feliz pelo meu rosto ter sido o mais bonito que encontraram. Não fico surpreso, mas feliz.

Ele arqueou uma sobrancelha e levou a mão à cintura em uma pose heroica, e aí esperou mais risadas. Daquela vez, dirigidas e deliberadamente estimuladas por ele.

Aquele mínimo de controle acalmou seu estômago, mesmo que só um pouco.

— Também fico feliz por vocês terem encontrado tantos outros rostinhos bonitos para atuarem comigo. — Marcus piscou para Carah. — Não tão bonitos quanto o meu, lógico, mas bem bonitinhos.

Mais sorrisos da equipe e uma revirada de olhos de Carah.

Ele finalmente podia ir embora. Sabia disso. Aquela interação era tudo que qualquer pessoa além de seus colegas e membros da equipe mais próximos esperava dele.

Ainda assim, Marcus precisava dizer uma última coisa, porque, afinal, aquele era mesmo o seu dia derradeiro ali. Era o fim dos últimos sete anos de sua vida, anos de trabalho árduo e incessante, de desafios, conquistas e alegrias por fazer aquele papel, por ultrapassar os obstáculos e por finalmente, *finalmente*, se permitir considerar aquelas conquistas como *suas* e dar a elas o devido valor.

Ele aprendera a montar a cavalo como se tivesse feito isso a vida toda.

A instrutora de esgrima disse que Marcus era o melhor do elenco com uma espada na mão, e que ele tinha os pés mais rápidos do que qualquer ator que ela já conhecera.

Finalmente, ele havia aprendido a falar latim com uma facilidade que impressionara seus pais e provocara uma série de comentários irônicos dos dois.

Ao longo do tempo que interpretara Eneias em *Deuses dos Portões*, Marcus fora indicado a cinco prêmios importantes. Não havia chegado a ganhar nenhum, lógico, mas precisava acreditar — *realmente* acreditava — que as indicações não tinham sido apenas uma recompensa pelo seu "rostinho bonito", mas também um reconhecimento de talento. De profundidade emocional. O público talvez o visse como um gênio da atuação, capaz de fingir inteligência apesar de não ter nenhuma, mas Marcus tinha plena consciência de quanto investira em seu ofício, em sua carreira.

Nada daquilo teria sido possível sem a equipe.

Ele se afastou das câmeras para olhar para algumas daquelas pessoas e para ocultar a mudança em sua expressão.

— Pra terminar, quero agradecer a todos que trabalharam nos bastidores deste projeto. São quase mil de vocês, e eu... eu não consigo... — A sinceridade fez as palavras se atropelarem em sua língua, e ele parou por um instante. — Não consigo imaginar que possa ter existido um grupo mais dedicado e capaz em qualquer outra produção. Portanto, a todos os produtores, dublês, gerentes de locação, professores de dialetos, cinegrafistas, a todos os responsáveis por figurino, maquiagem e cabelo, ao pessoal de efeitos visuais e sonoros e tantos outros: muito obrigado. Eu, hum... devo mais a cada um de vocês do que seria capaz de expressar.

Pronto. Estava feito. Ele tinha conseguido falar o que queria sem gaguejar demais.

Mais tarde, viveria seu luto e pensaria nos próximos passos. Naquele momento, só precisava tomar um banho e descansar.

Depois de uma última rodada de aplausos constrangedores e de uns poucos tapinhas nas costas, abraços e apertos de mão, Marcus finalmente escapou. Foi até o seu trailer, lavou-se um pouco na pia e se dirigiu para o quarto no hotel espanhol genérico, onde um banho muito, muito longo e merecido o esperava.

Ao menos ele pensou que havia conseguido escapar, até Vika Andrich o alcançar na entrada do hotel.

— Marcus! Você tem um minuto? — A voz dela permanecia firme, embora tivesse corrido pelo estacionamento usando saltos consideráveis. — Tenho algumas perguntas sobre a sequência longa que você acabou de gravar.

Marcus não ficou totalmente surpreso ao vê-la. Uma ou duas vezes ao ano, Vika aparecia onde quer que eles estivessem gravando e tentava conseguir entrevistas e informações sobre o set de filmagem. Essas matérias sempre bombavam em seu blog. Era óbvio que ela iria cobrir pessoalmente o término das filmagens da série.

Ao contrário de alguns outros jornalistas, Vika respeitaria a privacidade de Marcus se ele pedisse um pouco de espaço. Ele até gostava dela. Aquele não era o problema.

Eram as outras qualidades de Vika que a tornavam sua paparazzo/blogueira favorita e, ao mesmo tempo, a mais incômoda: Vika era simpática. Divertida. Era fácil relaxar ao lado dela. Fácil demais.

Ela também era esperta. O bastante para ter percebido alguma coisa... estranha nele.

Marcus abriu um sorriso largo para ela e se deteve a centímetros da liberdade pela qual tanto ansiava.

— Vika, você sabe que não posso contar nada do que vai acontecer nesta temporada. Mas se acha que os seus leitores querem me ver coberto de lama... — ele piscou —, e ambos sabemos que eles querem, então fique à vontade.

Ele fez uma pose, virando-se para o lado que diziam ser o seu melhor, e Vika tirou algumas fotos.

— Sei que não pode me dar nenhuma informação — disse ela, enquanto checava as imagens —, mas pensei que talvez você pudesse descrever a sexta temporada em três palavras.

Marcus tamborilou com os dedos no queixo e franziu a testa, fingindo pensar profundamente por um longo momento.

— Já sei! — Ele se virou com um sorriso animado para ela. — Última. Temporada. Mesmo. Espero que ajude.

Vika semicerrou os olhos e examinou-o por uma fração de segundo a mais do que seria normal.

Então, confrontado com o brilho ofuscante do sorriso inocente daquela mulher, Marcus se viu obrigado a piscar.

— Acho... — começou ela, ainda sorrindo. — Acho que então vou ter que perguntar para algum dos outros atores sobre as diferenças entre o fim da série, os livros de E. Wade e, claro, a *Eneida* de Homero. Eneias acaba se casando com Dido nas duas histórias, mas talvez a série tenha optado por uma abordagem diferente.

Homero? De que diabo ela estava falando?

E Dido já estava morta havia muito, muuuuuito tempo no fim de *Eneida*. Na última página do terceiro livro de *Deuses dos portões*, ela estava viva, mas definitivamente não estava mais interessada em Eneias, embora Marcus suspeitasse que isso pudesse mudar, caso Wade em algum momento resolvesse publicar os últimos dois livros da série.

Em algum lugar, Virgílio provavelmente estava soltando palavrões em latim enquanto se revirava no túmulo, e era possível que E. Wade estivesse olhando incrédulo para Vika de sua casa luxuosa no Havaí.

Marcus segurou a testa com o polegar e o indicador, reparando, distraído, na sujeira entre as unhas. Inferno, *alguém* precisava corrigir aquelas informações equivocadas.

— A *Eneida* não foi... — Vika ergueu as sobrancelhas ao ouvir as primeiras palavras, o celular já gravando, e ele percebeu na hora que era uma armadilha. Uma armadilha e tanto. — Bom, na verdade, infelizmente não li a *Eneida*. Tenho certeza de que Homero é um sujeito muito talentoso, mas preciso admitir que não sou um grande leitor.

Ao menos aquela última frase já tinha sido verdade. Antes de descobrir as fanfics e os audiolivros, Marcus não costumava ler muito, a não ser pelos roteiros — e ele os lia apenas o suficiente para decorá-los, gravá-los em áudio e ficar ouvindo a gravação várias vezes, repetindo as palavras para si mesmo até cansar.

Vika tocou a tela do celular, interrompendo a gravação.

— Obrigada, Marcus. Foi gentil da sua parte conversar comigo.

— O prazer foi meu, Vika. Boa sorte com as próximas entrevistas.

Depois de um último sorriso insosso, ele finalmente conseguiu entrar no hotel e caminhar rumo ao elevador.

Marcus apertou o botão do andar do seu quarto, apoiou-se pesadamente em uma das paredes do elevador e fechou os olhos. Em breve, teria que enfrentar a sua própria persona. Entender que aspecto de si mesmo o irritava, o que havia funcionado no passado, e se ainda funcionaria. Marcus teria que avaliar se valia a pena libertar sua verdadeira personalidade e lidar com as consequências na sua carreira e na sua vida pessoal.

Mas não naquele dia. Cacete, ele estava exausto.

Já no quarto do hotel, tomou um banho tão bom quanto aquele que havia imaginado. Na verdade, ainda melhor.

Depois, ligou o notebook e ignorou os roteiros que sua agente havia mandado. A escolha de um próximo projeto — um trabalho que com sorte levaria sua carreira em uma nova direção — poderia esperar, assim como a espiada em suas contas do Twitter e do Instagram.

Só havia uma coisa que ele definitivamente precisava fazer antes de dormir por um milhão de anos: mandar uma mensagem para a Tiete Da Lavínia. Ou Tila, como Marcus havia começado a chamá-la, o que a deixava indignada. *Tila é um ótimo nome para uma vaca, e só para uma vaca*, tinha escrito ela. Mas como não havia pedido que ele parasse, Marcus continuou. O apelido, que só ele usava, o agradava mais do que deveria.

Marcus fez o login no servidor Lavineias, que ele próprio tinha ajudado a criar anos antes para a comunidade de fanfics de Eneias e Lavínia — uma rede animada, talentosa e de muito apoio. De vez em quando ele também acessava a comunidade dedicada às fanfics de Eneias e Dido no AO3, o site que hospedava as histórias, mas isso vinha acontecendo cada vez menos. Principalmente depois que Tila havia se tornado a principal leitora beta e revisora de todas as histórias de EmLivrosEneiasNuncaFariaIsso.

Ela morava na Califórnia, portanto ainda estaria em horário de trabalho e não responderia imediatamente às mensagens dele.

Mas se Marcus não mandasse uma DM para Tila naquela noite, não teria uma resposta dela aguardando assim que acordasse de manhã, e ele precisava daquilo. Mais e mais a cada semana.

Em breve, muito em breve, os dois estariam de novo no mesmo fuso horário. No mesmo estado.

Não que a proximidade geográfica importasse, já que eles nunca se encontravam pessoalmente.

Mas a verdade era que importava. Por algum motivo, importava.

Deuses dos portões (Livro 1)
E. Wade

O fenômeno literário que inspirou a famosa série de TV

E-book: $ 8,99
Brochura: $ 10,99
Capa dura: $ 19,99
Audiolivro: $ 25,99

Quando os deuses brincam de guerra, a humanidade perde.

Juno viu Júpiter flertar com mulheres mortais diversas vezes ao longo dos séculos. Quando resolve deixá-lo, porém, em um acesso de fúria justificada, o péssimo temperamento de Júpiter se manifesta. Sem se preocupar com as consequências, o deus lança relâmpagos tão poderosos a ponto de alcançarem o submundo, abrindo rachaduras que chegam ao próprio Tártaro, lar dos mais perversos dos mortos. Livres do castigo eterno, esses mortos ameaçam voltar à Terra, desafiando o poder de Júpiter — e condenando a humanidade.

Para preservar seu reinado cruel e salvar os mortais com quem vai para a cama, mas que não respeita, Júpiter dá aos seus colegas deuses a missão de guardar os novos portões do submundo que ele acabou criando em seu ataque imprudente de raiva. Mas os imortais, como sempre, preocupam-se mais com suas próprias rixas eternas do que com o dever. Se a humanidade quiser se salvar, semideuses e mortais também terão que guardar os portões.

É uma pena, contudo, que Juno tenha as próprias razões para querer que o Tártaro permaneça desprotegido. A humanidade está condenada.

2

Terra. Mais terra.

Mas aquela terra em particular contaria uma história, se April ouvisse com bastante atenção.

Usando seus óculos de proteção com grau, ela semicerrou os olhos para examinar o núcleo final do solo da área, comparando os diferentes tons de marrom com seu mapa de cores, então anotou no formulário de campo a quantidade de água na amostra, a plasticidade e a consistência do solo, o tamanho e a forma dos grãos, e todos os outros dados relevantes.

Não havia descoloração. Também não havia qualquer odor em particular, o que não a surpreendeu. Solventes soltariam um aroma doce, e combustível cheiraria a... bom, a combustível. Hidrocarbonetos. Mas chumbo cheiraria simplesmente a terra. O mesmo aconteceria com arsênico.

Depois de limpar a mão enluvada no jeans, April anotou o que descobrira.

Normalmente, ela estaria conversando com seu auxiliar de amostragem, Bashir, sobre seus colegas de trabalho mais ilustres, ou talvez sobre as maratonas mais recentes que cada um tinha feito de algum reality show. Mas àquela altura da tarde, tanto April quanto Bashir estavam cansados demais para ficar de conversa fiada, por isso ela terminou de registrar a amostra em silêncio, enquanto ele preparava a etiqueta para o frasco de vidro onde a guardariam e preenchia o formulário da cadeia de custódia.

Após colocar a amostra de solo no frasco e limpar novamente as mãos na calça, April etiquetou o recipiente, enfiou-o em um saco hermético e o guardou em um cooler cheio de gelo. Então, assinou uma última vez para confirmar que estava entregando a amostra para o mensageiro do laboratório que já a aguardava, e o trabalho do dia estava terminado. Graças a Deus.

— É isso? — perguntou Bashir.

— É isso. — Enquanto os dois olhavam o mensageiro se afastar com o cooler, April suspirou com força. — Posso cuidar da limpeza, se você quiser descansar por alguns minutos.

Ele balançou a cabeça.

— Eu ajudo você.

Exceto pela meia hora de almoço que tinham tirado, os dois estavam concentrados no trabalho desde as sete da manhã. Já fazia quase nove horas, e os pés de April doíam nas botas protetoras empoeiradas, sua pele ardia graças à exposição excessiva ao sol e sua cabeça latejava sob o capacete, por conta da falta de hidratação. Ela estava pronta para um banho longo e delicioso no quarto do hotel.

Seu rosto também coçava, provavelmente pelo contato com a terra. O que não era bom, porque o contato solo-pele era, na terminologia técnica, uma forma de exposição. Ou, como April colocaria, uma péssima ideia.

Ela tirou a tampa da garrafa de água, umedeceu uma toalha de papel e passou no rosto até sentir a pele limpa de novo.

— Ainda tem um pouco... — O dedo de Bashir esfregou um ponto perto da própria têmpora para indicar. — Aqui.

— Obrigada. — Apesar da dor de cabeça, o sorriso que April lhe deu foi verdadeiro. Ela podia contar nos dedos de uma das mãos os amigos de verdade que tinha naquela empresa, e Bashir sem dúvida era um deles. — Bom trabalho hoje.

Depois de passar a toalha de papel umedecida novamente no rosto e de receber a confirmação de Bashir de que ela aparentemente havia conseguido se livrar de toda a lama, jogou a tolha de papel no mesmo saco de lixo que usou para as luvas, e pronto. Problema resolvido.

O solo estava contaminado com mais de uma substância. Até meados do século XX, uma fábrica de pesticidas funcionava naquele terreno, poluindo os arredores com chumbo e arsênico. Por causa disso, April passara várias das semanas anteriores reunindo amostras de solo para analisá-las, em busca dos dois produtos químicos. E não queria nenhum dos dois em sua pele. Ou no jeans que usava, por sinal, mas no fim das contas as toalhas de papel eram uma perturbação e ela acabava limpando a mão na calça.

— Eu te contei? — Bashir se voltou para ela com um sorrisinho travesso, enquanto guardava a papelada deles. — Na semana passada, o Chuck disse à menina nova para nunca beber água quando estiver em uma zona de exclusão. Porque é um mau hábito e vai contra as normas de saúde e segurança.

Os dois se viraram ao mesmo tempo para o cooler vermelho deles, cheio de garrafas de água, que April colocara naquela manhã na caçamba da caminhonete que usavam para trabalhos de campo.

— O Chuck é um idiota arrogante de vinte e dois anos que quase não faz nenhum trabalho de campo de verdade. — Bashir arregalou os olhos diante daquela declaração tão certeira de April. — Ele não sabe de que merda está falando, mas mesmo assim adora dizer aos outros como trabalhar.

Ao ouvir a última frase, Bashir deixou escapar uma risadinha debochada.

— Não só como trabalhar.

— Ai, Jesus. — April revirou os olhos. — Ele deu uma palestra sobre homus pra você *de novo*?

— Sim. Embora eu não coma tanto homus e não seja um grande fã de grão-de-bico. Acho que ele só acha que eu gosto, por causa… — Bashir apontou para si mesmo. — Você sabe.

Os dois começaram a levar a papelada para a caminhonete da empresa.

— Eu sei. — April suspirou. — Por favor, me diz que ele não falou pra você tentar…

— O homus de chocolate — confirmou Bashir. — Mais uma vez. Se você quiser ouvir sobre quantidade de fibras e proteína, ou talvez sobre como ele é bem melhor que as versões mais tradicionais de homus... *o homus do meu povo*, como Chuck diz... estou muito bem informado e seria um prazer compartilhar esse conhecimento recém-adquirido com você.

Bashir abriu a porta do passageiro para April, que prendeu a papelada na prancheta.

— Eca. Sinto muito. — Ela fez uma careta. — Se serve de consolo, ele também tem opiniões muito fortes sobre como suas colegas mulheres deveriam se vestir para conseguirem mais trabalhos.

Em uma empresa privada pequena, os consultores precisavam se acotovelar para conseguir clientes, cortejá-los durante almoços e reuniões de trabalho, abordá-los em convenções e conferências sobre tecnologias de recuperação. April precisava convencer aqueles futuros clientes de que deveria ser levada a sério e de que eles queriam pagar à empresa para a qual ela trabalhava para que pudessem contar com seu conhecimento em geologia.

Para ser uma funcionária rentável, April precisava ter uma determinada aparência. Falar de uma determinada maneira. Apresentar-se da forma mais profissional possível em todos os momentos.

Rentável se tornara um epíteto para ela nos últimos anos.

Em seu ramo de trabalho, reputações podiam ser bem frágeis. Facilmente arruinadas. Por exemplo, caso fosse revelado que uma profissional aparentemente séria e prática gostava de se vestir como a sua personagem favorita em uma série de TV e passava a maior parte do tempo livre conversando sobre semideuses da ficção.

Foi a vez de Bashir revirar os olhos.

— Lógico que ele tem uma opinião sobre como as mulheres se vestem. Você comunicou à gerência, né?

— Literalmente cinco minutos depois.

— Ótimo. — Bashir a acompanhou de volta à mesa de amostras. — Com sorte, daqui a pouco esse imbecil é demitido.

— Ele não sabe nada. Menos do que nada, se isso for possível. — April segurou a camiseta entre os dedos para demonstrar como o tecido estava colado ao seu corpo. — Olha só como a gente suou hoje, sabe?!

— Copiosamente. — Ele abaixou o olhar para a própria blusa laranja ensopada. — Repulsivamente.

April parou diante da mesa e balançou a cabeça.

— Exato. Alguém precisa dar um toque nessa garota nova. A menos que ela queira terminar em um hospital por desidratação, precisa andar sempre com uma garrafinha de água.

Bashir inclinou a cabeça.

— Você sabe muito bem disso.

— Pois é.

E era verdade. Até aquele momento, April tinha passado quase um terço das suas horas de trabalho como geóloga ao lado de equipamentos de perfuração como o que havia ali, debruçada sobre amostras de solo que seriam registradas, guardadas em frascos e enviadas para testes no laboratório. Por muito tempo, ela tinha amado todos aqueles processos, os desafios e o esforço físico do trabalho de campo. Uma parte dela ainda amava aquilo.

Mas apenas uma parte. Não era mais o suficiente.

Enquanto eles dobravam a mesa, Bashir fez uma pausa.

— Você vai mesmo embora, né?

— Aham. — Aquele era o último dia de April visitando um campo contaminado na atual função que ocupava, sua última semana como consultora em uma empresa privada, a última vez que colocaria para lavar um jeans sujo de terra. — Vou sentir saudade de você, mas está na hora. Já passou da hora, na verdade.

Em menos de uma semana, April se mudaria de Sacramento para Berkeley. E em menos de duas semanas, a April do Futuro começaria em seu novo emprego em uma agência pública reguladora em Oakland, supervisionando o trabalho de consultores como a April do Presente, o que significaria mais reuniões e análises de documentos e menos tempo fazendo trabalho de campo.

E ela estava pronta para essa mudança. Por várias razões, tanto pessoais quanto profissionais.

Depois de terem guardado todo o material na caminhonete, April colocou de volta seus óculos de grau normais e retirou os outros equipamentos de proteção. Com um suspiro de alívio, desamarrou as botas empoeiradas, guardou-as em uma sacola plástica e calçou seu tênis velho limpo. Ao seu lado, Bashir fazia o mesmo.

E fim. Graças aos céus. April estava desesperada por um banho, um cheeseburguer e alguns litros de água gelada. Sem falar em mais um pouco de fanfic Lavineias, bater um papo na comunidade e trocar mensagens com o EmLivrosEneiasNunca-FariaIsso — ou ELENFI, acrônimo que ela preferia usar. Com sorte, ELENFI teria mandado alguma mensagem enquanto ela estava trabalhando.

Mas, antes disso, April tinha que se despedir de Bashir.

— Não sei se já tem planos para o fim de semana, mas a Mimi e eu adoraríamos se você aparecesse para o jantar. Pra gente comemorar o seu novo emprego e se despedir. — Bashir estava agitando as mãos, inquieto. Mesmo depois de tantos anos trabalhando juntos, ele ainda ficava tímido ao fazer um convite para ela. — Mimi sabe que você é a minha colega de trabalho favorita.

Ele também era o dela, e April também considerava a esposa de Bashir uma amiga.

Mas nem mesmo Mimi e Bashir sabiam tudo sobre April. Mais especificamente, o casal não fazia ideia de que ela passava a maior parte das noites e dos fins de semana imersa no fandom de *Deuses dos Portões* — tuitando sobre seu OTP (seu casal perfeito e favorito), escrevendo fanfics, fazendo leituras beta e lendo fanfics já publicadas, conversando com outros fãs no chat do servidor Lavineias e concentrando todo o seu enorme entusiasmo, talento e detalhismo para criar seu cosplay de Lavínia.

Bastaria uma foto aleatória em uma convenção, um comentário que deixasse escapar, e sua reputação poderia sofrer as consequências. Ela deixaria de ser respeitada como uma profissional experiente e seria vista apenas como uma fangirl boba, tudo isso em menos tempo do que levaria para registrar uma amostra de solo.

Por isso, April não frequentava os encontros de *Deuses dos Portões*. E não tinha contado aos amigos do trabalho sobre o fandom. Nem mesmo a amigos de quem gostava muito, como Bashir.

Já no seu trabalho novo...

Nossa, a diferença na cultura não poderia ter sido mais gritante. A vida pessoal e profissional dos funcionários eram inextricáveis ali. Entrelaçadas das melhores formas possíveis, e das mais divertidas também.

Em menos de duas semanas, assim que começasse a trabalhar na agência, April se tornaria a quinta integrante da equipe de geólogos de lá. Seria a terceira mulher. Quando fora até lá para preencher os formulários necessários para a admissão na semana anterior, as outras mulheres, Heidi e Mel, haviam oferecido a April uma fatia do bolo que a equipe tinha levado para o trabalho para comemorar o décimo aniversário das duas como casal.

Mel e os dois caras da equipe — Pablo e Kei — faziam parte de uma banda. *Uma banda!* Que evidentemente se apresentava em festas de aposentadoria e outras reuniões em que seus talentos musicais únicos para a música folk não conseguiam ser totalmente evitados.

Eles são péssimos, sussurrara Heidi para April, a boca semiescondida atrás da garrafa de água, *mas se divertem tanto que não conseguimos dizer nada*.

Naquele momento, bem ali, no escritório sem graça de uma agência burocrática do governo, algo dentro de April que vivia tenso a ponto de quase se romper havia relaxado. E qualquer dúvida que ainda pudesse ter em relação a aceitar o cargo desaparecera.

Ela tomara a decisão certa ao mudar de emprego, mesmo com o salário menor. Mesmo com o preço alto dos aluguéis na Bay Area. Mesmo com todo o incômodo de uma mudança.

Em seu novo emprego, April não precisaria mais esconder aspectos de si mesma por medo da desaprovação dos outros. A partir da semana seguinte, não se preocuparia mais em ser rentável.

Na verdade...

Aquilo também não a preocupava no momento. Não mais.

— Muito obrigada pelo convite, Bashir. — Ela o abraçou e ele deu um tapinha hesitante em suas costas. — Mas infelizmente estou ocupada no fim de semana. Tenho que ir até o apartamento novo e deixar tudo pronto para a mudança. Estou aqui na cidade de novo no fim da semana que vem. Vamos deixar o jantar para a volta?

Quando April se afastou, Bashir sorriu para ela, parecendo satisfeito.

— Claro. Vou checar a agenda da Mimi e mando uma mensagem para você mais tarde, hoje ainda, depois que voltarmos do jantar na casa da família dela. Eles moram aqui perto, e estou indo pra lá agora.

Que se danem as horas rentáveis, pensou April.

— Estou planejando pedir um hambúrguer no serviço de quarto e passar a noite escrevendo fanfic de *Deuses dos Portões* — resolveu revelar ao amigo. — A sua noite parece muito mais animada.

Bashir encarou-a espantado por alguns segundos antes de abrir um sorriso travesso.

— Você só diz isso porque não conhece os meus sogros.

April riu.

— Justo.

— Quando jantarmos juntos, vou querer saber mais sobre o que você escreve. — Ele inclinou a cabeça e observou-a com curiosidade. — A Mimi adora essa série. Especialmente o cara bonito.

— Marcus Caster-Rupp?

A verdade era que podia ser qualquer um do elenco, mas Caster-Rupp sem dúvida era o ator mais bonito de todos. E também o mais sem graça. Tão sem graça que às vezes April se perguntava como um homem podia ser tão cintilante e ao mesmo tempo tão *apagado*.

— Esse mesmo. — Bashir deu um sorriso sofrido para os céus. — Ele está na lista de "escapadas permitidas" dela. Toda vez que assistimos a um episódio, a Mimi faz questão de lembrar disso.

April deu um tapinha reconfortante no braço do amigo.

— Veja pelo lado bom: a Mimi nunca vai se encontrar pessoalmente com Marcus Caster-Rupp. Nenhum de nós vai fazer isso, a menos que a gente se mude para Los Angeles e comece a vender órgãos vitais para pagar o nosso corte de cabelo.

— Hum… — A expressão dele se iluminou. — Você tem razão.

Antes de deixarem o local da escavação, os dois agradeceram à equipe, então, depois de se despedirem novamente, Bashir entrou no carro dele e April se acomodou no assento do motorista da caminhonete. Após uma buzinada de despedida, ela seguiu na direção do hotel, enquanto Bashir foi para a casa dos sogros.

A cada quilômetro que percorria, April sentia as correntes invisíveis que a prendiam se romperem, e isso a deixava estranhamente animada. Sim, ainda parecia haver uma escavação acontecendo em seu cérebro, mas alguns copos de água resolveriam a dor de cabeça, sem problema. E daí que ela estava com o jeans todo sujo de terra? Nem mesmo solo contaminado seria capaz de arruinar a verdade essencial que a enchia de satisfação naquele momento.

April viu um relance do próprio reflexo no espelho retrovisor. Estava com um sorriso tão grande que poderia estrelar um comercial de pasta de dente.

E não era de se espantar. Não mesmo.

Aquele era o último dia dela no meio da poeira, da terra.

E era só o começo.

Assim que entrou em seu quarto de hotel, April despiu o jeans, enfiou em uma sacola plástica já preparada para receber as roupas sujas e ficou nua. No chuveiro, esfregou o corpo todo até deixar a pele rosada sob a água quente.

O pijama de flanela limpo parecia uma nuvem em contato com seu corpo enquanto ela bebia um copo de água e lia as últimas menagens de ELENFI. Ele finalmente havia decidido o que iria escrever em sua próxima fanfic. A Semana Eneias e Lavínia se aproximava, e a proposta de segunda-feira para o que deveria ser incluído na história era *um confronto entre as duas mulheres que disputam o amor de Eneias*. ELENFI vinha pensando havia dias na melhor forma de fazer aquilo.

Como as duas nunca se encontraram nos livros, nem na série, você poderia muito bem criar uma história bem fofinha em um universo alternativo, que é o que eu estou fazendo, April tinha escrito para ele de manhã, antes de ir para o trabalho, já sabendo como ELENFI reagiria àquela sugestão. Ou — e acho sinceramente que essa ideia talvez funcione pra você — Eneias pode sonhar com o confronto, assim você consegue manter as coisas dentro do canon e a partir do ponto de vista dele. O que acha?

A última opção tinha muito potencial para gerar uma história dramática, então lógico que foi justamente essa que ele escolheu. ELENFI era um escritor perspicaz, mas April tinha que admitir: algumas das fanfics dele eram depressivas pra cacete.

No entanto, ele havia melhorado muito nesse aspecto. Quando ELENFI começou, mesmo nas histórias que ele escrevia sobre Eneias e Lavínia, o herói transbordava de culpa e vergonha no que dizia respeito a Dido, e as narrativas eram cheias de cânticos e piras fúnebres e chororô. Na verdade, a primeira conversa de verdade de April com ELENFI no servidor Lavineias envolveu sugestões bem-humoradas dela para que ele usasse a tag *alerta desgraça!* em algumas de suas fanfics.

Para o bem da saúde mental dele, era melhor que se concentrasse no OTP Lavínia-Eneias. Sem dúvida. E escrever algumas fanfics, com um enredo mais fofinho, açucarado, também não lhe faria mal.

Naquela noite, porém, April não tinha tempo para espalhar a palavra das histórias leves. Quando terminou de descrever sua própria ideia de fanfic — um universo alternativo em que Lavínia e Dido se conheceriam em um jogo de perguntas na adolescência, já como guerreiras, e os sentimentos delas por Eneias tornariam cada rodada mais e mais tensa e engraçada —, April estava a ponto de perder a coragem. De novo.

Meses antes, quando tinha se candidatado ao novo emprego, havia decidido que estava cansada de esconder algumas partes de si por medo da desaprovação dos outros. E isso também se aplicava ao fandom.

Para escapar de qualquer possível desastre profissional, April sempre cortava o próprio rosto das fotos de cosplay que publicava no Twitter. Mas o motivo para ela não ter compartilhado o seu perfil na rede social com os colegas do Lavineias era completamente diferente.

Seu corpo.

April não queria que seus amigos do servidor vissem seu corpo nos figurinos de Lavínia. Principalmente um desses amigos, cuja opinião importava mais do que deveria para ela.

Embora a força propulsora essencial do casal shippado fosse toda baseada em integridade, caráter e inteligência acima da aparência, as fanfics de Lavineias às vezes eram surpreendentemente gordofóbicas, o que acabava sendo bem decepcionante. Não as de ELENFI, pelo menos. Mas algumas das fanfics preferidas dele — que ele marcava como favoritas e recomendava que ela lesse —, sim.

Depois de uma vida inteira lutando contra si mesma, April havia aprendido a amar o próprio corpo. Por inteiro. Do cabelo ruivo aos dedos dos pés gorduchos e sardentos.

Mas não esperava o mesmo dos outros. Ainda não. Ao mesmo tempo, estava cansada de se esconder, cansada de não ser tão próxima dos colegas e de ficar com os jeans sujos de lama contaminada.

Naquele ano, ela iria à maior convenção do fandom, a Con dos Portões, que sempre acontecia em um dia ensolarado com vista para a Ponte Golden Gate. Vários influenciadores e jornalistas compareciam à convenção, e todos tiravam fotos. E algumas dessas imagens acabavam viralizando, ou eram publicadas junto com matérias nos jornais, ou apareciam no noticiário.

Mas April não se importava. Não mais. Se seus novos colegas podiam comentar abertamente sobre a banda de folk horrível deles, ela com certeza poderia falar sobre seu amor pela série de TV mais popular do momento.

E quando fosse à convenção, por fim conheceria pessoalmente seus amigos do fandom. Talvez até encontrasse ELENFI, apesar da timidez dele. April daria a todos a oportunidade de provar que entendiam de verdade a mensagem do OTP deles.

No entanto, se isso não acontecesse, ela sairia magoada, lógico. Não tinha por que mentir para si sobre isso.

Principalmente se ELENFI desse uma olhada nela e...

Bom, não adiantava nada ficar imaginando uma rejeição que ainda nem existia.

Mas se acontecesse o pior cenário, ela encontraria outros amigos. Outros fandoms que a acolhessem de verdade. Outro leitor beta para as fanfics que escrevia, cujas DMs eram como raios de sol no começo das manhãs de April e que a aqueciam como um edredom macio à noite.

Outro homem que iria querer na sua vida real e talvez até na sua cama.

Portanto, precisava fazer aquilo naquela noite, antes que perdesse a coragem. Não era o passo final, nem mesmo o mais difícil. Mas era o primeiro.

Sem se permitir pensar muito mais a respeito, April checou um tuíte daquela manhã que vinha atraindo bastante atenção. A conta oficial de *Deuses dos Portões* havia pedido aos fãs para postarem suas melhores fotos de cosplay e já tinha recebido centenas de respostas. Algumas poucas dezenas mostravam pessoas com o corpo parecido com o dela, e April teve o cuidado de não ler os comentários daqueles tuítes.

Ela abriu sua galeria de fotos no celular e escolheu uma selfie em que estava usando seu mais recente figurino de Lavínia. A imagem não estava cortada, e dava para ver muito bem tanto seu corpo quanto seu rosto. Os colegas dela, do presente e do futuro, a reconheceriam. Seus amigos e sua família também. E o mais desesperador de tudo: se ela dissesse ao EmLivrosEneiasNuncaFariaIsso qual era seu @ no Twitter, ele finalmente a veria pela primeira vez.

April respirou fundo.

Ela publicou a foto. E então desligou o celular, fechou o notebook e pediu o maldito serviço de quarto, porque merecia. Depois de jantar, April começou a escrever sua fanfic, para que ELENFI pudesse lhe dar um feedback no fim de semana.

Porém, pouco antes de se deitar para dormir, não conseguiu mais se conter.

Com o dedo pronto para bloquear um monte de gente, April checou as notificações do Twitter.

Cacete. *Cacete*.

Tinha viralizado. Ao menos para seus padrões modestos. Centenas de pessoas haviam respondido à foto, e mais comentários chegavam a cada segundo. April não conseguia ler as notificações rápido o bastante... e algumas delas ela realmente não queria ler.

April sabia como certos núcleos do fandom de *Deuses dos Portões* agiam. E não ficou surpresa ao encontrar, em meio aos vários comentários de elogios e apoio, algumas mensagens bem feias.

Parece que ela comeu a Lavínia era o mais popular entre os tuítes maldosos.

Aquilo a incomodava, obviamente. Mas nenhum estranho na internet tinha o poder de magoá-la de verdade. Não tanto quanto sua família, seus amigos e seus colegas de trabalho.

Ainda assim, April não pretendia infligir aquele tipo de mal-estar a si mesma por mais tempo do que o necessário. Talvez demorasse um pouco, mas precisava domar todas as menções ao perfil dela.

Mas... Jesus. De que buraco tinha saído aquele tanto de gente?

April levou algum tempo para bloquear todos os haters em um fio em particular, assim como para silenciar — ao menos por ora — certos termos, como "vaca" e outras palavras associadas a animais.

Quando terminou, já havia mais algumas dezenas de notificações. No geral, pareciam mais simpáticas, mas April não planejava lidar com elas até a manhã seguinte. Só que aí ela viu uma notificação em destaque, recebida segundos antes.

O @ tinha o símbolo de "verificado" ao lado.

E era a conta de Marcus Caster-Rupp.

O cara que fazia o papel de Eneias — de *Eneias*, cacete — havia tuitado para April. E estava seguindo o perfil dela.

E... ele parecia estar...

Não. Aquilo não podia ser verdade. Ela estava delirando.

April semicerrou os olhos. Piscou. Leu de novo. Então uma terceira vez.

Por razões ainda desconhecidas, ele parecia estar...

Caramba, ele parecia estar a convidando para sair. Para um encontro.

— Uma vez li uma fanfic em que isso acontecia — sussurrou April para si mesma.

Então, ela clicou no fio para descobrir que diabo tinha acabado de acontecer.

DMs no servidor Lavineias, dois anos antes

Tiete Da Lavínia: Vi que você queria um leitor beta para as suas fanfics, né? Sei que não escrevemos o mesmo tipo de história, mas se estiver disposto a ser o meu leitor beta também, eu tenho interesse.

EmLivrosEneiasNuncaFariaIsso: Oi, TDL. Obrigado por escrever.

EmLivrosEneiasNuncaFariaIsso: Acho que talvez seja bom ter uma perspectiva diferente do meu trabalho, então — ao menos para mim — nossos estilos diferentes são uma vantagem, não um problema. Adoraria que você me ajudasse com as minhas fanfics, e estou mais do que disposto a ser leitor beta das suas histórias também.

Tiete Da Lavínia: Oba! Que bom!

Tiete Da Lavínia: Minha primeira sugestão é: use a tag "alerta desgraça!" para que seus pobres leitores não sejam pegos de surpresa ao acabar com todo o estoque de lenços de papel para um ano em uma única história. *pigarreia* *assoa o nariz* *olha intensamente para você*

EmLivrosEneiasNuncaFariaIsso: É pra eu pedir desculpa por isso?

Tiete Da Lavínia: A boa notícia é que a indústria de lenços de papel está salva.

Tiete Da Lavínia: A outra boa notícia: você escreve com uma força emocional tão grande que eu consegui encher vários reservatórios de água salgada que estavam quase vazios.

EmLivrosEneiasNuncaFariaIsso: Isso é bom?

Tiete Da Lavínia: Isso é bom.

3

Lógico que você ia escolher a opção que seguia o canon e que tinha bastante espaço pra explorar cenários de homem sofrido. Lógico.

Marcus deu uma risadinha e se sentou na cama.

Assim que acordou, bem cedinho no quarto de hotel escuro, ainda com as cortinas fechadas, ele estendeu a mão para pegar o celular. Antes que seus olhos conseguissem focar totalmente, já estava checando as mensagens de Tila no servidor Lavineias.

Se bem que, para ser sincero, a visão embaçada talvez fosse um sinal da idade. Marcus completaria quarenta anos em poucos meses, e talvez estivesse precisando de óculos com lentes bifocais. Mesmo a fonte especial e o espaçamento extra nem sempre o ajudavam a ler a tela de forma confortável nos últimos tempos.

No fim do ano anterior, ele finalmente havia perguntado a Tila a idade dela.

Trinta e seis, respondeu ela prontamente.

Diante daquela migalha de informação, Marcus deixara escapar um suspiro de alívio embaraçosamente alto e passara a torcer muito para que ela não estivesse mentindo. Algumas pessoas do Lavineias mal haviam saído do ensino médio e, embora ele já imaginasse que tinha mais ou menos a idade de Tila — um dia eles haviam conversado sobre como talvez acabassem entrando para o fandom de *Arquivo X* em algum momento, por conta do crush que tiveram na adolescência por Scully e Mulder, respectivamente —, a confirmação explícita de que ele não estava trocando mensagens com uma quase adolescente era... boa.

Não que já tivesse acontecido alguma coisa sugestiva entre os dois, fosse em público ou no privado.

Ainda assim...

A mensagem mais recente de Tila tinha chegado minutos antes. Marcus ficou surpreso ao ver que ela ainda estava acordada. Mas também ficou feliz. Muito feliz.

Ele colocou um travesseiro atrás das costas e se sentou, o corpo apoiado na cabeceira de couro da cama. Então, ainda sorrindo diante da irreverência dela, tomou um gole de água do copo que estava na mesinha ao lado.

Usando o recurso de voz do celular para ditar o texto, ele enviou uma resposta.

Pelo menos agora escrevo finais felizes na maioria das histórias. Me dá um desconto, vai. Não podemos ser todos mestres da fofura. Depois de um instante, Marcus acrescentou: Você já tá indo dormir? Ou quer conversar sobre a sua fanfic e trocar algumas ideias? Caso já tenha escrito alguma coisa, vou ficar feliz de dar uma olhada.

Ou, para ser mais preciso, ficaria feliz de fazer o computador ler o texto em voz alta para ele. Marcus conseguia lidar com mensagens curtas sem precisar de apoio técnico extra, mas decifrar blocos de texto maiores simplesmente levava tempo demais, levando em consideração a agenda de gravação dele.

Com o fim das filmagens, no entanto, Marcus estava com tempo de sobra. Ele não tinha planejado fazer nada de mais até a hora de pegar o voo de volta para Los Angeles à tarde, só descer para tomar café da manhã do hotel e dar uma passada na academia. Se quisesse, poderia ler a fanfic de Tila com os próprios olhos. No entanto, como descobrira ao longo dos anos, não havia por que se esforçar desnecessariamente, e isso não era motivo para se sentir frustrado ou envergonhado. Não quando seu problema relativamente comum tinha soluções relativamente fáceis.

Enquanto esperava pela resposta de Tila, Marcus checou o e-mail. Ao que parecia, durante a noite ele havia recebido uma mensagem confidencial de R.J. e Ron, endereçada a todo o elenco e à equipe da série.

> *Nos últimos dias, vários blogs e canais de mídia têm publicado rumores de insatisfação do elenco em relação ao rumo da nossa temporada final. Vamos ser claros aqui: se alguém que estiver lendo essa mensagem tiver dado início a esses rumores, isso é uma traição inaceitável da nossa confiança e uma quebra do contrato que todos assinaram quando foram contratados para a série.*
>
> *O trabalho de vocês, como sempre, envolve discrição. Se não forem capazes de manter a discrição necessária, haverá consequências, conforme cláusulas presentes nos já mencionados contratos.*

É, a mensagem parecia bem direta. Quem falasse o que não devia sobre a série poderia se preparar para o desemprego, um processo, ou ambos. A cada final de temporada, em todas as temporadas, a equipe recebia um e-mail semelhante com um texto quase idêntico.

A única diferença era que, nas últimas temporadas, aquelas mensagens haviam começado a provocar calafrios em Marcus. Por preocupação com seus colegas. E consigo mesmo também.

Teria Carah saído xingando o arco da história de Dido na temporada final para alguém de fora do elenco? Ou será que Summer havia confessado sua decepção pelo fim abrupto do romance entre Eneias e sua personagem, Lavínia, algo tão inconsistente em relação aos personagens de ambos? Ou talvez Alex...

Merda, Alex. Ele podia ser bem imprudente às vezes. Era impulsivo demais.

Será que Alex havia reclamado com mais alguém além de Marcus sobre a merda que tinha sido a temporada final para o desenvolvimento de personagem do Cupido?

Apesar de seu próprio descontentamento, Marcus não tinha dito uma palavra que fosse para ninguém a respeito da sua opinião sobre o assunto, a não ser para Alex. Se bem que...

Bom, algumas pessoas talvez pudessem argumentar que as fanfics que ele publicava no AO3 e suas mensagens no servidor Lavineias já falavam bastante por si só.

E por *algumas pessoas*, ele queria dizer Ron e R.J.

Se os *showrunners* algum dia descobrissem sobre EmLivrosEneiasNuncaFariaIsso, não haveria um *talvez*. Marcus certamente seria acusado de violar os termos do contrato que tinha assinado e perderia...

Merda, perderia tudo o que havia conquistado após batalhar por mais de duas décadas. E ser processado era o menor dos problemas, para ser sincero. A reputação dele na indústria seria destruída num piscar de olhos. Nenhum diretor iria querer contratar um ator que falava mal de uma produção por trás das câmeras.

Seus colegas de elenco provavelmente também se sentiriam traídos. O mesmo valia para a equipe de filmagem.

Ele devia desistir do alter ego que usava para escrever as fanfics. Sabia disso. E Marcus faria isso, *faria mesmo*, se escrever não significasse tanto para ele, se o grupo do servidor Lavineias não significasse tanto para ele, se Tila...

Tila. Deus. Tila.

Ele queria conhecê-la pessoalmente quase tanto quanto queria um novo caminho para sua carreira e sua vida pública. Mas, diante das circunstâncias, aquilo jamais aconteceria. Então, Marcus valorizaria o que os dois podiam ter. O que já tinham.

E ele não estava disposto a desistir disso. Com ou sem quebra de contrato.

Ele deletou o e-mail de R.J. e Ron, ignorou as outras mensagens na caixa de entrada e resolveu checar o Twitter.

Havia um monte de notificações sobre as fotos que Vika havia postado dele durante a noite, junto com várias referências sacanas ao seu visual. Tinha também alguns pedidos de retuíte e de parabéns por aniversários, assim como algumas fanarts impressionantes.

Nada que ele precisasse ou tivesse a intenção de responder. De modo geral, ele usava a conta do Twitter apenas para divulgação, retuitando fotos boas e anúncios sobre as convenções a que iria comparecer e episódios que seriam exibidos. De vez em quando, respondia a um tuíte de algum colega de elenco de *Deuses dos Portões*, mas só. Manter a farsa do Golden Retriever Bem Treinado já era exaustivo o bastante na vida real; Marcus não tinha a menor intenção de se manter nesse papel também na internet, a menos que fosse absolutamente necessário.

Sua vida on-line acontecia mesmo em um único site. Bem, na verdade em dois sites: o servidor Lavineias e o AO3.

Tila ainda não havia respondido às suas DMs. Merda.

Mas Marcus podia esperar mais alguns minutos antes de desistir e descer para o café da manhã. Ele soltou um suspiro e voltou a navegar pelas notificações do Twitter, até chegar a algumas de cerca de uma hora antes. Então, hesitou quando uma palavra estranha chamou sua atenção.

Novelha. Não, *novilha*.

Novilha?

Marcus franziu a testa e parou para entender o que estava acontecendo, lendo o tuíte com atenção.

Ele se referia à foto de uma ruiva bonita e curvilínea fazendo cosplay de Lavínia. A mulher aparentemente tinha publicado a imagem em resposta ao pedido da conta oficial de *Deuses dos Portões* por fotos de fãs fantasiados. Então, um imbecil havia postado uns comentários em resposta ao tuíte da ruiva, comparando-a a um animal.

O mesmo idiota também havia marcado Marcus, convidando seu ator favorito a se juntar ao deboche diante da mera ideia de uma mulher como — Marcus checou a @ dela no Twitter — @SempreLavineias ter a audácia de se imaginar capaz de encarnar o interesse amoroso de Eneias na tela.

A ruiva não tinha respondido, mas outros fãs haviam concordado com o primeiro, e merda...

Merda, merda, merda.

Ele não podia simplesmente ignorar aquela situação.

Sua vontade era responder: *Essa mulher é uma graça, e eu não quero ser o ator favorito de um babaca. Pare de assistir a* Deuses dos Portões *e vá se foder.*

Mas sua agente cairia duro se Marcus fizesse isso. Os *showrunners* da série explodiriam. Sua persona construída com tanto cuidado se racharia, talvez de forma irreparável, fugindo completamente do controle.

Marcus passou a mão pelo rosto, então pressionou a testa enquanto pensava.

Minutos mais tarde, ditou a resposta que tinha resolvido publicar.

Sei reconhecer uma pessoa bonita quando a vejo, provavelmente porque é o que vejo no espelho todo dia. ☺ A @SempreLavinea é linda, e Lavínia não poderia querer uma homenagem melhor.

Ele tentou parar por ali. Tentou mesmo.

Mas, Jesus, o outro cara era um baita imbecil.

Qual é cara, @DeusesDasMinhaManchas retuitou em resposta a Marcus. Sai desse papel hipócrita de cavaleiro de armadura brilhante, como se você algum dia fosse chegar a menos de cinco metros dessa vaca.

O merdinha tinha marcado a pobre @SempreLavineias no tuíte, e Marcus torceu para que ela tivesse silenciado aquela conversa antes de chegar a ler aquilo. Mas, caso isso não tivesse acontecido, ele não poderia deixar as coisas daquele jeito. Simplesmente... não dava.

Marcus passou a seguir @SempreLavieneias. O que fez dela uma das 286 pessoas que ele seguia — e todo o resto era de alguma forma ligado à indústria do cinema e da televisão. Uma rápida olhada no perfil da mulher lhe disse que ela morava na Califórnia. Hum, aquilo era conveniente.

Ele não poderia mandar uma DM para ela logo de cara, já que a ruiva não o seguia. O que era justo, afinal Marcus também não seguiria uma conta tão pouco interessante e pouco usada como a dele.

No entanto, mais de dois milhões de pessoas o seguiam. E ele esperava sinceramente que qualquer outro babaca entre esses seguidores visse seu próximo tuíte.

Não sou nenhum cavaleiro de armadura brilhante, só um homem que gosta da companhia de uma mulher bonita. Quer jantar comigo quando eu voltar para a Califórnia, @SempreLavineias?

Então, Marcus se recostou na cabeceira da cama, de braços cruzados, e esperou a resposta dela.

* * *

April piscou algumas vezes e voltou a checar a tela do notebook.

Sim.

Marcus Caster-Rupp definitivamente a havia convidado para jantar.

Marcus. Caster. Hífen. Rupp.

Sem querer ser repetitiva, mas: *Caceeeeeeete.*

O cara já tinha aparecido com os bíceps flexionados em mais capas de revista do que ela seria capaz de contar. April o via na tela da TV toda semana, e tinha uma considerável quantidade de imagens dele salvas em seu computador.

E esse mesmo cara tinha acabado de... convidá-la para sair?

Uau. *Uau.*

Se April tivesse que escolher com que ator de *Deuses dos Portões* gostaria de sair, mesmo que só por uma noite, com certeza seria Alexander Woodroe, o cara que fazia o papel do Cupido.

Mas Caster-Rupp era sexy. Disso não havia dúvida. Não era absurdamente musculoso, mas era alto, esguio e inegavelmente forte e em forma. E ela já tinha se pegado suspirando diante de closes dos antebraços definidos e com veias destacadas de Marcus, sem falar nos gifs da primeira cena de amor dele com Dido, porque… *nossa*… aquela *bunda*. Redonda, musculosa e… deliciosa.

Também não havia como negar que Marcus era lindo. Seu maxilar definido seria capaz de fatiar um tomate. As maçãs do rosto daquele homem eram impecáveis, o nariz irregular e marcante o suficiente para dar personalidade à sua imagem. Ele ficava bem com a barba por fazer, que enfatizava os lábios perfeitos. Assim como com a barba cheia. E sem barba. Sinceramente, aquilo era absurdo e injusto.

O cabelo loiro bonito já apresentava os primeiros fios grisalhos nas têmporas e realçava seus olhos azul-acinzentados, como…

Bom, como o cabelo de um astro de TV deveria realçar seus olhos.

E Marcus também era um ótimo ator. Algumas temporadas antes, o personagem dele havia cumprido a ordem inflexível de Júpiter de reunir secretamente seu exército e deixar Dido — a mulher que ele amava e com quem vivia havia um ano — no meio da noite, sem qualquer aviso ou mesmo uma palavra de despedida. Caster-Rupp expressara o sofrimento, a vergonha e a relutância do personagem com tanta habilidade que April até chorou.

Depois, Eneias vira o brilho da pira funerária de Dido ao longe, do outro lado do mar agitado, e compreendera as implicações do que havia acontecido. Por causa do que ele tinha feito, Dido estava morrendo, ou já estava morta, e ele não podia fazer nada para impedir aquilo, ou sequer ajudá-la. Eneias se deixou cair de joelhos no deque do navio, devastado, levou as mãos ao cabelo e abaixou a cabeça, a respiração saindo em arquejos, se odiando enquanto enfrentava, horrorizado, o destino da amada.

Diante daquela cena, April voltara a chorar, mas, dessa vez, de soluçar.

Ela ainda achava que Marcus merecia ter ganhado um prêmio por aquele episódio.

Nas mãos habilidosas do ator, ninguém poderia negar a inteligência de Eneias, seu coração enorme, solitário e marcado por cicatrizes — ou o respeito e a atração crescente e relutante que o personagem vinha sentindo por Lavínia nas últimas três temporadas da série.

Mas havia uma razão para April não o seguir no Twitter.

Para ela, Marcus Caster-Rupp jamais tinha dito uma única palavra interessante em qualquer entrevista que já vira com ele. E April tinha visto muitas, porque as pessoas do Lavineias que shippavam os personagens de Eneias e Lavínia buscavam vorazmente qualquer cobertura da mídia que pudesse abordar o par favorito delas. Mas, ao contrário de Summer Diaz, a mulher que encarnava tão bem Lavínia, Caster-Rupp nunca alimentava o fandom com qualquer comentário, análise ou mesmo uma breve menção ao relacionamento entre Eneias e Lavínia. Não que ele mencionasse o relacionamento entre Eneias e Dido também.

Caster-Rupp era sempre muito vago em suas palavras. Entusiasmado e cem por cento genérico.

Depois que a primeira temporada da série foi ao ar, a maior parte dos jornalistas simplesmente desistiu de entrevistá-lo, e se limitava a mostrar as poucas fotos dos bíceps dele flexionados sempre que mencionava seu personagem.

A habilidade de Caster-Rupp de exibir tamanha perspicácia e profundidade emocional diante da câmera era impressionante. Na vida real, o homem não passava de um estereótipo do rostinho bonito de Hollywood, cintilante e vaidoso, com seu cabelo jogado e uma insipidez simpática.

Em resumo, não era o tipo de pessoa com quem ela gostaria de sair.

Mas rejeitá-lo publicamente, desdenhar de seu gesto gentil, seria uma enorme grosseria. E como ela poderia se autodenominar uma fã Lavineias se deixasse passar a oportunidade de conversar com Caster-Rupp?

Talvez ele estivesse procurando uma forma de escapar do compromisso que tinha acabado de assumir, lógico.

Os dois precisavam conversar. Mas não diante dos olhos dos dois milhões de seguidores dele.

April seguiu a conta de Marcus. Então, clicou para mandar mensagem para ele, meio que esperando descobrir que havia tido uma alucinação, ou que tinha acontecido alguma confusão com as notificações do Twitter, que a avisara por engano que Caster-Rupp passara a segui-la e a convidara para sair.

Mas a tela da DM apareceu.

April tinha permissão para mandar mensagens diretas para Marcus Caster-Rupp. Porque ele a seguia agora. De verdade.

Bizaaaarro. Empolgante, mas bizarro. Para não falar constrangedor. O que justificava o fato de ela ter demorado alguns minutos para conseguir escrever uma mensagem para ele.

Hum… oi, escreveu finalmente. É um prazer conhecê-lo, sr. Caster-Rupp. Antes de mais nada, e principalmente, obrigada por ter sido tão gentil agora há pouco. Foi muito fofo da sua parte me defender daquele jeito. Dito isso, quero que saiba que o senhor não precisa seguir com a ideia do jantar. Quer dizer, provavelmente vou aceitar caso mantenha o convite, mas, por favor, não se sinta obrigado.

Enquanto esperava uma resposta, April checou rapidamente o servidor Lavineias.

Com um gemido, ela se deixou apoiar contra a cabeceira da cama. Droga, ELENFI tinha respondido às suas mensagens anteriores, e April não tinha tempo para respondê-lo naquele momento.

Mas tinha uma responsabilidade com o fandom. ELENFI certamente entenderia, se soubesse da situação.

Mesmo assim, April lhe escreveu uma mensagem rápida.

Resolvendo algumas questões de última hora. Logo volto para a gente conversar. Desculpa!

Quando ela maximizou novamente a janela do Twitter, já havia uma resposta de Caster-Rupp.

Garanto que não vai ser uma obrigação. Você sem dúvida é muito talentosa na criação de figurinos e, como eu disse, também muito bonita. Seria uma honra te levar para jantar. P.S.: Por favor, me chame de Marcus.

Contrariando o próprio bom senso, April deu um sorrisinho satisfeito diante dos elogios.

Ainda assim, precisava questionar ao menos uma parte da mensagem dele.

Então isso não tem nada a ver com um desejo de irritar aqueles babacas nos seus comentários, Marcus? P.S.: Meu nome é April.

A resposta dele chegou quase na mesma hora: Tenho que admitir que descontentar alguns dos meus fanboys mais detestáveis também me deixaria feliz.

April franziu a testa.

Descontentar? Que ator bonitinho e superficial usava uma palavra como *aquela*?

Apareceram três pontinhos na tela. Marcus estava escrevendo mais.

Não me expressei bem. Desculpe. Quis dizer que acho que também seria uma boa divulgação para mim. Socializar com os fãs, essas coisas.

Essa sim era uma resposta mais alinhada com o que April esperava de um homem como ele. Um cara gente boa e bem--intencionado, mas no fim das contas sempre procurando uma forma de se promover.

Faz sentido, escreveu ela.

Mais pontinhos, mas agora piscando por vários minutos.

Preciso avisar, April. Se realmente sairmos juntos, provavelmente vamos acabar nos tabloides, ou ao menos em alguns blogs. Por isso, caso você se preocupe muito com a sua privacidade, talvez prefira recusar o meu convite. Fique tranquila, não vai me deixar chateado.

April mordeu o lábio. Preciso de alguns minutos para pensar. Pode ser?

Claro, respondeu Marcus. Leve o tempo que precisar. Ainda é de manhã na Espanha, e meu voo só sai no final da tarde. Vou ficar aqui por algum tempo.

Certo, agora ela estava morrendo de vontade de perguntar a ele sobre a sexta temporada e o final da série. Marcus obviamente havia assinado algum termo de confidencialidade, mas com certeza um homem tão lento talvez deixasse escapar um ou outro detalhe, não é mesmo?

Surgiu uma nova mensagem no servidor Lavineias. Era ELENFI, tranquilizando-a, como sempre.

Sem problema. Também estou tendo que lidar com algumas questões inesperadas. Além disso, vou ficar aqui por algum tempo.

April deu uma risadinha, achando divertido que ELENFI, sem querer, tivesse repetido a mesma frase de Marcus, o homem sobre cujo personagem ELENFI já havia escrito dezenas de fics.

Será que ela deveria contar a ele o que havia acabado de acontecer?

Não. Ainda não.

April nem tinha decidido se aceitaria o convite de Marcus, e não estava pronta para que seus amigos do Lavineias a vissem. Isso aconteceria em breve, mas ainda não havia chegado o momento. Ela já tinha muitas decisões para tomar, muita coisa em que pensar.

Obrigada. Volto logo, escreveu para ELENFI.

April se levantou e checou o bolso lateral da sua maleta para pegar um caderno novo. Ela pensava melhor quando escrevia no papel. Sempre tinha sido assim.

Aproveitou também para pegar uma caneta e colocar mais água no copo que deixava ao lado da cama. Então, voltou a se recostar na cabeceira de madeira, pousou a ponta da caneta na primeira página em branco do caderno e constatou o óbvio.

Se seu objetivo era parar de se esconder, não poderia ter encontrado uma forma mais eficiente de exposição.

Mesmo presumindo que o fio do Twitter daquela noite não tivesse sido suficiente para isso, um encontro com Marcus Caster-Rupp, um astro de TV mundialmente famoso, tornaria público o rosto e o corpo dela — além de seus interesses em quem deveria ficar com quem na série *Deuses dos Portões*. Ao menos em alguns círculos. E April conhecia suficientemente o fandom da série para conseguir até adivinhar as chamadas nos blogs. Quer dizer, as mais gentis.

> **Fã de Portões aceita sair com o ator dos seus sonhos — garotas nerds vão à loucura!**

> **Uma fangirl consegue um encontro com um astro — e, neste dia, nascem um milhão de fanfics de universos alternativos, @SempreLavineias, ícone das fãs obcecadas**

Aquilo fez April ter um estalo: o servidor Lavineias ia surtar — se a histeria já não tivesse começado. E provavelmente tinha, já que a maior parte dos amigos dela seguia Marcus no Twitter. Felizmente, ela ainda não dera uma espiada no chat do servidor principal.

Se eles soubessem que @SempreLavineias também era a Tiete Da Lavínia, e que ela se sentia tentada a recusar o convite para um *encontro* (cacete!) com uma das metades do OTP deles, sem dúvida a aniquilariam.

Ora, como ela já havia debutado publicamente como fangirl, podia muito bem fazer aquilo do jeito certo. Podia muito bem descrever tudo o que precisava fazer, todas as partes de si mesma que pretendia expor.

No alto da página, April escreveu em letras garrafais grandes: GEÓLOGA AMBIENTAL, RESOLVA ISSO.

Ela já havia estabelecido algumas partes do seu plano no caminho para o hotel naquele dia e ao longo dos últimos meses, mas listaria outras naquele momento. Incluindo os aspectos mais dolorosos.

1. Aceitar o convite de Marcus. Publicamente.
2. Fundir sua vida pessoal e profissional no novo trabalho, sem ser desagradável. Parar de temer a exposição. (Se lembrar do trio horrível de música folk quanto for necessário.)
3. Compartilhar a @ do Twitter com amigos do Lavineias. Usar protetores de ouvido quando fizer isso, já que os gritos provavelmente serão ouvidos do espaço.
4. Ir à Con dos Portões. Encontrar com amigos do Lavineias e deixar que vejam como você é pessoalmente. ~~Até mesmo ELEN~~
5. Participar do concurso de cosplay da Con dos Portões.

April fez uma pausa, mordendo a parte interna da bochecha.

Não, ela listaria tudo. Tinha se proposto a ir até o fim, e não era covarde.

6. Abordar a gordofobia na comunidade Lavineias, mesmo que isso possa afastar ~~ELENFI~~ os meus amigos.
7. Decidir o que fazer sobre mamãe e papai. Quando tiver certeza, conversar pessoalmente com a mamãe.
8. Dispensar na mesma hora qualquer homem que queira que eu mude e/ou não pareça ter orgulho de estar comigo em público.

Pronto. Feito. Se ela queria descontaminar seu solo pessoal, aquele era o caminho a seguir.

Deixando o caderno e a lista de decisões à vista, April maximizou a janela do Twitter. Então, parou por um instante, mordendo mais uma vez a parte interna da bochecha. E assentiu para si mesma.

No fim, acabou levando apenas alguns segundos. Ela localizou o convite de Marcus entre as várias notificações e clicou no símbolo para repostar com comentário.

Seria um prazer jantar com você, @MarcusCasterRupp. Obrigada pelo convite. Sinta-se à vontade para me mandar uma DM para combinarmos os detalhes. ☺

Servidor Lavineias
Tópico: Que merda tá acontecendo com a Dido

Tiete Da Lavínia: Olha só, primeiro a série ignora completamente os livros e mata a personagem naquela pira funerária, mas acho que a gente poderia dizer que eles estavam sendo conservadores nisso (nível época do Virgílio). Mas fazer Juno trazê-la de volta dos mortos? E aí transformar Dido em uma mulher desprezada e louca, sedenta por poder, doida por sexo, que praticamente cozinha coelhinhos em meio à obsessão por Eneias? Como diz o título do tópico: que merda tá acontecendo?

Sra. Eneias O Piedoso: Ela está completamente diferente da Dido dos livros de Wade.

EmLivrosEneiasNuncaFariaIsso: Até a Dido do Virgílio era uma governante competente, antes da chegada de Eneias e da intervenção de Vênus. Odeio dizer isso, mas...

Tiete Da Lavínia: Mas o quê?

EmLivrosEneiasNuncaFariaIsso: A Dido da série nunca foi mais do que uma caricatura misógina. O talento da Carah Brown está sendo desperdiçado nesse papel, embora ela seja a única razão para a personagem ter alguma relevância. Depois que acabaram os livros de Wade, só ficou pior.

Tiete Da Lavínia: Mas por que fizeram essa escolha narrativa? É tão menos interessante do que as coisas que Wade, ou mesmo Virgílio, fizeram.

EmLivrosEneiasNuncaFariaIsso: Desconfio que tem muito a ver com a forma como os criadores da série veem as mulheres.

4

O celular de April vibrou em cima da escrivaninha do quarto de hotel, e ela encostou a testa na superfície que imitava madeira. Então, levantou a cabeça, mas logo a deixou cair de novo.

Ela não precisava nem olhar para saber quem estava do outro lado da linha e o motivo da ligação. Em algum momento, sua mãe iria descobrir sobre o encontro com Marcus, que aconteceria naquela noite. Era só uma questão de tempo, mas April tinha aproveitado cada minuto.

E agora o tempo havia terminado.

Bastou uma olhada para a tela do celular para confirmar seu medo, e ela deixou escapar um suspiro antes de atender.

— Oi, mãe.

— Meu bem, acho que acabei de ver uma foto sua no *Entertainment All-Access*. — Sua mãe parecia ao mesmo tempo surpresa e confusa. — Você estava usando uma espécie de vestido antiquado.

No dia anterior, April tinha se perguntado se o programa que JoAnn gostava de assistir enquanto preparava o jantar mostraria a história. Obviamente já tinha sua resposta.

— Era eu. Usando minha fantasia de Lavínia. Você sabe, aquela personagem de *Deuses dos Portões*.

— Ah, meu Deus. — A mãe ficou ofegante. — April, eu nem…

Seguiu-se um longo silêncio, durante o qual JoAnn provavelmente estava piscando várias vezes, chocada com a súbita e inesperada fama da filha, absorvendo a notícia e avaliando como deveria iniciar aquela conversa. Com curiosidade? Preocupação? Pena? Conselhos?

No fim, ela acabou seguindo por todos esses caminhos. April já sabia que seria assim, como também sabia o que estaria implícito no conselho da mãe.

Finalmente, JoAnn escolheu uma pergunta inicial:

— Mas como isso *aconteceu*?

Aquela era uma pergunta com muitas respostas, algumas mais existenciais do que outras, mas April se ateve aos fatos. Apenas optou por não dar muitos detalhes, em uma esperança vã de que as duas pudessem evitar o inevitável.

— Bem, eu tenho uma conta no Twitter onde posto fotos minhas fazendo cosplay da Lavínia, e Marcus Caster-Rupp viu uma dessas fotos na quarta-feira à noite e me convidou para sair. — Ela manteve a voz tranquila, como se o mundo não tivesse explodido nos últimos dias. Como se o seu coração não estivesse disparado desde o momento em que havia acordado. — Estou hospedada em um hotel em Berkeley este fim de semana, enquanto organizo meu apartamento novo, e, por acaso, Marcus também está na cidade. Então vamos jantar hoje à noite, mas por favor não conta pra ninguém. Eu gostaria que toda essa história não se espalhasse tanto, dadas as circunstâncias.

Não se espalhasse tanto significava *não se espalhasse mais ainda*. Isso se tivesse sorte.

Assim que a troca de mensagens entre April e Marcus no Twitter viralizou, as menções a ela se tornaram… incompreensíveis. Esmagadoras. Cheias de comentários tanto encorajadores quanto absurdamente péssimos. E mesmo que ela tivesse silenciado a maior parte dos comentários muito tempo antes, não paravam de surgir novos seguidores e tuítes, além de pedidos de entrevista e perguntas de blogueiros e da mídia.

Como o nível de exposição a que ela havia se submetido já era mais que suficiente, April recusou todos os pedidos e ignorou todas as perguntas. Então, justamente quando a poeira tinha começado a baixar, a conta oficial de *Deuses dos Portões* no Twitter se inteirou da história e, confirmando a previsão de Marcus, obviamente viu a coisa toda como uma grande oportunidade de divulgação. Para desalento de April, eles começaram a promover com empenho a droga do evento.

O que significou ainda mais notificações. Mais DMs. Mais comentários para silenciar.

Àquela altura, a história já havia chegado aos ouvidos dos antigos colegas de April. Por causa do alvoroço na internet, na sexta-feira dois dos seus agora ex-colegas tinham visto a foto dela em uma das muitas reportagens disponíveis on-line.

Eles comentaram a respeito com April aos sussurros, em cantos do escritório, e ela não havia se importado com as piadinhas. Mas as expressões de solidariedade e as palmadinhas de dó no braço — *As pessoas disseram umas coisas tão horríveis, April... não consigo nem imaginar como você deve ter se sentido* — a deixaram bem irritada.

No último dia no antigo emprego, quando foi embora carregando uma caixa com seus pertences, ela precisou encarar um corredor polonês de olhares surpresos e sussurros.

Chega de se esconder, repetira April, mesmo sentindo o peito subitamente apertado. *Chega de se esconder. Lembre-se do bendito trio folk.*

Então, a história pulara do Twitter para o Facebook e o Instagram, e dali para os blogs dedicados a *Deuses dos Portões*, e até mesmo para alguns programas de entretenimento.

Incluindo o *Entertainment All-Access*, lógico.

April estava tentando não acompanhar a extensão da sua fama recém-conquistada, mas como conseguiria evitar? Mesmo que cada post e cada matéria na TV aumentassem a tensão em seus músculos a ponto de seus ombros doerem...

— Entendo. — JoAnn provavelmente tinha acabado de ver exatamente aquela mesma história, exibida para o deleite de telespectadores por todo o país. — Você está bem, meu amor?

Ah, a preocupação e a pena entraram na conversa simultaneamente. Que maravilha.

— Eu tô bem. Só pensando no que vestir para... — Merda. Erro de principiante. Normalmente, April jamais introduziria o assunto das suas escolhas de roupa em qualquer conversa com a mãe. — Só ansiosa para esta noite. Afinal, o Marcus interpreta o Eneias, um dos meus personagens favoritos.

A mãe ignorou a estratégia de April.

— Eles exibiram parte daquela conversa no Twitter. — A voz de JoAnn se transformou em um quase sussurro. — Não sei se postar fotos lá é uma boa ideia.

Aquele era mais ou menos o mesmo conselho que April vinha recebendo havia mais de trinta anos. *Se as pessoas são cruéis, procure se diminuir cada vez mais, até se tornar tão insignificante que ninguém vai poder fazer de você um alvo.*

Mas April estava cansada de se diminuir e de se esconder. A opinião dos gordofóbicos do Twitter não importava, e ela não se encolheria só para evitar a atenção deles.

— Gosto que as pessoas vejam as roupas que eu faço.

JoAnn respondeu com cautela, a preocupação e as boas intenções evidentes em cada sílaba.

— Aquele vestido... — Ela hesitou. — Não valorizava muito o seu corpo. Talvez você pudesse fazer um modelo que não ficasse tão colado...

A mãe poderia estar se referindo a qualquer coisa. Aos braços de April. Às suas costas. À barriga. À bunda. Às coxas.

— Eu tô bem — repetiu April, o tom mais brusco do que tinha sido a sua intenção.

Outro longo silêncio.

Quando JoAnn voltou a falar, sua voz estava um pouco trêmula.

— Você disse que estava escolhendo a roupa que vai usar esta noite?

April havia magoado a mãe, e sentiu uma onda de vergonha aquecer seu pescoço.

— Sim. Separei algumas opções, e estou tentando decidir. — Ela fechou as mãos, porque sabia, simplesmente sabia...

— Imagino que as pessoas vão tirar fotos de vocês durante o jantar. — A falsa animação de JoAnn era como um monte de farpas. — Um vestido preto é sempre elegante, sabe. E a cor disfarça tantos pecados... principalmente se você encontrar um modelo mais soltinho.

Preto para desaparecer. Tecido em excesso para disfarçar.

Como sempre, ser gorda era um pecado, provavelmente mortal e imperdoável.

April inclinou a cabeça e não respondeu, por medo do que acabaria dizendo.

— Não se preocupe. Não vou contar a ninguém sobre o encontro — continuou JoAnn. — A não ser ao seu pai, é claro. Mas tenho certeza de que ele não vai espalhar a...

Ok, a conversa havia terminado.

— É melhor eu ir agora. Preciso tomar um banho para ter tempo de me arrumar para o jantar.

— Tudo bem. Divirta-se de noite, querida — falou JoAnn, embora não parecesse esperar diversão para nenhum dos envolvidos. — Amo você.

Pelo menos o sentimento da mãe era sincero. April jamais havia questionado aquilo.

— Obrigada, mãe. — Ela havia cravado as unhas com tanta força na palma das mãos que ficou surpresa por não ter rasgado a pele. — Também amo você.

E aquele era o problema. April realmente a amava.

April saiu do chuveiro, vestiu uma camisola solta e ficou parada, hesitante, diante do minúsculo guarda-roupa do quarto do hotel.

Como tinha dito à mãe, ao sair da sua casa já quase vazia em Sacramento, havia colocado na mala algumas opções de roupas mais elegantes. Eram boas alternativas. E, em circunstâncias normais, April não costumava ser indecisa, mas aquelas estavam longe de ser circunstâncias normais. Independentemente do que escolhesse usar para jantar com Marcus Caster-Rupp naquela noite, a roupa precisava passar duas mensagens.

A primeira: *sou confiante e sexy, mas não estou me esforçando demais*. Porque, sim, ele até podia ser vaidoso e insípido, mas também era um ator famoso, gostoso pra cacete, e April tinha o seu orgulho. Assim como a mãe, ela também esperava que algumas fotos tiradas por paparazzi já estivessem na internet antes mesmo que ela terminasse o último pedaço da sobremesa. E April pretendia sair bem naquelas fotos, assim como nas que ela e Marcus postariam nas próprias contas nas redes sociais.

Para passar esse tipo de mensagem, ela precisaria de uma roupa justa. E que *não* fosse preta. Precisaria de salto alto, por mais que ela odiasse a ideia de torturar os próprios pés. E precisaria de brincos que se destacassem em suas orelhas.

Mas esse já era o seu padrão de traje para grandes encontros, apesar dos conselhos da mãe. Nada complicado demais.

Não, a segunda mensagem, dirigida apenas a Marcus, é que estava se mostrando difícil de resolver: *você precisa compartilhar detalhes confidenciais sobre a última temporada da série, apesar das consequências legais e profissionais que pode sofrer.*

E, para passar essa mensagem... Bem, April não sabia que roupa deveria usar. Provavelmente precisaria arranjar um relógio de hipnose. *Você está ficando com sono, com muito sono, e também está com vontade de me contar se você e a Lavínia finalmente vão trepar, e se vai ser incrível, e se vamos ter alguma cena de nudez frontal masculina completa.*

Como não havia um relógio daquele disponível, ela apostou no decote. No ano anterior, a mera visão do decote profundo de um vestido de April fizera com que um cara com quem ela ia sair desse de cara em um poste de luz, do lado de fora do Fairmont. Mais tarde, durante o jantar, quando ela se inclinou para pegar um guardanapo que caiu, ele enfiou o garfo no próprio queixo e gritou tão alto que acabou chamando a atenção de um garçom que passava.

Antes daquela noite fatídica, Blake havia passado horas se gabando da intensidade e da eficácia do treinamento nas forças especiais pelo qual tinha passado muito tempo antes. Mas, ao que parecia, o treinamento dos fuzileiros navais no início dos anos 2000 não preparava seus homens para as Táticas Avançadas do Batalhão Mamário, e o mesmo acontecia com os especialistas em segurança da internet nos dias atuais.

Quando ela brincou com ele sobre aquela falha, Blake fechou a cara, com uma expressão petulante. Isso foi pouco antes de ele derramar meio copo de vinho branco no paletó quando April começiu a brincar com o pingente do colar pousado logo acima dos seios.

Ela riu na ocasião, e voltou a rir com a lembrança. Mané.

Muito bem. Um vestido transpassado, então. Foco no decote.

April examinou os cabides no guarda-roupa e parou em suas duas principais opções. O vestido colorido com estampa de medalhões, ou aquele com um tom verde-mar lindo?

O vestido verde escorregou para o chão, e ela mal conseguiu pendurá-lo de volta no cabide acolchoado.

Merda. Suas mãos estavam tremendo.

Não deveria estar nervosa. Não estava. Só...

Jesus, aquelas notificações do Twitter, os posts nos blogs, as matérias nos telejornais. As dúvidas da mãe dela. Os próprios medos de April.

Apesar da sua empolgação, apesar da autoconfiança conquistada a duras penas, ela ainda era humana. Aquela súbita exposição da sua vida privada aos olhos de todos a havia deixado com uma sensação... estranha. Como se ela estivesse se vendo de fora, avaliando cada nuance do que dizia e de como se apresentava.

E mesmo que deixasse de lado o alvoroço do público e aquele desconforto que sentia... pelo amor de Deus, ela ia ter um encontro com o homem que acompanhava na *televisão* fazia anos! O mesmo homem cujos filmes horríveis ela via de vez em quando com um balde de pipoca na mão, o rosto bonito dele na tela quase tão grande quanto a casa que ela tinha acabado de vender.

O mesmo homem considerado o cara mais sexy do mundo por várias revistas. O astro de incontáveis fanfics que April tinha escrito, sorrindo, flertando e trepando até chegar ao final feliz, literal e metaforicamente. Ao menos na imaginação dela.

Em menos de duas horas, April iria se encontrar com aquele homem em carne e osso e precisava arrumar um jeito de se controlar para não hiperventilar.

Era melhor escolher um vestido com uma cor suave, relaxante.

Um último olhar para o guarda-roupa e ela teve a sua resposta: o vestido verde-mar. Ninguém hiperventilava usando uma roupa verde-mar. Era o ansiolítico das cores de vestido, da forma mais linda possível.

Ao menos ela torcia muito para que isso fosse verdade.

DMs no servidor Lavineias, dezoito meses antes

Tiete Da Lavínia: Acho que vou enfiar o máximo de clichês possível nessa história. Me ajuda a pensar em mais, por favor. Já usei o "ah, só tem uma cama", o "encontro fake", o "uma trepada vai tirar essa ideia da nossa cabeça", o "melhor amigo do irmão mais velho"...

EmLivrosEneiasNuncaFariaIsso: Uau. Quanta coisa.

EmLivrosEneiasNuncaFariaIsso: Talvez "um beijo pelo bem da ciência"?

Tiete Da Lavínia: ÓTIMO. Feito!

EmLivrosEneiasNuncaFariaIsso: Que tal um pouco de amor secreto também?

Tiete Da Lavínia: Ah, pronto.

EmLivrosEneiasNuncaFariaIsso: Amor não correspondido? Ou talvez ele tenha sido responsável, sem querer, pela morte da ex? Talvez ela tenha morrido em um incêndio que ele poderia ter evitado, se não estivesse tão envolvido com o trabalho?

Tiete Da Lavínia: Jesus Cristo.

EmLivrosEneiasNuncaFariaIsso: Desculpa.

Tiete Da Lavínia: Não, não precisa se desculpar. Essa coisa de sofrência é a sua praia. Funciona pra você.

EmLivrosEneiasNuncaFariaIsso: Hummm

Tiete Da Lavínia: O que foi?

EmLivrosEneiasNuncaFariaIsso: E se ele sofrer de transtorno de estresse pós-traumático por causa do passado na carreira militar? Tipo, porque vários homens morreram sob o comando dele?

Tiete Da Lavínia: Cacete, ELENFI.

5

— Então... — Marcus levou o guardanapo engomado à boca perfeita e logo voltou a colocá-lo educadamente no colo. — Você tem Twitter?

April não sabia muito bem como responder àquilo.

Ele não parecera *tão* obtuso assim nas DMs. Mas talvez tivesse um assistente pessoal para lidar com suas contas nas redes sociais, e a verdade era que aquela era a primeira vez que April realmente *falava* com ele. Ou talvez, para um homem como Marcus, ela fosse insignificante demais para que ele se lembrasse dela por muito tempo...

— Sim. — April separou com o garfo um pedaço do salmão defumado, que era um dos carros-chefes do restaurante, e mergulhou no molho de creme azedo com endro que decorava o prato da entrada que ela havia pedido. — Tenho.

O garçom que os atendia, Olaf, aproximou-se para encher novamente o copo de água de April, como parecia fazer a cada gole que ela dava. April se aproveitou do momento de distração para checar o relógio.

Estava ali com Marcus havia trinta minutos? Só?

Que saco.

Parecia que mais tempo tinha se passado desde que ela entrara no SoMa, aquele restaurante todo caro e exclusivo, à luz de velas, e tinha encontrado Marcus já sentado à mesa deles ao lado da janela. Como havia chegado dez minutos adiantada e contava que iria esperar algum tempo por ele — não era considerado de praxe o pessoal de Hollywood chegar aos eventos com certo atraso? —, ela ficou surpresa quando ele se levantou e a cumprimentou com um sorriso plácido no rosto maravilhoso.

— Você está linda. — O olhar dele se demorara cerca de meio segundo no vestido justo dela, não mais. — Obrigado por aceitar meu convite.

Marcus indicou para April o assento voltado para a melhor vista — o paletó escuro moldando seus bíceps de forma atraente —, em seguida puxou a cadeira para que ela se sentasse. Ainda sorrindo, ele começou a conversar sobre amenidades: o clima, o trânsito, a beleza do pôr do sol daquele dia.

E foi isso o que fizeram desde então, entre uma aparição e outra de Olaf. April se sentiu tentada a derrubar um copo de água, ou a colocar fogo no guardanapo com a vela que iluminava a mesa, só para garantir um mínimo de animação. Aquele jantar iria demorar uma *eternidade*.

Ela deixou escapar um breve suspiro silencioso e comeu o pedaço de salmão. Pelo menos não precisava se sentir culpada por preferir estar jantando com Alexander Woodroe do que com Marcus. Ou — melhor ainda — por preferir trocar mensagens com ELENFI a conversar pessoalmente com qualquer ator famoso.

Seu melhor amigo virtual ainda não sabia sobre aquele encontro, mas ela planejava contar a ele assim que voltasse ao hotel.

Antes, contudo, precisava se manter acordada durante os três pratos daquele jantar com Marcus. Que chatice...

— Imagino que você esteja recebendo, hum... — sua testa larga se franziu, enquanto ele parecia buscar as palavras certas — ... muitas notificações nesta última semana, não?

April teve que rir do eufemismo.

— Com certeza. Comecei a procurar por refúgios para eremitas no Google. E também estou me sentindo tentada a buscar alguma caverna disponível para uma vida de silêncio e solidão.

— Provavelmente não é um bom sinal você estar considerando a possibilidade de viver em uma caverna. Sinto muito. — Pela primeira vez em toda a noite, o sorriso agradável se apagou do rosto dele. — Estão te incomodando nas redes sociais? Ou pessoalmente?

— Nenhuma das duas coisas. — Então ela pensou melhor. — Bem, na verdade, no Twitter, sim. De vez em quando. Mas não de um jeito que eu não consiga lidar usando as funções de silenciar e bloquear, pelo menos até agora.

No entanto, havia mais exposição pública a caminho. April podia não estar familiarizada com os rituais da fama, mas até ela sabia que tirariam fotos dos dois jantando ali. Até a *mãe* de April sabia daquilo.

Assim que aquelas fotos aparecessem na internet, depois que ela e Marcus publicassem as próprias selfies, haveria mais postagens em blogs. Mais matérias em programas de entretenimento na TV. April talvez terminasse até ganhando uma breve menção no programa favorito da mãe dela.

Se isso acontecesse, ela *não* estava nem um pouco ansiosa pelo telefonema que viria logo depois.

— Se por acaso você sofrer algum ataque pior, por favor, me avise. — Pela primeira vez em toda a noite, os olhos azul-acinzentados de Marcus se cravaram em April, e sua expressão subitamente alerta foi impressionante. — Estou falando sério.

Era um comentário bem gentil. E também inútil.

— O que você poderia fazer?

Ele moveu o maxilar por um instante, pensativo, e as sombras das feições bem marcadas se moveram junto à luz de velas.

— Não sei. Alguma coisa.

Em vez de questioná-lo, April apenas inclinou a cabeça e deixou que Marcus acreditasse que concordava com ele. Então, o silêncio reinou por vários minutos, enquanto eles terminavam o primeiro prato. Que, para ser honesta, estava uma delícia. Marcus — ou a pessoa que o assessorava, quem quer que fosse — tinha um ótimo gosto para restaurantes.

E, para crédito de Marcus, ele não havia tentado influenciar o pedido de April de forma alguma. Também não houve qualquer sugestão sutil a favor de opções supostamente mais saudáveis, nenhuma referência objetiva a saladas, nenhum policiamento em relação à comida, que sempre doía mais quando vinha de pessoas que supostamente se importavam com ela.

Em vez disso, quando o garçom discreto, que agora pairava com um jarro de água na visão periférica deles, anotara os pedidos dos dois — os três pratos, do cardápio a preço fixo —, Marcus só comentara que April tinha feito uma excelente escolha, e pedira a mesma coisa.

Em algum momento, enquanto os dois estavam comendo, o sorriso plácido retornou ao rosto dele.

— Esse prato estava delicioso. O que nós pedimos como prato principal mesmo? Mais salmão?

Ah, Deus. Comparada a essa refeição, a meia-vida de um elemento radioativo iria parecer até curta.

Comida, lembrou April a si mesma. *Pelo menos você está comendo coisas maravilhosas hoje.*

— Coxas de frango assadas, recheadas com queijo de cabra e molho agridoce de damasco, acompanhadas de polenta cremosa com alho e aspargos salteados com tomilho. — Ela fez uma pausa. — Ah, e pinhões tostados... em algum lugar. Provavelmente parte do molho. Não tenho certeza.

Marcus a encarou espantado.

April deu de ombros.

— Gosto de comida.

O sorriso dele ficou mais largo. Seu olhar, mais cálido.

— É o que parece. — Não havia qualquer toque de deboche em sua voz, ao menos que ela conseguisse detectar. Só um tom de diversão. — E você também tem uma memória e tanto.

April afastou o elogio com um gesto de mão.

— Eu dei uma olhadinha no site do restaurante ontem à noite. Estou hospedada em um hotel por aqui enquanto faço uma faxina completa no meu apartamento novo, então tive bastante tempo para checar o cardápio on-line.

— Que bom que você encontrou alguma coisa de que gostasse.

Ele estava com os olhos fixos no prato vazio. Quando voltou a olhar para April, passou os dedos pelo cabelo, despenteando os fios de um jeito atraente e posicionando o braço de forma a realçar todos aqueles músculos que ela admirara na segurança da tela do seu computador.

E, sim, os músculos de Marcus eram ainda mais impressionantes pessoalmente, e ele era muito educado, seu cabelo era cheio e dourado à luz das velas, mas... Jesus, o *tédio*.

Por um momento, April considerou falar sobre a mudança de apartamento, seu emprego novo, ou qualquer plano que tivesse para o fim de semana, só para passar o tempo. Mas se o homem não conseguia se lembrar das mensagens que eles haviam trocado no Twitter, ou da comida que tinham pedido minutos antes, aquilo parecia um desperdício de energia. Assim, os dois continuaram em silêncio até Olaf chegar para retirar os pratos vazios e encher os copos de água.

Assim que o garçom sumiu atrás de um par de portas vaivém, com uma pilha de pratos nos braços, um flash súbito vindo da lateral do restaurante fez April se encolher. Ela se virou e olhou ao redor em busca da pessoa que causara os pontinhos brancos que agora dançavam na sua vista.

Ah. É claro.

Um homem em uma das mesas próximas tirara uma foto deles com o celular, e agora se apressava para colocar o aparelho no colo, numa tentativa de escondê-lo. Em minutos, aquela foto provavelmente estaria no Instagram ou no Twitter. Talvez em menos tempo, se April e Marcus desviassem a atenção do rosto vermelho do homem e ele se sentisse à vontade para voltar a mexer no celular.

— Eu estava me perguntando quanto tempo demoraria — murmurou ela.

— As pessoas costumam ser mais inteligentes e não usam o flash em um lugar como este. — Marcus inclinou a cabeça, fazendo um sinal para o lugar onde ficava o maître, o homem de terno que a recebera na porta e agora se adiantava apressado na direção da mesa do homem que havia tirado a foto. — A gerência deste restaurante preza muito pela privacidade e pela discrição dos clientes, ou pelo menos se esforça para simular essa sensação de segurança.

Se April não estivesse tão curiosa para assistir ao confronto iminente na outra mesa, teria olhado de lado para Marcus por sua escolha firme de palavras. *Simular essa sensação de segurança?*

Mas ela não podia desviar nem um instante de atenção para ele, não quando a coisa mais interessante que acontecera até então naquela noite se desenrolava a apenas alguns metros de distância. April apoiou o cotovelo na toalha branca que cobria a mesa, encostou o queixo no punho e esperou o espetáculo começar.

O maître se aproximou, repreendendo o homem aos sussurros, mas recebendo negativas também sussurradas em resposta. Franzindo as sobrancelhas em um claro sinal de consternação, o sujeito gesticulou para o celular em seu colo; ao que parecia, o lugar aparentemente inocente onde estava o aparelho naquele momento era uma prova incontestável de que ele não havia tirado uma foto com flash dentro do restaurante.

Marcus comentou bem baixinho:

— E as pessoas falam que *eu* é que sou ator.

Finalmente, depois de mais algumas frases sussurradas, o homem à mesa guardou o celular no bolso interno do paletó e deu uma palmadinha no tecido, como se prometendo que manteria o aparelho ali pelo resto da noite. O maître encarou-o uma última vez, os olhos semicerrados, e voltou para o seu posto.

Com a diversão encerrada, April se virou novamente para Marcus, desanimada.

— Para ser sincera, não me incomodo com as fotos. Entendo que não tem como escapar delas. Só preferia não ficar cega com o flash.

Ela não sabia se iria conseguir manter toda aquela tranquilidade diante de fotos pouco lisonjeiras. Mas certamente estava disposta a tentar.

— Sinto muito. Mais uma vez. — Marcus tinha os lábios cerrados com força, e seu olhar encontrou o de April. — Escolhi este restaurante em parte porque os paparazzi ainda não tinham me encontrado aqui. Tive a esperança de que, de alguma forma, você pudesse controlar a narrativa desta noite na internet.

Hum.

April abriu a boca para falar, mas logo voltou a fechar e ficou em silêncio por algum tempo.

— Tá tudo bem. Não precisa se desculpar — disse ela, por fim. — Marcus, tenho uma pergunta aleatória pra te fazer. É você mesmo que cuida das suas redes sociais, ou contrata alguém para fazer isso?

Ele arqueou lindamente as sobrancelhas, o que destacou uma linha profunda entre elas.

— Sou eu mesmo. Faço um péssimo trabalho na maior parte do tempo. Por quê?

April se recostou na cadeira macia, inclinou a cabeça e examinou o homem diante dela.

Tive a esperança de que, de alguma forma, você pudesse controlar a narrativa desta noite. Aquilo não era algo que um homem obtuso diria...

Interessante.

Descontentar também poderia ter sido uma escolha feliz de palavra. Até mesmo os esquilos mais equivocados às vezes conseguiam nozes.

Simular essa sensação de segurança tornava o discurso mais crível, mas ele ainda podia estar imitando o jeito de alguém falar. Sua agente, um roteirista, um diretor, *alguém*.

Mas *controlar a narrativa*...

Pela terceira vez, Marcus foi surpreendentemente incisivo em sua fala. Àquela altura, April se via obrigada a concluir que ou alguém dera de presente a ele um calendário com "Uma frase inteligente por dia", ou ele não era assim tão insosso afinal. Pelo menos nem perto do quão insosso estava tentando fingir que era.

Hora de ir mais fundo. Conseguir mais amostras.

Instantes depois, quando o prato principal chegou — e com uma cara ótima! —, April sorriu para Marcus, então pegou o garfo e a faca afiada. As duas coxas de frango estavam bem no meio do prato, a pele crocante, dourada e perfeita. De fato, tão perfeita que um observador desavisado talvez nunca percebesse que havia mais naquele frango, abaixo daquela superfície.

Com um corte preciso, ela partiu a coxa desossada ao meio, expondo o recheio sob aquela pele impecável. Então, cortou um pedaço e se demorou, apreciando detalhadamente o sabor.

O prato era complexo. Tinha um sabor intenso, com notas doces e picantes, e uma textura inesperada garantida pelos pinhões tostados. Exatamente o que ela queria, embora tivesse se questionado se seria inteligente pedir algo tão banal e tedioso como coxas de frango em um restaurante tão sofisticado.

Mas ela não estava entediada. Nem um pouco. Não mais.

— Eu ia amar se você me contasse mais sobre o seu trabalho em *Deuses dos Portões* — disse ela. Marcus franziu o rosto na mesma hora, com uma expressão de quem estava prestes a pedir desculpas por não poder falar, e April ergueu uma das mãos. — Sei que você não pode contar nada sobre a temporada final, e não vou perguntar a respeito. Estou mais interessada nos bastidores. Na sua rotina, e em como você se preparou para interpretar o Eneias durante todo esse tempo. Como são os treinos das lutas de espada, se você já sabia montar a cavalo quando se juntou ao elenco, coisas assim.

Daquela vez, quando Marcus afastou o cabelo da testa, o gesto já não pareceu tão estudado. Não quando veio junto com aquela testa franzida.

— Sinceramente, acho que você choraria de tédio se eu começasse a falar sobre isso. — O sorriso dele ainda era cintilante e simpático, mas agora um pouquinho mais tenso. — Por que não conversamos sobre a minha rotina de exercícios? Ou talvez eu possa te contar sobre como foi trabalhar com Summer Diaz e Carah Brown?

Marcus já havia abordado aqueles assuntos várias vezes, em incontáveis matérias e posts, e April não tinha a menor vontade de conversar sobre nenhum deles. Na verdade, a rotina de exercícios de Marcus seria capaz de fazê-la chorar de tédio, e no que se referia às estrelas que trabalhavam com ele, o homem era uma fonte de chavões agradáveis.

Tenho sorte de trabalhar com colegas tão talentosas, além de tão bonitas quanto eu.

Elas são verdadeiras profissionais, e tão lindas por dentro quanto por fora. Como eu!

A série não poderia ter atrizes mais fantásticas e talentosas nos papéis de Lavínia e Dido. O mesmo vale para o ator que escolheram para fazer Eneias.

Não, April queria falar de assuntos que não permitissem respostas genéricas e superficiais.

— Eu juro que não vou ficar entediada. — Ela pegou outro pedaço pequeno de frango e parou com a garfada logo acima do prato, a caminho da boca. — Você já tinha andado de cavalo antes de ser escalado para a série?

— Não. Nunca.

Marcus estava empurrando um cubinho de damasco ao redor do prato com o garfo. Ele examinava os círculos que a fruta fazia com uma concentração fora do comum, enquanto April mastigava e esperava pela continuação da resposta. Que não chegou.

Ela engoliu antes de insistir.

— E você gosta de andar a cavalo?

— Gosto. — Em vez de elaborar mais, ele enfiou rapidamente uma garfada de comida a boca.

Muito bem, chega de perguntas que permitiam sim ou não como resposta.

— E por que você gosta?

Marcus apontou para a boca cheia de comida, e April assentiu, mostrando que compreendia. E esperou. E esperou. E esperou.

A mastigação dele se tornara extremamente demorada e já durava cerca de um minuto. Mas se Marcus esperava que ela dissesse mais alguma coisa, ou mudasse de assunto enquanto ele mastigava eternamente uma porção de polenta — *polenta*, que era uma comida que na verdade nem exigia mastigação —, estava fadado a se frustrar.

Ele engoliu a comida, e April sorriu, encorajando-o a falar.

— Hum... — O peito de Marcus se ergueu de forma quase imperceptível, com um brevíssimo suspiro, tão discreto que ela talvez nem tivesse percebido se não o estivesse analisando com tanta atenção. — Gosto de atividades ao ar livre. E, hum... sou bastante atlético, por isso a equitação combina comigo. Acho que tenho aptidão para isso.

De repente, ele endireitou o corpo na cadeira. E afastou o cabelo do rosto com um movimento bem treinado da cabeça.

— Fiz uma série de exercícios sugeridos pelo meu personal para ajudar a fortalecer as coxas. Posso te explicar eles melhor.

Não.

— Imagino que você tenha tido que treinar muito, mesmo que seja naturalmente atlético e tenha se exercitado da melhor forma. — April passou por cima da tentativa de Marcus de se desviar do assunto e continuou a pressioná-lo. — Alguém da série te ensinou a lutar com a espada, ou você aprendeu sozinho?

Quando Marcus ouviu aquilo, seus olhos encontraram os dela de novo. Finalmente.

— Você quer ouvir sobre a equipe?

— É claro. — Aquilo poderia revelar tanto quanto qualquer outro assunto, afinal, pensou ela.

Ele franziu os lábios e assentiu brevemente.

— Tudo bem. — Então, pousou os talheres e se inclinou para a frente. — Hum... tudo bem. Devo minhas habilidades com espadas a eles.

— Como assim? — perguntou ela.

E esperou novamente. E, daquela vez, a coisa fluiu.

— Assim que fui escalado para a série, eles começaram a me ensinar a usar a espada e o escudo de uma forma que parecesse natural, como se eu tivesse passado a vida inteira fazendo aquilo. — April não precisou pedir a ele para elaborar a resposta. O próprio Marcus logo continuou. — Aprendi a andar, me sentar, me levantar de repente. E se eu parecia convincente na tela enquanto lutava, também devo isso a eles.

Nada de créditos para si mesmo. Interessante.

— De que maneira?

Ele mal hesitou.

— Os coordenadores das lutas, os coreógrafos e os coordenadores dos dublês trabalhavam feito loucos para garantir que cada cena de batalha não só parecesse impressionante, como também se encaixasse na história e com a personalidade de cada personagem, e também nos objetivos específicos e na intenção de resultado que tinham para aquela luta em particular. Então, eles repassavam as sequências com a gente várias vezes, até que soubéssemos exatamente o que fazer e quando fazer.

Em outras palavras: sim, com a ajuda e a orientação da equipe da série, ele havia treinado muito.

Mas Marcus era muito hábil em apagar os próprios esforços da narrativa. O que era bem estranho para um homem conhecido por sua vaidade.

— Começavam a nos preparar para algumas dessas grandes sequências de batalha com vários meses de antecedência — acrescentou ele. — Em alguns casos, podia chegar a um ano. A equipe sempre ficava de olho no que estava por vir, sempre se esforçando para tornar cada cena convincente, espetacular e memorável.

Os olhos azul-acinzentados dele estavam cintilando e cravados com intensidade nos dela, querendo que April compreendesse a grandeza da equipe de *Deuses dos Portões*, a extensão do trabalho pesado deles. Marcus agora gesticulava com as mãos grandes, pontuando seus argumentos com gestos amplos e determinados.

Era como observar um fantasma tomar um corpo novamente. Ela agora via vida onde antes existia apenas uma sombra. Era um fenômeno fascinante e desorientador ao mesmo tempo.

April pensou no que ele tinha lhe contado até ali.

— Então, se eles levavam em conta a história de cada personagem, alguém como Cipriano não lutaria com tanta habilidade quanto, digamos, o próprio Eneias. Porque Cipriano não teria tanta experiência de batalha nem tido a oportunidade de aprender a manejar a espada da mesma forma.

— Exatamente. Às vezes eles precisavam pedir a um de nós para conter um pouco as habilidades. — Marcus sorriu para ela, e as ruguinhas que marcaram os cantos dos seus olhos a distraíram profundamente da conversa. — Entre uma tomada e outra, o diretor se aproximava e perguntava a cada ator pelo que estávamos lutando naquela cena. Qual era o nosso objetivo. Perguntava o que tinha acontecido com a gente antes daquela batalha que motivaria os personagens a agir como estavam agindo. Assim, por mais que a batalha envolvesse centenas de pessoas, para os atores principais aquela cena, aquela luta também seria única. Diferente para cada um.

O rosto de Marcus estava transformado pela paixão. Paixão, intensidade e… inteligência.

April cruzou as pernas sob a mesa. E voltou a descruzá-las.

— E ainda tem todo o trabalho das pessoas que nos ensinavam a manusear as armas, a usar as espadas, a lidar com os cavalos, além da equipe de efeitos visuais e sonoros… — Ele balançou a cabeça, o cabelo cintilando sob a luz das velas, e ela não conseguiu desviar o olhar. — A série tem mais de mil membros na equipe, e são todos incríveis, April. As pessoas mais trabalhadoras e talentosas que já conheci.

Aquilo não soava como um clichê. Parecia de uma sinceridade profunda da parte de Marcus.

Pela primeira vez naquela noite, April pediu licença e foi ao banheiro. Lá, usou o reservado e lavou as mãos, mas não voltou imediatamente para a mesa.

Em vez disso, deixou mais água fria correr por seus pulsos e passou um pouco na nuca — uma tentativa de esfriar um pouco dois dos muitos lugares em seu corpo que naquele momento pareciam quentes demais, embora ela soubesse que provavelmente não estavam. Ela *sabia*.

April encarou seu reflexo no espelho. Cabelo ruivo. Sardas. Olhos castanhos por trás das lentes de contato. Seios fartos, barriga arredondada, coxas grossas. Tudo normal.

O que não era normal: o rubor no rosto e o ligeiro desejo entre aquelas coxas.

Porque, do nada, ela queria aquele homem. Marcus. Caster. Hífen. Rupp. O homem insosso e vaidoso que, aparentemente, não era nem insosso nem vaidoso. Ou ao menos não tanto quanto fingia ser.

Mas ainda era lindo. E ainda era famoso.

E só estava jantando com ela naquela noite por gentileza, não porque queria sua companhia, seu corpo ou qualquer outra coisa específica de April.

Bom, que merda.

DEUSES DOS PORTÕES: TEMPORADA 1, EPISÓDIO 3

EXT. CAVERNA NA ENCOSTA DA MONTANHA — ANOITECER

JUNO espera do lado de dentro da entrada da caverna, nas sombras, a expressão calma e íntegra. Quando LEDA se aventura a entrar, Juno não faz nenhum movimento brusco, ciente de que a mulher com quem seu marido havia se deitado — mais uma mulher que ele havia violado — não tinha qualquer razão para confiar nela, e talvez temesse a vingança de uma esposa possessiva.

JUNO

Confie nas minhas boas intenções, se puder.
Não encontro mais qualquer alívio em ciúmes tolos, e
não sou mais tola a ponto de culpar
uma donzela mortal pela volúpia de um deus
todo-poderoso.

LEDA

Eu não a teria traído, mãe Juno. Não se eu tivesse o
poder de resistir.

EUROPA entra suavemente na caverna, armada, tremendo de medo.

EUROPA

Quaisquer torturas que escolha me infligir não
serão piores do que já fez o homem a quem chama de
marido.

JUNO

Não o chamo mais de marido. E se nos unirmos, nenhuma de nós vai precisar chamá-lo de rei dos deuses por muito tempo.

DEUSES DOS PORTÕES: TEMPORADA 6, EPISÓDIO 2

INT. CASA DE ENEIAS E LAVÍNIA — NOITE

LAVÍNIA espera perto do fogo. Está furiosa. Ele andou transando com Anna, irmã de Dido. Ela sabe disso. ENEIAS entra em casa.

LAVÍNIA

Onde estava, marido?

ENEIAS

Isso não é da sua conta.

Que se dane. Ele não precisava daquela merda. Quando Lavínia chora, ele se afasta.

6

Enquanto April estava no banheiro, Marcus aproveitou para se recompor.

De algum modo, ela havia conseguido fazê-lo falar sobre assuntos de que ele realmente *queria* falar. E pior, ele tinha falado sobre aqueles assuntos do mesmo jeito que falaria com Alex, a única pessoa em quem confiava plenamente. Alex, que com certeza jamais entraria em contato com um blog e diria: *Acho que Marcus Caster-Rupp enganou todo mundo durante todo esse tempo como uma espécie de grande piada.*

A persona pública de Marcus não era uma piada. Nunca tinha sido. Mas seu comportamento poderia facilmente ser interpretado daquela forma, a menos que ele controlasse a narrativa — como havia aconselhado April a fazer mais cedo naquela noite. Se ele escolhesse deixar aquela persona de lado, tinha que ser em seus termos e apenas em seus termos. Pelo bem da carreira dele, mas também pelo bem da sua consciência perturbada.

Quando April voltasse do banheiro, o Golden Retriever Bem Treinado faria um retorno triunfante ao palco, pronto para exibir seus truques aprendidos a duras penas. Ou talvez ele simplesmente voltasse a conversa para a vida e o trabalho dela e deixasse que apenas April falasse pelo resto da noite.

Enquanto esperava, Marcus pegou o celular e checou suas mensagens. Não as do servidor Lavineias, já que ele queria tempo e privacidade para ler qualquer DM de Tila. Mas, àquela altura, o grupo privado do elenco devia estar lotado de reações à mensagem ameaçadora enviada pelos *showrunners* vários dias antes. E... como ele imaginava...

Carah: só para registrar, não vou dizer nem uma palavra a ninguém sobre essa temporada

Carah: estou guardando tudo para a porra do meu LIVRO DE MEMÓRIAS, merdinhas

Ian: seja quem for que escondeu o meu atum, não tem graça

Carah: hahahahahahaha

Ian: devolvam, seus babacas, Júpiter precisa de proteína para essa última semana de filmagem

Summer: não sei por que em toda temporada precisam nos lembrar da cláusula de confidencialidade do nosso contrato

Summer: é meio ofensivo

Summer: @Carah: 👍 ansiosa para ler isso, meu bem

Alex: ninguém quer seu atum, Ian, você provavelmente já comeu e nem se lembra

Maria: ISSO ↑

> **Alex:** você já deve ter comido umas doze porções de peixe só hoje, inclusive

> **Peter:** pois é, provavelmente não foi muito memorável, levando tudo em consideração

> **Maria:** você sabe quais são os sintomas de intoxicação por mercúrio? Será que eles envolvem se referir a si mesmo na terceira pessoa como um deus?

A conversa acabou mudando de rumo por causa dos longos discursos de Ian, sempre na defensiva, sobre peixes e frutos do mar. Até aí, nenhuma novidade. Inclusive, comer um pouco mais de carboidratos faria bem para Ian, assim como se afastar um pouco mais do personagem que interpretava na série. Ao menos o bastante para que ele parasse de se referir a si mesmo como *Júpiter* por trás das câmeras.

Ao guardar novamente o celular no bolso do paletó, Marcus viu outra câmera de celular apontada em sua direção. Daquela vez, uma mulher na mesa atrás da cadeira de April aproveitava a oportunidade para conseguir uma boa foto enquanto a acompanhante dele estava fora, mas sem usar o flash. Quando Marcus olhou ao redor, pelo menos mais dois outros clientes do restaurante o encaravam com expressões especulativas, e logo se inclinaram para a frente, conversando aos sussurros com quem estivesse na mesa com eles.

Mas pelo menos eram todos amadores, e não verdadeiros paparazzi. Marcus teve receio de chegar no restaurante e ser recebido na entrada por um aglomerado de pessoas gritando e com câmeras enormes, como já havia acontecido em tantos outros encontros que havia tido.

Não porque os paparazzi o tivessem seguido até aqueles restaurantes. Mas porque as pessoas com quem ia se encontrar avisavam à mídia com antecedência aonde ir.

Aquilo era de uma estupidez imperdoável. Ingênuo, até. Marcus sabia disso. Mas cada vez que uma situação daquelas acontecia — enquanto piscava contra a luz dos flashes, aturdido com os fotógrafos gritando seu nome e dizendo *olha pra cá* —, vinha a constatação de que a pessoa que o acompanhava na verdade não estava ali por causa *dele*, mas sim pelos privilégios duvidosos da fama, por mais que breve...

E a cada uma daquelas vezes, Marcus havia se sentido dissociar do próprio corpo por um momento. Desorientado. Perdido.

Naquela noite, Marcus entrara no restaurante sem qualquer incômodo, iluminado apenas pelo brilho insistente do pôr do sol e dos postes de luz que começavam a se acender — e ele sabia muito bem que, caso April tivesse alertado a imprensa, inúmeros repórteres com certeza teriam corrido para cobrir aquele encontro tão esperado.

ASTRO ENCONTRA FÃ, como um blogueiro havia descrito a ocasião memorável.

Assim, mesmo antes de April chegar, Marcus já estava considerando o encontro deles mais agradável do que a maior parte dos encontros que tivera desde que havia sido escalado para *Deuses dos Portões*. A entrada tranquila dela no restaurante corroborara aquela impressão. Mesmo que o jantar deles estivesse acontecendo por necessidade, e não por um interesse verdadeiro de qualquer uma das partes, isso não impedia Marcus de aproveitar a companhia daquela mulher, ou a oportunidade de admirá-la do outro lado da mesa por uma ou duas horas, e de agradecer a conveniência de ela estar se mudando para perto de São Francisco e dos pais dele.

Quando o jantar terminasse, os dois tirariam algumas fotos juntos para postar no Twitter e provar que os *haters* dela estavam errados. Então, depois que tomassem caminhos diferentes, toda a agitação que os envolvia acabaria diminuindo lentamente. E aí aquele jantar se tornaria apenas uma nota de rodapé na página dele da Wikipédia, um lembrete da vez em que Marcus Caster-Rupp havia tido um encontro com uma fã da série em que ele trabalhava — porque ele podia até ser insípido, mas também era gentil.

Era assim que todos interpretariam aquele jantar. Como um gesto de solidariedade, em vez da expressão de uma atração real.

As pessoas não estavam erradas sobre aquilo, claro. Mas a suposição de que *era óbvio* que Marcus Caster-Rupp jamais se sentiria atraído por April, que *era óbvio* que ele não iria querer ter um encontro de verdade com ela mexia com ele. Aquilo deixava Marcus com raiva. Depois daqueles tuítes horríveis, não dava para ele dizer que não sabia por que as pessoas faziam aquelas suposições. E se ele sabia, April também sabia.

A ironia era: as pessoas também não estavam totalmente certas sobre aquilo.

Sim, ele teria convidado qualquer uma na posição dela para sair. Um troll morando embaixo de uma ponte. Uma miss. Qualquer uma.

Mas April não era um troll. À luz das velas, seu cabelo cintilava como um manto de cobre flutuando até pouco abaixo dos seus ombros, e seus olhos escuros pareciam soltar faíscas. Ela havia optado por não cobrir as sardas com maquiagem, e Marcus estava se esforçando muito para não contar cada sarda bonitinha em seu nariz, ou nas maçãs do rosto. Assim como estava se obrigando a não olhar por mais de uma fração de segundo para o corpo voluptuoso dela, muito bem marcado por aquele vestido verde.

Os fanboys que zurravam no Twitter não eram só cruéis, também eram burros.

April Whittier era uma deusa. E como filho de Lawrence Caster e Debra Rupp, como um homem que interpretava o papel de um semideus, Marcus entendia do assunto.

April saiu do banheiro, desviando das outras mesas no caminho de volta para a deles. Seu passo confiante combinava com o queixo erguido, e talvez ela não estivesse percebendo os olhares em sua direção, ou que pelo menos uma câmera de celular acompanhava o seu retorno. Talvez não se importasse. Ou talvez estivesse fingindo não se importar.

O que quer que fosse, o fato é que aquela mulher o impressionava — havia feito aquilo a noite toda, na verdade.

April era esperta. Divertida. Incisiva. Prática. Uma boa ouvinte, mesmo quando ele estava falando demais, com uma sinceridade excessiva. Os modos diretos dela, seu humor, sua inteligência e a forma como se expressava abertamente faziam Marcus se lembrar de Tila.

Ficar olhando para April e ouvi-la falar durante o resto daquele jantar não seria nenhum sacrifício.

Assim que ela voltou à mesa, Marcus a brindou com o sorriso simpático que garantira que a foto dele aparecesse cinco anos seguidos na lista de uma revista que indicava os "Homens mais sexies do mundo".

— Você já sabe sobre o meu trabalho. Agora me conte mais sobre o que *você* faz.

— Sou geóloga — disse ela, antes de colocar mais uma boa garfada de frango na boca.

Até onde ele estava disposto a levar seu papel de tonto? Bem longe, supôs Marcus, principalmente depois das escorregadelas que tinha dado naquela noite.

— Então você faz mapas? — perguntou ele.

April contraiu os lábios, mas de algum modo não parecia estar rindo dele. E sim *com* ele. O que era infinitamente mais alarmante.

— Quem faz isso é geógrafo. Ou melhor, cartógrafo. — Ela reuniu no garfo uma porção considerável, mas manejável, de vagem. — Às vezes consulto mapas para o meu trabalho, mas sou geóloga. Basicamente, estudo rochas.

Marcus nunca havia conhecido uma geóloga, ou um geólogo. Para ser sincero, também não conhecia nenhum geógrafo ou cartógrafo, mas não estava jantando com nenhum daqueles profissionais.

— Por que rochas? — Ao menos daquela vez, a pergunta simplória traduzia a curiosidade sincera dele.

April encostou os dentes do garfo no prato, parando para pensar antes de responder.

— Acho... — Ela deu uma última batidinha com o talher na porcelana, depois levantou os olhos para encará-lo novamente.

— O terremoto de Northridge aconteceu quando eu era criança, e uma geóloga apareceu na TV na época. Achei tudo o que ela disse tão fascinante... tão inteligente... Ela impressionou demais a April pré-adolescente. Depois daquilo, fiquei obcecada por sismologia por algum tempo.

Marcus se lembrava de também ter visto as notícias sobre aquele terremoto, mas o terremoto de Loma Prieta era uma lembrança muito mais visceral.

Grande parte das pessoas já estava com a TV ligada na final do campeonato nacional de beisebol. Mas Marcus ainda estava estudando, e transbordava de ressentimento por isso. E então... o rugido terrível vindo de todos os lugares ao mesmo tempo, o tilintar do vidro e da porcelana, a casa deles rangendo e balançando, a urgência na voz da mãe enquanto o empurrava para baixo da mesma mesa de jantar diante da qual os dois sofriam juntos dia após dia. O modo como sua mãe havia tentado colocar a cabeça do filho sob o corpo dela, protegendo-o da melhor forma possível durante aqueles poucos segundos naquela terça-feira à noite.

Por que a lembrança doía tanto?

— Então, depois de um curso de geologia que fiz durante um verão no ensino médio, percebi que, no fim das contas, sismologia não era o meu primeiro amor. — April comeu mais um pedaço do frango antes de continuar. — Esse posto cabia às rochas sedimentares.

Bem, daquela vez ao menos a ignorância dele não foi fingida. Marcus não saberia diferenciar uma rocha sedimentar de... ora, de qualquer outro tipo de rocha. A vontade dos pais de lhe ensinar ciência não se comparava ao amor que os dois sentiam por idiomas e história.

O sorriso que iluminou o rosto de April tinha um leve toque de malícia, e Marcus se ajeitou na cadeira.

— E esse é um caso de amor que continua até hoje. Um caso de amor sujo. Literalmente.

Marcus precisou tomar um gole rápido de água. E pigarreou antes de falar.

— Muito bem. Por que você ama tanto rochas suplementares?

O sorriso de April não vacilou em nenhum momento, ela apenas abaixou ligeiramente o queixo ao ouvir aquilo, como se estivesse dando o crédito que ele merecia. Como se reconhecesse o trabalho exemplar de Marcus na arte de se fazer de bobo. *Essa foi boa, Marcus*, ele quase podia ouvi-la dizer com aquela voz rouca e cálida.

Jesus, ele estava muito encrencado.

Olaf se aproximou para completar o copo de água dos dois, mas Marcus não conseguiu afastar o olhar de April.

Quando ela se inclinou para a frente, seu decote...

Não, ele não olharia para o decote dela. Não faria aquilo.

— Eu amo rochas sedimentares — para crédito de April, ela não enfatizou a palavra correta — porque amo as histórias que elas contam. Se as examinarmos com atenção, se estudarmos bastante, se usarmos as ferramentas certas, conseguimos olhar para um local específico e saber que já houve um lago ali em algum momento. Conseguimos saber se determinada área foi parte de um sistema fluvial. Se um fluxo de sedimento e água é consequência de um evento vulcânico, se houve um deslizamento de terra ou de lama.

April traçava desenhos no ar com as mãos enquanto falava, imitando o movimento da água e da terra, uma breve descrição visual graciosa de destruição, caos e criação se revelando sob o escrutínio dela.

Merda. Mesmo com aqueles gestos tão eloquentes, Marcus não conseguiu entender nem metade do que April estava falando, mas estava excitado pra cacete. Mulheres inteligentes, talentosas e apaixonadas sempre tinham sido a perdição dele, mesmo que Marcus soubesse — e ele *sabia* — que jamais estaria à altura delas. Nem a versão falsa dele, nem a verdadeira...

April esperou até que o olhar dele encontrasse o dela antes de continuar. Cada palavra saía com precisão. Cada palavra era ao mesmo tempo como o canto de uma sereia e o som de uma sirene ecoando.

— A gente precisa cavar. — Ela não desviou os olhos, e Marcus não conseguiria desviar os dele mesmo se quisesse. — A gente precisa observar com muita atenção, mas sempre existe uma história ali. Uma história que espera que a gente encontre os sinais deixados por ela. Que quer ser contada.

Sob aquele olhar franco e tranquilo, Marcus teve vontade de se esconder embaixo da mesa, assim como no dia do terremoto de Loma Prieta. De cobrir a cabeça e se proteger enquanto o chão oscilava e ameaçava ceder.

Então, April pegou o garfo e fincou mais um pedaço de aspargo, e Marcus conseguiu respirar de novo. Conseguiu ignorar por mais um instante que o chão não estava exatamente sólido e imóvel. Que a Terra se movia continuamente. E que bem, bem no fundo, sob uma superfície plácida e fria, até mesmo a pedra se derretia, ardendo, líquida.

— A geologia também é uma junção de várias ciências — acrescentou April em tom casual. — Química, física, biologia, estão todas ali. Acho isso ótimo, porque tenho interesse em vários assuntos diferentes.

Ele não deveria perguntar. Não, definitivamente não ia perguntar.

Ainda assim...

— Por que você disse que é um caso de amor sujo? — indagou Marcus.

Pronto, tinha perguntado.

Fechando os olhos, ele abaixou a cabeça e deixou o ar escapar com força pelo nariz. Merda. Não precisava de mais uma razão para desejar April, não quando já sentia o abdômen tenso a cada relance da pele pálida e sardenta dela, iluminada pela luz das velas. Não quando aquela mulher *ganhava a vida* escavando camadas externas e descobrindo o que havia embaixo, e ele queria permanecer escondido. Ao menos por enquanto.

— Até agora, eu passava uma boa parte dos meus dias de trabalho mexendo com o solo. Vendo se lugares onde antes havia instalações industriais estavam contaminados e coordenando qualquer limpeza possível diante das circunstâncias. — Quando Marcus voltou a abrir os olhos, April estava raspando o que restava de polenta do prato. — Nas últimas semanas, estava examinando o terreno de uma antiga fábrica de pesticidas, que foi contaminado por metais.

Bom, aquela resposta tinha sido bem menos sexy do que Marcus havia esperado e temido.

Mas, apesar do tom objetivo de April, o trabalho dela parecia… perigoso. Técnico. Com demandas físicas que ele não havia imaginado até então.

Ele apoiou os cotovelos na mesa, fascinado.

— O que vão fazer com o terreno depois que a limpeza for concluída?

Ela deu de ombros.

— Dependendo do que o proprietário do terreno decidir, o lugar pode se tornar desde um estacionamento até uma área residencial.

Marcus não compreendia. Realmente não compreendia. Como era possível uma transformação daquela? Como era possível que alguma coisa tão absolutamente envenenada se tornasse um lugar propício para abrigar uma família? Para que fosse construído um lar?

— Mas isso não cabe a mim, nem mesmo ao consultor que vai assumir o trabalho no terreno a partir de semana que vem. — April deu um gole na água, seu pescoço se movendo, e o próprio Marcus se pegou engolindo em seco. — Os proprietários vão ter que dedicar uma enorme quantidade de tempo, esforço e dinheiro para escavar e expor toda a contaminação e descartá-la. Ou não. Em muitos casos eles nem têm condições.

Marcus ficou brincando com o punho do paletó.

— E se os proprietários do lugar não fizerem isso? Ou não puderem?

April fez um gesto em arco com a mão, o braço indo da vertical para a horizontal, imitando alguma coisa sendo jogada do alto.

— Então eles vão dizer ao consultor para colocar uma espécie de cobertura no terreno. Entre sessenta e noventa centímetros de solo, que vão por cima da área contaminada. É mais barato. E mais fácil.

— Mas…? — Havia um "mas" implícito na fala dela. Marcus percebeu aquilo, mesmo não tendo qualquer conhecimento de geologia.

— Mas, nessas circunstâncias, o terreno nunca vai poder ser usado para qualquer propósito que exija escavação. As opções para o uso do lugar, para o seu futuro, vão estar limitadas para sempre. — Não havia julgamento no tom dela. Era a afirmação de um fato, não uma reprovação. — Ao menos até os proprietários mudarem de ideia.

O peito de Marcus doía. Ele se forçou a inspirar lentamente e deixou o ar escapar aos poucos, acompanhando as batidas aceleradas do seu coração.

Olaf se aproximou para recolher os pratos, limpar a mesa e reabastecer mais uma vez os copos de água. Depois que o garçom se afastou, Marcus e April ficaram ali em silêncio, esperando a sobremesa.

— Você estava preocupado com a possibilidade de me matar de tédio falando sobre o seu trabalho — comentou April por fim. — Mas acabou acontecendo exatamente o contrário.

Ela o observava do outro lado da mesa, o cabelo sedoso, de um vermelho-dourado, a pele salpicada com constelações, os cantos dos lábios generosos inclinados em um sorriso. Aquele sorriso irônico e lindo era uma perdição, e foi como um gancho, arrastando-o para lugares que Marcus havia pretendido evitar.

Mas ele quis tomar uma decisão diferente. E tomou.

— Eu gostaria de sair de novo com você. — As palavras saíram em um turbilhão, espalhando-se por toda parte, como o deslizamento de terra de que April tinha acabado de falar. De uma forma irracional. Inexorável. — Para jantar, se você quiser, ou em algum outro lugar. Uma galeria de arte, um museu, ou...

Que programação interessaria a uma mulher como ela?

Como *ele* conseguiria prender o interesse de uma mulher como ela?

Será que Marcus seria capaz de manter o controle da própria narrativa *e* sair com April?

— Melhor ainda, podemos ir a um parque aquático indoor. — Ele piscou para ela, e se forçou a abriu um sorriso confiante. — É sempre um prazer exibir o resultado do meu treino pesado.

No fim, se tudo corresse bem, se ele chegasse à conclusão de que podia confiar em April, deixaria que ela fosse um pouco além da superfície. Até lá, a entreteria daquele jeito que Marcus, o Golden Retriever Bem Treinado, sabia tão bem como fazer. Aquilo poderia funcionar. *Ia* funcionar.

Pela primeira vez desde que ele a havia conhecido, April parecia surpresa.

Seus lábios estavam entreabertos, os olhos arregalados, o corpo imóvel. Ela não emitiu qualquer som, e então Olaf surgiu, em um péssimo momento, e colocou as sobremesas diante deles, apressado.

O garçom logo se afastou, e os dois ficaram a sós de novo.

Ela mordeu os lábios, baixou o olhar, e Marcus soube. Sem que April precisasse dizer qualquer coisa. Mas ele aguardou mesmo assim, já preparado para receber o golpe.

A resposta estava tão clara para ela quanto para ele.

Como Marcus conseguiria atrair o interesse de uma mulher como April? Aquilo era impossível. Ele não era capaz.

— Desculpa, Marcus — começou a dizer ela, a voz baixa e relutante —, mas não acho que seja uma boa ideia.

Pronto. O golpe no peito que ele já esperava.

— Tudo bem. — Marcus não disse mais nada. Não teria como, tamanha a dor que sentia abaixo das costelas.

— É só que… — April hesitou. — Não daria certo. Não diante das circunstâncias.

Mesmo que ele não tivesse pedido explicações para a recusa, parecia que ela as daria de qualquer forma. Marcus só torcia para que April fosse gentil o bastante para amortecer o golpe, em vez de dizer na lata: *Você é raso e estúpido demais pra mim*.

E como ele poderia culpá-la por pensar assim, já que ela havia passado aquele jantar inteiro na companhia da persona pública dele?

— Eu, hum, escrevo fanfics de *Deuses dos Portões* — continuou April, o rosto de repente corado. — Incluindo algumas histórias que são… meio explícitas.

Foi a vez de Marcus ficar paralisado de surpresa. April escrevia fanfics? Fanfics *explícitas*? E a julgar pelo seu nome de usuário no Twitter e pela foto que ela havia postado, seu OTP devia ser…

— Quase todas as minhas histórias são sobre a Lavínia. E o Eneias. Por isso acho que você vai concordar que seria meio estranho a gente sair junto, depois de eu já ter escrito centenas de milhares de palavras sobre você… — April fez uma pausa. — Bem, não sobre *você*, exatamente, mas sobre um Eneias que tem a *sua* aparência. Enfim, depois de eu ter escrito centenas de milhares de palavras sobre um Eneias com a sua aparência se apaixonando e, bem…

Transando.

A palavra que ela estava buscando sem dúvida era *transando*.

— … *tendo momentos íntimos* com a Lavínia — completou April.

Centenas de milhares de palavras sobre Eneias e Lavínia. O que significava que aquilo não era uma atividade recente, que ela não era uma novata. Não, April já postava suas fanfics havia algum tempo. E Marcus estaria disposto a apostar que suas fics eram tão inteligentes e incisivas quanto ela, o que significava que ela não passaria despercebida no AO3 pela comunidade Lavineias.

Ou seja, era quase certo que em algum momento ele já tinha lido uma das histórias criadas por ela.

April poderia até ser... não. Ele saberia se ela estivesse no servidor Lavineias. De algum modo, saberia.

Ainda assim, precisava perguntar. Só para garantir.

— Eu leio fanfic de vez em quando — comentou Marcus lentamente. — Só por curiosidade, qual o seu nome de usuário?

Ela mordeu o lábio inferior mais uma vez, e o rubor coloriu suas sardas, enquanto cerrava os dedos com força em cima da mesa.

Então, April soltou um suspiro.

E, com uma relutância óbvia, por fim respondeu à pergunta de Marcus.

— Sou a Tiete Da Lavínia — disse. — Não conta pra ninguém, e *não* leia as minhas fics.

DMs no servidor Lavineias, um ano antes

Tiete Da Lavínia: Não importa o que o LavineiasOTP ache, acredito firmemente que não dá para dizer que uma fic é "slow burn" se os protagonistas transam no primeiro capítulo. Isso é uma violação de todos os princípios do "slow burn", é o oposto de a coisa ir esquentando e se desenrolando aos poucos, e está sujeito a várias penalidades, incluindo — mas não limitado a — o desprezo dessa que vos fala.

EmLivrosEneiasNuncaFariaIsso: Eu também fiquei um pouco surpreso. Mas, para ser sincero, é um universo alternativo de casamento arranjado. Eles têm que dormir juntos por conta das questões de sucessão. A parte do relacionamento ir se desenvolvendo aos poucos talvez possa se referir aos laços emocionais que eles formam, você não acha?

Tiete Da Lavínia: Eles transam e gostam do que acontece. Se for uma transa mecânica, apenas razoavelmente satisfatória para todos os envolvidos, lógico que posso fazer vista grossa para a transgressão. Mas se houver orgasmos múltiplos e mútuos: NÃO.

EmLivrosEneiasNuncaFariaIsso: Pra falar a verdade, não li direito as cenas românticas. Portanto, me curvo à sua sabedoria superior quanto a esse tema.

Tiete Da Lavínia: OBRIGADA. Agora, vamos passar para assuntos mais importantes.

Tiete Da Lavínia: Você está se sentindo melhor? A febre passou de vez?

EmLivrosEneiasNuncaFariaIsso: Sim, obrigado por perguntar, Tila. :-)

7

As fics explícitas eram uma desculpa, é claro.

April com certeza não queria que Marcus lesse o que ela escrevia, nem que contasse aos seus dois milhões de seguidores a respeito de suas histórias antes que ela tivesse a oportunidade de se explicar para a comunidade Lavineias, mas isso não representava um obstáculo intransponível para um segundo encontro.

O verdadeiro obstáculo? A insistência de Marcus em representar um personagem para ela.

Às vezes, em alguns terrenos, o operador da máquina de perfuração optava por recolher as amostras de solo através do processo de cravação direta, em vez de com uma perfuratriz de hélice. Era mais fácil. E fazia menos sujeira.

O lado ruim: o equipamento de cravação direta muitas vezes não conseguia ir além de determinada profundidade.

Em um dos terrenos em que trabalharam, a equipe teve que parar apenas a um metro abaixo de profundidade, porque não conseguia ir além de jeito nenhum. Até que, no fim, precisaram trocar de equipamento, porque não estavam chegando a qualquer resultado com o anterior.

Aquela experiência profissional se assemelhava muito ao encontro de April com Marcus naquela noite.

Quando eles estavam conversando sobre a equipe de *Deuses dos Portões*, ela havia chegado a um metro de profundidade.

Depois, não tinha conseguido continuar avançando. Por mais que tentasse.

Se Marcus queria que ela ficasse ali, naquele exterior bonitão, ela faria isso. Simples assim. Mas como o que ele tinha por fora não a interessava tanto quanto o que tinha por dentro, April evitaria passar pela frustração garantida de ter um segundo encontro com aquele homem. Mesmo que naquele momento tivesse do nada começado a desejá-lo.

E ainda que estivesse chocada por ele obviamente também a desejar. Pelo menos o bastante para convidá-la para sair de novo.

Aquele definitivamente era o encontro mais estranho de todos os tempos.

April já tinha comido várias colheradas da panacota de limão e lavanda — deliciosa, sem qualquer gosto de sabonete — quando se deu conta de que Marcus estava em silêncio havia algum tempo. Quando ela levantou o olhar, viu que ele a encarava, e o rosto dele...

Estava lívido.

Até que, em um piscar de olhos, não estava mais. Em vez disso, aquele sorriso vazio e irritante cintilou mais uma vez na direção dela.

— Você não quer mesmo que eu leia as suas histórias?

April pensou a respeito por algum tempo.

— Bem... acho que você pode ler. Mas talvez seja um pouco esquisito, como eu disse. — Na verdade, ficava mais esquisito a cada instante. — Para evitar constrangimentos desnecessários, eu pularia as que estão marcadas com um *E*, de *explícito*.

De repente, Marcus pareceu muitíssimo intrigado com a própria panacota. Com um movimento lento e cuidadoso, enfiou a colher no doce e logo ergueu uma porção perfeita.

— Talvez algum dia eu leia uma delas. Posso muito bem pular as partes mais delicadas, se for necessário.

Não havia possibilidade de ele realmente entrar no AO3 e procurar pelas fics dela. Mas ainda assim...

— Se vir *Um lindo homem*, um universo alternativo e moderno que se apoia na dinâmica prostituto/cliente... — Ela torceu o nariz. — Bom, passe direto por esse título. Você ia acabar pulando a história toda.

Aquela era uma das primeiras fics dela, escrita antes da sua parceria com ELENFI, e não era lá muito boa.

Marcus levantou o olhar de outra delicada incursão com a colher na sobremesa. Seu rosto macio — ele provavelmente tinha feito a barba pouco antes de ir para o restaurante — se iluminou com um sorriso repentino.

Ele arqueou as sobrancelhas.

— Devo deduzir que eu sou o prostituto?

— *Eneias* é o prostituto — enfatizou April.

— Mas ele é lindo. — Marcus se demorou saboreando a colherada de panacota. — Daí o título.

— Bem, sim.

Obviamente.

— E como você disse que Eneias tem a minha aparência nas suas fics, isso deve significar que...

— Sim, sim. — Ela revirou os olhos. — Você é muito bonito, Marcus. E está cansado de saber disso.

O sorriso dele se apagou de repente, e April não fazia ideia de por que parecia que os olhos azul-acinzentados dele haviam assumido uma expressão mais grave. E tão inesperadamente vulnerável que ela sentiu alguma coisa se apertar no peito.

Não seu coração. Definitivamente não seu coração.

— Na sua história... — Marcus brincou com a colher e abaixou o olhar enquanto a girava repetidamente. — Ele é *só* lindo?

Ah. Pronto. Uma nova camada sob aquela superfície imaculada dele.

E, cacete, sim, era o coração dela que estava apertado por causa de Marcus. Só um pouquinho.

— Ele é muito bonito. Lindo mesmo. — Em um movimento supostamente distraído, April bateu com a colher na tigelinha de porcelana da sobremesa até Marcus erguer os olhos desolados para ela novamente. Então, continuou: — E também subestimado, respeitoso e muito inteligente. Não tenho interesse em escrever sobre um homem cujas únicas cartas são um corpinho bonito e um charme banal. Características ocultas mais profundas me fascinam.

E ali estava. Uma última oportunidade.

E se Marcus fosse tão esperto quanto April estava começando a desconfiar que era, perceberia aquilo.

Marcus a encarou, piscando, e linhas fundas surgiram entre as suas sobrancelhas. Mas ele não disse mais nada, e ela não tinha a intenção de dar uma ajudinha para que ele fizesse nada que não queria.

No entanto, April não conseguiu resistir a um último cutucão.

— Você alguma vez já se sentiu tentado a escrever uma fanfic para "consertar" a narrativa da série? Uma história em que pudesse corrigir tudo o que considera errado na escolha narrativa dos autores? Talvez depois que o relacionamento entre Dido e Eneias saiu dos trilhos?

O comentário saiu um pouco rude, e ela sentia muito por isso, mas queria ouvir a resposta de Marcus. Queria ver um pouco mais de como aquele homem reagia sob pressão.

Marcus murmurou alguma coisa que soou como *Você não tem ideia.*

— Eu... — Ele pigarreou e falou mais alto. — Eu... hum, fico encantado com o talento e o trabalho árduo dos nossos roteiristas, lógico. E, hum, aquela foi a história que recebemos. Aquele foi o roteiro. E faz todo o sentido.

A julgar pela expressão quase angustiada de Marcus, pela fala artificial, ele poderia muito bem estar estrelando um vídeo improvisado de sequestro. Ironicamente, era a pior atuação dele a que April já assistira, e isso incluía sua hilariante e fingida ignorância sobre *geologia* pouco antes.

Ela sorriu para ele. Estava achando a situação muito divertida.

— Não... não existe roteiro alternativo, ou universos alternativos, então... — Marcus abriu as mãos. — Sim, adoro a história de Eneias. Totalmente. A de Dido também.

É. Muito convincente... Ele ia precisar ensaiar aquelas respostas mais algumas vezes antes das coletivas de imprensa da sexta temporada.

Se bem que...

O sorriso de April ficou mais largo.

Droga, ele *era* esperto. Justamente por interpretar o papel do Sr. Belo e Tonto durante todos aqueles anos, Marcus tinha conseguido evitar discutir publicamente os roteiros, as tramas e as divergências entre a série os livros de E. Wade. No fim das contas, ele acabava falando apenas da sua rotina de exercício e de rituais de beleza, assuntos que não o deixariam em maus lençóis com os *showrunners* ou com os demais astros do elenco.

April se inclinou mais para perto, com um ar conspiratório, se apoiando nos cotovelos.

— Não existe universo alternativo, isso é verdade. — Dessa vez, ela bateu com a colher na tigelinha dele e deu uma piscadela. — A menos que você escreva fanfic e crie um. Como eu faço.

Como April tinha previsto, Marcus não sorriu.

Em vez disso, ele inclinou a cabeça, o olhar fixo no dela. Os lábios cerrados. Então, apoiou os cotovelos na mesa e falou com hesitação, sua voz quase inaudível, apesar de estarem separados por apenas poucos centímetros.

— Quando eu era garoto... — Ele engoliu em seco. — Nunca escrevi muito bem. Também não era um grande leitor, para falar a verdade.

Aquilo... aquilo April nunca tinha ouvido. Em nenhuma entrevista. Em nenhum post de blog.

— Eu gostava de histórias. Adorava. — Marcus balançou a cabeça com impaciência. — Meio óbvio, né? Não teria me tornado ator se não fosse o caso. Mas...

Os dois estavam tão próximos um do outro que o perfume sutil de Marcus invadia os pulmões de April a cada inspiração. Era um cheiro herbal. Almiscarado.

Perto daquele jeito, ela conseguia medir a verdadeira extensão dos cílios dele, traçar o modo como se curvavam e ficavam de um tom loiro-claro nas pontas.

Perto daquele jeito, April não podia negar a sinceridade nua e crua das palavras daquele homem, a angústia em seus olhos.

Ela permaneceu absolutamente imóvel, uma presença firme enquanto Marcus parecia buscar as palavras.

— Mas? — insistiu ela delicadamente, muito delicadamente, como uma mão invisível segurando a dele no caso de um tropeço, e não como um empurrão nas costas.

Marcus levou o polegar e o dedo do meio às têmporas. E soltou o ar com força.

— Eu tive alguns problemas quando era pequeno. Demorei muito tempo para começar a falar. E quando comecei meus estudos, continuei, hum… continuei a trocar letras e números.

Ah. *Ah.*

April agora sabia para onde aquilo estava caminhando, mas Marcus precisava ir no próprio tempo. Tinha que ser do jeito dele.

— Certo.

— Os meus pais culpavam os professores, então resolveram que seria melhor se eu estudasse em casa, com a minha mãe. Ela dava aulas em uma escola próxima, por isso era mais do que qualificada para me ensinar. — A risadinha que ele deixou escapar não tinha qualquer traço de humor. — Descobrimos rapidinho que o problema não eram os professores. Era eu.

Não, aquilo não podia passar sem um comentário.

— Marcus, ter dis…

Ele pareceu não a escutar.

— Por mais que a minha mãe me fizesse ler, por mais que me fizesse escrever, por mais que preparasse inúmeras listas de vocabulário, eu era péssimo em soletrar. Tinha uma caligrafia horrível. Não conseguia escrever ou ler rápido, não conseguia pronunciar as palavras direito e nem sempre conseguia entender o que lia.

Cacete. Aquela primeira entrevista com Marcus, que havia consolidado sua reputação como um cara simpático, mas não muito inteligente, agora parecia…

— Meus pais achavam que eu era preguiçoso. Que gostava de provocar eles. — Marcus fitou April, e seu olhar *era mesmo* provocador. Ele a desafiava a julgá-lo, a apoiar a censura da família dele. — Só descobri que existia um nome para o meu problema quando larguei a faculdade e me mudei para Los Angeles. Um nome que não fosse *burrice*, no caso.

Então ele esperou, o queixo erguido, sem qualquer traço de sorriso suavizando a boca famosa. Sabendo, de alguma forma, que não precisava ser ele a usar a palavra.

— Você é disléxico. — April falou baixinho, para proteger a privacidade dele. — Marcus, eu não tinha ideia.

A expressão pétrea dele não se alterou.

— Ninguém sabe, a não ser o Alex. — Quando ela franziu a testa, ele explicou. — Alex Woodroe. O Cupido. Meu melhor amigo. Foi o único que descobriu, porque uma das ex dele também tem dislexia. Diagnosticada, ao contrário da minha.

A amargura da última frase pareceu grudar na língua de April, e ela afastou a panacota para o lado. Não havia necessidade de sujar o cabelo com o creme. Além disso, não estava mais com fome, não depois de ouvir a história de Marcus.

Ele fechava os punhos com tanta força que estavam quase tão brancos quanto a toalha de mesa. Quando April pousou a ponta do dedo sobre um dos nós ossudos dos dedos dele, uma veia latejou na têmpora de Marcus.

— Marcus... — Como ele não havia se afastado do seu toque, ela traçou com delicadeza uma linha nas costas da sua mão. — Uma das pessoas mais inteligentes e talentosas que eu conheço é disléxica. E ele é um escritor incrível.

Um tempo depois que April fizera a leitura beta e revisara algumas fics de ELENFI, ele contara a ela que era disléxico, em meio a uma enxurrada de pedidos de desculpas por qualquer erro ortográfico.

Uso um software de conversão de voz para texto, escreveu ele, mas às vezes tenho problemas com homônimos. Desculpa. Acho que não vou conseguir ajudar muito com a revisão das suas fics.

Consigo lidar com a ortografia sozinha, April escreveu de volta. Preciso é de ajuda com as tramas e para garantir que vou permanecer fiel aos personagens mesmo em um universo alternativo moderno. E também com a profundidade emocional. Esses são justamente os seus pontos fortes. Então se puder me ajudar com essas coisas, vou agradecer demais.

Ele havia demorado bastante para responder.

Posso fazer isso, tinha respondido por fim.

— Existem formas de contornar o problema — disse April, enquanto Marcus permanecia quietinho sob seu olhar, sob seu toque. — Tenho certeza de que você já descobriu isso.

Quando ela afastou a mão da dele, Marcus se espantou e se mexeu na cadeira, parecendo inquieto.

Ainda sentindo o calor na ponta do dedo, e com a culpa fazendo seu estômago arder por ter tocado em outro homem enquanto pensava em ELENFI, ela também se endireitou.

— Sim. Várias formas de contornar o problema. — Ele pigarreou. — Essa pessoa que você conhece, a que tem dislexia. Esse cara inteligente e talentoso. Ele também escreve fanfic?

April não conseguiu conter um sorriso.

— Sim, e é por isso que eu sei que ele é um grande escritor.

— Que nome ele usa? — Marcus pegou mais uma porção perfeita de panacota, a atenção parecendo estar mais uma vez concentrada na colher. — Para as histórias dele, quero dizer. No caso de eu querer visitar o seu site de fanfic algum dia.

Era uma pergunta espontânea? Um teste à discrição dela?

Independentemente da intenção daquilo, April não pretendia responder.

Ela tirou o guardanapo de linho macio e engomado do colo, dobrou-o e o deixou perto da tigela com a panacota ainda pela metade.

Era um gesto de encerramento, combinando com o tom firme da sua voz.

— Desculpa. Não posso contar sem a permissão dele.

— Ah. — Depois de uma última colherada da sobremesa, Marcus também colocou a tigela de lado. — Entendo.

Olaf apareceu do nada para remover os itens, completar os copos de água e oferecer café ou um drinque. Logo depois de ambos recusarem as ofertas e do garçom desaparecer mais uma vez, April soltou um bocejo enorme e inesperado.

Marcus deu uma risadinha.

— Ainda bem que nossa noite já está chegando ao fim. — Ele apontou para ela, em uma repreensão brincalhona. — E não fique acordada até muito tarde no computador. Depois de passar o dia todo faxinando seu apartamento, você precisa descansar.

Ela balançou a cabeça para ele, exasperada, mas também achando graça.

Então, Marcus se lembrava *sim* das mensagens que eles haviam trocado no Twitter, em que ela descrevera brevemente seus planos para o fim de semana. Lógico que ele se lembrava.

O olhar dele agora continha uma calidez, uma ternura que ela não teria esperado. Não depois de uma noite juntos, levando em consideração como ele se esforçava para se resguardar. Ao menos até alguns minutos antes.

Se ele a convidasse novamente para um segundo encontro, depois daquela conversa...

Bem, mas Marcus não convidou. Em vez disso, pediu a conta.

E quando a conta chegou, ele não deixou que April visse o valor total, muito menos que pagasse metade.

— Posso pelo menos pagar a gorjeta — protestou ela.

Marcus ergueu as sobrancelhas em uma resposta subentendida e cravou um olhar em April que dizia tudo.

Sou a estrela da série de TV mais popular do mundo. Tenho uma casa que vale milhões de dólares em Los Angeles. De acordo com as revistas de moda, pago quatrocentos dólares para cortar o cabelo e uso sete produtos diferentes para arrumar os fios todo dia, e cada um deles custa mais do que você ganha em uma hora de trabalho.

Tudo bem, ela talvez tivesse incluído algumas informações específicas por conta própria, mas ainda assim. Aquelas eram sobrancelhas muito expressivas. Não era de espantar que o homem pudesse se permitir ter aquela casa aninhada nas colinas de Hollywood.

Em voz alta, Marcus se limitou a dizer:

— Acho que posso arcar com o custo do jantar.

April não discutiu. A exaustão estava pesando em seus ombros, deixando suas pernas doloridas, e ela não conseguiu evitar uma sensação de...

Vazio, talvez.

O encontro havia chegado ao fim. O que quer que tivesse acontecido entre eles naquela noite, estaria terminado assim que Marcus pegasse a notinha e se levantasse para eles irem embora.

Mas depois que assinou seu nome no recibo e fechou a pastinha de couro da conta, Marcus não se levantou. Ele tomou um gole de água, e aqueles olhos de um azul enevoado — se April estivesse julgando corretamente o ângulo do olhar dele — pousaram no cabelo dela. Em seu rosto. Nos braços à mostra.

Até que, por fim, encontraram os olhos dela. O peito dele se expandiu em uma inspiração profunda, a mão buscou a de April do outro lado da mesa — a ponta dos dedos pousando de leve no punho dela —, e, enquanto April se esforçava para não estremecer sob aquele toque, ele falou:

— Se você não quiser mesmo ter um segundo encontro comigo, tudo bem, prometo que não vou te incomodar de novo. Podemos tirar umas selfies antes de ir embora, postar de noite ou amanhã e seguir cada um o seu caminho. — O maxilar bem marcado de Marcus estava se contraindo de novo, mas ele conseguiu soar calmo. Seguro. — Dito isso, quero me certificar de que você entenda uma coisa antes de a gente ir.

April procurou o copo de água com a outra mão. Tomou um gole para hidratar a garganta seca antes de responder.

— Tudo bem. — Ela não tinha certeza se Marcus estava ciente de que seus dedos se moviam sobre a pele dela. Apenas um milímetro para a frente e para trás, a carícia mais sutil que April já havia recebido, e ainda assim *ardia*. — O que eu preciso entender?

— Suas fanfics, o que quer que você escreva... — Ele parou de mexer os dedos. — Isso pode tornar as coisas um pouco constrangedoras, um pouco mais complicadas, mas não me incomoda. Não me impede de querer ver você de novo. Se esse for o principal motivo da sua recusa, queria que soubesse disso.

Se esse for o principal motivo.

Marcus sabia que ela havia mentido para poupar os sentimentos dele, e não era de estranhar. April sabia que não era uma grande mentirosa. Nunca tinha sido. E, ao contrário dele, não tinha qualquer talento natural para a atuação.

Marcus se endireitou na cadeira, e seus dedos se afastaram do punho dela. April quase os agarrou de volta.

— Mas, se você tiver outros motivos, está tudo bem também. — O tom dele ficou estranhamente formal. Solene, como se aquele jantar tivesse significado mais para ele do que ela havia se dado conta. — E se essa for a última vez que nos encontramos, por favor, quero que saiba que foi uma honra passar a noite com você, April Whittier. Também conhecida como Tiete Da Lavínia.

Ela dera uma última chance a ele, e Marcus aproveitara.

Agora, era a vez de April aproveitar uma nova chance.

E ela não estava disposta a hesitar nem mais um instante.

— Vamos em um segundo encontro — falou. — Você está livre depois de amanhã?

Aquele sorriso. Cacete, aquele sorriso.

Ele acabou com todas as sombras do restaurante à meia-luz. Iluminou os olhos de Marcus. Fez April se sentir exultante, zonza, leve como um balão de gás hélio. Marcus voltou a pegar sua mão, mantendo-a em segurança na terra.

— Sim — disse Marcus, entrelaçando os dedos aos dela. — Sim. Para você, estou livre.

Classificação: Explícito

Fandoms: Deuses dos portões – E. Wade, Deuses dos Portões (TV)

Relacionamentos: Eneias/Lavínia, Lavínia e Turno, Eneias e Vênus, Eneias e Júpiter

Tags adicionais: Universo alternativo – Moderno, Prostituição, Conteúdo sexual explícito, Dirty talk, Pornô com sentimentos, Angst e Fluff, Hot, Mágoa/Conforto, A autora não se arrepende de nada, Com exceção talvez de todas as suas escolhas anteriores na vida que levaram a esta fic, Difícil dizer na verdade, Mas é sério, Prepare-se para a obscenidade

Palavras: 12.815 Capítulos: 4/4 Comentários: 102 Curtidas: 227 Favoritos: 34

Um Lindo Homem
Tiete Da Lavínia

Resumo:

Quando Eneias chega a Latium, seguindo ordens da mãe e do avô, encontra-se desorientado, arrasado pela culpa e sem os recursos necessários para sobreviver. A não ser, é claro, que use o único recurso de valor que lhe resta: sua beleza estonteante.

Por sorte, a primeira cliente a pagar por seus serviços sexuais é Lavínia. Ele não vai precisar de outra.

Observações:

Sei que isso não é de forma alguma fidedigno quanto à realidade de profissionais do sexo, já que quis manter as coisas mais românticas. Mas quis explorar como duas pessoas definidas pela aparência de formas totalmente opostas poderiam encontrar conforto, amor e se valorizar através do sexo.

Eneias vê a mulher antes que ela o note. E ela com certeza está procurando por ele, ou por alguém como ele — disso não há dúvida. Ninguém vai àquela rua, àquela hora da noite, para outra coisa além do que ele pode oferecer: sexo. Por um preço.

Ele ainda não havia decidido quanto cobraria. Naquela primeira noite, pretendia improvisar.

Quando vê o rosto da mulher sob a luz do poste, pálido, feio, torto, Eneias sabe: ela estará disposta a pagar muito. Com aquele único programa, ele talvez conseguisse ganhar o suficiente para passar a noite em um hotel. E, em agradecimento pelo abrigo que seu dinheiro lhe garantiria, ele daria àquela mulher o melhor sexo da vida dela.

— Não precisa procurar mais, meu bem — anuncia ele das sombras. — Estou aqui.

Só que, assim que o vê também, a mulher começa a rir e se afasta, andando.

— Bonito demais pra mim — diz por cima do ombro. Eneias se pega surpreendentemente indignado.

— Perdão? — pergunta, aborrecido.

— Considere-se perdoado — responde ela, ainda sem olhar para trás.

E, sem entender bem o motivo para aquilo, ele se dá conta de que quer fazê-la mudar de ideia.

8

Naquela noite, depois de tomar banho e vestir o pijama, April abriu o notebook e entrou na internet. Era muito provável que tivesse recebido várias DMs novas de ELENFI, mas ainda não estava pronta para encarar aquilo, menos ainda para ver as reações no Twitter a qualquer foto do jantar com Marcus que tivesse sido postada.

Então, resolveu entrar no AO3 e checar as reações à sua história mais recente.

Havia postado sua fanfic tarde da noite no dia anterior, como parte do tema que tinham sugerido no servidor Lavineias, a Semana do Tesão Raivoso de Eneias.

A contribuição de April havia recebido um número gratificante de curtidas e comentários até ali. Era um incentivo necessário e bem-vindo, já que aquela era uma de suas raras investidas em uma narrativa que obedecia ao canon do livro, em vez de se passar em um universo alternativo moderno criado por ela.

Na história, Lavínia confrontava um dos seus ex-soldados do lado de fora da casa em que vivia com Eneias — um soldado que cuspiu nela por ter rompido o noivado com Turno, o líder morto dele, e ameaçava fazer coisa pior. Em vez de pedir ajuda ao marido, Lavínia afugentou ela mesma o intruso, com a própria espada, e quando Eneias soube do incidente, foi questionar a esposa feia e ressentida, inexplicavelmente furioso com a negligência dela no que dizia respeito à própria segurança, e...

Bom. O casamento platônico e por conveniência deles tornou-se decididamente menos platônico, mas de certa forma mais conveniente em termos de, digamos, gratificação sexual mútua.

A princípio, April havia pretendido escrever uma fic moderna e leve num universo alternativo, como sempre. Mas, por algum motivo, mesmo antes do encontro deles naquela noite, fazer um herói com o rosto de Marcus Caster-Rupp conhecer uma mulher, apaixonar-se por ela e levá-la para a cama no mundo moderno — por mais que a mulher se parecesse com Lavínia, não com April — havia subitamente parecido... *estranho*. Oportunista de um modo que nunca tinha sido antes.

Quando escrevera a história, havia imaginado que provavelmente levaria um ou dois meses para voltar a escrever universos alternativos modernos depois do encontro com Marcus. Até que os pensamentos sobre o ator em si já não interferissem mais nos pensamentos sobre o personagem que ele interpretava. Até ela conseguir voltar a separar os dois de forma mais efetiva em sua mente. Até Marcus não ser mais uma *pessoa* tão real para ela, apenas a representação física do herói que April escolhera acompanhar e amar.

Agora, depois do jantar, ela se perguntava se não seria o caso de trocar de vez seu OTP. Talvez para Cipriano e Cassia, presos eternamente naquela maldita ilha, ansiando um pelo outro. Ou para Cupido e Psiquê, separados pelas maquinações de Vênus e Júpiter.

Mas se fizesse isso, ela estaria se retirando do seu fandom favorito sem um motivo decente. Era melhor esperar ao menos o segundo encontro antes de pensar em outras opções.

April checou distraidamente as outras histórias postadas com a tag Semana do Tesão Raivoso de Eneias e deu boas risadas. Quase todos os outros no servidor tinham usado universos alternativos modernos, e ela deveria ter previsto isso.

Sua atividade recente nas redes sociais *realmente* tinha gerado incontáveis fics. Todas as narrativas sobre o Tesão Raivoso de Eneias pareciam acontecer na presença de uma Lavínia que ele havia conhecido no Twitter, uma Lavínia que estava sofrendo bullying na internet e que Eneias tinha salvado, uma Lavínia por quem ele tinha se apaixonado e passado a desejar depois de um único e decisivo jantar.

Nas histórias, Eneias despachava incontáveis paparazzi rudes, uma dezena de Didos ciumentas e um batalhão de fanboys grosseiros, então — com o sangue ainda fervendo de raiva — via Lavínia sob a luz das velas, de olhos arregalados, boquiaberta, confusa e...

Bem. O Eneias de Virgílio podia até ter ascendido ao reino dos deuses depois da morte por conta de sua devoção e de sua coragem, mas, nas fics daquela semana, o Pequeno Eneias havia chegado a alturas tumescentes por motivos totalmente diversos.

Era excitante ler aquelas fics. Inegavelmente excitante. E também desconfortável de um jeito totalmente novo. Em determinado momento, April começou a pular as cenas de sexo, em vez de se demorar com satisfação nelas, como costumava fazer, porque via Marcus em sua mente. Via Marcus na página. Via Marcus fazendo com que ardesse de desejo.

Depois de distribuir curtidas e comentários, April estava ansiosa para sair do AO3 e se voltar para o servidor Lavineias. E, novamente, ignorou as DMs de ELENFI, protelando o que precisava dizer e fazer.

Não havia muita coisa nova nos fóruns do grupo. Até então, parecia que não tinham visto nenhuma foto do encontro dela com Marcus no Twitter ou no Instagram, mas seria apenas uma questão de tempo. E, considerando a reação do servidor ao convite público de jantar feito por Marcus, April sabia que precisava se preparar para um grande alvoroço.

Vocês ACREDITAM NISSO???!!! CACETE MC-R CHAMOU UMA FÃ PARA SAIR, tinha exclamado a Sra. Eneias O Piedoso na quarta-feira à noite no chat. O perfil também postou os links para os tuítes mais relevantes.

LavíniaÉMinhaDeusaESalvadora havia respondido com uma sequência interminável de emojis com olhos de coração e outros com lágrimas rolando, emocionada demais para meras palavras.

EU DISSE PRA VOCÊS que ele realmente era um cara legal. EU DISSE PRA VOCÊS!, argumentou MePegaEneias. O jeito como ele defendeu ela, eu só...

O gif que ela postou na sequência, de pernas abertas e pélvis erguida, dizia tudo.

Vocês viram aqueles tuítes horríveis sobre a moça? Foi mesmo muito legal da parte dele, havia escrito LavineiasOTP. Coitadinha.

April tinha se encolhido ao ler o último comentário. Então, tirou os óculos e esfregou os olhos, se perguntando se teria cometido um erro terrível.

Pena. Merda, April abominava que sentissem pena dela, e a última coisa que queria era ser uma *coitadinha*.

Então, EmLivrosEneiasNuncaFariaIsso, que nos dias anteriores tinha estado bem ausente do servidor, havia deixado uma mensagem na conversa. Por que todo mundo acha que ele só a convidou para sair por gentileza? Quer dizer, olhem para a mulher. Ela é bonita e obviamente muito talentosa.

O comentário dele mudou o tom das mensagens que vieram a seguir, que — após uma avalanche de comentários concordando — passaram a especular como seria o encontro.

April se sentira tentada a postar ela mesma intermináveis emojis com olhos de coração e derramando lágrimas.

Em vez disso, se limitara a mandar uma DM para ELENFI uma última vez antes de ir para a cama. Obrigada... Só... obrigada.

Pelo quê?, tinha respondido ele na mesma hora, mas April estava cansada demais para explicar.

Podemos conversar sobre isso no fim de semana. Tenho algumas novidades para contar. Mas estou morrendo de sono, preciso dormir. Se não nos falarmos mais antes do seu voo, boa viagem de volta pra casa, tá? Bjs

Os pontinhos que indicavam que ele estava escrevendo piscaram e piscaram.

Tá certo. Bons sonhos, Tila. Logo vamos estar no mesmo fuso horário.

Os dois moravam na Califórnia. Aquilo ela sabia.

E também sabia que ELENFI viajava muito a trabalho, outro ponto que eles tinham em comum até então. April tinha a impressão de que ele era consultor de alguma coisa, embora não tivesse certeza. Nos últimos meses, os dois haviam mencionado que estavam avaliando o rumo de suas carreiras e seus próximos passos profissionais. Por fim, ela sabia que ele era um *ele*, ao contrário da vasta maioria dos fãs de Lavineias no grupo.

Na verdade, ELENFI havia informado aquilo explicitamente a todos quando ajudou a configurar o servidor, porque estava preocupado que o restante das pessoas pudesse se sentir enganado ou desconfortável caso descobrisse mais tarde.

Se a minha presença aqui fizer alguém se sentir desconfortável de alguma forma, por favor, me digam e eu me afasto na mesma hora, tinha escrito ele. P.S. Como sou um cara cis hétero, existem certos tópicos de discussão que talvez não se apliquem a mim, então me desculpem por ficar fora deles.

Ele tinha conversado um pouco mais sobre isso com April por DM. Se você achar que, mesmo sem querer, estou sendo desagradável ou ofensivo, por favor, POR FAVOR, me avisa. Talvez eu não perceba.

April havia concordado, mas nunca precisou intervir. Nem uma vez. A não ser pela rapidez com que ELENFI saía de conversas sobre como certos atores eram gostosos e "trepáveis", o fato de ele ser um homem cis hétero não parecia influenciar muito suas interações no servidor.

É claro que, além disso, ELENFI não incluía cenas de sexo em suas fics, o que deixava April curiosa.

Talvez sexo e sexualidade em geral o deixassem desconfortável. Talvez a ideia de escrever cenas de sexo nas próprias fics lhe parecesse, de certa forma, predatório, ou o fizesse achar que estava ultrapassando algum limite, pelo fato de ser um dos poucos homens do grupo. Ou talvez ELENFI só não gostasse de escrever cenas explícitas. Era o caso de algumas pessoas.

Mas não o de April. Ela amava incluir uma boa trepada prometida em suas fics. Mas tinha decidido havia muito tempo encaminhar aquelas histórias em particular a outros leitores beta que não ELENFI, ou retirar qualquer cena explícita dos rascunhos que mandava para ele, porque não queria, de jeito nenhum, causar qualquer desconforto ao amigo.

Por conta disso, MePegaEneias é quem tinha feito a leitura beta da história mais recente de April, não ELENFI, embora — ao menos daquela vez — ela tivesse se aprofundado um pouco no canon, ou no mínimo se mantido fiel a ele.

April ajeitou os óculos com firmeza no nariz.

Muito bem. Não ia mais protelar aquilo.

Ela podia ficar recostada na cabeceira da cama pensando em ELENFI ou ler as mensagens que o homem lhe mandara naquela manhã e responder. Contar logo a verdade e descobrir qual seria a reação dele.

EmLivrosEneiasNuncaFariaIsso: Você respeitou o canon, é? Escolha ousada, Tila.

EmLivrosEneiasNuncaFariaIsso: Eu não disse que você mandaria muito bem no canon caso algum dia tentasse? Você conseguiu capturar de um jeito impressionante o ressentimento da Lavínia com o casamento, a relutância em relação à atração que sentia pelo marido, de um jeito que a maioria das pessoas não consegue. Além disso, a descrição dela brandindo a espada: nota 10. É muito difícil narrar uma sequência clara de ação seguindo a história da personagem e que encaixe com a personalidade dela, ainda mais usando os talentos que ela teria ou não, e você fez isso com maestria.

April sorriu para a tela. ELENFI incentivava tanto o trabalho dela… Sempre.

Era engraçado como o elogio dele à sequência de ação que ela havia escrito ecoava a descrição de Marcus de como a equipe de produção de *Deuses dos Portões* lidava com as cenas de batalha da série. Aquela abordagem talvez fosse mais comum do que ela se dera conta, afinal era novata em cenas de batalha.

Mais tarde, naquela manhã, ele havia mandado mais uma mensagem.

EmLivrosEneiasNuncaFariaIsso: Você disse que precisava conversar comigo sobre alguma coisa neste fim de semana?

Bem, parecia que aquela era a deixa dela. ELENFI merecia saber o que estava acontecendo. De muitas maneiras e por várias razões.

April também queria saber mais sobre ele. Queria conhecê-lo pessoalmente na próxima Con dos Portões, apesar da timidez já declarada do amigo. Talvez naquela noite, depois que ela desse o primeiro passo e mostrasse seu perfil no Twitter a ELENFI, depois que mostrasse sua foto a ele, os dois pudessem tentar construir um relacionamento que não existisse apenas on-line.

E se aquilo que estava rolando entre ela e Marcus — o que quer que fosse — comprometesse as chances de April com ELENFI, ela não teria a menor dificuldade — quer dizer, teria *pouca* dificuldade — de mandar uma mensagem para o ator e desmarcar o segundo encontro com ele. Marcus poderia se consolar com um dos seus muitos produtos de cabelo.

Ela mordeu o lábio e fez uma careta diante da própria frieza. Mas, por ELENFI, April seria capaz de lidar com a culpa e deixaria de lado a oportunidade de explorar novas camadas de Marcus.

Por ELENFI, ela estava disposta a abrir seu coração naquele momento.

Tiete Da Lavínia: Obrigada pelos comentários tão gentis, aqui e no AO3. Tenho a sensação de que vou escrever muito mais conteúdo canon no futuro próximo. E isso tem a ver com o que preciso te contar, na verdade.

Tiete Da Lavínia: Então... você acompanhou toda aquela agitação na outra noite, quando Marcus Caster-Rupp chamou uma fã para sair no Twitter?

Tiete Da Lavínia: Essa fã, bem... sou eu. Sou a @SempreLavineias. Por favor, não conte ao restante do grupo ainda. Vou fazer isso em algum momento, mas preferi conversar com você primeiro.

Tiete Da Lavínia: Tivemos o tal encontro hoje à noite. Jantamos em um restaurante. Mais tarde vou postar as fotos que tirei com ele no Twitter, embora outras pessoas no restaurante provavelmente já tenham publicado algumas.

Tiete Da Lavínia: Quando você estiver on-line, por favor me avisa. Vamos conversar.

Com aquela informação, ELENFI finalmente poderia vê-la por completo. Rosto. Corpo. Comendo ou conversando. De lado, de costas, de frente. Em movimento. Parada.

Ah, Deus, April sentia o coração batendo nos ouvidos. E quando a resposta de ELENFI surgiu em sua tela segundos depois, ela literalmente deu um pulo.

EmLivrosEneiasNuncaFariaIsso: Tô aqui.

EmLivrosEneiasNuncaFariaIsso: Uau. Que história incrível.

EmLivrosEneiasNuncaFariaIsso: É maravilhoso ver o seu rosto, Tila.

Tiete Da Lavínia: Só o meu rosto?

EmLivrosEneiasNuncaFariaIsso: Você inteira. Acabei de dar uma olhada nas redes sociais, e você tem razão. Encontrei fotos muito boas do seu jantar.

Maravilhoso, tinha dito ele. *Muito boas*.

A frequência cardíaca de April foi acalmando lentamente, e o suor de nervoso em seu couro cabeludo diminuiu.

Estava tudo bem. Estava tudo bem. ELENFI tinha visto uma foto sua e não a havia abandonado.

Ela deveria ter imaginado. Ele não era um cara superficial ou grosseiro.

Estranhamente, ELENFI nem sequer parecera muito chocado com a notícia de que April havia tido um encontro com uma das metades do OTP deles. Incapaz de resistir, ela fez uma rápida busca na internet por conta própria, para descobrir que versão dela mesma ele acabara de ver, e...

Sim. Lá estava, no Twitter, no Instagram, em um post de um blog de entretenimento. Em algumas imagens, os desgraçados a haviam surpreendido mastigando. Mas em outras ela estava sorrindo.

Em uma, Marcus estava debruçado por cima da mesa, encarando-a com intensidade. Tocando seu punho de um jeito que a fez estremecer ao se lembrar, ao ver a cena de outra perspectiva.

Tiete Da Lavínia: Você tá certo. Acabei de encontrar algumas fotos.

EmLivrosEneiasNuncaFariaIsso: Imagino que seja difícil ter a sua vida privada tão exposta de repente. Isso está te incomodando?

Tiete Da Lavínia: Olha, não é a minha coisa FAVORITA no mundo, mas tudo bem. De modo geral, não estou nem aí para o que estranhos pensam. Só me importo com a opinião de quem eu gosto.

EmLivrosEneiasNuncaFariaIsso: Ótimo.

EmLivrosEneiasNuncaFariaIsso: Então, como foi o encontro?

Terreno perigoso, pensou April.

Ela não poderia contar a ELENFI detalhes do encontro confuso com o homem que interpretava Eneias, certo? Não sem violar a privacidade de Marcus Caster-Rupp e contradizer a persona pública que ele havia construído nos últimos anos, o que April se recusava terminantemente a fazer.

Mas, mesmo se aquilo não fosse uma questão, ela não teria descrito o jantar em detalhes. Se ELENFI gostava dela do mesmo jeito que ela gostava dele, ouvir tudo aquilo o magoaria, e April não queria fazer isso. Por nada no mundo.

Deus, April não conseguia nem imaginar como se sentiria insegura se ele tivesse um encontro com uma atriz famosa, como isso a deixaria preocupada. Por esse motivo, não, ela não iria compartilhar muitas informações. E, dependendo de como ELENFI reagisse àquela conversa, talvez nem houvesse mais detalhes no futuro para omitir.

Tiete Da Lavínia: Foi agradável. Ele parece ser um homem realmente decente. A comida também estava EXCELENTE. Se você conseguir vir para São Francisco, para a Con dos Portões, talvez pudéssemos ir nesse restaurante, o que você acha? Por minha conta.

EmLivrosEneiasNuncaFariaIsso: Alguma informação interessante? Segredos dos bastidores que ele tenha deixado escapar? Ou alguma historinha pessoal?

Tiete Da Lavínia: Não. Nada.

Tiete Da Lavínia: Ele foi muito discreto.

EmLivrosEneiasNuncaFariaIsso: Você quer ver ele de novo?

April se sentia lisonjeada por ele supor que Marcus iria querer vê-la de novo, que a existência ou não de um segundo encontro dependia totalmente dela — mas ELENFI ignorara por completo a menção a eles se conhecerem pessoalmente. Inferno.

E ela não mentiria para ele, ou seja: "Inferno" duas vezes.

April torcia para que ELENFI não interpretasse a resposta dela do jeito errado.

Tiete Da Lavínia: Nós combinamos de nos encontrar de novo.

Enquanto April ainda estava digitando a segunda parte da sua resposta, a parte onde explicaria que estava disposta a cancelar o segundo encontro caso ELENFI quisesse conhecê-la pessoalmente, a próxima mensagem do amigo surgiu na tela.

Então...

Então, April teve que engolir a bile que subiu por sua garganta enquanto lia a DM de ELENFI. Ela leu de novo, só para ter certeza de que havia entendido direito. Não só o que ele tinha escrito, mas também as possíveis implicações daquela mensagem.

EmLivrosEneiasNuncaFariaIsso: Gostei muito de a gente ter conseguido se falar hoje, porque queria que você soubesse que em breve vou viajar de novo. Consegui um novo trabalho. E acho que não vou ter muito acesso à internet no lugar para onde estou indo, se é que vou ter algum. Então talvez essa seja a última vez que você tem notícias minhas, ao menos por algum tempo.

EmLivrosEneiasNuncaFariaIsso: Desculpa, Tila.

* * *

Assim que chegou em seu quarto de hotel após o encontro, Marcus ligou para o melhor amigo.

— Não sei o que fazer. — Ele não se preocupou com formalidades, nem sequer com um pedido de desculpas simbólico por incomodá-lo àquela hora da madrugada na Espanha, um horário tão inconveniente. — Preciso de um conselho.

Para crédito de Alex, ele só chamou Marcus de babaca uma ou duas vezes antes de pedir mais detalhes da situação. Mesmo que Alex ainda precisasse cumprir mais uma semana de agenda de gravação, ainda estivesse sofrendo com aquela sequência culminante e interminável da batalha e ainda estivesse furioso com os rumos abruptos e surpreendentes do final do Cupido na série.

Graças aos céus pelos bons amigos.

Grato, Marcus colocou toda a história para fora, falou de April, de Tila, de EmLivrosEneiasNuncaFariaIsso e… contou tudo. Que não havia confessado seu próprio alter ego das fanfics para April, mesmo depois de ela ter lhe contado o dela. Que os dois logo teriam um segundo encontro. Que ele não sabia o que dizer a Tila como EmLivrosEneiasNuncaFariaIsso, ou mesmo se conseguiria continuar a se corresponder com ela naquele contexto sem contar a verdade e sem fazer o papel de um imbecil de caráter duvidoso.

— Talvez eu deva revelar a minha identidade para ela. — Marcus passou a mão pelo rosto. — April provavelmente não contaria para ninguém. Quando perguntei qual era o usuário no AO3 do amigo dela com dislexia, ela não me disse. Pareceu muito cuidadosa com a privacidade dele… quer dizer, a minha.

Isso não o surpreendera, não depois de dois anos de uma amizade tão próxima on-line. Mas a identidade on-line das pessoas nem sempre combinava com quem elas eram na vida real. O próprio Marcus era prova disso.

Para conseguir uma segunda chance com April, ele tinha precisado revelar algo extremamente pessoal. Algo particular. E depois de ter refletido por um ou dois minutos a respeito, havia tomado sua decisão. Mas Marcus tinha escolhido revelar sua dislexia por um motivo. Se aquela informação vazasse, ele sinceramente não se importaria tanto. Vários outros atores já haviam assumido serem disléxicos, e ele não ligaria de se juntar àquele grupo seleto.

Não era um segredo tão prejudicial quanto, digamos, o fato de que há anos ele fingia ser o estereótipo tolo e superficial de um ator de Hollywood. Ou que ele tinha postado comentários e escrito histórias sobre o personagem que interpretava, sobre a série em que trabalhava, histórias que mostravam claramente como Marcus detestava os roteiros das últimas temporadas.

— Quero contar pra ela. — Ele suspirou e se apoiou no celular. — Mas se eu disser uma coisinha para a pessoa errada, posso acabar com tudo.

A reputação dele na indústria. Suas perspectivas de futuros trabalhos que valessem a pena. O orgulho que havia construído a duras penas de tudo o que conseguira em duas décadas. E o respeito que havia conquistado.

Marcus continuou a falar aleatoriamente por mais (bastante) tempo, enquanto Alex soltava grunhidos sonolentos de afirmação no fundo. Quando por fim ele se acalmou um pouco e perguntou objetivamente o que deveria dizer a April sobre EmLivrosEneiasNuncaFariaIsso, o amigo estava cansado demais para dourar a pílula.

Alex expressou a sua opinião em apenas três palavras:

— Camarada. Sua *carreira*.

E sobre Marcus continuar a trocar DMs com April como EmLivrosEneiasNuncaFariaIsso, Alex gastou uma palavra a mais:

— Não seja um escroto.

E só.

Então, quando April finalmente apareceu no servidor Lavineias e respondeu às DMs que ELENFI tinha mandado mais cedo, Marcus já sabia o que precisava fazer. O que precisava dizer. *Desculpa, Tila*, ditou ao microfone. E estava sendo sincero.

A perspectiva de um segundo encontro com April tremulava a uma distância próxima, como um oásis. Ou melhor ainda, como a descrição de Virgílio dos campos Elíseos na *Eneida*, que a equipe de *Portões* havia tentado reproduzir fielmente para a temporada final. Acolhedor. Feliz.

Ainda assim... Cortar contato com April como EmLivrosEneiasNuncaFariaIsso *doía*. Mais do que Marcus havia imaginado. Mais do que daquela vez em que Ian não tinha calculado bem o chute que daria em cena e acabou acertando Marcus direto na lombar.

Contudo, o que mais ele poderia fazer? Desde que havia a acompanhado até o carro depois do jantar, passado seu número para ela, apertado a mão de April e lhe dado um beijo na bochecha (naquela pele morna. Aveludada. Com aroma de rosas. Infinitamente cheirável... Nossa, como ele queria aquela mulher.), Marcus vinha avaliando as suas opções e, como Alex também confirmara, ele não tinha nenhuma. Não mesmo. A menos que quisesse ser tolo ou babaca.

E Marcus não era tolo, apesar do que os seus pais e uma boa parte do mundo acreditava. E também não era tão babaca a ponto de continuar se comunicando com April sob outra identidade sem que ela soubesse.

O modo como a instigara a deixar escapar alguma informação privilegiada do jantar, como uma espécie de teste, o modo como descobrira sob falsos pretextos como ela se sentia sobre o segundo encontro dos dois e sobre o escrutínio público... tudo aquilo já era ruim o bastante. Marcus não queria piorar as coisas. Não com a mulher com quem se correspondia havia anos, e não com a mulher com quem tinha se encontrado naquela noite.

Se o segundo encontro não desse certo, EmLivrosEneiasNuncaFariaIsso voltaria mais cedo da sua viagem de trabalho e os dois poderiam retomar a amizade, sem que ela soubesse de nada. E se o segundo encontro *desse* certo...

Bem, sem todas aquelas DMs, ele teria mais tempo para passar com April na vida real.

Cara a cara. Corpo a corpo. Finalmente.

Embora Marcus sinceramente não soubesse o que faria sem a comunidade Lavineias e sem os textos que postava lá. Ia ser um ajuste muito, muito difícil. Mas valia a pena. Por ela.

Tiete Da Lavínia: Você não vai ter acesso à internet? Nem pelo celular?

EmLivrosEneiasNuncaFariaIsso: Não vou ter permissão para entrar em contato com ninguém de fora de lá, não nesse trabalho.

Tiete Da Lavínia: Ah

Tiete Da Lavínia: Você é um espião, ou

Tiete Da Lavínia: Droga.

Tiete Da Lavínia: Escuta, ELENFI, quero que você seja sincero comigo.

Ah, não. Não, não, não.

Ele não queria contar mais mentiras para ela, mas...

Tiete Da Lavínia: Você viu aquelas fotos minhas e achou...

EmLivrosEneiasNuncaFariaIsso: Achei o quê?

Tiete Da Lavínia: Achou que talvez não estivesse mais interessado em conversar comigo por causa delas?

O quê? Do que ela estava falando, pelo amor de Deus?

EmLivrosEneiasNuncaFariaIsso: NÃO.

EmLivrosEneiasNuncaFariaIsso: De jeito nenhum. Pelo amor de Deus, Tila!

Tiete Da Lavínia: Tá, então, se não é isso, é por causa do meu segundo encontro com o Marcus? Porque se você quiser me encontrar pessoalmente, na Con dos Portões ou em qualquer outro lugar, a qualquer hora, se...

Tiete Da Lavínia: Se você estiver interessado em mim desse jeito, posso mandar uma DM pro Marcus e cancelar o segundo encontro.

Diante da confirmação de que April tinha se apegado tanto a ele quanto ele a ela, de que ela valorizava *mais* o homem que ele se mostrara on-line, seu eu de verdade, do que o astro brilhante que ele exibira mais cedo naquela noite, Marcus acabou desmoronando.

Ele abaixou a cabeça e cobriu o rosto com a mão. Então, respirou fundo. E tentou recapturar a certeza que o dominava apenas poucos minutos antes.

Camarada. Sua carreira.

EmLivrosEneiasNuncaFariaIsso jamais poderia se encontrar pessoalmente com April. Simplesmente não poderia.

O que significava que EmLivrosEneiasNuncaFariaIsso estava prestes a magoá-la, e de um jeito que Marcus, que teoricamente havia acabado de conhecê-la, ainda não tinha intimidade suficiente para amenizar.

Ele queria que Ian o chutasse de novo. Com mais força daquela vez.

EmLivrosEneiasNuncaFariaIsso: Eu não posso. Desculpa.

Tiete Da Lavínia: Tudo bem.

Tiete Da Lavínia: Tudo bem. Então, acho que agora nos falaremos quando der.

EmLivrosEneiasNuncaFariaIsso: Tila, eu

EmLivrosEneiasNuncaFariaIsso: Por favor, se cuida.

Tiete Da Lavínia: Você também.

EmLivrosEneiasNuncaFariaIsso: Vou sentir saudade.

Tiete Da Lavínia: Claro.

Tiete Da Lavínia: É melhor eu ir agora. Tchau.

Antes que ele pudesse dizer qualquer outra coisa, ela ficou off-line.

Marcus a veria dali a dois dias. A qualquer minuto mandaria uma mensagem para combinar o horário e o lugar do próximo encontro.

Mas, por algum motivo, naquele momento, saber daquilo não ajudava em nada.

Classificação: Adulto
Fandoms: Deuses dos portões – E. Wade, Deuses dos Portões (TV)
Relacionamentos: Eneias/Lavínia
Tags adicionais: Universo alternativo – Moderno, *Fluff* e *Hot*, Celebridade!Eneias
Coleções: Semana do Tesão Raivoso de Eneias
Palavras: 1.036 Capítulos: 1/1 Comentários: 23 Curtidas: 87 Favoritos: 9

Fúria crescente
LavíniaÉMinhaDeusaESalvadora

Resumo:
O convite de Eneias era para ser apenas uma gentileza. Mas quando os paparazzi insultam a mulher que ele conheceu no Twitter e com quem saiu, ele descobre que a raiva não é a única coisa crescendo ali.

Observações:
Sim, eu morreria pela @SempreLavineias, e também morreria para ser ela. É complicado, ok?

... os últimos paparazzi saem do restaurante, levando suas câmeras quebradas.

Talvez eles fossem processá-lo. Mas Eneias não consegue se preocupar com aquilo, não quando Lavínia está do outro lado da mesa, iluminada pela luz das velas, a boca sedutora entreaberta, em choque, os seios se erguendo com força após o confronto violento.

Com o sangue ardendo de fúria em suas veias, ele descobre que seu pênis se tornou uma vara rígida, apontando com determinação na direção do único alívio para aquela sede tão profunda: a mulher que Eneias havia conhecido no Twitter ainda no dia anterior.

Distraído, ele escuta o som de vidro se estilhaçando. E os arquejos de espanto dos outros clientes do restaurante.

— Hum... Eneias? — A voz dela, doce e suave, só piora a situação.

— Sim? — Ele permanece parado, bem erguido, orgulhoso e ereto. Naquele momento, estaria disposto a dar o que aquela mulher quisesse.

— Acho que você acabou de derrubar um copo de água no chão com o seu pau — diz ela.

E era verdade.

9

— Meu personal diz que preciso comer peito de frango em todas as minhas refeições — disse Marcus aos pais no dia seguinte. — Quanto mais proteína, melhor, principalmente quando se está tentando ganhar massa muscular.

E ele não estava. Ao menos não no momento.

Mas aquilo não importava. Pelo bem daquele espetáculo particular, o fingimento deveria prevalecer sobre a realidade.

Marcus apoiou o braço no topo da cadeira de jantar ao seu lado. Com um sorriso cheio de si, lançou um olhar longo e vaidoso para os músculos definidos, evidentes abaixo e acima da camiseta. Para o volume do bíceps. Para a solidez do antebraço. Para as veias nas costas da mão. Evidências de horas intermináveis e encharcadas de suor em inúmeras academias de hotéis ao redor do mundo. Evidências de como Marcus levava a sério seu ofício e como se dedicava para realizar aquele trabalho.

Em sua profissão, no papel que havia interpretado por sete anos, o corpo de Marcus era um instrumento que precisava de manutenção constante. Precisava ser forte e flexível ao mesmo tempo. Lapidado. Admirado pelo público.

Ele gostava de praticar exercícios, da sensação que a atividade física lhe causava e de como ela o ajudava a conquistar seus objetivos, e isso ia muito além dos resultados que ele via no espelho. No entanto, mais uma vez, naquele momento Marcus não estava trabalhando com a realidade.

— Então você precisa carregar um peito de frango para todo canto? — A mãe dele franziu a testa, suas rugas tão familiares quanto o rabo de cavalo grisalho baixo. — Como isso funcionaria? Você teria que levar um cooler pra toda parte?

Sob a mesa, Marcus tentou encontrar espaço para se esticar um pouco, mas em meio às pernas das quatro cadeiras, às longas pernas dos pais e às pernas da própria mesa, não havia para onde ir. E tudo bem. Os joelhos dele estavam começando a ficar um pouco doloridos, mas Marcus imaginava que poderia aguentar o desconforto por pelo menos mais uma hora.

Como o restante daquela casa em São Francisco, a sala de jantar mal tinha tamanho para cumprir a função que lhe cabia. Cinco anos antes, com o dinheiro do seu cachê na série entrando em sua conta, Marcus pensou na casa apertada dos pais e se ofereceu para comprar um lugar maior para eles morarem. Os dois recusaram na mesma hora, enfaticamente. Marcus não repetiu a oferta desde então.

Os pais não queriam nada dele. Mais uma vez: tudo bem.

— Não precisa do cooler. — Ele deu de ombros em um movimento preguiçoso. — Ian, o cara que faz o papel de Júpiter, sempre carrega uma porção de peixe. Uma latinha de atum ou um filé de salmão.

Pelo menos alguma coisa que tinha saído da boca de Marcus naquela conversa era verdade. E esse era apenas um entre os muitos motivos pelos quais ele e a maior parte do elenco evitavam Ian.

O desgraçado gosta tanto de peixe que deveria interpretar Netuno, Carah havia murmurado ainda na semana anterior.

— Essa prática parece… duvidosa, ao menos em termos sanitários. — A mãe de Marcus inclinou a cabeça, os olhos semicerrados por trás dos óculos de armação larga. — E por que você precisaria ficar maior? Não disse que não tinha mais cenas como… seu papel anterior?

Ela ainda não suportava chamar o personagem pelo nome. Não quando acreditava com todas as forças do seu coração devotado a Letras Clássicas que os livros de E. Wade haviam desgraçado a obra-prima de Virgílio, e que os *showrunners* de *Deuses dos Portões* só haviam arrastado ainda mais fundo na lama a história lírica e tão expressiva do semideus.

O pai de Marcus concordava com ela, obviamente.

— Já encerrei meu trabalho como Eneias, mas preciso manter um padrão de força e de condicionamento físico entre um trabalho e outro. Caso contrário, o caminho de volta será muito pesado. Então obrigado por isso. — Ele indicou o prato à frente, com o conteúdo já pela metade. — Estão me ajudando a manter o meu apogeu físico. Um exemplar classe A de homem.

O pai não levantou o olhar do próprio prato de frango cozido e aspargos assados, apenas passou uma garfada do frango macio pelo molho deusa verde que ele e a esposa haviam preparado mais cedo na cozinha pequena e iluminada pelo sol, enquanto Marcus observava.

Quando os pais cozinhavam juntos, era como uma das lutas de espadas entre Marcus e Carah. Uma coreografia ensaiada tantas vezes que os movimentos precisos exigiam pouco raciocínio. E nenhum esforço.

Os pais não vacilavam. Nunca.

Lawrence arrancava as folhas delicadas dos buquês de ervas aromáticas, enquanto Debra cortava as extremidades duras dos aspargos. Ele preparava o caldo, enquanto ela cortava os peitos de frango. Com as colheres cintilando ao sol, os dois experimentavam o molho batido no processador, inclinavam ligeiramente a cabeça e bastava uma rápida troca de olhares para indicar a necessidade de mais uma pitada de sal.

Aquilo tinha sua beleza.

Como sempre, Marcus havia se apoiado nos armários mais próximos da porta, para não atrapalhar, e ficou observando, os braços cruzados com força na frente do peito, ou estendidos ao lado do corpo.

Se ocupasse mais espaço, ele se tornaria um intruso. Ao contrário da maior parte das lições que precisara aprender, aquela não havia demorado muito para se acoplar à sua mente.

A mãe de Marcus pousou o garfo e a faca com elegância no prato agora vazio.

— Você também vai ficar para jantar com a gente? Tínhamos planejado sair para fazer compras de tarde, e depois vamos preparar um cioppino. Seu pai vai grelhar umas fatias de pão, enquanto eu cuido dos frutos do mar.

Os dois se apertariam no pátio pequeno da casa, junto à velha churrasqueira a carvão, debatendo cordialmente enquanto trabalhavam lado a lado. Outra versão da coreografia deles. Dessa vez seria um tango ardente e fumegante no lugar da valsa impecável daquela manhã.

Os pais de Marcus faziam tudo juntos. Sempre fora assim, desde que ele conseguia se lembrar.

Os dois cozinhavam juntos. Se vestiam com camisas de botão azuis e uma sucessão interminável de calças cáqui de algodão. Lavavam e secavam juntos a louça. Faziam caminhadas aleatórias depois do jantar. Liam artigos de revistas acadêmicas juntos. Traduziam juntos textos em idiomas antigos. Debatiam sobre a clara superioridade do grego — no caso dela — ou do latim — no caso dele. Ambos deram aula até se aposentarem, ao mesmo tempo, na mesma escola particular e renomada de ensino médio, onde faziam parte do mesmo departamento de língua estrangeira, em que Debra ingressou depois que não precisou mais orientar os estudos do filho em casa.

Muito tempo antes, os pais dele também conversavam sobre o filho tarde da noite, em um tom não tão baixo quanto imaginavam — ambos nutriam preocupação e frustração crescentes sobre a situação de Marcus, e estavam determinados a ajudá-lo a ter sucesso. A pressioná-lo ainda mais. A fazê-lo *compreender* a importância do estudo, dos livros acima da aparência, do pensamento sério acima da frivolidade.

Pelos artigos que os dois haviam coescrito opinando sobre *Deuses dos portões* e sobre a série de TV, Marcus imaginava que aquele aspecto da parceria entre os dois jamais havia desaparecido, mesmo depois de quase quarenta anos. Para grande alegria dos vários jornalistas de veículos sensacionalistas.

Então, sim, ele iria mentir para os pais.

Marcus dirigiu um sorriso casual e cintilante para a mesa como um todo, sem focá-lo em nada ou em ninguém em particular.

— Agradeço o convite, mas já tenho um compromisso à noite. Na verdade, vou precisar ir embora daqui a mais ou menos uma hora, para ter tempo de me arrumar. — Ele mexeu *só um pouquinho* no cabelo, em um gesto treinado, e piscou para a mãe. — Manter esse tipo de beleza exige esforço, você sabe. E com a onipresença dos smartphones, agora há câmeras por toda parte.

A mãe dele cerrou os lábios e olhou para o marido.

Marcus empurrou o prato alguns centímetros, deixando um pedaço de frango intocado em meio ao molho. Não havia ardor ou acidez suficiente no molho deusa verde deles. Aquela era outra verdade que vinha sobrevivendo ao longo das décadas.

O pai insistira que o paladar pouco sofisticado de Marcus acabaria apreciando a sutileza do molho se o filho fosse exposto com frequência a ele. Mas a mera insistência não era capaz de transformar a realidade.

Aquela era uma lição que *eles* deveriam ter aprendido mais rápido.

— Esperávamos te mostrar o novo parque do bairro depois do jantar. — Lawrence finalmente desviou seus famosos olhos azul-acinzentados da esposa, a expressão solene amplificada pelos óculos que ele usava. — Poderíamos fazer uma caminhada juntos. Você sempre gostou de passar um tempo ao ar livre.

Quando criança — ou até mesmo quando era um adolescente rebelde e mal-humorado —, Marcus teria aceitado alegremente o convite. Fora da casa deles, seu corpo em movimento funcionava exatamente como deveria, e os bancos perto da calçada permaneciam exatamente onde deveriam estar, voltados para uma única direção, ao contrário das letras nas páginas dos livros. Seus pais poderiam enfim ter percebido que aquele era o único ambiente em que o filho *realmente* se destacava. Poderiam ter se dado conta dos talentos que ele *realmente* tinha.

Se os três saíssem juntos naquela época, Marcus poderia ter participado da coreografia deles, ao menos por uma noite.

Em vez disso, ele tinha que ficar em casa, terminando suas tarefas escolares do dia, enquanto os pais saíam para caminhar juntos toda noite. Os dois diziam que o filho vinha desperdiçando o tempo de todos e não se esforçava para desenvolver o próprio potencial. Marcus deveria ter levado apenas meia hora para traduzir um determinado trecho, diziam. Ele precisava *aprender*, diziam.

Apesar da inteligência inata, Marcus era preguiçoso, rebelde e seu comportamento teria sempre consequências justas, diziam.

"Desculpa", havia respondido tantas vezes aos pais... a cabeça baixa, até finalmente se dar conta de que não adiantava nada. Nunca adiantava nada. Nem os pedidos de desculpa, em que os pais não acreditavam, nem o esforço que ele fazia, que nunca dava os frutos esperados, nem a vergonha que sentia, que muitas vezes lhe embrulhava o estômago a ponto de ele não conseguir nem jantar. Também não adiantavam as lágrimas infantis que vinham às vezes quando o pai e a mãe o deixavam na casa escura noite após noite ao saírem para caminhar de mãos dadas.

— Desculpa — voltou a falar Marcus depois do almoço, e parte dele queria mesmo dizer aquilo. A parte que ainda ansiava por assistir à valsa graciosa dos dois de uma distância segura e inalterável.

Os pais gostavam dele. E, do jeito deles, estavam tentando.

Mas Marcus também gostava deles, e também tinha tentado. Havia se esforçado demais, por tempo demais, e recebido apenas reações de desaprovação.

Ele já não tentava mais. Na verdade, não tentava desde os quinze anos. Ou talvez dezenove, quando havia abandonado a universidade depois de apenas um ano.

— Se você tem um compromisso para o jantar, isso significa que está saindo com alguém daqui? — A mãe deu um sorriso esperançoso.

Marcus estava louco para falar de April, da empolgação que sentia em relação a ela, do anseio e do arrependimento, mas não com a mãe. Quanto menos os pais soubessem a respeito da vida dele, menos teriam para criticar.

— Não. — Ele pousou o guardanapo ao lado do prato. — Desculpa.

Quando o silêncio dominou a mesa, ele não se forçou a quebrá-lo.

— Já escolheu o seu próximo papel? — perguntou o pai finalmente.

Marcus segurou o copo entre o polegar e o dedo médio e ficou girando-o em círculos intermináveis.

— Ainda não. Tenho algumas propostas, estou dando uma lida em alguns roteiros.

Lawrence abandonara a comida que havia sobrado em seu prato, e agora observava o filho. Seus cabelos brancos — ainda tranquilizadoramente cheios, indicando uma boa perspectiva para possíveis futuros papéis como grisalhos charmosos para Marcus — oscilavam com a brisa que entrava pela janela aberta. Lawrence ajeitou com cuidado as mechas soltas.

Pouco antes de ir para a universidade, Marcus finalmente havia reparado no gel guardado no armário embaixo da pia do banheiro. Aquela marca de produtos de cabelo de homens mais velhos com certeza não lhe pertencia. Ele analisou a embalagem na palma da mão, enquanto se perguntava do que se tratava, e permaneceu confuso até por fim compreender a verdade.

O pai se importava, *sim*, com a aparência. Pelo menos um pouco.

Naquela época, Marcus havia ficado exultante diante da evidência de que Lawrence também tinha sua vaidade, embora fosse discreta se comparada à aparente obsessão do filho com o visual e os cuidados com o corpo. Marcus havia zombado do pai por causa daquele maldito gel por meses, deixando Lawrence nitidamente desconfortável, e sempre usando a frase que o próprio pai gostava de usar.

— *Vanitas vanitatum, omnia vanitas, pater*— cantarolava sempre que possível.

Vaidade das vaidades, tudo é vaidade, pai. Dito em latim, tornava o deboche ainda maior.

Cada repetição do refrão zombeteiro deixava um sabor agridoce na boca de Marcus, como as quincãs que colhiam da árvore que crescia aos trancos e barrancos no jardinzinho deles.

Mas ele já não era mais um adolescente rebelde e deprimido. Podia até se sentir tentado, mas não mencionaria o papel que haviam lhe oferecido e que jamais aceitaria, de forma alguma, não com a reputação do diretor no que dizia respeito às mulheres no set de filmagem, além daquele roteiro tenebroso.

— Ainda estou analisando as minhas opções — respondeu com sinceridade aos pais.

— Espero que desta vez você escolha algo que a gente goste de assistir. — A mãe balançou a cabeça, os lábios cerrados. — Antes de nos aposentarmos, a madame Fourier insistia em comentar aquela série horrível. Toda semana. Nos mínimos detalhes. Embora a narrativa desafiasse a história, a mitologia, a tradição literária, além de qualquer noção de bom senso.

Lawrence suspirou.

— Ela gostava de nos torturar, depois que descobriu que você estava no elenco. Os franceses podem ser *très* passivo-agressivos.

Os pais se entreolharam, reviraram os olhos e deram uma risadinha diante da lembrança.

Algo naquele bom humor afetuoso entre os dois, no desprezo despreocupado e compartilhado a sete anos de trabalho pesado, de esforço e de um reconhecimento conquistado a duras penas...

Uma vez, no set de filmagem, ao cair do cavalo de um jeito errado, Marcus acabou com duas costelas quebradas. Aquela reação dos pais causava o mesmo tipo de dor. Como se o peito dele tivesse afundado só um pouquinho.

Fazia quase um ano desde a última vez que Marcus tinha visto os pais. E fazia ainda mais tempo desde a última vez que eles haviam compartilhado uma refeição com o filho, até aquele almoço.

Apesar do suposto anseio pela companhia de Marcus, será que os dois haviam sentido falta dele de verdade por um único instante que fosse? Será que Marcus sequer podia chamar qualquer emoção que os pais sentiam por ele de amor, se eles não compreendiam nem respeitavam nada do que ele fazia, nada do que ele era?

Marcus abriu a boca e, de repente, parecia prestes a contar aos dois sobre aquele exato papel. Sobre aquele exato roteiro que seus pais odiariam ainda mais do que *Deuses dos Portões*, se é que isso era possível.

— Fui convidado para fazer o papel de Marco Antônio em um remake de *Júlio César* ambientado nos dias de hoje — disse Marcus em um tom jovial. Uma provocação indolente. Desagradavelmente familiar para todos ali. — O diretor pretende fazer de Cleópatra a protagonista da história.

E da pior forma possível, a mais apelativa, é lógico. Marcus tinha dito a sua agente que preferia voltar a ser barman a trabalhar com aquele diretor e aquele roteiro.

Já havia sido doloroso o bastante ter que testemunhar R.J. e Ron desvirtuando propositalmente, por sete anos, as versões da Juno e da Dido que E. Wade tinha criado. Não precisava gastar seu tempo e seus talentos — fossem eles quais fossem — em mais uma história ávida para equiparar a ambição feminina à instabilidade emocional e à crueldade. As cenas violentas de sexo, numerosas e cheias de momentos dúbios em relação a consentimento, para dizer o mínimo, haviam sido apenas a cereja envenenada de um bolo já encharcado de masculinidade tóxica.

Não, ele não chegaria nem perto daquele desastre misógino em forma de filme, ou daquele diretor que não passava de um predador disfarçado.

Mas, por algum motivo, Marcus continuou a falar e falar e falar.

— São todos vampiros, é claro. Ah, e César de algum modo volta "à vida", apesar da estaca que recebeu no peito, determinado a se vingar. Ele começa a matar senadores um por um, da forma mais terrível possível. — Marcus colocou seu sorriso mais insípido no rosto, enquanto passava os dedos pelo cabelo. — Quanto à estética, é bem Marc Bolan e David Bowie, por isso eu usaria bastante delineador. E na cena do célebre discurso de Marco Antônio, em que eu diria "Amigos, romanos, compatriotas, emprestem-me seus ouvidos", estaria usando apenas uma camada estratégica de glitter e um sorriso no rosto. Acho que é melhor eu começar a guardar alguns peitos de frango no bolso agora, não é?

Um silêncio mortal se abateu sobre a sala de jantar, e Marcus fechou os olhos com força por um instante.

Merda. *Merda.*

Ao que parecia, ele *ainda era* um adolescente babaca. Botando o dedo na ferida. Interpretando o papel de Pior Filho Do Mundo. Falando as coisas de modo a infligir o máximo de angústia possível, depois inventando as piores merdas que pudesse imaginar para horrorizar os pais.

Ele tinha trinta e nove anos. Era um homem. Aquilo precisava parar.

— Você... — O pai visivelmente engoliu em seco. — Está considerando aceitar esse papel?

Marcus quase disse que sim. Quase deu de ombros e respondeu: *Por que não? O diretor disse que eu ficaria incrível no figurino.*

O copo de água à sua frente iria quebrar se ele continuasse a segurá-lo com tanta força.

Marcus pousou o copo com muito cuidado e afastou os dedos do vidro frágil, um por um.

A verdade. Daquela vez, diria aos pais a verdade nua e crua, sem adotar qualquer afetação para se proteger.

— Não, pai. — A voz dele estava controlada. Sem qualquer entonação específica, parecendo quase entediada. Foi o máximo de boa vontade que conseguiu reunir naquele momento. — Não, eu não estou considerando aceitar esse papel. Pedi a minha agente para recusar assim que me fizeram a proposta. Não porque desrespeitava a história romana, mas porque mereço mais como ator, e exijo mais dos roteiros e dos diretores com quem trabalho.

Seus pais se olharam novamente, sem palavras. Surpresos, talvez, por Marcus se considerar alguém que tinha *padrões*.

— Fico feliz por você estar considerando as suas opções com mais cuidado desta vez — opinou a mãe, por fim, com um sorriso cauteloso. — Tirando esse remake de *Júlio César*, quase qualquer coisa seria melhor do que o seu último projeto.

Não era de estranhar que eles o considerassem o membro mais burro daquela família. Ao que parecia, ele ainda não havia aprendido nada.

A cadeira fez barulho ao arrastar no chão quando Marcus se levantou.

— É melhor eu ir — disse. — Obrigado mais uma vez pelo almoço.

Os pais não protestaram quando o viram sair da sala de jantar, pegar o casaco e as chaves e se despedir com as mesmas palavras de sempre e um sorriso tenso. O pai inclinou o queixo para ele de forma educada no saguão do tamanho de um selo, e Marcus fez o mesmo.

Ele estava na porta, já quase saindo, quando a mãe estendeu a mão para… alguma coisa. Algum tipo de contato. Um meio-abraço, um beijo no rosto, Marcus não sabia.

E, para ser sincero, não importava.

Se ela o tocasse naquele momento, se algum dos dois o tocasse, ele achava que poderia se estilhaçar, como quase acontecera com aquele copo de água.

Marcus se afastou da mãe.

Ela baixou a mão, os olhos verdes parecendo magoados por trás dos óculos tão familiares.

Uma noite, já tarde, no meio do inverno, quando Marcus havia se esgueirado da cama para ouvir escondido atrás da porta do quarto minúsculo dos pais, ele escutara a mãe chorando. Em uma voz engasgada, ela tentava explicar ao marido, em meio aos soluços, como sentia falta de dar aula na escola particular onde trabalhava antes, como sentia falta de trabalhar perto dele. Admitira que achava quase insuportável ficar sentada diante do filho na mesa da cozinha, dia após dia, tentando em vão fazê-lo entender as coisas, de um modo que as professoras do jardim de infância e do primeiro ano não tinham conseguido, enquanto Lawrence continuava a cintilar na claridade do mundo lá fora.

A mãe de Marcus nunca havia ganhado tanto quanto o marido. Nunca tivera o status dele no departamento que compartilhavam, mesmo que tivesse conseguido seu cargo de volta.

— Tenho a sensação de que estou perdendo partes essenciais de mim mesma a cada minuto — continuara ela, chorando muito. — Eu amo o Marcus, mas não estou conseguindo me conectar com ele, e às vezes tenho vontade de sacudi-lo... só que, em vez disso, preciso continuar tentando fazer o menino *aprender*...

As palavras se atropelavam, quase histéricas. Marcus não tinha como duvidar da sinceridade delas. Ele havia carregado aquela verdade de volta para a cama naquela noite e todas as noites a partir de então.

Ele estava sofrendo, mas sua mãe também estava. E por causa dele.

Por isso, apesar de sentir a bile subindo pela garganta, ele a puxou para os braços no saguão. Deu um beijo na cabeça da mãe e deixou que ela beijasse seu rosto. E acenou para ela da janela do carro.

Então, saiu o mais rápido possível dali, sem ter ideia de quando ou se voltaria.

JÚLIO CÉSAR — REMAKE

INT. QUARTO DE CLEÓPATRA — MEIA-NOITE

*CLEÓPATRA está deitada nua em uma cama redonda,
com cobertor de veludo, a pele pálida sob a luz
das velas. Ela é tudo o que um homem deseja.
Linda, insaciável e um mistério ardente, os seios
amplos atrevidos, firmes e prometendo o mundo para
qualquer homem que tivesse o azar de cair no seu
feitiço. MARCO ANTÔNIO está deitado ao lado dela,
fora de si de tanto prazer. Cleópatra o tem na
palma da mão.*

CLEÓPATRA

César precisa morrer. De novo.

MARCO ANTÔNIO

Não! Uma traição dessas mancharia a minha honra!

CLEÓPATRA

Você precisa cravar uma estaca nele!
*Ela se inclina sobre Marco Antônio, os seios
expressando um frenesi sexual, e ele não consegue
desviar o olhar daqueles pêndulos hipnóticos. Nenhum
homem conseguiria diante da tentação de Eva.*

MARCO ANTÔNIO

Se você insiste, minha flor traiçoeira.

CLEÓPATRA

Não tema a possibilidade de que ele se erga mais uma vez dos mortos. Nenhuma criatura sobrenatural que morreu duas vezes se envolveu em uma vingança de sangue com seus inimigos desde os últimos Idos de Março, exatamente um ano atrás.

MARCO ANTÔNIO

A mulher é a criatura mais sobrenatural de todas.

10

A programação do segundo encontro dos dois seria o oposto de posar e se exibir em um parque aquático indoor. Mesmo assim, Marcus não havia feito qualquer objeção. Não tinha perguntado se a escolha do lugar era algum tipo de teste, embora desconfiasse que sim.

Ele estava embaixo do jato quentíssimo do chuveiro do hotel, deixando que a água o escaldasse, quando recebeu a mensagem dela na noite anterior. Vamos nos encontrar às onze na Academia de Ciências da Califórnia, havia escrito April. Estou doida para ir nas exposições de história natural, e achei que você poderia gostar do planetário. (Consegui não fazer uma piada sobre astros e estrelas aqui. Parabéns pra mim.) Pensei em almoçarmos no café de lá. O que você acha?

Depois de sair do chuveiro, Marcus havia lido a mensagem dela, secado o cabelo com a toalha e avaliado a logística do passeio. Parece uma boa ideia. Por que a gente não se encontra no café para se abastecer com várias doses de cafeína antes de ver pedras e deitar na sala escura do planetário? (é brincadeira)

Acho que consigo dar um jeito de manter você acordado numa sala escura, respondeu ela. Mas, sim, primeiro café.

Marcus olhou espantado para a mensagem por um instante, e desejou ter tomado uma ducha fria em vez de tão quente.

Flerte. Aquilo com certeza havia sido um flerte.

Pelo restante da noite, a surpresa agradável tinha sido o bastante para amenizar o aperto que ele sentia no peito toda vez que pensava em como a magoara como ELENFI, como sentiria falta da comunidade Lavineias e também quando se lembrava da expressão de decepção e desaprovação dos pais, encarando-o na salinha de jantar.

Então, lá estava ele, parado do lado de fora do café do museu de ciência em uma segunda-feira de manhã, constrangedoramente empolgado com a perspectiva de literalmente ver estrelas. Embora parecesse ser a única pessoa ali que não estava acompanhado de pelo menos uma criança.

— Ei! — Marcus ouviu a voz de April vindo de trás dele, ofegante e rouca. — Desculpa, o metrô e o ônibus estavam um pouco atrasados agora de manhã, o que fez com que eu me atrasasse também.

Quando Marcus se virou, sentiu que soltou o ar com um pouco de força demais.

— Oi — sussurrou. — Sem problemas. Eu acabei de chegar.

O jeans de April era tão justo que era basicamente uma legging por baixo da blusa mostarda, e delineava as curvas das coxas dela com uma precisão deliciosa. O lindo cabelo vermelho-dourado estava preso em um rabo de cavalo alto e cintilava com a luz que entrava pelas janelas, enquanto os óculos de armação grossa de tartaruga enfatizavam o castanho suave dos seus olhos.

Marcus se vestira da forma mais discreta possível. Jeans. Tênis. Camiseta henley de malha azul. Boné.

Se o mundo fosse justo, ninguém olharia duas vezes para ele naquele dia, não com April por perto. Era um espanto que não houvesse paparazzi seguindo *aquela mulher* por todo lugar aonde fosse, simplesmente para documentar toda a sua glória ofuscante.

— Você está linda. — Aquilo era um fato. Tinha que ser dito.

Os lábios de April, que pareciam ligeiramente amuados por causa do atraso, logo se curvaram em um sorriso encantador.

— Obrigada.

Quando ela abriu os braços, Marcus rapidamente se deixou envolver pelo abraço de bom-dia. Ele puxou April mais para perto, uma das mãos nas costas dela, a outra na nuca à mostra, enquanto sentia os fios de cabelo sedosos em seus dedos. Então, apoiou o rosto no alto da cabeça dela e sentiu cheiro de rosas e de primavera. Cheiro de April.

O corpo quente e voluptuoso se moldou ao dele de bom grado, preenchendo lacunas que Marcus nem sabia que existiam. Ele sentiu a pressão firme de cada dedo dela em suas costas. Para seu prazer, April o abraçava com a mesma intensidade que ele.

Ela se manteve colada nele por mais tempo do que Marcus teria esperado, e deixou escapar um suspiro. Quando ele finalmente recuou alguns centímetros, viu que os olhos de April estavam um pouco cintilantes demais atrás dos óculos.

— Obrigada — falou ela. — Eu precisava disso.

Droga.

Marcus envolveu a nuca macia e pousou um beijo delicado na pele pálida e sardenta de uma das têmporas dela, acima da haste dos óculos.

— Sinto muito.

— Não se preocupa. — Depois de um último abraço rápido, April se desvencilhou e abriu um sorriso apenas ligeiramente tenso para ele. — Vamos tomar um café e ver algumas pedras.

Ele gemeu, fingindo sofrimento, mas segurou a mão dela e deixou que April o conduzisse na direção do balcão do café.

— Algumas delas vão ser cintilaaaantes — cantarolou ela, e com a outra mão ajeitou uma mecha de cabelo de Marcus, enquanto os dois esperavam na fila. — Exatamente como você.

Ele baixou o olhar para os sapatos por um momento.

Um rostinho bonito, tinha dito Ron. *Não dava pra ter achado um cara mais bonito que esse.*

— Apesar dos anos trabalhando no meio da terra e da poeira, tenho um fraco por coisas cintilantes. Na verdade, sou que nem uma pega, o passarinho. — Ela mexeu no lóbulo da orelha, onde um brinco de fios de prata cascateava até seu ombro. — E sinto um fascínio especial por saber como algumas coisas se tornaram tão cintilantes.

Era uma isca. E bastante eficiente.

Marcus devolveu o olhar.

— Me conta você.

April abriu um sorriso gentil.

— Certos minerais são criados sob uma enorme pressão, durante um longo período, o que os torna igualmente resistentes e lindos.

Os pais de Marcus não tinham interesse por ciência, mas ele também não era um ignorante completo.

Ele respirou devagar.

— Diamantes.

— Diamantes — confirmou ela.

A risada dele saiu ligeiramente trêmula.

— Um longo período? — Marcus arqueou uma sobrancelha. — Você acabou de me chamar de velho?

— Você me ouviu bem — afirmou April com uma risadinha.

Os dois pagaram pelos cafés em um silêncio confortável, acrescentando o que cada um preferia — um pouco de creme para ele, leite e uma generosa porção de açúcar para ela.

Ao longo dos anos, Marcus já recebera elogios extravagantes. Geralmente vindo de pessoas que queriam alguma coisa dele — dinheiro, cinco minutos de fama, sexo com uma celebridade —, mas também de gente que simplesmente o admirava por razões lisonjeiras, desconfortáveis ou as duas coisas.

De algum modo, April tinha conseguido transformar uma conversa sobre minerais em um elogio tão doce quanto o café que ela estava tomando. Nerd também, o que tornava tudo ainda mais encantador.

Dava para entender o porquê de ela amar pedras. Nas mãos e nas palavras dela, aqueles minerais *realmente* contavam histórias. Histórias mais multifacetadas e cristalinas do que qualquer uma que o próprio Marcus já conseguira criar ao longo de tantos anos escrevendo fanfic.

— Diamantes não deveriam ser tão caros ou tão raros como são, e detesto o modo com vêm sendo extraídos e usados como justificativa para exploração e domínio pela força. Grande parte da indústria dos diamantes é odiosa e corrupta. Dito isso... — April deu um gole no café, torceu o nariz e acrescentou mais açúcar. — A primeira vez que vi o Diamante Hope, em Washington, cogitei a possibilidade de entrar para o crime.

Quando Marcus riu, uma mulher com um carrinho de bebê que estava perto tirou uma foto dele.

Ele conduziu April discretamente rumo à janela, e os dois ficaram olhando para fora, enquanto tomavam o café e conversavam sobre seus museus favoritos. Ou melhor, enquanto Marcus pedia a April para falar dos seus favoritos, já que ela não precisava ouvir sobre o tormento que haviam sido as visitas anteriores dele a museus.

— Pronto para as pedras? — perguntou April, depois que terminaram o café.

Marcus lhe ofereceu o braço e ela aceitou.

— Pronto para as pedras.

Eles passaram cerca de uma hora andando pelo museu, primeiro examinando e manuseando um arco-íris surpreendentemente cintilante de minerais, depois viram os pinguins e analisaram ricos dioramas com vegetação e animais preservados através de uma exímia taxidermia.

Diante da primeira placa com que se depararam com uma grande quantidade de informação escrita, April fitou o quadro. E mordeu o lábio.

Era nítido que ela se lembrava, se preocupava e queria saber mais.

— Consigo ler, mas vou levar mais tempo do que você. Só... — Marcus suspirou. — Por favor, seja paciente.

April franziu a testa.

— Lógico que vou ser paciente.

E foi mesmo, por mais que ele demorasse, embora Marcus ainda preferisse apreciar as partes que não exigiam muito contexto. Atividades práticas, ou os enormes esqueletos de baleia-azul e de tiranossauro rex, ou — para deleite de April — o simulador de terremoto.

— Essa é a primeira vez que vou em um. — Ela sorriu enquanto puxava Marcus pela porta. — Não temos muitos tremores de terra perceptíveis em Sacramento, estou empolgada.

Ele se deixou ser arrastado na direção de um ponto específico perto da janela falsa.

— Humm, então eu trago boas notícias! Já que se mudou para a Baía de São Francisco, agora você vai viver essa experiência pelo menos uma vez a cada um ou dos anos. Mas, com sorte, nada *grande*.

Ela franziu o nariz.

— Bom, pelo menos não estamos em Washington ou no Oregon. Em algum momento, vão ter problemas sérios por l...

Bem naquele momento, a guia do museu começou a falar, e Marcus fez uma anotação mental para nunca se mudar para Seattle.

Enquanto a mulher de camisa polo explicava o que aconteceria ali, ele aproveitou para examinar o ambiente ao seu redor. April fez o mesmo, os olhos semicerrados e muito atentos, prestando atenção no teto coberto de tecido, na tela que fingia ser uma janela, nas paredes azuis, nas estantes embutidas.

O simulador, projetado para se parecer com o interior de uma sala de visitas vitoriana, não tinha muitos objetos de decoração nas paredes ou nas estantes. Alguns livros, pratos e taças decorativas, um espelho, um quadro, um candelabro. Também havia um pequeno aquário, o que era até divertido. Por todo o cômodo, estavam espalhados apoios de metal, que serviriam para que os visitantes se segurassem quando fosse necessário.

Em uma das paredes, a tela mostrava a vista panorâmica das famosas casas coloridas de São Francisco, no bairro de Alamo Square. A paisagem retratava a cidade em 1989, durante o terremoto de Loma Prieta, de acordo com a funcionária do museu. Ela explicou que, em breve, a imagem mudaria para a cidade em 1906, antes do mais conhecido desastre da história de São Francisco.

Comparado ao cenário de *Deuses dos Portões*, o cômodo era esparso, para dizer o mínimo. Mas, com aquele cenário de fundo,

Marcus pegou a mão de April e entrelaçou seus dedos com os dela, ciente de que não teria que encenar uma morte extremamente estúpida diante das câmeras. Ele preferia mil vezes o que tinha naquele momento. Mesmo que mais de um celular estivesse apontado na direção deles, em vez de para o simulador ou para a guia que explicava os pontos principais do estava prestes a acontecer.

De acordo com o que ela dizia, primeiro o cômodo sacudiria com o tremor de 1989, em seguida com o terremoto de 1906. Ou pelo menos versões modificadas daquilo, demonstrações breves e seguras o bastante para simular a experiência para os visitantes. Se alguém ali achasse a primeira simulação de tremor, que era a mais fraca, estressante demais, poderia sair antes da segunda.

Em uma cena absurda da quinta temporada de *Portões*, Eneias montou um Pégaso para visitar Vênus, sua mãe, em sua grandiosa morada celestial. Para filmar aquela sequência, Marcus teve que passar horas e horas precariamente empoleirado em um equipamento gigantesco, pintado de verde, que havia sido montado em um hangar cavernoso, também pintado de verde, e programado para simular os movimentos de um enorme cavalo alado em pleno voo.

Apesar de todas as precauções tomadas, de todo o amor de Marcus pelos desafios físicos a ponto de dispensar dublês sempre que possível nas cenas de ação, ele tinha achado a experiência... desconcertante. Pelo menos no início, mas melhorou quando ele se acostumou com o ritmo.

Marcus pensou que um cômodo que exigia apenas alguns apoios para as mãos como medida de segurança não deveria representar um grande desafio.

Enquanto uma gravação explicava brevemente as circunstâncias de cada terremoto, ele e April seguraram no apoio que lhes cabia, lado a lado. Então, começou a simulação do terremoto de Loma Prieta: as luzes piscaram e a sala sacudiu e estremeceu sob seus pés.

Marcus passou o braço em volta dos ombros de April, puxando-a mais para perto, enquanto o candelabro balançava e os livros saíam do lugar, milímetro por milímetro.

— Só por precaução — disse Marcus, quando ela levantou o olhar para ele.

April deu uma risadinha.

— Tudo bem.

De modo geral, a experiência não foi muito diferente da lembrança que ele tinha do terremoto de verdade, só que mais feliz. E mais sexy. Muito, muito mais feliz e sexy. Um dos seios de April roçou no peito de Marcus quando ela se mexeu, e ele precisou engolir um gemido constrangedor.

Quando começou a versão de 1906 do simulador, a diferença entre os dois tremores tornou-se imediatamente perceptível. Aquele terremoto envolvia não apenas o chacoalhar do cômodo, mas também solavancos fortes e uma sensação horrível de que o chão ondulava, e toda a experiência demorou muito mais tempo. O bastante para lembrar a todos, mesmo a contragosto, que uma catástrofe similar poderia acontecer de novo, bem ali onde eles estavam, a qualquer momento.

Ainda assim, o sorriso no rosto redondo e lindo de April só aumentava. Ela ficou na ponta dos pés e se aconchegou mais a Marcus.

Agora, seus seios não estavam apenas roçando o peitoral dele. O contato tinha se tornado uma pressão ofuscante, deliciosa e provocante contra o corpo de Marcus a cada solavanco do chão.

— Isso é muito foda — sussurrou April no ouvido dele, enquanto os dois esbarravam no corrimão e se agarravam um ao outro — Será que essa simulação é realista mesmo?

Quando ela falava, seus lábios roçavam o lóbulo da orelha dele, e seu hálito úmido e quente acariciava a pele exposta do pescoço de Marcus. Ele inspirou fundo e relaxou os dedos no ombro dela, um a um, antes que a pressão que faziam na carne de April se tornasse possessiva demais, ou até dolorosa. Marcus levou a mão às costas dela e deixou que descesse até a base da coluna.

Eles estavam cercados por uma plateia no simulador, mas ele não dava mais a mínima para isso. Para garantir que os dois mantivessem o equilíbrio, Marcus segurou o apoio ao seu lado com mais firmeza e separou bem os pés.

Com o braço que a protegia, ele encaixou April à sua frente, virada para ele, calor com calor. Os lábios dela se entreabriram em um arquejo silencioso, e as coxas deles se entrelaçaram. Enquanto o mundo estremecia ao redor dos dois, April pousou uma das mãos contra o peito de Marcus em busca de equilíbrio, enquanto a outra ainda segurava o apoio, ao lado da bunda dele.

Os gritos agudos das crianças ao redor desapareceram, abafados pelo zumbido nos ouvidos de Marcus e pelas batidas aceleradas do seu coração.

April não tentou se desvencilhar. Em vez disso, a palma quente de sua mão deslizou muito, muito lentamente pelo peito dele, subindo e descendo a cada solavanco, parando logo acima do jeans, os dedos bem abertos. Ela já não estava mais reparando no cômodo. Ele também não.

Marcus inclinou o corpo para a frente. E quando roçou o nariz pela linda e pálida curva da orelha dela, soube que o tremor que percorreu o corpo de April não tinha nada a ver com o maldito simulador.

— Posso? — sussurrou ele em seu ouvido.

April assentiu. Ela virou a cabeça e olhou para Marcus, as pálpebras pesadas, depois segurou a camisa dele e…

As luzes se acenderam. A sala parou de se mover, embora o chão embaixo dos dois parecesse continuar a tremer.

Marcus e April não se moveram, não disseram nada, não desviaram o olhar.

A gravação informou alegremente a todos que o verdadeiro terremoto teria durado três vezes mais tempo, e maldito fosse o museu por não valorizar aquela precisão histórica e científica, porque Marcus *queria* aqueles minutos extras de caos, de frio na barriga. Queria saborear aqueles lábios carnudos e rosados e traçar o contorno do seu lábio superior. Queria usar o dente e a língua até April arquejar e tremer novamente, puxando-o pela camisa para mais e mais perto.

Mas algumas pessoas estavam saindo agitadas da sala, tagarelando alto, enquanto outras permaneciam onde estavam, documentando cada segundo daquele momento particular que acontecia em um lugar público demais.

Os dois mereciam mais do que aquilo.

Ele recuou e afastou a mão esquerda da... bem, em algum ponto a mão dele evidentemente se movera, e estava pousada milímetros acima do volume tentador da bunda de April naquele jeans tão justo. Em seguida, Marcus também soltou o corrimão e ofereceu a mão direita a ela, que não estava totalmente firme.

April aceitou.

— Vamos para o planetário?

Marcus assentiu, abalado demais para dizer qualquer coisa. Novamente com os dedos entrelaçados, os dois saíram do simulador e caminharam em direção ao destino seguinte.

Será que seria melhor beijar April lá do que no simulador de terremoto? A luz estaria baixa, eles talvez conseguissem assentos isolados, as estrelas cintilariam acima dos dois, e se ele passasse discretamente a mão por baixo da blusa dela, talvez...

Ok, ficar pensando no que poderiam fazer em um auditório escuro não estava ajudando em nada a situação atual dele.

— Me conta mais sobre o terremoto de Loma Prieta. — Marcus pigarreou, a voz rouca. — Se não se incomodar. Eu passei por ele, e queria entender como e por que aconteceu.

— Sério? — April ergueu uma sobrancelha, a expressão desconfiada. — Você não precisa me pedir isso só pra me agradar. Não vou ficar ofendida se não quiser ficar ouvindo mais sobre geologia agora.

— É sério. — Marcus deixou de lado sua persona pública, ao menos naquele instante, cavou fundo e deixou as palavras certas... as palavras sinceras... emergirem. — Eu, hum... Na verdade eu me interesso por um monte de coisas. Escuto audiolivros de não ficção o tempo todo, principalmente quando estou viajando.

Ele sentiu o rosto quente, o que era uma tolice.

Nunca sabia o que dizer. Quem deveria ser. Como agir.

Como não decepcionar.

Nunca.

Mas precisava dar *alguma coisa* para April, alguma coisa real e verdadeira, já que apenas a aparência não lhe interessava. Nem mesmo a inegável química sexual entre os dois seria o bastante para mantê-la interessada nele, não se April não enxergasse nada nele que realmente valesse a pena. E os anos de amizade virtual dos dois talvez não fossem suficientes para que ele confiasse a ela um segredo capaz de destruir sua carreira, mas bastavam para que Marcus a deixasse ver aquele cantinho escondido do seu coração.

Por isso, forçou-se a continuar:

— Uma das coisas que eu mais gosto em relação ao que eu faço — ele sentiu a língua subitamente pesada, droga —, em relação a atuar, é como me estimula a aprender novas habilidades. Por exemplo, um papel horrível de piloto de barco me ensinou o básico sobre navegação.

Pela visão periférica, Marcus viu April se virar em sua direção. A atenção dela estava toda concentrada nele e apenas nele.

— A série deveria se chamar *Onda de Crimes*. Porque eu era um cara que desvendava crimes em um barco, sabe? Não era o melhor conceito do mundo. — Ninguém na indústria de entretenimento tinha se interessado pelo episódio-piloto. Ele acabara afundando no mar da história da televisão sem deixar vestígios... a não ser no que se referia às habilidades de navegação de Marcus. — O papel em uma comédia romântica fracassada me ensinou a manusear uma faca de chef e a cortar alimentos como se eu soubesse o que estava fazendo em uma cozinha profissional.

— Eu vi esse! — exclamou April. — *Amor à julienne*, né? E seu par romântico era alguém que realmente se chamava...

— Sim. Julienne. Julie. Minha corajosa *sous chef*, que pensava que estava morrendo, mas na verdade não estava, e acabou ficando famosa pelo seu prato que era uma mistura de jambalaia e cheesecake. — Ele fez uma careta. — Desculpa. Vai ser um prazer devolver pessoalmente o dinheiro que você gastou para ver esse filme.

A gargalhada dela ecoou pelo ambiente.

— Ah, não paguei nada. Vi num streaming, e assinei pelo período de teste gratuito, só por uma curiosidade mórbida.

Aquilo pareceu justo.

— Já para fazer *Portões*, tive que estudar sobre construção de navios nos tempos antigos e táticas militares. E precisei aprender esgrima também, como você falou na outra noite. — Ele fixou o olhar nas placas de sinalização adiante, coçando o queixo ainda muito bem barbeado, parecendo constrangido. — Se algum dia você, hum, quiser que eu te conte mais a respeito... Pode ajudar de alguma forma no processo criativo para as fanfics que você escreve, talvez?

Quando Marcus ficou em silêncio, April diminuiu o passo até ele se voltar para encará-la.

Ela o olhou de cima a baixo, avaliando-o descaradamente, com uma cara boa, enquanto cravava os dentes no lábio inferior, e *Jesus*... As jogadas de cabelo de Marcus e as tentativas de exibir os bíceps com certeza não garantiram a ele aquele tipo de interesse, aquele ardor no olhar de April. Nem uma vez.

— Quero muito ouvir sobre as suas habilidades com a espada. Pode acreditar. — Ela apertou os dedos dele com mais força. — Mas, nesse meio-tempo, se quiser saber mais sobre o terremoto de Loma Prieta, pode deixar comigo.

Assim, April começou a falar a respeito do assunto enquanto os dois caminhavam... e, porra, como ela era *inteligente*! E capaz de tornar as coisas *claras* e *interessantes* sem parecer nem um pouco condescendente.

Merda, aquilo era sexy. Marcus definitivamente não esperava isso de uma conversa sobre um terremoto, mas era verdade. E lá estava ele, puxando a bainha da camiseta para garantir que a roupa disfarçaria a reação do seu corpo a April.

— Ou seja, foi uma falha oblíqua — explicou ela, soltando a mão dele para poder gesticular graciosamente com os braços e ilustrar o que estava falando.

Com as palavras de April, Marcus finalmente conseguiu entender o que havia acontecido, ao mesmo tempo que sentia vontade de colocar um dedo de April na boca... cravar os dentes no polegar dela e ver aqueles olhos castanhos tão alertas se tornarem enevoados.

Quando a língua dela se demorou ao falar um termo técnico, Marcus desejou que aquela língua se demorasse nele também. Em qualquer lugar. Por toda parte.

Sua ânsia de tomar os lábios de April, de ter sua boca colada na dele, não era oblíqua. Era direta. E ele podia até não compreender muito os termos sismológicos, mas não se importava, porque compreendia perfeitamente que queria *lambê-la inteira*.

No fim, o planetário estava bem cheio para aquela exibição, por isso Marcus se comportou, apesar do modo possessivo como April apoiou a mão na coxa dele. No *alto* da coxa.

Tudo o que ele passara a adorar em Tila on-line parecia absurdamente mais intenso pessoalmente. O pragmatismo franco e a calma dela, sua gentileza, inteligência, o humor tranquilo, a autoconfiança — tudo aquilo irradiava de cada gesto, de cada palavra de April, e seu brilho era tão ofuscante quanto as luzes do planetário ao fim da apresentação.

A única vez que April pareceu hesitante e insegura foi depois do almoço, quando eles saíram do museu e ficaram parados ali fora, sentindo a brisa da primavera.

— Você achou... legal? — Uma mecha do cabelo acobreado tinha se soltado do rabo de cavalo e roçava no rosto dela. — Sei que não é exatamente um parque aquático, mas...

Marcus levou a mão com cuidado à mecha sedosa de cabelo, afastando os fios do rosto dela.

— Eu costumava dizer aos meus pais que detestava museus — disse ele. — E, depois de algum tempo, passei a me recusar a ir.

April inclinou a cabeça.

— Desculpa. Eu devia...

— Eu estava mentindo pra eles. — Marcus brincou com a ponta da mecha solta, esfregando-a entre o polegar e o indicador, enquanto observava o modo como os fios cintilavam ao sol. — Era mais fácil dizer isso do que confessar que eu não conseguia ler o texto em letras miúdas de todas aquelas placas com a rapidez que os meus pais queriam.

Era mais fácil do que dizer: *A impaciência de vocês faz com que eu me sinta tão pequeno quanto essas letras.*

— Marcus... — April franziu a testa. — Sinto muito.

Enquanto ele continuava a seguir a mecha acobreada até a ponta, deixou o polegar roçar no queixo dela e descer pelo pescoço, demorando-se ali, sentindo a carne macia e quente por um instante.

Marcus a acariciou. E traçou a trilha de sardas, ligando uma a outra e outra.

— Não se desculpe. Estou tentando te agradecer por me mostrar que posso amar museus.

April segurava os quadris dele agora, a cabeça inclinada para facilitar o caminho do polegar de Marcus, os lábios entreabertos, os olhos semicerrados por trás dos óculos. A cada respiração, ela se aproximava mais. E mais, até que...

Marcus não conseguia mais suportar aquilo. Precisava saber.

Ele se inclinou para a frente e pressionou a boca na curva delicada ao lado do seu polegar, transformando cada palavra em uma carícia dos seus lábios contra a pele perfumada do pescoço dela.

— Obrigado pela tarde perfeita. Obrigado por ser tão paciente. Tão inteligente. Tão linda. Obrigado por...

April enfiou os dedos no cabelo de Marcus, segurou sua cabeça em um gesto hábil e puxou-o com força, pressionando a boca dele em seu pescoço. Marcus se calou e obedeceu à ordem silenciosa.

April tinha sabor de rosas, de doce, de sal e suor. Ele a segurou pela nuca para trazer equilíbrio aos dois enquanto ela estremecia, e ajustou a boca no pescoço da mulher. Quando Marcus enfiou o nariz ali e roçou os dentes em sua pele quente, April ofegou e arqueou o corpo contra ele.

Aquilo deixaria uma marca. Ótimo.

Então, bem no momento em que as coxas dela se abriram para dar espaço para uma das coxas de Marcus, que gemia com um desejo insano...

Ele os ouviu.

— Marcus, olha pra cá! — gritou um dos homens. — Essa é a garota do Twitter?

Quando Marcus ergueu a cabeça, outro homem já se aproximava de April, as lentes enormes, caras e bem treinadas da câmera totalmente voltadas para ela.

— Qual é o seu nome, meu bem? Há quanto tempo vocês dois se conhecem?

April enrijeceu o corpo, e Marcus não a culpou por se desvencilhar dele sob aquele ataque furioso. Mas ela precisava saber: aquilo era apenas o começo.

Os paparazzi finalmente os haviam encontrado.

AMOR À JULIENNE

INT. COZINHA DO RESTAURANTE — MEIA-NOITE

*MIKE e JULIE estão se beijando apaixonadamente,
o corpo de Julie pressionado contra a bancada de
metal. Em um instante, ela se vira, a expressão
abalada, o rosto quase franzido, e o beijo é
interrompido. Julie leva a mão à testa e encara
Mike, os olhos marejados. Quando ele estende a mão,
ela se afasta.*

JULIE

Não posso mais ser sua *sous chef*.

MIKE

Mas… por quê? Por quê, Julie?

JULIE

Nunca vamos dar certo juntos. Pode acreditar em mim.
É tão impossível quanto aperfeiçoar meu prato de
jambalaia e cheesecake.

*Ela se afasta dele aos poucos, apoiando-se com
uma das mãos nas bancadas, nas paredes, no batente
da porta que dá para o salão do restaurante.*

MIKE

Julie, Julie, não me abandone!

Ela está quase na saída do restaurante, chorando.

MIKE (off)

Não me abandone. Sem você, eu estou perdido… para
sempre.

*Parado sozinho na cozinha vazia, Mike segura
contra o peito a rede de cabelo que ela deixou para
trás.*

MIKE

Adeus, minha *sous chef* doce e picante. Adeus.

11

Desde que havia aceitado o convite de Marcus para jantar, April se perguntava como reagiria quando um paparazzo de verdade aparecesse. Ficaria paralisada? Se encolheria? Tentaria se esconder? Ignoraria todos eles e simplesmente continuaria a fazer o que estava fazendo, como imaginara ao longo dos dias anteriores?

No fim, não foi nenhuma daquelas coisas.

April não conseguiu fazer nada além de ficar vendo Marcus dar um show. De alguma forma, ele conseguiu atrair rapidamente para si a atenção dos fotógrafos, através do puro carisma, flertando descaradamente e...

Sim. Sim, ele parecia estar tirando a roupa.

Afastando-se mais um passo dela, Marcus sorriu para o público.

— Está muito quente hoje.

Ele abaixou os braços e puxou a camisa. Com a fricção do tecido, a camiseta que ele usava por baixo subiu também, expondo a pele nua.

Estava um dia fresco de primavera. Não era possível que ele não estivesse sentindo o vento frio na pele.

Marcus sabia o que estava fazendo. Ah, sabia.

Seu tanquinho apareceu primeiro, liso, firme e marcado por uma fileira de pelos castanho-dourados sedosos que ondulavam acima dos sulcos bem marcados do abdômen de um jeito tão delicioso que dava vontade de lamber. O cós do jeans que Marcus usava era mais baixo no quadril do que April tinha imaginado, baixo o suficiente para deixá-la com água na boca.

Então, conforme ele continuava a subir a camisa — bem, bem devagarzinho —, seu peitoral musculoso surgiu à vista, com uma leve camada de pelos e...

Mamilos. Jesus, *mamilos*. Os paparazzi também puderam ver um relance dos mamilos de Marcus, antes que ele tirasse a camisa de vez e a gravidade cuidasse de fazer a camiseta que usava por baixo descer alguns centímetros.

Os paparazzi estavam capturando tudo. Flashes disparavam sem parar.

No entanto, um dos fotógrafos finalmente se lembrou do motivo da presença deles ali.

— Está rolando um encontro romântico aqui, Marcus? Qual é o nome da sua amiga?

— Ora, todos sabemos que não tenho o menor interesse em museus. — Diante da piscadela dele, um dos paparazzi enrubesceu de verdade por trás da câmera. — Mas vale qualquer coisa para impressionar uma mulher bonita, não é mesmo? Eu sofri em nome da beleza, como faço tantas vezes.

Sim, aquela definitivamente era uma atuação impressionante.

Ou pelo menos April presumia que ele estivesse atuando. Torcia para isso.

Porque, se ele não estivesse atuando naquele momento, Marcus havia passado o dia todo atuando para ela. Fingindo gostar do museu, de sua companhia, com a intenção de levar a óbvia — mesmo que surpreendente — compatibilidade sexual entre eles a um patamar orgástico.

Mas como April poderia ter certeza da sinceridade dele? Afinal, poucos dias antes ela achava que Marcus deveria ter ganhado um prêmio por suas habilidades dramáticas, não era? Como poderia presumir que o homem que havia passado o dia com ela, o mesmo que vira no fim do jantar da outra noite, era o verdadeiro Marcus, e não apenas outro personagem que ele estava interpretando?

Ele agraciou a plateia com um último sorriso cintilante antes de pegar a mão de April de novo e puxá-la na direção de um táxi que tinha acabado de chegar na entrada do museu. Os paparazzi os seguiram, gritando mais perguntas, tirando mais fotos, mas Marcus apenas acenou para todos e sorriu.

Os dois já estavam entrando no táxi antes mesmo de a idosa que estava lá dentro terminar de pagar ao motorista.

Para dar espaço à passageira, Marcus puxou April para o colo, e ela desejou poder relaxar com aquele contato, poder se aconchegar junto ao calor que emanava do corpo forte e bem cuidado dele, mas não conseguiu. Não naquele momento. Em vez disso, permaneceu rígida, as costas muito retas.

Será que Marcus estava achando que ela era pesada demais, comparada às outras mulheres com quem ele já tinha saído naqueles anos todos?

Ou — e, por algum motivo, isso era ilogicamente pior — estava pensando: *Finalmente podemos parar de falar sobre as malditas pedras e passar logo para a bendita trepada?*

Marcus deu um sorriso contrito para a passageira de olhos arregalados que estava na outra ponta do banco de trás do táxi.

— Desculpe a invasão. Fazemos questão de pagar a gorjeta do motorista para a senhora, se nos permitir.

Ao ouvir aquilo, a senhora deu um sorriso e uma pancadinha brincalhona com a bengala no joelho dele.

— Eu já coloquei a gorjeta no valor total no cartão de crédito. Além disso, assisti ao show que você estava dando enquanto o táxi parava aqui. Já foi uma compensação mais do que suficiente, meu jovem.

Marcus riu enquanto aceitava a mão estendida da mulher, e a risada ecoou pelo corpo de April, que ainda estava sentada em seu colo. Os dois conversaram por mais um minuto, as mãos ainda unidas, antes que a idosa descesse do táxi.

Meio desajeitada, April cutucou Marcus para que chegasse mais para o meio do assento, tentando não dar uma cotovelada nele, e conseguiu sair de seu colo. Marcus ainda se adiantou para segurar o braço da senhora e ajudá-la a sair lentamente.

— Aquela Lavínia parece uma boa moça. — Mais uma batidinha da bengala na panturrilha dele. — Não estrague tudo. — Ela olhou para April. — Isso vale para essa daí também.

Quando a mulher estava em segurança na calçada, Marcus fechou a porta do táxi, bloqueando rapidamente os gritos e o brilho ofuscante dos flashes das câmeras.

O olhar de Marcus se voltou imediatamente para April, acomodada contra a porta do outro lado. Ele franziu a testa e seu sorriso se apagou.

— Para onde? — perguntou o motorista.

— Desculpe, mas vamos precisar de um instante para decidir. Fique à vontade para ligar o taxímetro. — Marcus não desviou o olhar dela. — Hum... pegar o táxi foi ideia minha, não sua. Por favor, deixa que eu pago a corrida. Vou te levar de volta para o seu hotel, ou para onde você quiser ir. Podemos ir a algum lugar para...

Não importava o que ele estivesse prestes a sugerir, April não estava interessada. Não até conseguir pensar um pouco. E os dois encontros surreais deles já haviam tomado muito do tempo e dos pensamentos dela, dadas as circunstâncias.

— Eu preciso voltar para casa para terminar de organizar as coisas por lá antes que a mobília comece a chegar, na quarta-feira. Desculpa. — April se inclinou para falar com o motorista. — Pode me deixar na estação Civic Center, por favor.

— Deixa eu te levar até a sua casa, então. Se tiver tudo bem por você. — Marcus pareceu hesitante. — Quero te poupar de qualquer incômodo.

Era uma oferta gentil, e ela estava cansada demais para recusar.

— Obrigada.

Depois que April deu seu novo endereço ao motorista, o táxi entrou em movimento e a única voz que se ouvia ali dentro era a da Lizzo, saindo do sistema de som do carro.

Talvez April tirasse alguns minutos naquela noite para escrever e colocar para fora todos aqueles sentimentos confusos sobre ELENFI, sobre Marcus, sobre estar diante das câmeras de um jeito que com certeza traria consequências para sua vida privada. Ela teria muito tempo. Afinal, não passaria mais uma ou duas horas trocando mensagens com seu melhor amigo virtual.

A vista do lado de fora ficou borrada, só por um momento.

— Ei. — Marcus tocou o cotovelo dela de leve, com a ponta do dedo. — Você tá bem?

— Tô — respondeu April, e deixou que ele entrelaçasse os dedos dos dois em cima da coxa firme.

Aquela não tinha sido uma resposta passivo-agressiva, com a intenção de fugir da conversa. Ela *estava* bem. Ficaria bem. Não importava o que acontecesse com ELENFI, e não importava o que acontecesse com Marcus.

E talvez — talvez — a intromissão dos paparazzi a tivesse desorientado mais do que ela se sentia disposta a admitir. Afinal, já conhecia a persona midiática de Marcus. A volta daquela faceta dele não deveria tê-la surpreendido ou chateado.

Marcus também a protegera, daquele jeito inigualável dele, desviando a atenção dos paparazzi que a pressionavam para saber o seu nome, em que ela trabalhava, ou qualquer outra informação que a identificasse. Mesmo que April soubesse que — como todo o resto — era só uma questão de tempo até descobrirem sua verdadeira identidade.

Mais importante ainda: mesmo que ela não pudesse confiar em Marcus, pelo menos por enquanto, tinha que confiar em si mesma e nos próprios instintos. E esses instintos lhe diziam que o homem ao lado dela, com seus olhos sérios e toque gentil, era o verdadeiro Marcus. Não o homem que reduzira o dia deles juntos como o preço necessário para ter mais intimidade física com ela.

April se virou até os joelhos encostarem nos dele.

— Você distraiu aquelas pessoas com muita habilidade. — Ela traçou com o dedo uma linha no meio do peito dele. — E teve muita exposição de pela envolvida. Provavelmente vai precisar de um banho quente quando voltar para o hotel.

O corpo esguio de Marcus se agitou sob a ponta do dedo dela, o abdômen se elevando e relaxando a cada inspiração rápida e profunda.

— Não se você continuar me tocando desse jeito.

O jeans justo que ele usava não escondia a reação do seu corpo ao contato.

— Bom, não quero que você sofra com a exposição ao vento frio. — April deixou o dedo descer pelo tecido macio da blusa de Marcus e traçou o contorno do cós do jeans, colado ao tanquinho firme e flexível. — Não quando sacrificou o seu corpo pelo meu bem.

— Meu corpo é uma ferramenta — respondeu Marcus, a voz baixa e séria. — Só isso.

— Ainda assim. — Ela se aproximou mais dele. — Obrigada por me proteger da melhor forma que conseguiu.

Ele franziu a testa e pegou o dedo dela com delicadeza.

— Eu só adiei o inevitável. Em algum momento, eles vão descobrir seu nome e seu endereço. E provavelmente seu telefone também. — Marcus pousou um beijo na parte macia da ponta do dedo dela. — Desculpa, April.

Ela deu de ombros.

— Não é culpa sua. Quando concordei em jantar com você e com o encontro de hoje, já sabia que isso era uma possibilidade. Tentei me preparar mentalmente, mas se tiver dificuldade para lidar com a situação, vou te pedir uns conselhos.

— Claro — disse Marcus, e encostou a palma da mão dela no rosto. — O que você precisar.

Ele não poderia protegê-la do escrutínio público, mesmo que tentasse. Não sem escondê-la do mundo como se ela fosse um segredinho sujo — o que a magoaria muito mais do que uma foto espontânea não muito boa, ou uma ligação mais intrusiva. Além disso, não era trabalho de Marcus protegê-la.

Mas fazer com que todos os pontos negativos de sair com ele valessem a pena? Ah, aquilo *sim* era trabalho de Marcus. Um trabalho que ele poderia retomar... no dia seguinte, talvez? Se seu voo não fosse muito cedo?

— Quando é o seu voo de volta para Los Angeles? — O contorno da maçã do rosto dele... ficava tão *bem marcado* sob a ponta dos dedos dela. Tão definido quanto o maxilar. — Vou arrumar meu apartamento a noite toda hoje, para deixar tudo pronto para a empresa de limpeza amanhã. Mas, tirando isso, estou livre.

Daquela vez, quando ele franziu a testa, ela passou a mão com delicadeza pelas linhas que se formaram ali.

— Meu voo é amanhã cedo. Gostaria que não fosse. — Então o rosto dele relaxou, e a expressão tensa se transformou em um sorriso esperançoso. — Mas eu tinha planejado ir na academia do hotel de manhã bem cedo, antes de tomar banho e fazer o check-out. Quer me acompanhar? Podemos tomar um café da manhã rápido depois. O hotel tem um buffet bem razoável.

April deixou a mão cair no colo, sentindo um arrepio de alerta na nuca.

— Você quer que eu vá na academia com você?

Até aquele momento, ela havia achado...

Não importava. Marcus estava pisando em um terreno familiar naquele momento, escavando um conhecido poço envenenado mais e mais fundo, e April havia abandonado aquele ponto em particular havia muito tempo.

E não pretendia voltar. Por ninguém, especialmente um homem cuja companhia vinha com intermináveis complicações e contradições.

— Hum, sim. — A voz dele saiu um pouco mais baixa, então. Um pouco mais hesitante. — De manhã bem cedo. Se você estiver interessada.

Ela sentia o estômago embrulhado, o rosto quente por conta da raiva e de um constrangimento idiota.

Mais uma chance. Só para o caso de ela ter entendido mal.

— Me diz uma coisa, Marcus. — As pernas dela estavam tocando as dele. April afastou os joelhos dos dele. — O que você recomenda do buffet do café da manhã?

Ele inclinou a cabeça, a testa franzida mais uma vez, observando-a com atenção.

— Hum... Eu costumo comer aveia. Ovos cozidos. Frutas. — As palavras saíram lentamente. — Mas também tem...

— Agradeço o convite. — Para a satisfação de April, o sorriso dela provavelmente era mais frio do que o vento que batera mais cedo no peitoral de Marcus, e suas palavras saíram calmas e assertivas. — Mas, pensando melhor, acho que vou estar ocupada amanhã.

Amanhã e pelo resto da vida dela.

April percebeu que seus lábios tremiam e cerrou-os com força. Respirou pelo nariz até sentir a mágoa parar de revirar suas entranhas.

Ah, uau, alguém me estimulando a fazer exercícios! Que novidade!, pensou ela, sentindo vontade de gritar às gargalhadas com os braços abertos em falsa surpresa. *E como me sinto grata pela sugestão de alternativas saudáveis para o café da manhã! Sem a sua ajuda, como uma mulher do meu tamanho poderia saber da importância do exercício e de uma boa alimentação?*

Mas April não achava que conseguiria manter a voz firme, não enquanto dizia algo que revelaria tanto do seu coração cheio de cicatrizes. Além disso, não fazia sentido desperdiçar energia com sarcasmo. Marcus provavelmente nem entenderia daquela forma. Eles nunca entendiam.

Meu corpo é uma ferramenta. E, ao que parecia, o dono do corpo era uma porta.

Ela deveria ter imaginado. Um corpo como aquele, um rosto tão bonito? Lógico que Marcus se preocupava mais com as aparências do que com o que estava por dentro. Lógico.

Só porque ele teve uma ereção não significava que a respeitava. Não significava nem que sentia atração pelo corpo dela. Significava apenas que os feromônios dos dois eram compatíveis, o que provavelmente deixava Marcus confuso e consternado.

Ela amava coisas cintilantes, sempre tinha amado. Mas ele não era um diamante. Era apenas pirita, ouro de tolo.

Marcus Caster-Rupp podia ir para o inferno, exatamente para o mesmo lugar onde April esperava que estivessem todas as outras pessoas — colegas de quarto, de trabalho, supostos amigos —

que a princípio pareciam oferecer afeto incondicional, até que em algum momento passavam a estimulá-la a frequentar a academia, lhe davam de presente uma balança toda tecnológica, contratavam para ela o serviço de alguma organização de perda de peso, lhe ofereciam dicas nutricionais.

Ao longo de duas décadas, April volta e meia havia tido encontros e transado com homens como Marcus. Antes disso, tinha morado por dezoito anos com pessoas com esse tipo de comportamento.

Mas não mais.

April estava cansada de lidar com gordofobia. Vindo dele e de todo mundo.

Naquela noite, ela se serviria de uma boa taça de vinho e explicaria exatamente aquilo para seus amigos no servidor Lavineias. Compartilharia mágoas que deveriam ter sido expostas muito tempo antes, diria àquelas pessoas verdades que desejava que eles pudessem ter compreendido sem que ela precisasse explicar.

April tentaria fazer aquilo com gentileza, porque aquelas pessoas eram suas amigas de longa data, ao contrário do homem sentado à sua frente no táxi. Mas iria fazer aquilo. E ponto-final. Por mais que fosse difícil se expor daquela maneira, e independentemente de uma provável reação desagradável da parte deles.

— Tudo bem. — Pelo menos Marcus teve noção o bastante para não questionar, para não tentar tocar nela de novo, embora aqueles olhos azul-acinzentados a observassem com atenção. — Eu entendo. Você deve ter mesmo muita coisa pra fazer.

— Tenho, sim.

Ela tirou o celular do bolso interno da bolsa. Com alguns toques, digitou um lembrete para comprar uma garrafa de vinho junto com o material de limpeza que precisaria para o dia.

— Talvez… — O corpo de Marcus ainda não estava tocando o de April, mas ele havia se reaproximado um pouco. O bastante para que o calor que irradiava de seu corpo ameaçasse derreter a determinação dela. Perto demais. — Talvez eu possa voltar no próximo final da semana, o que você acha? Posso te ajudar a desempacotar as coisas, a se instalar na casa nova. Estou entre projetos no momento, então...

Aquela timidez, aquela mágoa não totalmente disfarçada na voz, eram um truque. Uma atuação. Tinham que ser.

April não precisava mais responder àquilo com delicadeza.

— Sempre que alguém me ajuda com a mudança, fica difícil descobrir onde as coisas foram parar depois. — Ela voltou a guardar o celular e fechou o zíper da bolsa, que fez um som agradável de *conclusão*. Em seguida, April se virou para olhar pela janela. — Não sei como vai estar a minha agenda pelo resto da semana, por isso acho melhor não fazer planos. Mas obrigada por oferecer ajuda.

Àquela altura, Marcus pareceu entender. Ao menos o bastante para parar de tentar.

— Tudo bem — disse de novo.

E aquelas foram as últimas palavras trocadas entre eles até o táxi parar diante do prédio novo dela. Então, os dois se despediram de forma artificial, sem se tocarem.

Na única vez em que arriscou uma olhada para o rosto de Marcus, April viu que ele parecia abatido. Muito sério. Resignado.

Ela não se importava. *Não se importava.*

Já fora do táxi, April seguiu na direção da entrada do prédio. Destrancou a porta. Abriu. Fechou-a com um chute. Passou a tranca.

E não olhou para trás.

DMs no servidor Lavineias, dez meses antes

Tiete Da Lavínia: Você está parecendo... distante hoje. Tá tudo bem?

EmLivrosEneiasNuncaFariaIsso: Nada de que valha a pena reclamar. Mas obrigado, Tila.

Tiete Da Lavínia: Você não precisa desabafar comigo só quando tiver questões de vida ou morte te incomodando. Se quiser conversar, estou aqui.

EmLivrosEneiasNuncaFariaIsso: Só estou cansado, eu acho. Enjoado de viajar, pelo menos por enquanto. Sem saber se quero que a minha carreira continue seguindo esse rumo.

Tiete Da Lavínia: Mudar de carreira é difícil. Faz meses que quero largar o meu trabalho, mas só comecei a me candidatar a outros empregos recentemente.

EmLivrosEneiasNuncaFariaIsso: Mas você está fazendo isso, você é corajosa.

EmLivrosEneiasNuncaFariaIsso: Não tenho direito de reclamar. Tenho muita, muita sorte por ter o trabalho que eu tenho. Mas...

Tiete Da Lavínia: Mas o quê?

EmLivrosEneiasNuncaFariaIsso: É um trabalho solitário. Na verdade, não me sinto como eu mesmo quando estou com ninguém lá.

Tiete Da Lavínia: Sinto tanto, ELENFI... *abraço*

Tiete Da Lavínia: Como posso te ajudar?

EmLivrosEneiasNuncaFariaIsso: Continue sendo você, Tila. Isso é mais do que suficiente. :-)

12

Marcus voltou para o seu quarto de hotel. Escuro, frio e imaculado.

No banheiro, jogou água gelada no rosto, apoiou as mãos na beira da bancada de mármore e ficou parado diante da pia, deixando a água escorrer do rosto.

April não queria vê-lo de novo. Isso ficou bem claro em meio a toda a confusão daquela viagem de táxi.

Ele tinha dito algo errado. Feito alguma coisa errada.

Aquilo não deveria mais surpreendê-lo nem magoá-lo.

Quando finalmente foi secar o rosto, a toalha pareceu suave demais — preferia que fosse mais áspera. Ele queria esfregar a pele até revelar uma nova versão de Marcus Caster-Rupp. Uma versão que não sentisse a garganta apertada. Que não tivesse perdido a amizade de April e a possibilidade de muito mais em questão de poucos dias.

Quando Marcus abriu o notebook e checou o Twitter, os dois estavam lá. Ele e April, dedos entrelaçados diante de um mostruário de pedras coloridas. Apoiados contra o corrimão, colados um no outro, enquanto o chão tremia. Aconchegados nos assentos do planetário.

As fotos dos paparazzi também começaram a aparecer em vários sites de entretenimento. Nas imagens, Marcus tinha a boca aberta colada ao pescoço, ao ombro de April, em uma cena ardente, enquanto ela passava os dedos pelo cabelo dele e o puxava para mais perto, o queixo erguido em direção ao sol, os olhos fechados por trás daqueles óculos fofos.

O que quer que ele tivesse feito de errado, tinha sido depois daquilo. Na frente dos paparazzi ou no táxi.

As imagens...

Marcus soltou o ar com força e rolou a tela até passar por todas elas.

Depois de ler os comentários no final de uma matéria, ele fechou a aba o mais rápido que pôde e torceu para que April fosse mais esperta e não fizesse o que ele havia acabado de fazer. Marcus achava que ela não tinha ficado mal com as menções ao seu corpo durante o incidente com o fanboy babaca no Twitter, e Deus sabia que April era linda, mas qualquer um poderia ficar com a confiança abalada por tamanha crueldade.

Por outro lado, ela também tinha atraído admiradores: alguém já havia criado uma conta no Twitter dedicada exclusivamente a retuitar fotos de April, acrescentando elogios na conta @Sempre-SempreLavineias. O perfil já tinha duzentos seguidores, número que continuava a subir.

Se eles descobrissem o nome dela no servidor Lavineias, Marcus desconfiava que talvez surgisse uma segunda conta: TieteDa-TieteDaLavínia.

Inclusive...

Ele não poderia voltar a postar lá, não sem confirmar silenciosamente que havia mentido para April como EmLivrosEneias-NuncaFariaIsso sobre a falsa viagem de negócios e sobre a falsa proibição de uso da internet e do celular, mas precisava ver o que todos estavam dizendo.

Marcus entrou como se estivesse off-line, simultaneamente fora e dentro da comunidade que frequentava havia tanto tempo. Era apenas um observador. Reconfortado pelo contato com os amigos, mesmo que a uma distância desoladora.

Novos tópicos foram criados com aquelas fotos do encontro dele com April. Havia mais notificações de DMs também — incluindo uma de Tila, o que não podia ser possível.

Marcus encarou a tela, confuso. Semicerrou os olhos. Depois de alguns segundos, clicou, o coração disparado de um jeito desconfortável.

Não, ele não estava imaginando coisas. Tila havia escrito para ELENFI poucos minutos antes, embora ele tivesse dito que não poderia entrar em contato por tempo indeterminado, embora a tivesse magoado com as mentiras óbvias.

Tiete Da Lavínia: Sei que você disse que estaria off-line por conta do seu novo emprego, mas queria que soubesse de uma coisa.

Tiete Da Lavínia: Caso isso não seja inteiramente verdade, caso essa sua viagem off-line tenha alguma coisa a ver com o fato de eu estar me encontrando com Marcus Caster--Rupp: nós dois não estamos mais saindo.

Tiete Da Lavínia: Sei que é idiota te contar isso, já que você não queria me encontrar pessoalmente, mesmo se eu cancelasse o meu segundo encontro com ele. Então essa mensagem é inútil.

Tiete Da Lavínia: Desculpa. Minha cabeça está uma bagunça neste momento, eu não estava pensando direito. Não vou te incomodar de novo com nada.

Nós dois não estamos mais saindo. Não vou te incomodar de novo com nada.

Bem, Marcus não precisava daquela confirmação, nem a queria, mas ali estava.

Não haveria um terceiro encontro com April. Ele não tinha certeza nem se ela escreveria para EmLivrosEneiasNuncaFariaIsso depois que o amigo voltasse da viagem fake, a menos que ELENFI concordasse em se encontrar pessoalmente com ela. O que não seria possível. Em teoria, Marcus provavelmente seria capaz de inventar alguma história que justificasse por que os dois não poderiam se encontrar. Daria para surgir com alguma explicação plausível, um problema de agorafobia ou algo do tipo, mas não queria mentir para April mais uma vez.

Sim, ele estava ferrado, sofrendo e não tinha ideia do que responder para ela — se é que qualquer resposta daria conta daquilo. A cabeça de April estava uma bagunça, e a dele também. Marcus precisava de tempo.

Então, preferiu não dizer nada. Mesmo que parte dele quisesse desesperadamente perguntar o que tinha acontecido no segundo encontro.

Com os ombros curvados, derrotado, ele voltou à lista principal de conversas.

Havia aparecido um novo tópico — criado por April e intitulado UMA VERGONHA GORDA. Quando Marcus clicou, o post tomou a tela do computador.

Era eloquente. Tocante. E direto.

E também respondia à pergunta que ele não tinha sido tão babaca a ponto de fazer.

Tiete Da Lavínia: Já venho querendo abordar esse assunto há anos, mas não sabia muito bem como começar. Eu me sentia ainda mais nervosa porque as pessoas desta comunidade — todos vocês — são muito importantes para mim, e não quero magoar ninguém nem me indispor com qualquer um daqui. Mas a verdade pura e simples é que alguns de vocês ME magoaram, mesmo sem querer, e tenho certeza de que fiz o mesmo com alguns ou com todos vocês sem ter a intenção. (Se foi esse o caso, por favor, me digam. Quero entender e ser uma pessoa melhor.)

Tiete Da Lavínia: A questão é a seguinte: eu sou gorda. Muito gorda, na verdade. Não cheinha ou curvilínea. GORDA. Aliás, acho que esse foi um dos principais motivos para eu ter me sentido tão conectada com esse OTP específico. Eu me identifico com a história da Lavínia. A personagem não é gorda no canon do livro nem no da série, mas, como vocês sabem, no livro ela é descrita como uma pessoa pouco atraente, fora dos padrões de beleza. Vários soldados de Eneias inclusive a chamam de feia. Como já conversamos várias vezes, a escolha de Summer Diaz — que é linda mesmo sem um pingo de maquiagem e usando roupas sem graça e nada favoráveis — para interpretar Lavínia atenua a ressonância desse enredo, mas ainda há ecos disso na série.

Tiete Da Lavínia: Acho que eu precisava desesperadamente ler e assistir a um enredo em que uma mulher considerada sem graça, ou mesmo horrorosa, pela maior parte das pessoas pudesse inspirar respeito, admiração, desejo e eventualmente até amor do homem que desejava e amava. (Eneias, lógico.) Eu precisava ver como, no fim, o caráter, as escolhas e as palavras de Lavínia passariam a significar mais para Eneias do que a opinião dos outros quanto à aparência física dela.

Tiete Da Lavínia: Eu queria isso por causa da minha relação com a minha família. Queria isso também por causa da minha trajetória pessoal e da minha vida amorosa. Não sei nem dizer a vocês quantas vezes um cara com quem eu estava saindo, ou um namorado, ou alguém que eu considerava um amigo, fez com que eu me sentisse constrangida por causa do meu peso. Às vezes, essas pessoas fazem isso de forma bem direta, mas acontece com mais frequência de formas consideradas sutis... ou talvez elas nem cogitem estar me constrangendo. Essas pessoas me estimulavam a fazer exercícios, ou me convidavam para uma caminhada toda vez que me encontravam, ou falavam abertamente sobre a preocupação delas com a minha saúde, ou me pressionavam a fazer o que consideravam escolhas alimentares melhores, e assim me deixavam mal.

Tiete Da Lavínia: Mas eu não preciso de conserto. Quero ser amada, admirada e desejada não apesar do meu tamanho, mas porque eu sou EU. Por causa do meu caráter, das minhas escolhas, das minhas palavras. Cada vez que alguém de quem eu gosto mostra que não gosta de mim da mesma forma, isso me magoa. Mais do que sou capaz de expressar.

Tiete Da Lavínia: Por isso esse casal que nós shippamos, esta comunidade, é tão importante pra mim. Este lugar é a garantia de que coisas melhores são possíveis para mim, relacionamentos melhores, e mesmo um amor real, duradouro e apaixonado. Não por causa do meu peso, nem apesar dele, mas por minha causa.

Tiete Da Lavínia: Por isso é tão doloroso pra mim quando são publicadas fics na nossa comunidade usando o fato de um personagem ser gordo como sinônimo para ganância, maldade, feiura ou preguiça. Fico impressionada com a frequência com que isso acontece, ainda mais levando em consideração que o casal que todos nós shippamos não é tido como convencionalmente atraente no canon do livro. O relacionamento Lavínia/Eneias, ao menos nos livros, tem muito a ver com valorizar mais o caráter do que a aparência. Ainda assim, sempre vejo gordofobia nas fanfics Lavineias, e toda vez que leio é como se fosse uma bofetada.

Tiete Da Lavínia: Só pra explicar, não acho que as pessoas aqui escolham ser gordofóbicas de propósito nas fics, ao menos não na maior parte dos casos. O ódio e o desprezo por pessoas gordas são tão disseminados na nossa cultura que acabam surgindo de forma intencional, e eu mesma reproduzo alguns desses discursos. O fato de eu ser gorda não me exime de ter que pensar bem nas minhas palavras e ações em relação a pessoas gordas, porque também estou inserida nessa cultura.

Tiete Da Lavínia: Não estou pedindo que vocês celebrem o fato de eu ser gorda, ou que façam Lavínia ser gorda nas suas histórias, ou que mudem qualquer fic antiga onde haja gordofobia. O que ESTOU pedindo é que pensem melhor sempre que forem fazer uma referência ao peso de algum personagem nos textos de vocês. Quero que pensem em mim e se perguntem: "Isso magoaria a TDL?" Se a resposta for sim, por favor, reconsiderem — por mim, por vocês mesmos e por todo mundo.

Tiete Da Lavínia: Como eu escrevi no começo, não quero magoar ninguém nem causar algum mal-estar, porque vocês são meus amigos, minha comunidade. Mas achei importante abordar esse assunto, e tenho esperança de que, se conversarmos sobre isso, poderemos nos tornar uma comunidade ainda melhor e mais inclusiva do que já somos.

Tiete Da Lavínia: Obrigada, e desculpem pelo textão.

Tiete Da Lavínia: Resumindo: por favor, não façam personagens gordos serem automaticamente horríveis, feios ou preguiçosos nas fics de vocês. Como uma pessoa gorda de verdade, isso me deixa triste.

Tiete Da Lavínia: P.S. Quando digo que sou gorda, não estou me insultando. Não uso a palavra gorda de forma pejorativa, como alguns fazem. É apenas um adjetivo, como loira, alta ou (o favorito de MePegaEneias) TUMESCENTE. Só se torna uma palavra pejorativa a depender do contexto, como acontece com vários descritores.

Marcus se recostou na cadeira dura demais do hotel e suspirou lentamente.

Entre todas as fics que ele recomendara a ela ao longo dos anos, ao menos algumas incluíam personagens gordos secundários. Marcus desconfiava que a descrição daqueles personagens o faria se encolher de vergonha no momento.

Merda.

Mas aquilo não era o pior de tudo. Nem de longe.

Essas pessoas me estimulavam a fazer exercícios, tinha escrito April, *ou me pressionavam a fazer o que consideravam escolhas alimentares melhores, e assim me deixavam mal.*

Marcus juraria *pela maldita vida dele* que o convite que tinha feito para irem à academia e tomarem café da manhã juntos não tinha sido um incentivo paternalista para que ela fizesse mais exercício ou se alimentasse "melhor". No entanto, sabendo de tudo pelo que April já passara, ele conseguia entender por que ela podia ter interpretado suas palavras daquela forma. Conseguia entender por que April tinha ficado fria e se afastado dele, e por que não quis mais olhar em seus olhos pelo resto daquela interminável corrida de táxi.

Dada a trajetória pessoal dela, e a deplorável e sempre presente preocupação com as aparências que ele encenava diante das câmeras fazia anos, era lógico que April esperaria o pior dele. Ela ainda não o conhecia bem o bastante para não pensar isso. Mesmo que EmLivrosEneiasNuncaFariaIsso...

Marcus esfregou a testa, pressionando o lugar com tanta força que quase esperou deixar a marca das digitais na pele.

Como não tinha se dado conta daquilo? Como havia esquecido? Tila chegou a perguntar a EmLivrosEneiasNuncaFariaIsso, seu amigo fiel, de longa data, se tinha sido a aparência dela que o levara a cortar o contato. April havia achado que ele a tinha visto pela primeira vez quando olhou aquelas fotos do jantar, já que não sabia que àquela altura EmLivrosEneiasNuncaFariaIsso já a havia encontrado pessoalmente. Que já a admirava. Que já a achava absurdamente sexy.

175

Não por causa do tamanho dela. Não apesar do tamanho dela. Mas porque ela era... April. Tila. Porque era *ela*.

E não, ela não tinha dado muita importância às opiniões cruéis de pessoas aleatórias no Twitter. Mas havia sido clara sobre aquela distinção quando eles trocaram mensagens, certo?

Não estou nem aí para o que estranhos pensam. Só me importo com a opinião de quem eu gosto.

Ou, como Marcus Caster-Rupp, ele ainda era um estranho para April e ela não tinha ligado nem um pouco para seu convite desajeitado e insensível... ou April tinha começado a gostar dele, mesmo que só um pouquinho, e ele a deixara mal. E EmLivrosEneiasNuncaFariaIsso já a havia magoado na noite anterior.

Merda.

Daquela vez, passava só *um pouco* da hora de dormir na Espanha. E como Alex também não exatamente controlava os próprios impulsos, Marcus achou que seria perdoado. Em algum momento. Assim que o amigo tivesse uma boa noite de sono.

— Porra, eu ferrei as coisas num grau... — disse Marcus assim que Alex atendeu. — Sem querer, mas, meu *Deus*, ferrei a coisa toda.

O amigo se absteve de chamá-lo de babaca de novo, demonstrando uma paciência admirável.

— O que exatamente você ferrou?

— Tudo. — Ele passou a mão livre pelo rosto. — *Tudo*.

— Você é um cristalzinho dramático — murmurou Alex. — Que tal ser um pouco mais específico?

Se Marcus era um cristalzinho dramático, então Alex era... o que quer que fosse mais impactante do que um cristalzinho. Uma platina dramática? Uma pepita de ouro dramática? Ainda assim, ignorando essa competição de quem era mais dramático, Alex estava ouvindo, e Marcus pretendia aproveitar aquilo.

Ele contou a história toda mais rápido do que imaginava. Alex ficou em silêncio por muito, muito tempo.

— Talvez seja melhor assim — disse, por fim.

O celular poderia ter se estilhaçado sob a força do olhar de fúria de Marcus.

— *O quê?*

Mesmo a um continente e um oceano de distância, o suspiro de Alex foi audível.

Marcus cravou um dedo acusador no nome do melhor amigo na tela do celular.

— Em um único fim de semana, perdi uma amiga querida e a única mulher que eu quis de verdade em anos — ou talvez desde sempre, mas aquilo podia ser apenas o cristalzinho dramático que havia nele mostrando as garras de novo —, e ela tem certeza de que o Marcus é um cretino gordofóbico e o EmLivrosEneias-NuncaFariaIsso é um mentiroso que abandona os outros. Em que universo talvez seja melhor assim?

— Cara. — Alex conteve um bocejo. — Presta atenção no que você acabou de dizer. Você respondeu a sua própria pergunta.

Marcus fechou a cara.

— Não respondi, não.

— Segundos atrás, você se referiu a si mesmo na terceira pessoa. Duas vezes. Como duas identidades diferentes. — A paciência na voz de Alex parecia um pouco menor. — Isso não parece um pouco... complicado demais pra você?

Hum.

— Sou um diamante de muitas facetas.

Não tinha sido a própria April que havia lhe chamado de diamante mais cedo naquele dia?

— Guarda essa merda autoelogiosa para as câmeras, Marcus. — Um barulho áspero veio do outro lado da linha. Alex provavelmente estava coçando a barba por fazer. — Só estou dizendo que você poderia encontrar uma mulher legal que só te conhecesse por um único nome, para quem você não tivesse mentido e de quem não estivesse guardando vários segredos.

— Não quero uma mulher legal. Quero a April. A Tila. — Ele apertou a ponta do nariz e fez uma careta. — Não que ela não seja legal. Pelo menos quando não acha que estou sendo um cretino que está tentando induzi-la a fazer exercícios e dieta.

Antes que Alex pudesse dizer qualquer outra coisa, Marcus acrescentou:

— Eu sei, eu sei. Também acabei de me referir a ela por duas identidades diferentes. Não precisa dizer nada sobre isso.

Sim, aquilo com certeza foi um suspiro de impaciência vindo da Espanha.

— Então por que você me ligou?

— Porque eu… — Marcus abaixou a cabeça. — Porque talvez eu precise ouvir isso, mesmo que não queira. — Ele se forçou a dizer as palavras, mesmo sentindo a garganta apertada. — Você acha que eu devo desistir dela, então? Não entrar mais em contato como Marcus e evitar trocar DMs no servidor Lavineias depois que eu voltar da minha viagem a trabalho hipotética e provavelmente ligada a espionagem?

— Baseado em tudo o que você me contou, acho que essa mulher merece alguém que possa ser transparente e honesto com ela, usando apenas um nome e uma identidade. — A voz do amigo agora soava rouca. Cansada. — Você consegue fazer isso? Mesmo sabendo o que pode te custar?

Se Marcus fosse arriscar a carreira por alguém, seria por April.

Ele tinha quase certeza de que ela não revelaria os seus segredos. Quase.

Ainda que só tivesse encontrado pessoalmente com April duas vezes. Droga.

Será que estava disposto a apostar duas décadas de trabalho naquela quase certeza? A reputação profissional que conquistara a duras penas ao longo de horas intermináveis repetindo suas falas, aprendendo seu ofício, navegando, lutando esgrima, picando legumes e dançando quadrilha?

Aquilo o fez pensar que se *Dançando com o Perigo*, o tal filme da quadrilha, fosse parar em um serviço de streaming, ele sumiria do mapa. Assim como seu personagem, um executivo arrogante e poderoso que testemunhava sem querer um homicídio executado pelo crime organizado e por isso assumia uma nova identidade através do serviço de proteção à testemunha e encontrava o malfadado amor entre simples dançarinos de quadrilha.

Aquele filme era tenebroso. Terrível em quase todos os aspectos.

Ainda assim, Marcus fizera o trabalho dele. Tinha tratado a equipe, os outros atores e todos no set como os profissionais que eram, e se comportara ele mesmo como um profissional. No fim, tinha ganhado um dinheirinho e reforçado sua reputação de ator que trabalhava pesado e era de fácil convívio.

Mas o filme tinha feito muito mais coisa por ele.

Marcus havia chegado àquele set de filmagem com vinte e três anos, ansioso, empolgado e já meio crente de que era um fracassado, sem qualquer salvação. Quando as gravações terminaram, ele ainda se considerava um fracassado. Mas agora achava que poderia ter salvação. Que *teria* salvação, se trabalhasse duro e aperfeiçoasse sua técnica, em todos os aspectos, para que pudesse conseguir papéis melhores.

Atuar lhe garantira respeito profissional, sim, mas também o fizera começar a ter respeito por si próprio. Era a sua fonte de realização, de senso de comunidade, de orgulho. A única fonte, ao menos até ele descobrir o universo das fanfics.

Sem o seu emprego, sem a sua reputação, ele não seria nada. Não teria nada. De novo.

E, assim, uma mulher inteligente e tão competente como April também não iria querer ficar com ele.

— Sim. Entendi o seu ponto. — Marcus sentia os olhos ardendo, e fechou-os por um momento. — Obrigado.

— Olha... — Ele ouviu um barulho no outro lado da linha. Alex tinha mudado de posição. — Desculpa. Não sei se adianta de alguma coisa, mas se você decidir contar tudo para ela e *Foda-se a minha carreira, essa mulher é mais importante pra mim*, vou te apoiar. Você sabe disso.

Marcus riu, achando graça a contragosto.

— Esse é o tipo de merda que você faria.

— É cem por cento algo que eu faria. Provavelmente ao vivo na televisão, seguido por uma leitura improvisada da história mais obscena e mais avessa à série que eu tivesse escrito. — Alex deu uma risadinha. Com um toque de amargura. — Não foi à toa que Ron e R.J. me colocaram com uma maldita babá. Mas você é diferente, e estou tentando te ajudar a tomar decisões melhores do que eu tomaria.

Depois que Alex tinha sido preso por conta de uma briga de bar, os *showrunners* da série contrataram uma pessoa para acompanhá-lo o tempo todo, e assim mantê-lo longe de qualquer encrenca. A mulher tinha algum parentesco com Ron, o que não era um bom sinal.

— Falando nisso, como estão as coisas com a… — Qual era o nome da mulher? — Laurel? Laura?

Com *aquele* suspiro que se seguiu, Alex poderia ter movido sozinho uma fazenda eólica inteira.

— Lauren. Meu estorvo implacável, mal-humorado, improvavelmente baixo e irritante pra cacete.

Marcus manteve a voz seca como o deserto em que eles tinham filmado a terceira temporada de *Portões*.

— Tudo indo bem, então.

— Tudo indo. Menos ela, que pelo jeito não vai a lugar nenhum. — Cada palavra de Alex transbordava irritação. — Ao que parece, a mulher vai me acompanhar a todos os eventos públicos até o episódio final da temporada ir ao ar. Mesmo eu tendo prometido não beber de novo. E não me envolver em nenhuma briga de bar, a não ser que seja absolutamente necessário.

Diante daquele adendo, Marcus massageou as têmporas.

— Como argumentei com Ron, ela não seria capaz de me conter em uma briga, a menos que subisse em algum banquinho — continuou Alex. — Embora Lauren seja mais forte do que você imagina. Talvez ela só me acertasse no joelho e se sentasse em cima de mim até eu ficar sóbrio.

Havia um certo prazer macabro na declaração de Alex, o que levantava a questão: sob que exatas circunstâncias ele havia descoberto a força de Lauren?

— Ela vai odiar todas as pré-estreias e premiações — alardeou o amigo. — *Ooooodiar*. Mal posso esperar.

Pelo prazer mórbido em seu tom, Alex poderia muito bem estar em seu esconderijo secreto, acariciando um chihuahua sem pelos e planejando a erupção de um supervulcão criado por um homem de sua confiança.

Marcus se encolheu por dentro. Era melhor nem lembrar daquele malfadado papel em *Magma! – O Musical*. Ele torcia muito para que April nunca soubesse da existência daquele filme, porque a ciência por trás da...

Não. Já não importava mais o que April pensava, porque eles nunca mais se comunicariam, fosse pessoalmente ou on-line. Só uma última vez, naquela noite.

Marcus sabia o que precisava fazer.

— Fico feliz por você estar tirando alguma alegria, por mais perversa que seja, dessa história toda. Mas seja gentil com a Lauren. Essa pobre mulher não tem culpa de ter recebido a missão de manter você sóbrio e calmo. — Um rápido olhar para o notebook mostrou a tela cheia de respostas ao post de April, e novas mensagens apareciam a cada segundo. — É melhor eu ir agora, mas obrigado por me ouvir. De novo.

— Sem problemas. — Ele ouviu o barulho de alguma coisa farfalhando. — Espera só um segundo. Deixa eu checar a minha agenda.

Enquanto esperava, Marcus deu uma olhada nos primeiros comentários. A maior parte era de apoio, mas FãDoEneias83 — que não era alguém tão engajado no servidor, mas ainda assim um membro de longa data — estava na defensiva, adotando uma atitude de "não precisa ser tão sensível" que deixou Marcus furioso.

Em um minuto, Alex estava de volta.

— Vou estar em Los Angeles no domingo. O que você acha de a gente maratonar os episódios daquele programa britânico de confeiteiros no fim da semana que vem? Faz muito tempo que não escuto aquele sotaque. — O tom dele se tornou quase sonhador. — Aposto que se eu disser algumas palavras comuns com sotaque britânico perto da Lauren ela vai achar que estou falando alguma sacanagem. Vou experimentar.

Marcus não invejava o trabalho de Lauren. Não mesmo.

Depois daquela semana desastrosa, no entanto, ele achava que seria bom passar o máximo de tempo possível com o melhor amigo.

— Maratonar o programa dos confeiteiros é uma ótima ideia. Combinamos os detalhes depois que você voltar. Nesse meio-tempo, se cuida e boa viagem. E *seja bonzinho*.

Alex soltou mais uma risada maléfica e desligou.

Então chegou a hora de pensar. Muito.

Marcus levou um tempo constrangedoramente longo para escrever uma resposta ao post de April. Mas, no fim, ele conseguiu escolher as palavras certas. Ou pelo menos as melhores palavras que conseguiu encontrar, dadas as circunstâncias. Teriam que servir.

EmLivrosEneiasNuncaFariaIsso: Por causa de exigências de trabalho em relação ao uso da internet, não vou conseguir postar muito por aqui no futuro próximo. Eu nem deveria estar escrevendo isso agora, mas queria dizer duas coisas.

EmLivrosEneiasNuncaFariaIsso: Primeiro, quero agradecer por esse ser um grupo tão receptivo, tão solidário. Ao longo dos últimos anos, o envolvimento com esse fandom específico me ensinou muito sobre escrever histórias, sobre fazer parte de uma comunidade e, por mais brega que isso possa parecer, sobre mim mesmo.

EmLivrosEneiasNuncaFariaIsso: Em segundo lugar, se SOMOS uma comunidade que se orgulha de ser receptiva e solidária, não devemos ignorar quando um dos nossos membros passa por cima do próprio desconforto pessoal para nos dizer que às vezes se sente discriminado e magoado por coisas que escrevemos. Principalmente porque, como TDL argumentou tão bem, a mensagem fundamental do relacionamento Eneias/Lavínia é simples: caráter acima da aparência, e bondade e honra acima de tudo.

EmLivrosEneiasNuncaFariaIsso: Então, queria pedir desculpas a TDL, com toda a sinceridade e de todo coração, por não ter pensado antes nessa questão tão importante que ela levantou, e por não prestar atenção nas coisas gordofóbicas em fics que recomendei a ela e a todos vocês no passado. Vou ser mais atento no futuro por causa do que você escreveu hoje. Obrigado.

EmLivrosEneiasNuncaFariaIsso: Além disso, TDL, sinto muito mesmo que pessoas na sua vida pessoal e os homens com quem saiu tenham feito com que se sentisse julgada ou constrangida. Lamento mais do que sou capaz de dizer.

EmLivrosEneiasNuncaFariaIsso: Se cuida. Vou voltar... em algum momento. E vou sentir saudade.

Depois disso, Marcus se colocou como invisível novamente e se deslogou.

Então, como havia feito antes com tanta frequência, escreveu até seu peito parar de doer a cada vez que ele respirava.

DANÇANDO COM O PERIGO

INT. O CELEIRO FARNSWORTH — NOITE

O celeiro é imponente e está cheio de feno, a iluminação suave advém de luminárias feitas com vidros de conserva. Outros casais ainda estão dançando quadrilha, mas CHRISTOPHER e MILLIE encontraram um canto tranquilo. Ela tira uma haste de feno do terno caro dele e os dois riem.

MILLIE

Um mês atrás eu não teria conseguido imaginar isso.

CHRISTOPHER

Imaginar o quê?
Ele segura a mão dela com gentileza. Com carinho.

MILLIE

Você, dançando quadrilha com a leveza de uma brisa. Nós dois, juntos.

CHRISTOPHER

Nunca mais vamos nos separar, Millie. Nunca.
Ela se coloca na frente dele, para um beijo. De repente, há o som de um tiro, então gritos. Millie tomba em câmera lenta, o rosto pálido, o sangue jorrando do peito, enquanto ele tenta desesperadamente ampará-la, reanimá-la, mas é tarde

*demais. Quando Christopher olha para cima, não há
mais qualquer sinal do atirador.*

CHRISTOPHER

Millie! Millie, não me abandone!

*Mas ela já não é mais capaz de responder. Ele
ergue o rosto para as vigas e grita de sofrimento,
de desespero, bradando contra o universo e certo de
que a partir daquele instante tem uma nova
motivação, novos objetivos: se tornar um homem
melhor em memória a sua amada — e vingá-la. A morte
de Millie agora vai ser a chave para o arco de
personagem dele, que se tornará exatamente o homem
que ela teria desejado.*

13

No primeiro dia de April em seu novo emprego, seus colegas pediram sushi para o almoço, e o acompanhamento do prato foi um interrogatório leve.

Segundo Heidi, poderia ter sido pior. Muito, muito pior.

— Eles fizeram uma versão de "Blowin' in the Wind" — sussurrou ela quando as duas estavam perto da impressora naquela manhã. — E a Mel mudou o trecho "A resposta, meu amigo, está sendo soprada ao vento" da letra original para "Contaminantes, meu amigo, estão sendo soprados ao vento."

— Uau — foi tudo o que April conseguiu dizer. — Que... uau.

A colega assentiu enfaticamente.

— Há um verso sobre estações de monitoramento da qualidade do ar também. Pablo e Kei contribuíram com essa parte.

— E eles cogitaram tocar essa música para mim no almoço? Como uma espécie de cerimônia de boas-vindas?

Para ser sincera, apesar dos olhos arregalados de Heidi, aquilo parecia incrível. Depois dos acontecimentos da semana anterior, April acolhia com prazer toda e qualquer distração de seus pensamentos confusos. Um show folk horrível prometia muito mais distração e entretenimento do que ficar mordiscando um sanduíche diante da mesa de trabalho, sozinha, como fizera em seu primeiro almoço no antigo escritório.

April era a favor de todas as expressões de criatividade. Principalmente quando essa criatividade teria que se encerrar no fim do horário de almoço, caso se revelasse uma afronta aos ouvidos. No entanto, ela também apreciava a gentileza de não imporem aquela criatividade a ela sem que pedisse.

— Depois de debaterem um pouco sobre o assunto, decidiram que isso violaria os limites do bom convívio entre colegas. — Heidi usava um esmalte azul-celeste que combinava lindamente com a cor do seu cabelo e que fez April ampliar mentalmente as possibilidades de aproveitamento do próprio guarda-roupa e as opções de maquiagem para o trabalho. — Eles não queriam te forçar a ouvir se você não estivesse interessada. Embora tenham muito orgulho da versão que fizeram de "This Land Is Your Land".

Ah, as infinitas possibilidades de letras para aquela música.

No fim, porém, ninguém cantou no almoço. Só fizeram algumas perguntas amigáveis.

— Também sou fã de *Portões* — confessou Mel, depois de transferir um roll apimentado de atum para seu prato. — Te vi com o figurino da Lavínia no Twitter e achei incrível. Há quanto tempo você se interessa por cosplay?

De todos os assuntos interessantes que Mel poderia ter abordado, tinha optado por... cosplay. Não Marcus. Não os encontros com ele. Nem mesmo toda a repercussão sobre o homem e aqueles encontros, ou as fotos que estavam por toda a internet e em vários programas sensacionalistas da TV a cabo.

Apesar de ter passado a manhã inteira preenchendo a papelada típica de um primeiro dia de trabalho e assistindo a vídeos obrigatórios do RH, April já amava o novo emprego.

— Desde o ano passado. — Qualquer coisa com tempura de camarão e abacate obviamente estava destinado a ser dela, então April pegou um deles. — Aquela foto saiu boa, e estou orgulhosa da fantasia que eu fiz, mas a confecção ainda tem alguns problemas. A pose escondeu bem, mas ao vivo dá para ver que eu precisei usar grampeador e fita dupla-face para ajustar.

Na semana anterior, ela havia planejado compartilhar seu interesse por cosplay e sua identidade no Twitter no servidor Lavineias, já que algumas pessoas na comunidade talvez pudessem lhe dar algumas dicas boas de confecção de figurino. Mas aquilo também significaria revelar que ela era a mulher misteriosa que saíra com Marcus e, depois de todo o alvoroço relacionado ao post sobre gordofobia, April preferiu ficar na dela por alguns dias.

Apesar disso, a maior parte das pessoas foi gentil e educada em seu post, especialmente — e dolorosamente — ELENFI. Ela também estava aprendendo a não dar importância a quem não lhe dava importância. Mas umas poucas pessoas do contra tinham causado um climão no servidor, e April não tinha intenção de dar palco para elas novamente.

— Você precisa de uma máquina de costura emprestada? — Pablo ergueu o olhar do sashimi. — Tenho uma que posso emprestar. Não é a mais moderna, mas dá para o gasto.

April engoliu o sushi e deu um sorriso agradecido.

— Obrigada, mas não faço a menor ideia de como usar uma máquina de costura. É melhor comprar uma pra mim e testar minha habilidade. Se eu acabar quebrando a coisa, pelo menos o prejuízo vai ser meu.

— Você criou aquele figurino fantástico e não sabe costurar? — Heidi pareceu pensativa. — Mel, amor, você está pensando a mesma coisa que eu?

— Provavelmente não. — Mel estava cutucando com os hashis as ovas de peixe em cima do sushi em seu prato. — Eu estava fazendo uma lista mental de espécies cujos ovos nós consumimos e me perguntando por que comemos de algumas e não de outras.

Heidi a encarou, espantada.

— Você tá certa. Eu realmente não estava pensando nisso.

— Já sei. — Kei pousou os hashis com cuidado no guardanapo. — Isso tem a ver com "My Chemical Folkmance".

— Ainda estamos escolhendo o nome da banda — comentou Pablo. — Votei por uma adaptação de "She Blinded Me With Science", mas Kei e Mel me disseram que isso passaria uma ideia problemática sobre a nossa profissão.

Mel deixou de se preocupar com ovas por um instante e se virou para Heidi, a expressão também pensativa agora.

— Ah, sim. Agora entendi. Sim. Deve funcionar, dependendo do que a April preferir. Afinal, ela acabou de se mudar para um apartamento novo e de começar em um emprego novo. Acho que talvez não seja uma boa hora para pressioná-la a se comprometer com mais nada.

— Principalmente porque de repente ela pode ter, hum, outras prioridades na vida pessoal neste momento. — Kei quebrou seu biscoito da sorte e leu o pedacinho de papel ali dentro. — Maldito. Eu *não quero* partir em novas aventuras. Trabalho em tempo integral, tenho família e canto em um trio folk de nome indeterminado. Isso não basta?

Heidi deu um tapinha no braço do amigo.

— Pode ficar com o papelzinho do meu biscoito da sorte, então. É sobre tomar decisões mais sábias, e não tenho o menor interesse nisso.

Ele riu.

— Aposto que não.

April estava perdida.

— Desculpa, Heidi, mas acho que perdi alguma coisa. No que você estava pensando? E o que isso tem a ver comigo?

— Ela estava pensando que nós poderíamos nos ajudar, se você tiver tempo e interesse, é claro. — Mel olhou para April e lhe dirigiu um sorriso. — A gente vive dizendo que seria legal ter figurinos para as nossas apresentações. Sabe como é, figurinos combinando uns com os outros e que mostrassem que somos um grupo folk coeso. Mas nenhum de nós conseguiu chegar a uma conclusão de como seriam essas roupas. Se você estivesse disposta a usar seu talento para o design...

— Nós poderíamos te ajudar a costurar um dos seus figurinos — completou Pablo. — Se isso te interessar de alguma forma. Se não, sem problemas.

A cadeira de plástico gemeu embaixo dela enquanto April inclinou o corpo para a frente, em um movimento espontâneo e entusiasmado.

— *Sim*. — Ela sorriu, radiante, para seus novos colegas de trabalho. Para todos, um de cada vez. — Eu adoraria.

Era *daquilo* que ela sentia falta no trabalho. Receptividade e a possibilidade de conversar sobre a vida fora do escritório. Relacionamentos construídos a partir e por causa daquela receptividade.

Nossa, a sensação de liberdade era inebriante. April se sentia quase zonza.

— Vamos deixar você se acomodar com calma, depois combinamos os detalhes. — Mel acenou com a mão cheia de anéis. — E se mudar de ideia nesse meio-tempo, sem problema.

— Obviamente tem muita coisa acontecendo na sua vida atualmente. — A argola no nariz de Heidi cintilou quando ela se recostou na cadeira. — Olha, sei que não é da nossa conta, e fique à vontade para não responder, mas…

— Marcus Caster-Rupp é a perdição da minha existência como lésbica — interrompeu Mel. — Se ele não existisse, eu estaria *lá no fim* da escala Kinsey, mas o que posso fazer…

Heidi deu de ombros.

— Eu sou bi, então assumo de bom grado minha condição de Caster-sexual.

— Como ele é pessoalmente? — perguntou Mel. — Tão sexy quanto na TV?

Enquanto Kei revirava os olhos e se levantava para jogar seu lixo fora, Pablo apoiou os cotovelos na mesa.

— Ele comentou alguma coisa sobre a rotina de cuidados com a pele que costuma seguir?

— Por favor, diga que ele é um cara decente. É o que parece em todas as entrevistas, mas… — Heidi franziu o rosto em uma careta de expectativa. — Nunca se sabe.

O que April poderia dizer?

— Humm, tá. — Primeiro as respostas mais fáceis. — Não sei nada sobre a rotina de cuidados com a pele dele. Desculpa, Pablo. Talvez seja melhor você checar na internet. Com certeza já escreveram artigos sobre isso.

Ele balançou a cabeça, então começou a recolher o próprio lixo.

— De qualquer forma, eu provavelmente não teria dinheiro pra comprar os produtos que ele usa, mas fiquei curioso. A minha namorada diz que o rosto dele tem "a dose perfeita de marcas do tempo". Seja lá o isso significa.

April sabia exatamente o que significava.

Aquelas ruguinhas nos cantos dos olhos e as linhas discretas na testa só valorizavam a beleza de Marcus. Eram a cereja do bolo.

Então April teve que entrar na parte mais delicada das perguntas.

— Ele é tão bonito pessoalmente quanto na televisão — disse a Mel. — Talvez até mais.

Porque pessoalmente ele era *real*. A camisa que ela havia amassado ou um cadarço desamarrado só o tornavam mais concreto, mais... palpável.

Ao vivo, Marcus continuava a ter uma beleza ofuscante, sim, mas não era perfeito. Não era um semideus. Era só um homem. E como ele agora era uma pessoa real para April, ela não queria falar sobre o seu *sex appeal* com estranhos. Assim como as suas fics explícitas, aquilo subitamente parecia uma transgressão.

April não tinha problema algum em falar sobre a beleza física dele. Mas especular se fazer sexo com ele seria bom? Não. Não mais.

— Uau. — Mel se abanou de um jeito exagerado. — Não tenho certeza se isso é fisicamente possível, mas confio no seu julgamento. Afinal, você é a única que esteve pertinho dele.

Por fim, a resposta mais complicada de todas.

Por favor, diga que ele é um cara decente.

April não iria comentar sobre as diferenças entre a persona pública de Marcus e seu comportamento em particular. Ele tinha suas razões para manter aquela fachada, quaisquer que fossem, e ela não desrespeitaria a sua privacidade daquela forma. E não desrespeitaria a *própria* privacidade descrevendo os últimos momentos que os dois passaram juntos, ou a razão para a raiva que ela sentia.

Mas podia contar aos colegas uma versão limitada da verdade.

— Você não precisa se preocupar, Heidi. — April se forçou a sorrir, porque *estava* dizendo a verdade, e queria que acreditassem na sua sinceridade. — Ele foi bem gentil comigo.

Embora Marcus tivesse tentado arrastá-la para a academia e para um café da manhã saudável, ela estava sendo sincera. April tinha quase certeza de que aquele convite tinha sido um gesto de preocupação, apesar da condescendência inerente. E quando ele começou a falar sobre o que era servido no buffet do hotel, April o interrompera antes que Marcus pudesse terminar de dizer as escolhas possíveis. Talvez ele continuasse a listar opções que auxiliassem a perda de peso, mas talvez...

Não, não adiantava nada repassar a conversa dos dois mais uma vez. April já havia tomado uma decisão e seguiria firme. Não importava quantas vezes na última semana tivesse questionado a própria reação automática às palavras dele.

Sabe, aquilo provavelmente é o que ele sempre come no café da manhã, dadas as demandas físicas e alimentares do seu trabalho. Ela não conseguia parar de pensar naquilo, não importava o quanto se exaurisse abrindo caixas de mudança e reorganizando a mobília. *Você perguntou o que ele recomendaria, e se ele só come alimentos saudáveis, isso era literalmente a única coisa que Marcus poderia recomendar com conhecimento de causa.*

O sorriso de April vacilou, apesar de seus esforços.

— Acho que não vamos sair juntos de novo, então, sinto dizer, mas não devo ter informações privilegiadas no futuro.

Mesmo se ela mudasse de ideia àquela altura, mesmo se mandasse uma mensagem para ele propondo outro encontro — o que *definitivamente* não faria —, Marcus talvez nem aceitasse. Não depois do modo como April havia ficado fria e distante no táxi; não com a mágoa que ela ouvira em cada palavra que ele tinha dito depois daquilo.

Mas Marcus não devolvera a mágoa a ela. Não transformara a situação em uma forma de manipulá-la para fazê-la mudar de ideia. Ele não discutira, nem a bombardeara com mensagens depois do que tinha acontecido.

Não, Marcus aceitara com elegância a distância que April impusera.

Mais elegância do que a própria April tivera ao dispensá-lo.

Mel afastou a cadeira e se levantou, a solidariedade suavizando suas feições.

— Não vamos mais fazer perguntas sobre ele. Prometo. E se algum de nós for enxerido demais no futuro, por favor, é só falar e vamos recuar. Na mesma hora e sem que ninguém se sinta ofendido.

— Não tem problema. — April juntou as sobras de comida na mesa, evitando cuidadosamente qualquer contato visual. — No lugar de vocês, eu teria feito exatamente as mesmas perguntas.

Então, todos voltaram ao trabalho, e ela passou a tarde tranquila, lidando com vários documentos.

Documentos... e dúvidas.

Tantas dúvidas...

ELENFI tinha postado uma nova fic enquanto April estava no trabalho.

Ela clicou no texto naquela noite, os olhos ardendo com lágrimas quentes.

A história era uma confirmação, se é que ela precisava de uma. O amigo mentira para ela. ELENFI obviamente tivera acesso à internet pelo tempo necessário para carregar o conteúdo na plataforma. Isso significava que ele teria tido tempo suficiente para mandar uma DM rápida para April, se quisesse. O que não era o caso.

Como sempre, ELENFI usou uma frase dos livros de E. Wade como título da fic. Daquela vez, escolhera uma passagem do terceiro volume, que mostrava os pensamentos de Lavínia sobre

Eneias: *Embora seja um semideus, ele não deixa de ser um homem. E, como homem, é passível de cometer erros crassos com tanta frequência quanto qualquer um de seus companheiros de gênero.*

Mas, ao contrário de todas as fics anteriores de ELENFI, "Não deixa de ser um homem" se passava no quarto. A história não estava categorizada como "Explícita", portanto não devia ser gráfica demais, mas era a primeira história dele categorizada como "Adulta".

Aquilo era... estranho.

ELENFI tinha usado a tag *alerta desgraça!* que April havia sugerido, e também a alternativa que ela propusera, *vem sofrência por aí!*. E ao ver a própria participação incidental em uma história que o amigo escrevera sem sua ajuda ou sugestões, April se pegou olhando para o teto por um minuto e piscando várias vezes, com força.

Assim que começou a ler as palavras dele sem ter visto a história primeiro, sem ter debatido a trama com ELENFI e revisado o texto, ela logo precisou parar. Com o nariz entupido, levantou-se da mesa que ainda não estava totalmente arrumada e foi até a cozinha desorganizada. Seus olhos ardiam, então a escuridão do pátio dos fundos que via pela janela acima da pia lhe fez bem, e a água gelada que tomou a ajudou a relaxar um pouco o nó na garganta.

April jogou um lenço de papel amassado no lixo e voltou a se sentar diante do computador. Talvez ela ignorasse as próximas fics dele, mas não conseguiria deixar de ler esta.

Depois de passar os olhos nos primeiros parágrafos, ela teve certeza de que outra pessoa tinha sido a leitora beta da história. Havia mais erros de transcrição do que o normal, mas muito menos do que haveria sem ajuda externa.

Após mais alguns parágrafos, ela estava aos prantos de novo.

Na história, que seguia o canon do livro, mas não se incluía nele, Lavínia e Eneias se viam recém-casados e sozinhos no quarto, os dois se esforçando ao máximo para se conformar com um casamento que nenhum deles desejara, apesar de terem obedecido à vontade dos deuses e à determinação das moiras.

Eles se beijaram e foi agradável para ambos. Então se abraçaram. Quando Eneias perguntou se Lavínia queria seguir adiante, ela lhe deu consentimento para uma intimidade mais avançada.

Ele começou a acariciar seus braços, o cabelo, as costas, surpreso, mas satisfeito, com a onda crescente de desejo que o dominava. Lavínia, porém, permanecia rígida sob o toque de Eneias, que acabou recuando, confuso.

No contexto dos livros de Wade, e usando a caracterização do autor para Lavínia, os motivos para a hesitação dela estavam mais do que evidentes. Ela mal conhecia o marido e esperava se casar com outro homem, Turno. Precisava de tempo para se acostumar com as mudanças grandes e inesperadas em sua vida antes de receber Eneias em sua cama.

No entanto, mesmo que ela o conhecesse melhor e há mais tempo, isso não teria importado. Não na primeira vez deles juntos. Dada a história de Lavínia, ela temeria a reação de qualquer homem ao seu corpo anguloso, ao nariz aquilino, ao sorriso torto e às orelhas salientes.

Para conseguir relaxar durante o ato sexual, Lavínia precisaria ser tratada com gentileza. Paciência. Compreensão.

Mas a história de ELENFI era escrita do ponto de vista de Eneias, como sempre, e ele não tinha a menor ideia do que sua esposa, que ele havia acabado de conhecer, estava pensando, das memórias que afloravam na mente dela, menos ainda do que Lavínia precisava para relaxar enquanto os dois faziam amor. Por isso, ele cometeu um erro tolo, exatamente como Lavínia mencionara que faria.

Presumindo que ela estava apenas tímida e desconfortável em expor sua nudez à luz das velas, Eneias apagou a luminária ao lado da cama.

E não compreendeu como Lavínia interpretaria aquele gesto. Lógico que não.

Eneias não havia passado a vida sendo ridicularizado por ter uma aparência sem atrativos. Seu próprio pai não o julgara *feio como a Medusa* nem rira alto da tirada supostamente espirituosa. Ninguém dissera a Eneias que qualquer mulher que se dignasse a casar com ele insistiria em manter o quarto escuro, para esconder melhor a feiura dele.

Mas Lavínia havia sofrido todas essas indignidades, tinha sido ferida de todas aquelas maneiras, e, quando o viu apagando a vela, travou e começou a chorar na escuridão do quarto. Quando o marido voltou a tocá-la, ela fugiu e se escondeu do desprezo e do escárnio imaginados, para reconstruir suas barreiras emocionais.

Quando Eneias finalmente a encontrou, sentada embaixo de uma oliveira, encharcada por uma tempestade de verão, viu uma esposa transformada. Não mais cautelosa e dócil, mas gélida e desdenhosa.

Ele sabia que havia cometido algum erro, mas não tinha ideia de qual, e Lavínia não estava disposta a lhe contar.

— Sinto muito — disse Eneias, desolado, mas sem conseguir explicar pelo quê.

Lavínia simplesmente deu as costas e se afastou.

A história terminava ali.

O celular tocou enquanto April ainda estava secando suas lágrimas, e ela nem se deu ao trabalho de atender. Havia mudado o número dias antes, por isso provavelmente não era mais ninguém ligando para fazer perguntas sobre Marcus, mas a ideia de conversar com a mãe — a pessoa que mais ligava para ela — naquele momento a deixava nauseada.

April não conseguiu decifrar o que aquela fic lindamente escrita e depressiva pra porra poderia querer dizer sobre o estado mental de ELENFI. E, naquele momento, por mais estranho que pudesse parecer, também não se importava.

"Não deixa de ser um homem" tinha sido escrita por seu antigo amigo virtual, objeto dos seus anseios platônicos, mas fez com que ela se lembrasse de outro homem completamente diferente.

Marcus.

Marcus, que entrara na vida dela ao defendê-la de ataques on-line, de pessoas que tentavam constrangê-la por causa do seu peso. Ninguém, nem uma alma, o teria criticado se ele tivesse ignorado os comentários sobre a foto de April, mas Marcus não tinha feito aquilo. Em vez disso, a havia chamado de linda e a convidado para sair. Segurara a mão dela. Colara os lábios em seu pescoço enquanto ela estremecia de prazer e deixara um chupão ali.

Marcus, que não tinha dito uma única palavra sobre o que ela escolhera para comer durante as duas refeições que fizeram juntos. Até os amigos em quem April confiava implicavam com a quantidade de açúcar que ela colocava no café, mas ele nem piscara, menos ainda a criticara.

Marcus, o homem que ela interrompera antes que ele pudesse terminar de falar, o homem com quem ela não se dera ao trabalho de conversar um pouco mais antes de cancelá-lo, o homem que a fitara com uma expressão profundamente confusa e magoada enquanto ela permanecia sentada em silêncio no banco de trás do táxi.

No início da sua amizade com ELENFI, quando os dois estavam trabalhando juntos pela primeira vez em uma das fics dele, ELENFI estava confuso com as motivações de Lavínia durante uma cena mais carregada emocionalmente. No fim, April explicara a situação para ele da forma mais simples possível.

Ela tem problemas de confiança, tinha dito a ELENFI. Sérios problemas de confiança. E isso vai permear todas as reações dela a Eneias, embora ela esteja tentando ser justa com ele.

Merda, havia respondido o amigo. Não acredito que não percebi isso antes. Lógico que ela tem problemas de confiança. OBRIGADO. Isso ajudou muito.

Mesmo quando não têm a intenção de magoar, as pessoas às vezes enfiam os pés pelas mãos.

Às vezes, elas metem os pés pelas mãos porque não aprenderam a ser sensíveis diante de certas questões. E às vezes elas erram porque...

Às vezes as pessoas erram porque têm problemas de confiança. Sérios problemas de confiança.

Droga. Não era por acaso que April fazia parte do fandom Lavineias.

Marcus provavelmente não queria mais saber dela. No entanto, antes que o categorizasse definitivamente como ouro de tolo e o dispensasse, April precisava ter certeza, certeza absoluta, de que não havia se enganado. Precisava tentar, pelo menos uma última vez.

Ela abriu o Twitter, sentindo o peito apertado de nervosismo, a respiração superficial e rápida. Para seu alívio, ele não havia deixado de segui-la, nem a bloqueado. A conversa que estavam tendo antes permanecia na tela, esperando que April desse continuidade.

E foi o que ela fez.

Oi, Marcus. Andei pensando no seu convite para a academia. Sinceramente, não sou muito de exercícios físicos. Isso é um problema pra você? Se ainda estiver interessado em sair comigo de novo, teria outra sugestão de lugar?

A resposta dele chegou em minutos, e April sentiu os olhos marejados de novo enquanto lia.

Mas daquela vez eram lágrimas de alegria.

Se você não gosta de fazer exercício, a gente não faz. Sem problema. Eu ia adorar te ver de novo. Que tal eu dar um pulo em São Francisco no próximo fim de semana? Posso levar você até minha loja favorita de donuts de quando eu era criança. Ou, melhor ainda, por que não visitamos as lojas de donuts perto da sua casa nova e fazemos um ranking de quais são as melhores?

April poderia dizer com sinceridade que nunca tinha ouvido uma ideia melhor de encontro *na vida*.

Ouro. Ela quase tinha jogado ouro fora, chamando-o de pirita. Mal posso esperar. Desculpa. Eu...

Ela ainda não estava pronta para compartilhar detalhes de suas questões pessoais, mas Marcus merecia um pedido de desculpas e algum tipo de explicação, mesmo que superficial.

Desculpa. Eu estava com a cabeça cheia no outro dia, digitou depois de algum tempo.

Não se preocupa, voltou a escrever ele. Então, nos vemos no sábado?

April levou a ponta do dedo à marca do chupão que já desaparecia na base do seu pescoço e se pegou sem fôlego de novo. Agora por motivos totalmente diferentes — e muito melhores.

Com certeza, disse ela. Bjs.

DMs do servidor Lavineias, nove meses antes

Tiete Da Lavínia: Depois de assistir ao episódio de hoje, não consigo deixar de pensar: que desperdício.

Tiete Da Lavínia: O que eu vi foi um desperdício do enredo do livro. Um desperdício de atores e de uma equipe de produção realmente incrível. E é um desperdício de oportunidade de contar o tipo de história que eu...

EmLivrosEneiasNuncaFariaIsso: Que tipo de história?

EmLivrosEneiasNuncaFariaIsso: Tila?

Tiete Da Lavínia: Summer Diaz é muito talentosa. E é linda.

EmLivrosEneiasNuncaFariaIsso: Sim. Para as duas coisas.

EmLivrosEneiasNuncaFariaIsso: Estou sentindo um "mas" em algum lugar vindo aí.

Tiete Da Lavínia: Era para Lavínia ser feia. Não sem graça, ou com roupas não muito boas. FEIA.

EmLivrosEneiasNuncaFariaIsso: Isso é verdade, ao menos nos livros de Wade.

Tiete Da Lavínia: Esse é o cerne da beleza do relacionamento de Lavineias, ELENFI.

Tiete Da Lavínia: Ela foi insultada e desvalorizada a vida toda por causa da aparência, embora seja inteligente, corajosa e gentil. Então, Eneias aparece, e ele tem os próprios problemas, mas é capaz de enxergá-la. De enxergá-la DE VERDADE. Ele reconhece que todo mundo a considera feia, mas...

Tiete Da Lavínia: Ele também reconhece o valor dela. E passa a amá-la e a desejá-la, mesmo enquanto ela ainda está aprendendo a confiar nele. O que é difícil para Lavínia, mas ela consegue, porque também ama Eneias.

Tiete Da Lavínia: Esse é o ponto crucial da história de Lavineias. Por mais que eu adore Summer Diaz no papel, não dá: fico achando que a escalação dela foi um puta desperdício de uma história importante que as pessoas precisavam ver na tela da TV.

EmLivrosEneiasNuncaFariaIsso: Entendo o que você quer dizer. Não sei se qualquer outra atriz conseguiria incorporar tão bem a inteligência e a determinação de Lavínia, mas... sim. Você tem razão. Definitivamente é uma oportunidade desperdiçada.

EmLivrosEneiasNuncaFariaIsso: Acho que os atores também percebem isso. Mesmo a própria Summer.

EmLivrosEneiasNuncaFariaIsso: A história de Eneias... eu só...

EmLivrosEneiasNuncaFariaIsso: Só tenho a sensação de que o cerne da história dele também vai ser destruído. Ele é um personagem que questiona a própria relação com os valores que aprendeu com os pais, trilha uma trajetória para si no mundo. Vai atrás de um código moral só dele. Se apaixona e aprende a valorizar a si mesmo e esse amor mais do que o próprio passado e os deveres que os outros lhe impõem.

Tiete Da Lavínia: É um belo jeito de descrever a coisa toda.

EmLivrosEneiasNuncaFariaIsso: E, na temporada final, os *showrunners* da série vão desperdiçar tudo isso. E isso vai doer, Tila. O modo como vai ser mostrado na série vai doer em mim, e vai magoar você. Sinto muito.

EmLivrosEneiasNuncaFariaIsso: Quer dizer, isso é o que eu acho que vai acontecer...

EmLivrosEneiasNuncaFariaIsso: Mas Lavineias sempre vai estar nas páginas dos livros, mesmo que não esteja na tela da TV. E eu sempre vou estar aqui também, na tela do seu computador. A qualquer momento que você precisar.

Tiete Da Lavínia: Não sei se mereço um amigo como você, ELENFI.

EmLivrosEneiasNuncaFariaIsso: Você não merece. Merece muito mais.

14

— Não tenho certeza se o mundo precisava de um cacrofinut. — April colocou o último pedaço do doce na boca, e cristais de açúcar cintilavam em seus lábios. — Mas agora consigo sentir cada elétron orbitando individualmente o núcleo de cada átomo do meu corpo. Se essa foi a intenção de quem criou isso, missão cumprida.

Marcus teve que rir, apesar de estar distraído pela boca de April.

— Adoro quando você fala desse jeito todo sexy científico comigo.

Ela sorriu, o rosto sardento rosado por causa do sol, e, nossa, ele nunca havia se sentido tão feliz por ignorar um conselho de Alex e seu próprio bom senso. Nunca.

Quando April tinha escrito para ele segunda à noite, aparentemente disposta a deixá-lo surgir da cova que cavara sem querer para si mesmo, Marcus nem pensou duas vezes. Não depois dos dias miseráveis que havia ficado sem ter contato com ela.

A ausência de April em sua vida tinha deixado um rombo que crescia a cada dia. De vez em quando, por uma ou duas horinhas, talvez, ele até conseguia se distrair daquele vazio. Escrevendo, lendo os roteiros que sua agente mandava, maratonando temporadas de programas britânicos de confeitaria com Alex. Mas, no fim, acabava sempre se pegando sozinho em sua casa vazia em Los Angeles. Solitário. Sentindo saudades de uma amiga querida e... mais. Sentindo falta de seja lá o que eles estavam se tornando antes de ele tropeçar em uma das minas terrestres pessoais de April.

Então, pois é. O bom senso podia ir pro espaço. Apesar de todas as complicações que a situação impunha, ele agarraria qualquer oportunidade de estar com April.

— Engraçado você dizer isso. Descobri esta semana que as pessoas no meu novo emprego têm uma camiseta em grupo. — Com um gesto despreocupado, ela limpou as migalhas do peito e deixou cair na calçada, onde passarinhos curiosos já se aproximavam. — Diz *Me cava uma sacanagem*.

Pelo visto, a galera da ciência também gostava de umas piadinhas. Bom saber.

— Boa.

O sol fazia com que o cabelo de April parecesse uma chama, e Marcus não conseguiu resistir a se aconchegar mais perto do seu calor. Ele se aproximou até os dois estarem com os quadris colados no banco de madeira. E ela ficou encarando-o, os olhos castanhos intensos por trás dos óculos, enquanto ele limpava cristais de açúcar do lábio inferior macio dela.

Então, April inclinou o pescoço para trás, só um pouquinho.

Sem romper o contato visual, Marcus lambeu o próprio polegar cheio de açúcar, e ela soltou um suspiro trêmulo.

Não. Ele não iria beijá-la pela primeira vez em um banco do parque, em público, onde todos poderiam ver e registrar o momento. De novo.

Depois de um instante de fraqueza, Marcus conseguiu desviar o olhar. Ele pigarreou, atrapalhou-se com o cardápio que tinha pegado dentro da loja e demorou algum tempo lendo em voz alta a descrição do item que April tinha acabado de comer.

— O caco… — Marcus suspirou. — Merda, essa é difícil. Tudo bem, vou tentar de novo. *O cacrofinut…*

Ela bateu palmas.

— Muito bem.

— Guarde os aplausos pra quando a gente descobrir se eu consigo ler uma segunda vez. — Uma sílaba por vez. — *O cacrofinut, o primeiro e mais delicioso híbrido entre café, croissant, muffin e donut, contém o equivalente em cafeína a quatro espressos.*

April olhou para a caixa vazia em seu colo.

— Cacete. Quatro espressos?

Marcus releu a descrição.

— Sim. Bem, isso explicaria sua recém-descoberta sensibilidade a elétrons em orbita.

Ela ficou de pé e revirou os olhos.

— Ah, esses lugares descolados, cara... Esses lugares hipsters.

Marcus sorriu.

— Você disse que estava ótimo.

— Estava mesmo — concordou April, enquanto recolhia o lixo. — Também achei uma delícia o donut com cobertura de açúcar que a gente dividiu na loja anterior, aquele que tinha o tamanho da minha cabeça e custava aproximadamente um décimo desse croco...

— Cacro... — corrigiu ele automaticamente.

— ...muffinut, ou seja lá o nome desse negócio que eu acabei de comer. Além disso, o anterior não me fez quase precisar de um desfibrilador. — Depois de jogar o lixo nas latas de recicláveis e orgânicos, April levou a mão ao peito. — Acho que meu coração está dançando swing aqui dentro, apesar de na verdade eu não saber muito bem como se dança swing.

Marcus endireitou o corpo no banco.

— Se não estiver se sentindo bem, posso te levar ao hospital.

— Não. Só estou sendo bem dramática, provavelmente por causa de toda a cafeína que acabei de ingerir. — April fez um gesto de "tudo bem". — Não precisa se preocupar comigo.

Ufa. Marcus realmente preferia que o terceiro encontro deles não exigisse intervenção médica, se possível. Principalmente porque ele tinha expectativas para a noite.

Grandes expectativas. Expectativas *tumescentes*, para usar um dos adjetivos favoritos de MePegaEneias.

— Eu é que tenho que entregar performances dramáticas aqui, senhorita. Não roube o meu trabalho. — Marcus se recostou novamente no banco e apoiou os braços no encosto. — Falando no meu trabalho, eu bem aprendi a dançar swing para uma minissérie histórica. Posso te mostrar.

Lindy Hop, a Dança da Esperança, contava a história inspiradora — embora totalmente fictícia — de como o swing mudou drasticamente o rumo de uma das batalhas da Segunda Guerra Mundial. A produção não tinha quebrado recordes de audiência, mas pelo menos Marcus havia aprendido alguns passos decentes, e recebera um bom dinheirinho.

— Que tal a gente dar uma volta enquanto você me conta mais a respeito? — April estendeu a mão. — Estou com cafeína demais no corpo para ficar sentada.

Marcus aceitou a mão dela e se levantou, então entrelaçou seus dedos nos dela, enquanto eles caminhavam em direção à baía.

— Hum... o que você quer saber?

Normalmente, ele faria o assunto ir para cuidados com o cabelo ou sua rotina de exercícios, ou mencionaria apenas as coisas mais superficiais que tinha aprendido ao longo dos anos. No entanto, antes de chegar à primeira loja de donuts a que tinham ido, cerca de duas horas antes, Marcus já havia se despido de seu escudo.

Naquele dia, April ia conhecer quem ele realmente era, gostasse ela ou não.

A possibilidade de que ela talvez *não* gostasse dele fazia o coração de Marcus acelerar um pouco, de medo. Assim como a possibilidade de ele estar jogando a própria reputação no lixo junto com a embalagem de *cacrofinut*, porque se April revelasse ao mundo que Marcus era um impostor antes que ele estivesse pronto, antes que pudesse explicar...

Mas ela não faria isso. Não faria. Marcus confiava em April, e confiava também que ele mesmo conseguiria dar um jeito de minimizar os estragos, caso ela provasse que ele estava sendo ingênuo.

Já o alter ego de fanfic dele... nenhum recurso de relações públicas ou estratégia de contenção de danos seria capaz de impedir que aquilo destruísse sua carreira.

No futuro, talvez ele pudesse contar a April que era EmLivrosEneiasNuncaFariaIsso.

Mas não naquele momento. Não ainda.

— Muito bem, primeiro a parte divertida. — Ela estava balançando as mãos dos dois em um arco rápido, amplo e bobo, e sim, Marcus sem dúvida conseguia perceber que April tinha tomado mais do que sua dose habitual de café. E aquilo era muito *fofo*. — Qual foi o filme mais memorável de que você participou?

Ele deu uma risadinha sem muito humor.

— Essa é uma pergunta mais difícil de responder do que você imaginaria. Já atuo há vinte anos. São muitas possibilidades.

Por algum motivo, era muito mais fácil se lembrar dos papéis ruins do que dos filmes a cujas pré-estreias ele tinha comparecido com um orgulho sincero. E provavelmente também era muito mais divertido ouvir sobre os papéis ruins.

April caminhava num ritmo incomum que misturava corrida e pulinhos, e seu cabelo ondulava ao redor dos ombros a cada passo hiperativo e saltitante.

— Então me conte sobre todos eles.

— Como isso levaria semanas, vou escolher os principais. — Droga, ele precisou apressar o passo para conseguir acompanhá-la. — O meu pior filme de todos provavelmente foi, hum... *O Homem que Farejava*, eu acho.

April franziu a testa, tentando se lembrar.

— Você interpretava um perfumista nesse, né? Que tinha sido acusado por engano de um crime horrível?

— Isso. Um mestre perfumista com o apelido de Farejador, por causa do olfato extraordinário. — Depois de uma inspiração exagerada pelo nariz, Marcus continuou: — E o personagem passou a usar essa habilidade para se esconder das autoridades enquanto ia atrás do verdadeiro assassino da esposa.

— Muito normal... — O tom dela era bem, bem sarcástico.

— E obviamente o assassinato da esposa serviu como motivação. Obviamente.

— Pois é, exemplo clássico e banal de uma história em que criam uma personagem feminina só para que ela vire uma motivação do herói. No final, o Farejador descobriu que seus concorrentes tinham formado um grupo secreto, contratado um assassino e o incriminado, na esperança de tirá-lo para sempre da indústria da perfumaria.

— Ei, spoiler! — repreendeu ela, com um sorrisinho.

Marcus soltou uma risada.

— A maior parte das minhas cenas envolvia *fungadas*. Só que é meio difícil tornar fungadas atraentes ou interessantes para os espectadores. O que pode ser uma explicação para o fato de o filme ter flopado. — Nossa, as críticas àquele filme... *Que críticas*. Sem falar da ligação dos pais dele depois de terem visto a coisa. — Mas pelo que meus colegas de cena me contaram, o filme chegou a inspirar uma paródia proibida para menores. Com um título bem inteligente.

Os dois continuavam a caminhar. Em silêncio, Marcus esperou, certo de que April conseguiria adivinhar o nome do filme.

Ela mordeu o lábio por um momento, então seu rosto se iluminou.

— *O Homem que Macetava!*

— Bravo, April. — Ele levantou as mãos unidas deles em triunfo e sorriu para ela. — Parece que essa história também envolvia um monte de fungadas. Entre outras atividades. E lucrou mais que o filme original. Além de provavelmente também ter atuações melhores.

Marcus disse aquilo para fazê-la rir, mas não foi o que aconteceu. Em vez disso, April ficou séria, sem que ele tivesse ideia do motivo, e aquilo o fez se aprumar sob a intensidade do olhar atento dela.

— Você está aí brincando, mas deve ter aprendido muito sobre perfumaria para o papel — disse April finalmente. — Sei que ainda não te conheço muito bem, mas dá pra ver que você é muito profissional. É dedicado ao seu trabalho.

Marcus não sabia dizer por que aquilo deixou seu coração tão apertado que chegou a doer.

— Ah, sim, é verdade. — Ele semicerrou os olhos e fixou-os ao longe, na água azul, fria e reconfortante. — Visitei uma escola de perfumaria na França. Um perfumista de nível internacional é capaz de identificar mais de mil aromas diferentes, de modo geral associando cheiros a lembranças específicas. Treinei um pouco essa técnica. Aprendi sobre a história dos perfumes. Também assisti a uma mulher macerar âmbar-gris em um pilão, só por diversão.

— O que é âmbar-gris? — perguntou April. — Sempre quis saber.

Ele fez uma careta.

— Fezes de baleia solidificadas que chegam nas praias.

— Você me colocou em uma situação bem difícil. — April estreitou os olhos, mas um sorriso já se formava em seus lábios. — Devia se envergonhar. Agora vou ter que examinar todos os meus perfumes para descobrir a exata quantidade de cocô de baleia que venho borrifando em mim quando saio para um encontro.

A nota mais forte do perfume que April usava naquele dia era rosas. O nariz dele não era lá muito sensível, como havia descoberto durante aquela semana idílica que passara na França, mas também conseguia detectar um traço de almíscar. E... alguma outra coisa, que perfumistas de verdade sem dúvida conseguiriam descobrir em um piscar de olhos.

Onde exatamente ela teria borrifado aquele perfume era algo que ele sabia que não deveria perguntar em público.

— Bom, esse foi um papel memorável. O pior roteiro de um trabalho em que atuei provavelmente foi o de *Uma Roda, Duas Verdades*. — Diante do olhar confuso de April, Marcus explicou: — A edificante história de amadurecimento de um monociclista problemático. Acho que esse foi lançado direto em algum aparelho de reprodução de vídeo de um cara em Tulsa.

Ela riu, então diminuiu um pouco o passo.

— Cacete. Você sabe andar de monociclo?

— Lógico — informou Marcus, empinando o nariz com orgulho. — Como qualquer ator dramático sério.

Marcus, o Golden Retriever Bem Treinado, jamais teria usado aquele termo, óbvio. As palavras pareciam estranhas até para ele mesmo. Grandiosas demais. Arrogantes demais. Um ator dramático, diferentemente de um simples ator, exigia respeito do mundo de forma geral, não apenas de seus colegas da indústria do entretenimento. Um ator dramático tinha talento, não apenas a capacidade de trabalhar duro e um rostinho bonito.

April puxou-o para a beira da calçada e parou.

— Mas você *é* um ator dramático sério, Marcus.

Toda aquela cafeína certamente havia lhe subido à cabeça. Ela parecia... quase brava.

Marcus deu de ombros e fitou-a com um sorriso tranquilizador.

— Tentei ser. Não sei se me dei muito bem nisso.

— Você foi indicado a um monte de prêmios. É a estrela da série de TV mais popular do mundo. Quando deixou Dido para trás e viu aquela maldita pira funeral do seu navio, eu quase precisei de intervenção médica por desidratar de tanto chorar.

April falava lentamente, como se estivesse se dirigindo a uma criança com dificuldade de compreensão, e ele se irritou instintivamente diante daquele tom familiar. Pelo menos até compreender o que ela estava dizendo. Então, Marcus enrubesceu de vergonha e chutou uma rachadura na calçada.

— E todas essas indicações não foram só pelo seu trabalho em *Deuses dos Portões* — acrescentou ela. — Teve aquela peça do Tom Stoppard também, e o papel de astronauta.

Estrela Brilhante. Ele havia interpretado o único sobrevivente de um acidente catastrófico na Estação Espacial Internacional. Era um filme independente, e talvez a bilheteria não tivesse sido tão boa quanto Marcus havia esperado, mas ele precisava admitir que sentira um pouco de orgulho naquele tapete vermelho.

April se aproximou até os dois poderem se comunicar quase por sussurros. Até ela poder examiná-lo de perto, o olhar tão afiado quanto a espada de herói que ele nunca chegara a brandir de verdade nas cenas de batalha de *Portões*.

— Mas, sinceramente, acho que o papel mais impressionante que você interpretou, e que mais exigiu de você, não foi nenhum desses. — O queixo dela estava firme, seu tom ainda determinado, de confronto, por razões que Marcus não conseguia entender. — Foi?

Ele franziu a testa para April, perdido.

Talvez ela estivesse falando do papel de Póstumo, naquela adaptação de *Cimbelino*, por conta das questões de linguagem, mas...

— Não sei a qual papel você está se referindo — admitiu Marcus.

Quando April arqueou uma sobrancelha cor de fogo, ele percebeu que estava encrencado.

— Aquele em que interpreta você mesmo. Marcus Caster-Rupp. A atuação da sua vida. — Ela pousou a palma da mão no peito dele, acima do coração, como se estivesse tirando medida. E talvez estivesse mesmo. — O ator mais vaidoso e superficial do planeta, que na verdade não é nada disso. Aparentemente raso e cintilante como uma poça de água, mas na verdade profundo como a Fossa das Marianas.

Profundo? *Ele?*

De que diabo ela estava falando?

— Por favor, me ajuda a entender isso. — Ela falou com toda a educação, mas na verdade não era um pedido. Era uma ordem. — Mais cedo ou mais tarde, os paparazzi vão nos encontrar de novo. Antes de assistir a sua próxima performance, preciso entender.

Aquele cabelo flamejante deveria tê-lo alertado. De algum modo, April era a prova de fogo dele, queimando tudo ao redor, menos a verdade. Forçando-o a falar em voz alta e a se purificar diante dela.

Marcus abriu a boca. Em seguida voltou a fechá-la, sem saber direito o que dizer, ou como começar.

April deu um tapinha delicado mas firme no esterno dele. Como um alerta.

— Também não precisa se dar ao trabalho de fingir que não sabe o que é a Fossa das Marianas. Eu vi *Sharkphoon: Furacão de Tubarões* no streaming, e aqueles desgraçados subiam em disparada da fossa para dentro do ciclone, com os dentes prontos para rasgar todo mundo. Você estava lá, todo de jaleco branco e óculos de proteção, avisou à presidente sobre o perigo e não adiantou nada.

Por mais estúpido que pudesse ser, Marcus não pôde deixar de se perguntar se April tinha visto o filme em 3D, porque a cena em que a mãe tubarão come aquele cruzeiro em apenas três mordidas gigantescas realmente era realçada pel...

Não. Aquele não era o ponto no momento.

Marcus soltou o ar lentamente. E fechou os olhos.

Por que havia imaginado que April poderia simplesmente aceitar a mudança de comportamento dele sem fazer qualquer comentário? Sem perguntar o que significava aquilo?

A mulher parada a sua frente era Tila, a leitora beta que apontava qualquer inconsistência nas histórias que ele escrevia.

A mulher parada a sua frente era April, que ganhava a vida comparando as superfícies com o que havia por baixo delas.

A mulher parada a sua frente era a mulher que ele queria. Simples assim.

Por isso, no fim, Marcus abriu a boca de novo e deu o que *ela* queria.

A verdade.

Pelo menos uma parte da verdade, por ora.

UMA RODA, DUAS VERDADES

EXT. RUAS PRINCIPAIS DE PORTLAND — MEIO-DIA

EWAN olha para a garota linda, excêntrica e com cabelo cor-de-rosa brilhante sentada a seu lado. O monociclo dele está apoiado na parte de trás do encosto do banco em que os dois estão. De repente, ele se dá conta de que aquela garota sabe tudo a seu respeito, e ele não sabe nada sobre ela.

EWAN

Qual é o seu nome?

PIXIE

Isso não importa.

EWAN

É claro que importa.
  Ela franze o nariz de um jeito encantador e ri, fazendo malabarismos com toda a tranquilidade enquanto fala.

PIXIE

Não importa, não. Neste momento, o que eu quero, o que eu preciso, o que eu penso, os meus objetivos, e até mesmo o meu nome, são muito menos importantes do que você, Ewan. Do que a sua história. A sua vida. A sua redenção.

*Ele tenta sorrir, quase em lágrimas, e dá um
beijo rápido nos lábios dela.*

EWAN

Nunca me senti tão compreendido antes. Se alguém
como você tivesse entrado na minha vida mais cedo,
acho que...

PIXIE

O quê?

EWAN

Para começar, talvez eu não tivesse me misturado
com aquela gangue de monociclistas. E agora estou
começando a achar que talvez... talvez... *(ele solta um
suspiro trêmulo)* Eu pudesse trocar uma roda... por
duas.

*Pixie abriu um sorriso radiante para ele. Esse é
o momento mais feliz da vida dela.*

15

A neblina da manhã havia desaparecido sob os raios de sol, e Marcus brilhava, iluminado. Naquela luz, com o enquadramento certo, ele poderia muito bem ser o semideus que vinha interpretando com tanto talento havia anos. Poderia ser uma figura mitológica, ou o herói vigoroso da imaginação febril da jovem April... e das fics ainda mais febris da April adulta.

Mas nenhuma câmera estava capturando aquele momento, aquilo não era ficção, e Marcus não era um semideus invencível. Não se ela olhasse com cuidado.

Os lábios dele estavam cerrados, tensos, e aqueles famosos olhos azuis se recusavam a focar nela — iam para a calçada, para as lojas pelas quais já tinham passado, para a água cristalina da qual começavam a se aproximar. April não ficaria chocada se Marcus se afastasse em disparada de repente e mergulhasse na Baía de São Francisco para escapar daquela conversa. Talvez até surgisse uma cauda de peixe nele, como a que exibira em *Tritão*, o filme trágico que Marcus havia feito sobre uma criatura do mar meio-humana amaldiçoada a amar uma mulher alérgica a algas.

Mas ele não saiu correndo. Parecia apenas... perdido.

Então, aquele maxilar anguloso ficou mais firme, e seu olhar se fixou nela com determinação. April conteve o agito induzido pela cafeína, mesmo que ainda sentisse a própria pulsação latejando nos ouvidos e o coração de Marcus disparado sob a palma de sua mão.

— Quando tinha quinze anos, eu desisti. — Aquela voz baixa e densa estava sem expressão. Desprovida de qualquer traço da emoção que ele já havia derramado nas palavras de incontáveis roteiros. Ali, enquanto enunciava as próprias palavras, Marcus não se permitiu arestas irregulares, apoios semidesmoronados que ela poderia agarrar para se aproximar mais dele. — Eu ia decepcionar todo mundo. Causar repulsa nas pessoas. Não importava quanto eu tentasse, ou quantas vezes eu me desculpasse.

Cuidado. Cuidado, disse April a si mesma. Não era hora de fazer qualquer inflexão, de demonstrar compaixão ou de agir de qualquer maneira que ele pudesse interpretar da forma errada.

— Todo mundo?

— Eu já te contei que estudava em casa, com a minha mãe. Eu só podia sair depois de terminar minhas lições, e os meus pais não eram grandes fãs de esportes. Eu não tinha muito contato com outras crianças. E quando isso acontecia, não sabia bem como interagir. — Ele voltou a erguer um dos ombros, em um movimento casual que tinha se tornado convulsivo. — Os meus pais eram o meu mundo. Eles eram "todo mundo".

— Você desistiu. — April repetiu as palavras dele, sem conseguir respirar direito diante das possibilidades contidas naquela frase.

— Eu sempre fui um bom imitador. Costumava praticar sozinho no quarto. Àquela altura, eu já imitava os meus pais sem nem precisar pensar muito. Sabia imitar também o apresentador pomposo de todos os documentários históricos que os meus pais adoravam. E os atores da Royal Shakespeare Company, sempre que as peças eram transmitidas na TV aberta e meus pais me obrigavam a assistir. — O sorriso dele era tenso. — Eu tinha intimidade com ele sem nem ter que pensar muito a respeito. Sabia o que ele diria. Como ele diria. Qual seria a sua postura. Que gestos ele faria.

A expressão de confusão no rosto dela devia ter chamado a atenção de Marcus.

— Estou falando do meu primeiro papel, do mais duradouro. O do pior filho possível. Vaidoso, preguiçoso, estúpido, descuidado e todas as outras coisas que meus pais detestavam. — Ele afastou uma mecha dourada da testa com um gesto casual. Uma demonstração. Um lembrete. — Era fácil. Muito mais fácil do que continuar tentando agradar os dois.

April fechou os olhos.

Por trás de suas pálpebras, viu o homem à sua frente como um menino magro e solitário. Furioso. Magoado.

Não rígido, não o diamante que ela havia falado que ele era. Marcus já era ouro, pensou April, mesmo quando ainda era um adolescente. E, como ouro, tão macio que poderia ser moldado e torcido sob muita pressão — a menos que se blindasse de alguma forma. A menos que cravasse algo rígido e estático entre ele e o peso implacável e desgastante do descontentamento dos pais.

O pior filho possível, disse Marcus. Vaidoso, preguiçoso, estúpido e descuidado.

Se seus pais desprezassem o personagem, não desprezariam o verdadeiro Marcus. Não poderiam magoar o verdadeiro Marcus. Não poderiam nem *ver* o verdadeiro Marcus, se é que algum dia já tinham visto.

Era como um dedo do meio desafiador erguido para os céus. Era uma armadura. Era...

Jesus, aquilo foi o suficiente para fazer a garganta de April arder, para fazer com que fechasse o punho que estava apoiado no peito de Marcus.

Depois de suprimir a ameaça das lágrimas, embora não conseguisse suprimir totalmente a raiva da impotência, ela abriu os olhos. E encontrou os dele.

Ela entendia. Realmente entendia. A origem da atuação, o catalisador para o seu personagem mais antigo. Mas ele era um homem adulto agora, então por quê? Por que continuava atuando?

Marcus a observava com atenção, o tom tão distante que a assustou.

— Eu não tinha a intenção de continuar atuando depois que saí de casa e fui para a faculdade, ou depois que larguei a faculdade e me mudei para Los Angeles. Não tinha ideia do que dizer ou do que fazer a menos que estivesse interpretando um personagem, mas tentei. E, no fim, acabei ganhando um pouco mais de prática para falar com as pessoas, principalmente depois que comecei a dividir apartamento com Alex. Ele me ajudou a me sentir mais confortável em ambientes sociais.

Timidez. Nossa, Marcus era *tímido*.

Como ela não tinha percebido isso?

Além disso, adicionou um lembrete mental: *Não dizer ao Marcus que a princípio você preferia jantar com o melhor amigo dele.*

— Antes de *Portões*, eu não precisava lidar com muitas entrevistas. Então consegui o papel de Eneias, e... — Ele engoliu em seco. — De repente, havia um monte de perguntas e um público muito maior ouvindo qualquer coisa que eu dissesse. Eu não estava preparado. Alex e eu repassávamos juntos as perguntas mais prováveis, mas nós nunca imaginamos que um dia alguém iria me entregar um maldito livro e me pedir para ler uma página sobre Eneias em voz alta.

Merda. Merda, April sabia a que entrevista ele se referia. Aquele maldito segmento em duas partes de um programa matinal de notícias e entretenimento, o favorito da mãe dela.

A mãe chegara a mencionar a entrevista em uma ligação mais tarde naquele dia, muitos anos antes. "Você leu esses livros, não é? Mas pode assistir à entrevista no mudo. Aquele rapaz é bonito, mas não é exatamente um interlocutor brilhante."

April tinha visto a entrevista no YouTube na mesma tarde, e com som, apesar do conselho da mãe. E voltara a assistir havia apenas duas semanas, antes do jantar com Marcus, como uma preparação mental para o encontro que tinham combinado.

Em ambas as vezes, ela havia prestado atenção em Marcus quando o apresentador lhe entregara um livro com letras pequenas e pedira para que ele lesse um trecho ardente em voz alta. Ao vivo na TV. Sem aviso prévio. Um homem com dislexia — como ela agora sabia ser o caso —, uma condição que ele havia aprendido a considerar uma fraqueza que o definia, um motivo de vergonha.

Ainda assim, Marcus tentou, tropeçando em palavra após palavra, até o apresentador e a plateia começarem a rir, desconfortáveis, e fazerem uma pausa para os comerciais.

Alguns comentários naquele vídeo especulavam se Marcus estaria bêbado, mas logo as pessoas chegaram a um consenso: ele era burro, não estava bêbado.

Por que o QI desses caras é sempre inversamente proporcional ao quanto eles são gostosos?

Com um rosto bonito desse, acho que ele não precisa saber ler, né?

— Entendi que você viu a entrevista — disse Marcus, e April tentou manter a compostura. — Àquela altura, eu já sabia que era disléxico. Não tinha vergonha disso, não quando fui escalado para *Portões*.

April não tinha certeza se acreditava naquilo, mas assentiu.

Ela sentiu o coração de Marcus acelerar sob a sua mão, enquanto ele contava a história.

— Mas, naquele momento, simplesmente me deu... um branco. Entrei em pânico. Estava suando embaixo daquelas luzes, e as pessoas no estúdio estavam sussurrando e rindo, e quando voltamos dos comerciais, eu me ouvi respondendo às perguntas como *ele*.

— O pior filho possível — concluiu April.

O papel que Marcus interpretava com mais frequência do que qualquer outro, o papel que tantas vezes lhe garantiu proteção contra o desprezo no passado.

Nossa, agora que ela entendia, conseguia ver tudo muito bem... A transição entre o homem que de vez em quando abaixava o olhar e demorava a encontrar a palavra certa, mesmo antes de o "tijolo" que era o livro de E. Wade cair no colo dele, e o homem que se pavoneara para as câmeras durante o resto daquela entrevista.

— Bem, não totalmente. — O sorriso afetado dele não chegou os olhos. — De algum modo, tive o bom senso de fazer o papel de um bobo muito simpático, para não afastar nosso público em potencial. Então acabou sendo uma variação do meu papel original. Mais um golden retriever bem treinado e menos o pior filho possível.

O tom cortante daquelas palavras tinha a intenção de magoar *alguém*. Ele mesmo? Alguém que havia desdenhado dele? As duas opções?

— Entendi. — E ela realmente tinha entendido. Pelo menos o básico da situação. — Mas por que não agiu de outra forma na entrevista seguinte?

O maxilar dele ficou rígido.

— Os *showrunners* da série acharam divertido. Disseram que aquela entrevista tinha sido menos entediante do que costumavam ser as minhas entrevistas, e como não tínhamos mesmo permissão para falar muito sobre o roteiro ou sobre o programa em si, eu poderia muito bem entreter a audiência de outra forma. Depois de algum tempo, acho que eles meio que esqueceram que eu estava fingindo.

Para aqueles caras, humilhação era algo divertido. Era *entretenimento*. Argh, não era de *se espantar* que a série tivesse saído dos trilhos depois que aqueles filhos da mãe não conseguiram mais seguir os livros de Wade.

— Também percebi bem rápido como as coisas ficaram mais fáceis pra mim, em comparação aos outros atores do elenco. — O tom de Marcus agora era rouco e cansado, e April sentiu a mão se erguer e se abaixar em seu peito com o suspiro que ele soltou. — Sempre perguntavam sobre nossas perspectivas em relação ao personagem ou queriam saber nossas opiniões sobre os livros em comparação com a série, mas depois que a imprensa resolveu que eu era burro, não se deram mais ao trabalho de me fazer perguntas difíceis. Eu não precisava mais tentar driblá-los, ou inventar mentiras. Podia simplesmente flexionar os bíceps, usar roupas da moda e falar sobre a minha rotina de exercícios. No fim, a maior parte dos veículos parou de pedir entrevistas comigo, o que foi um alívio.

— Porque você não sabia o que dizer — afirmou ela. — Não se agisse como você mesmo.

Marcus inclinou a cabeça, concordando sem precisar dizer nada. Finalmente tinham chegado ao cerne da questão. O coração de Marcus batia acelerado. Um coração que ficara exposto em cada palavra do que ele havia acabado de oferecer a ela.

April acariciou-o com o polegar, em um movimento gentil.

— Porque você não se sente confortável sendo você mesmo.

— Não. Não como eu sou agora. — Pela primeira vez desde que a conversa tinha começado, ele tocou-a também. Colocou a mão sobre a dela, pressionando-a junto ao tecido macio e texturizado do seu suéter. — Mas depois que estabeleci essa versão de mim mesmo, April, fiquei basicamente preso a ela.

Um casal de idosos passeava de braços dados na calçada, conversando tranquilamente conforme se aproximavam. E estavam perto o bastante para ouvir coisas que Marcus ainda não queria que fossem reveladas ao mundo.

Embora os dois homens de idade avançada não estivessem ouvindo, April fez questão de abaixar a voz até não passar de um sussurro.

— Como assim?

Marcus se aproximou ainda mais, abaixou a cabeça e falou bem junto ao ouvido dela, aquele cabelo dourado frio e sedoso encostando no rosto de April. Sua voz saiu num sussurro também.

— Depois de um ou dois anos, pensei em mudar a minha persona pública, mas não queria que os fãs de *Portões* achassem que eu estava debochando deles aquele tempo todo, fazendo algum tipo de piada maldosa, cruel. Eu teria que explicar *por que* tinha me comportado daquele jeito, e não sabia como fazer isso de um jeito capaz de satisfazê-los, mas sem me humilhar. — Ele soltou o ar, que roçou no lóbulo da orelha de April, fazendo-a estremecer. — Para ser sincero, também fiquei feliz em não ter que responder a perguntas sobre os roteiros ao longo das últimas três temporadas.

Aquilo era o mais próximo de uma crítica à série que April já ouvira da parte de Marcus. E ela afirmava isso com certeza, já que fazia parte do servidor Lavineias, cujos participantes assistiam e analisavam cada entrevista que ele dava, mesmo a mais banal de todas.

Outro gesto de confiança, daquela vez oferecido sem que ela precisasse instigá-lo.

O casal passou por eles e desceu a rua, mas April não se afastou. A intimidade da posição em que ela e Marcus estavam a aquecia em meio à brisa da primavera, e o perfume dele...

Um perfumista saberia identificar, poderia categorizar cada nota herbal e deliciosa. O próprio Marcus conseguiria algo do tipo.

Mas ela não seria capaz. Só o que podia fazer, então, era inspirar fundo, se aproximar mais e... se encantar.

— Você chegou a conversar sobre essas questões com suas ex-namoradas? Explicou a elas por que você era de um jeito a sós e de outro em público? — quis saber April. — Sinto que você teria evitado esse assunto o máximo possível se eu não tivesse forçado a barra.

O tecido do jeans roçava na legging dela, as coxas dos dois coladas, e April entreabriu os lábios.

— Eu não tive muitos relacionamentos, April. — Marcus já não estava mais falando no ouvido dela. Agora a encarava a alguns centímetros de distância, o olhar firme como as batidas do seu coração. — Só para deixar claro.

Ah, ele estava sendo muito, muito claro, sim. Pelo calor que irradiava do corpo de Marcus, pelas pupilas dilatadas, April desconfiava que uma olhada para baixo tornaria mais inegável ainda o estado em que ele se encontrava.

Marcus apertou a mão dela com mais força.

— E, na maior parte do tempo, eu *não era* diferente nesses relacionamentos. Não até conhecer bem as pessoas e saber que poderia confiar nelas. Depois que eu começava a confiar... — Ele se afastou um pouquinho e passou a outra mão pelo cabelo. — Tentava fazer a transição lentamente. Nesse ponto, as coisas desandavam, por razões óbvias.

Com aqueles poucos centímetros de distância, April conseguia respirar com mais facilidade. No entanto, sua mente continuava turva com os feromônios e com a descarga elétrica de desejo, e ela não tinha a menor ideia do que ele queria dizer.

Ao notar a expressão de April, Marcus explicou melhor.

— Elas começavam a sair comigo por interesse na minha persona pública, e aí se viam com alguém totalmente diferente. Uma pessoa que não conseguiam compreender e meio chata. Quando não estou filmando ou me exercitando, gosto de ficar em casa, ouvir audiolivros, navegar na internet, ou es... — Marcus fez uma pausa. — Ou escolho montar a cavalo. Ou vejo realities de confeiteiros com o Alex. Eu acabava, hum...

Quando ele se afastou meio passo, o frio da manhã se esgueirou entre os dois.

— Acho que eu acabava me transformando em uma decepção.

Para as ex-namoradas dele, a mudança devia parecer inexplicável. E para Marcus... cacete. Ele provavelmente se sentia rejeitado por ser quem realmente era. Mais uma vez.

— Além disso, ter um relacionamento com uma figura pública é difícil, mesmo sem outros problemas — continuou ele. — Você mesma já viu algumas desvantagens. Os paparazzi conseguiram te encontrar na semana passada?

— Sim. — Se April soou como se não se importasse muito, aquilo era quase totalmente verdade. Ainda mais naquele momento, com Marcus a tão poucos centímetros de distância.

Como a neblina havia se dissipado, a luz do sol destacava as finas rugas nos cantos dos olhos muito sérios dele, os vincos que cercavam a boca perfeita, as linhas de expressão que marcavam a testa imponente. Por algum motivo, as marcas do tempo não pareciam defeitos, mesmo diante de um olhar sem filtro e implacável. Em vez disso, apenas transformavam a beleza inegável dele em algo mais palpável, algo que ela poderia agarrar, prender entre os dentes e *possuir*.

Para ser sincera, se ela mesma não tivesse começado a *gostar* tanto dele, acharia aquela beleza excessiva extremamente irritante. E apesar de todo o afeto que sentia por Marcus, ainda desejava amarrotar aquela beleza toda, enfiar os dedos naquele cabelo brilhante e sedoso e *puxar*, ao mesmo tempo que traçava com a língua o contorno daquele maxilar tão bem definido.

Que som Marcus deixaria escapar se ela o mordesse bem ali? Ele engoliu em seco.

— Foi por isso que você mudou o número do celular?

Marcus estava respirando mais rápido agora, e, cacete, April queria vê-lo ofegando de desejo. Por ela. Só por ela.

April deu de ombros.

— Depois que descobriram o meu nome, recebi alguns telefonemas e tiraram algumas fotos. Mas mudar meu número ajudou, e depois de uns dias eles pareceram perder o interesse. — *Depois que deduziram que nós dois não estávamos mais saindo.* — Acho que o descanso vai terminar já, já, e tudo bem. É um preço que estou disposta a pagar.

A opinião de estranhos não a preocupava.

Mas April vinha se esquivando dos telefonemas da mãe desde seu primeiro encontro com Marcus.

— Tem certeza? — Com um toque gentil, ele ergueu o rosto dela, fazendo-a encará-lo novamente. — Porque você está certa. Vão nos encontrar de novo. Vão encontrar você. Se achar melhor parar de me ver para proteger sua privacidade, vou entender.

Marcus se despira metaforicamente para ela naquele dia. Aquilo bastava. Na verdade, mais do que bastava, apesar dos perigos de um envolvimento entre os dois.

Portanto, April tinha toda a intenção de despi-lo literalmente. Naquela noite, se possível.

— Talvez você até entenda. Mas eu não. — Determinada, ela diminuiu a distância entre eles de novo. — Se eu quero você, não vou deixar que alguns estranhos com câmeras na mão me impeçam de ter o que desejo.

April afastou a mão do peito de Marcus e passou-a para as costas dele. Então, deixou a ponta do dedo deslizar por baixo da barra do suéter que ele usava e provocar a pele quente acima do jeans.

Marcus deixou escapar um som rouco abafado, e April o foi fazendo recuar mais e mais, as coxas dos dois se entrelaçando a cada passo, até ele estar encostado contra uma cerca de ferro fundido que parecia firme, colado ao corpo dela.

O coração de April batia acelerado, a ponto de deixá-la trêmula, e não era mais culpa da cafeína.

Ela ficou na ponta dos pés e pousou a boca no maxilar de Marcus. O mero vestígio da barba por fazer arranhou suavemente seus lábios, em uma fricção bem-vinda. A pele firme deixou um gosto salgado na língua de April, e vibrou com o gemido baixo que Marcus deixou escapar.

Ela capturou aquele pedaço de pele entre os dentes e o lambeu.

Marcus projetou os quadris, e April se deleitou com o modo como ele encaixou com força o corpo no dela, se deixando levar por apenas um instante.

— O que você me diz, Marcus? — Colada àquela cerca, num ponto onde os transeuntes não poderiam vê-la, April passou as duas mãos por baixo do suéter dele e acariciou a pele acetinada das costas, então deixou as unhas correrem de leve até embaixo. — Devo te desejar?

Ele não respondeu com palavras. Não precisava.

Parecia que April havia colocado fogo em toda a gentileza de Marcus, toda a postura de bom moço. Ele segurou o cabelo de April com uma das mãos e espalmou a outra na bunda dela, erguendo seu corpo contra o dele. O suéter de April também tinha levantado, e a legging não amenizava em nada a sensação da coxa dele entre as dela, o volume do pênis contra o seu abdômen.

Fora April que o guiara até aquela cerca, mas ela não estava no controle ali. Não mais.

— Vira pra cá — murmurou Marcus junto ao pescoço dela. Ele colou a boca quente na pele de April e lambeu um ponto específico. Então, mordiscou-a. — Você ainda está com uma marca aqui. Ótimo.

Ele inverteu a posição dos dois e se colocou com firmeza entre as coxas de April, as costas dela encontrando a cerca. Ela ofegou, zonza e excitada a ponto de sentir vontade de arranhar e enfiar as unhas em Marcus até ele terminar com aquela agonia.

Os dentes e a língua dele deixaram uma trilha de fogo enquanto subiam pelo pescoço de April, depois passavam pela parte de baixo do maxilar e…

Ah, a boca de Marcus reivindicou a de April como se fosse um prêmio de batalha, com determinação e desespero, e ela se abriu para ele sem hesitação.

Mais tarde, eles poderiam tentar gestos mais ternos e doces, mas, naquele momento, April queria a língua de Marcus dentro da sua boca, os dentes dele no seu lábio inferior, e o gemido que ele deixou escapar sendo engolido pela respiração ofegante dela. Queria aquela mão possessiva em sua bunda, puxando-a cada vez mais para perto, e o puxão em seu cabelo que a deixava à flor da pele.

O beijo de Marcus tinha gosto de açúcar. Gosto de hortelã. Gosto de escuridão e calor.

— Que delícia — com a voz ainda rouca, Marcus colou os lábios firmes e avermelhados nos dela mais uma vez, fazendo-a gemer em sua boca enquanto se roçava nela *do jeito certo*.

O jeans que Marcus estava usando era folgado o bastante para que April pudesse enfiar as duas mãos por dentro do tecido e da cueca ultramacia, até cravar as próprias unhas curtas na carne tenra e arredondada da bunda dele, reivindicando-o também.

Ao sentir aquele toque firme, Marcus se colou ainda mais a ela com um gemido baixo e rouco, e os dois entrelaçaram as línguas, gulosas. O cheiro dele estava se tornando mais almiscarado e profundo a cada instante, e a pele dela, fervendo, ficava cada vez mais úmida.

Marcus não poderia passar as pernas dela ao redor da cintura e fodê-la contra aquela cerca, pensou April. Não à luz do dia. Não em público. Não ela sendo do tamanho que era. Mas na próxima vez em que pegasse seu vibrador colorido na mesa de cabeceira, teria uma nova fantasia para levá-la a um orgasmo de fazer a cama tremer.

Quando a boca de Marcus se afastou minimamente da dela, April se adiantou para continuar o beijo.

Então, ela também ouviu.

— Ei, vocês dois! Fora da minha propriedade! — Era um grito indignado, vindo da porta da casa atrás da cerca. — Isso é língua demais para um sábado de manhã!

Marcus soltou uma risadinha abafada.

— Aparentemente podemos voltar aqui mais pro fim da tarde para continuarmos de onde paramos — sussurrou no ouvido dela.

— Durante o horário comercial. — April tirou as mãos de dentro do jeans dele com pesar. — Embora eu ache importante considerar uma possível acusação de atentado ao pudor.

Marcus apoiou a testa no ombro dela por um momento, ainda ofegante.

— Bem colocado.

Então, deixou escapar um gemido, afastou-se de April e se virou para o homem na porta com seu sorriso sedutor de sempre.

— Pedimos desculpas, senhor. Já estamos indo.

O homem soltou um grunhido mal-humorado e voltou a entrar na casa.

Enquanto voltavam para a calçada, Marcus segurou April pelos quadris e deu um jeito de colocá-la na frente dele. Quase perto o bastante para os corpos se tocarem, mas não tanto.

— Fique aqui só um minutinho, por favor.

Se ela arqueasse as costas só um pouquinho... sim. Pronto.

Quando a bunda de April pressionou a ereção dele, Marcus cravou os dedos com uma intensidade deliciosa na legging dela.

— April... — Ele parecia estar falando por entre os dentes. — Você não está ajudando a resolver o problema.

Tudo bem, então. Já bastava de contatos abaixo da cintura, ao menos por ora.

Em vez disso, April inclinou a cabeça para trás, pousou-a no ombro de Marcus e sorriu enquanto os dois esperavam que o corpo dele se acalmasse.

— É mesmo? Porque pareceu que eu estava ajudando.

— Ajudando a me levar para a prisão, talvez.

— Citando um grande pensador: bem colocado. — Por sorte, o estado de excitação em que ela se encontrava não era tão óbvio quanto o dele, mas *nossa*, April precisou apertar as coxas com força uma contra a outra. — Quer segurar a minha bolsa?

— O que isso tem a ver com... — Marcus fez uma pausa. — Ah. Sim. Acho que isso pode ajudar.

Ainda assim, nenhum dos dois voltou a caminhar. Em vez disso, ele a puxou um pouco mais para perto e eles ficaram só... aconchegados por um instante, a cabeça de April no ombro de Marcus, aquelas mãos fortes e grandes acariciando suavemente a lateral do corpo dela, os quadris, os braços. Quando Marcus finalmente a puxou para um abraço, April apoiou os braços acima dos dele.

Depois de um instante, ele deu um beijo na têmpora dela e apoiou o rosto ali.

Era a gentileza que April tinha dito a si mesma que não queria naquele momento.

No fim, era mentira, porque ela queria tudo o que pudesse ter. Os dentes e a ternura de Marcus. O rosto bonito e as ruguinhas de expressão. O ator dramático respeitado e o astro canastrão de *Sharkphoon*.

O ouro e a pirita.

Ela virou a cabeça e pousou um beijo delicado na parte de baixo do maxilar dele.

— Vem pra casa comigo. Por favor.

Marcus não hesitou nem um instante.

— Sim — respondeu. — Sim.

TRITÃO

EXT. BEIRA DA PRAIA NA BASE DOS PENHASCOS —
AMANHECER

CARMEN avança pelas ondas com água até a altura do peito, totalmente vestida, e TRITUS agita a cauda preguiçosamente para se manter acima da superfície, diante dela, encarando com expressão de adoração os olhos verde-mar.

CARMEN

Quando você vai voltar?

TRITUS

Sempre que você precisar de mim.
Ela lança um olhar tímido para ele por entre os cílios.

CARMEN

E se… e se você não puder me dar o que eu preciso?
Ele franze a testa, confuso. Então compreende, e o desejo o domina. Ele se aproxima mais, nadando.

TRITUS

Acredite em mim, posso ser só metade humano, mas sou homem por inteiro.

CARMEN

Você quer dizer que...

TRITUS

Deixe-me mostrar.

Mas quando os dois se tocam pela primeira vez, as mãos entrelaçadas, as pernas dela junto à cauda dele, Carmen arregala os olhos, e não é de desejo. De repente, ela está se esforçando para conseguir respirar, arquejando e se debatendo para se afastar dele.

CARMEN

Sou alérgica! A algas! Eu tinha... *(arquejos)* Esquecido!

TRITUS

Não! A minha maldição! Finalmente se abate sobre mim!

A tragédia do amor dos dois é demais para ele, que se afasta nadando e desaparece sob as ondas.

16

— Então, é aqui que eu moro. — April fez um gesto para convidá-lo a entrar. — É um apartamento com entrada independente, e relativamente isolado.

Marcus olhou ao redor.

— Parece um grande achado, ainda mais nesta área.

A planta era aberta, a não ser pelos quartos e pelo banheiro. Não era absurdamente espaçoso, mas aconchegante. Também era bem conservado, com piso de madeira encerado, eletrodomésticos de aço inox e bancadas de mármore. Marcus desconfiava que, depois que April tivesse a chance de se acomodar de vez, aquele lugar se tornaria muito mais acolhedor do que a casa dele em Los Angeles, que tinha uma decoração agressivamente moderna. Bem feito para ele, claro, por não supervisionar o processo pessoalmente, mas na época estava trabalhando fora do país e ansioso para ter uma casa prontinha esperando quando ele voltasse.

— Desculpa pelas caixas. — April mudava o peso do corpo de um pé para o outro. — Ainda não tive tempo de organizar as coisas, nem de pendurar os quadros nas paredes.

Marcus pousou a mão no console de mármore branco no saguão de entrada, que não oscilou com o peso. April tinha escolhido pedra em vez de madeira, o que não era nenhuma surpresa, e ele sentiu a superfície fria, lisa e sólida sob a ponta dos dedos.

— Estou impressionado por você já ter conseguido desencaixotar tanta coisa em tão pouco tempo.

April franziu os lábios, mas o "hum" que deixou escapar parecia inseguro.

Conforme ele a seguia pelo apartamento, parte da confiança que ela sentia, de sua expressividade sexual inebriante e despudorada, havia esmorecido. Naquele momento, April deixou o olhar correr ao redor, parecendo catalogar todas as imperfeições do ambiente. Marcus nunca a vira tão nervosa, nem no primeiro jantar dos dois ou no primeiro embate com os paparazzi.

O que era uma pena, porque a mudança na atitude dela deu tempo para que o sangue dele esfriasse e sua cabeça desanuviasse. O suficiente para que Marcus se lembrasse da sua determinação de conversar sobre um último assunto sensível com April antes que eles se entregassem um ao outro.

Não que ele tivesse presumido que fariam aquilo, e ela obviamente poderia mudar de ideia quando quisesse. Mas Marcus havia tido esperança. Fantasiara.

— Imagino que você esteja acostumado com lugares bem maiores... — começou a dizer April.

— April. — Marcus balançou a cabeça, uma das sobrancelhas erguida em uma repreensão gentil. — Os meus pais são professores de ensino médio, lembra? Cresci em uma casa não muito maior do que o seu apartamento.

Ela se animou um pouco diante do comentário, mas a tensão em seus ombros não cedeu totalmente.

— É verdade. Eu tinha esquecido.

April estava preocupada com a possibilidade de ele julgá-la. Aquilo era óbvio. O que não era óbvio: todo aquele nervosismo era mesmo só por causa do apartamento ainda em processo de arrumação?

Os dois tinham ido para a casa dela com um objetivo, e ela havia deixado isso bem claro. Mas agora que a perspectiva de intimidade completa, de nudez literal e figurativa, assomava diante deles, será que April estava preocupada que ele pudesse julgá-la e achá-la insuficiente de uma forma totalmente nova?

— Humm... — Ela foi até a cozinha. — Você tá com fome? Podemos almoçar, se quiser. Tenho umas sobras de pizza. E de arroz frito também. — Ela deu de ombros, abriu a geladeira e examinou o que havia ali dentro. — Desculpa. Não tive muito tempo para cozinhar desde que me mudei. Não que eu seja uma grande cozinheira, para ser sincera.

Marcus não iria conseguir uma abertura melhor do que aquela.

April não se afastou da geladeira quando ele se aproximou por trás dela. Nem se moveu quando ele a abraçou por trás, logo acima da cintura. Manteve o corpo imóvel dentro daquele abraço. Tensa, embora não se afastasse.

Depois de alguns segundos, April relaxou e seu corpo se moldou ao de Marcus, como tinha acontecido pouco antes.

Ele abaixou a cabeça e pousou o queixo no ombro dela.

— Gosto de cozinhar. O que é bom, porque o meu trabalho exige que eu seja cuidadoso com o que como. E com a minha rotina de exercícios também.

E pronto. Ele poderia muito bem estar abraçando a bancada de pedra. Mas aquilo não era surpresa.

— April... — Marcus deu um beijo rápido na marca mais recente que ele havia deixado na lateral do pescoço dela. — Depois daqueles donuts hoje de manhã, eu provavelmente só vou comer proteínas e vegetais pelo resto do dia. Não posso comer pizza ou arroz frito. Também nem estou com fome. Mas...

Ela estava fechando a porta da geladeira, e logo se desvencilhou dos braços dele e se afastou. Marcus não tentou detê-la. Simplesmente continuou a falar, torcendo para que ela ainda estivesse escutando.

— ... não espero que ninguém coma ou se exercite da mesma forma que eu. Essas coisas são parte do meu trabalho. Só isso. — Ele fez um gesto para a geladeira cintilante. — Então, se você está com fome e quer comer pizza, coma a pizza. Se quer arroz frito, coma o arroz frito. Se quer comer mais donuts do tamanho da sua cabeça, ou outro daqueles croco...

— *Cacrofinuts* — murmurou ela, finalmente encontrando o olhar dele.

— ... seja lá qual for o nome daquele negócio, é só comer. Apesar do risco real de que mais cafeína talvez te faça levitar. —

Ele tentou colocar o máximo de sinceridade que conseguiu em cada palavra, fazendo o possível para tranquilizá-la. — O que eu como ou deixo de comer é irrelevante.

Aquele dia no táxi, depois que saíram do museu, Marcus não havia entendido por que April ficara tão fria. Mas agora *sabia* o motivo, e antes que os dois fossem para a cama juntos, ela precisava ouvir a verdade.

O corpo dele era um instrumento de trabalho. Marcus tinha que garantir que estivesse forte, flexível, seguisse as demandas. Se a atenção que precisava prestar à comida e ao exercício fosse mexer com a ansiedade de April ou deixá-la desconfortável de uma maneira que ela não conseguisse lidar, então ambos precisavam saber disso logo.

April parou a vários metros de distância dele, o quadril apoiado na bancada da cozinha. Seus olhos estavam semicerrados por trás daqueles óculos fofos. Avaliando-o.

Não bastava ele estar dizendo a verdade. Ela também precisava acreditar. Marcus pretendia projetar sinceridade e credibilidade, usando todas as técnicas da sua experiência como ator.

Ele manteve a guarda baixa diante do escrutínio de April, as mãos relaxadas, o olhar firme em resposta ao dela. Se manteve calmo e obstinado, a verdadeira imagem de alguém em quem se podia confiar.

Depois de uma longa pausa, April inclinou a cabeça e deu um passo curto na direção dele.

— Tudo bem.

O súbito relaxamento da tensão deixou Marcus com as pernas bambas, e ele apoiou a bunda na bancada para se firmar, enquanto lhe lançava um olhar de soslaio.

— Você falou de almoço. Quer comer alguma coisa?

Pela primeira vez desde que haviam chegado ao apartamento, um toque de malícia tornou o sorriso dela voraz. Predatório. Jesus, até as bolas de fogo de efeitos especiais de que ele já havia fugido conseguiam deixá-lo menos acalorado do que April com aquela expressão.

E o melhor de tudo era que aquela expressão significava que ele tinha conseguido. Tinha atravessado um campo verbal minado sem um roteiro ou um personagem para guiar suas palavras — logo *ele* —, e a sua recompensa era aquele sorriso lindo e incendiário.

— Não quero comida. — Ela deu mais um passo na direção dele. E outro. — Já outras coisas, posso ser persuadida.

Marcus perdeu o ar.

Pensou no cabelo vermelho-dourado de April espalhado pelas coxas dele, enquanto ele arqueava o corpo em direção à sua boca, trêmulo.

Aquela imagem em particular o havia levado ao orgasmo várias vezes na semana anterior, quase com tanta frequência quanto quando ele imaginava os sons que ela faria enquanto ele a lambia, como April se contorceria em seus braços e jogaria a cabeça para trás, como apertaria a mão de Marcus com força enquanto ele chupava seu clitóris, pulsando e gemendo ao gozar na boca dele.

Apenas uma hora antes, no entanto, ele sentira o pênis rígido contra o zíper do jeans à medida que uma fantasia inteiramente diferente nascia. Uma fantasia que ele poderia tornar realidade, se ela estivesse disposta. Naquele momento, na cozinha dela, com a luz do dia entrando pelas janelas.

Marcus estendeu a mão.

— Vem cá.

April não hesitou. Ela entrelaçou os dedos nos dele e não parou nem protestou quando Marcus a virou e ajeitou seu corpo até ela estar com as costas pressionadas contra o peito dele. A bancada atrás de Marcus era dura e gelada, mas ele mal sentia. Não com o calor e a maciez que tinha nos braços.

A pressão daquela bunda generosa contra sua ereção crescente deixava as pálpebras dele pesadas. Ainda mais porque April fez exatamente o que tinha feito na calçada mais cedo. Ela projetou os quadris para trás e esfregou-os para cima e para baixo, lentamente, em uma carícia provocante.

Marcus passou o nariz pelo pescoço dela e cravou os dentes a um milímetro do lóbulo da sua orelha, deleitando-se com o arquejo que April deixou escapar e com a forma como ela segurou seus braços.

Os dedos dele flertavam com a barra do suéter dela.

— Posso tocar em você?

— Onde quiser.

Marcus lambeu a ponta da orelha de April.

— Onde eu quiser? Mesmo?

— Mesmo.

April virou o pescoço e colou a boca na dele em um beijo breve e molhado, pegando a língua de Marcus até ele sentir a visão turva.

Quando ela voltou a se virar para a frente, a cabeça apoiada no ombro dele, Marcus colocou as mãos por baixo do suéter dela. E começou a acariciar a barriga redonda, subindo pelas laterais do corpo.

Macia. April era macia. Cheia de curvas e de vales secretos.

A pele acetinada se aquecia sob o toque dele, mesmo antes de Marcus roçar o polegar pelo volume dos seios, logo acima do sutiã. Um sutiã reforçado, com bojo e armação. Grosso demais para que ele sentisse ainda que minimamente os mamilos. Reforçado e rígido demais para permitir que Marcus o puxasse para baixo de um jeito que fosse confortável para ela.

Sem problema. Aquilo podia ficar para depois. Os seios de April não eram mesmo o principal objetivo dele naquele momento.

Marcus desceu as mãos até os dedos alcançarem o cós da legging.

Graças aos céus pelos tecidos elásticos.

A respiração de April acelerou, e ele sentiu um movimento suave mas inegável sob seus lábios, que ainda estavam colados ao pescoço dela. Marcus acariciou-a com a boca, chupou e lambeu, com uma das mãos espalmada na barriga dela enquanto a outra deslizava para dentro da legging, passando por baixo da calcinha macia, até encontrar a carne quente e úmida entre aquelas coxas trêmulas.

April deixou escapar um som abafado, e Marcus parou por um instante.

— Tudo bem?

— *Sim*. — Ela projetou os quadris, pressionando-os com mais força à mão dele. — Por favor.

Mesmo com o tecido flexível, não havia muito espaço de manobra ali, mas o sexo quente e úmido de April se acomodava perfeitamente na palma da mão dele. Perfeitamente *mesmo*.

Com cuidado, Marcus afastou os pelos e acariciou ali embaixo com a ponta dos dedos, suavemente, aprendendo as complexidades de April apenas pelo tato. Ela estremeceu sob o toque delicado e gentil, e quando ele roçou a entrada do seu corpo com o dedo, April abriu mais as pernas, apoiando o peso em Marcus enquanto esticava as mãos para segurar nos quadris deles.

Marcus deixou o dedo deslizar para cima, explorando, explorando, até encontrar.

Devagar. Bem devagar. Marcus contornou com muita delicadeza o clitóris dela, e April cravou as unhas nas coxas dele enquanto gemia baixinho. Quando ele deixou o dedo descer novamente, ela estava ainda mais úmida. Mais quente. Então, ele a penetrou só um pouquinho com o dedo, provocando. Roçando ali.

April arqueou o corpo contra a mão dele e gemeu mais alto. Marcus sorriu.

— Gosta de ter alguma coisa dentro de você quando goza? Alguma coisa te preenchendo enquanto seu corpo se contrai? — O rosto de April estava febril sob os lábios dele. Incapaz de se conter, Marcus pressionou o pênis rígido contra a bunda dela, e aquilo o deixou ainda mais excitado. — Ou é melhor eu me concentrar só no clitóris?

A voz dela saiu em um sussurro abafado.

— As duas coisas. Quero as duas coisas.

Daquela vez, ele não provocou apenas, mas pressionou um dedo dentro de April. E então dois. Jesus, a carne dela estava inchada, escorregadia e quente pra cacete. Também era bem apertada, embora seu corpo não oferecesse qualquer resistência à penetração. Ele dobrou os dedos e esfregou mais.

A respiração de April saía em arquejos, e ela encostou o rosto no pescoço de Marcus quando o polegar dele encontrou novamente seu clitóris.

Àquela altura, Marcus sustentava o peso dos dois com a ajuda da bancada da cozinha, roçando o pênis ainda dentro da calça no corpo de April, acompanhando o ritmo dos quadris dela. April gemia a cada movimento circular do polegar, a cada giro dos dedos dentro do seu corpo.

Marcus a sentiu se enrijecer contra ele, a carne se contraindo contra o seu polegar, ao redor dos seus dedos, e enfiou a outra mão no cabelo dela, buscando seus lábios.

April estava muito fora de si de desejo para se dedicar ao beijo, mas ele não se incomodou nem um pouco. Enquanto ela arquejava dentro da sua boca, ele engolia voraz cada expiração, cada som.

Outro movimento circular ao redor do clitóris. E mais um.

Então, April ofegou mais uma vez, arqueou o corpo e chegou a um clímax intenso, gemendo baixinho, enquanto sua carne apertava os dedos dele e latejava contra o seu polegar.

Delicadamente, Marcus a acariciou a cada espasmo, a cada respiração entrecortada.

Quando ela terminou de gozar, ele tirou a mão de dentro da legging e virou April nos braços para que ela observasse, com os olhos ainda pesados de prazer, enquanto ele lambia os dedos úmidos.

O gosto era um pouco acre. Terroso, o que parecia apropriado a ela. Perfeito.

A luz do sol que entrava através da janela acima da pia a banhava em um brilho dourado. Ela estava corada, suada e lânguida, o corpo apoiado nele, e Marcus desejou ter o talento necessário para capturar aquela expressão em filme. Não que ele quisesse que alguma coisa se intrometesse naquele momento íntimo e idílico.

Marcus afastou com o polegar uma mecha de cabelo que tinha se colado à têmpora úmida de suor dela.

— Isso foi ainda melhor do que eu tinha imaginado — disse ele.

— Você... você imaginou isso? — perguntou April, a voz rouca. Com um toque de surpresa e de quem acha graça. — Me fazer gozar na minha cozinha?

— A parte da cozinha foi improvisada. — Ele colou os lábios no rosto quente dela, deixando que o aquecesse. — Mas quando você roçou essa bunda maravilhosa em mim na calçada, quis muito enfiar a mão na sua calça e te fazer gozar nos meus dedos.

Ela ofegou baixinho e ele se afastou um pouco para encará-la com um sorriso.

— Como você é presunçoso — disse April, e Marcus tinha quase certeza de que a intenção era que aquilo soasse como uma reclamação. Mas havia afeto demais na voz dela para isso, satisfação demais.

— Onde fica a sua cama? — Ele abaixou a cabeça para traçar o lóbulo da orelha dela com o nariz, e então com a língua. — Quero ver você toda aberta para mim.

Ela deixou escapar aquele mesmo som, e, sim, Marcus precisava admitir: enquanto April o levava pela mão até o quarto, o sorriso no rosto dele era definitivamente presunçoso.

DMs no servidor Lavineias, oito meses antes

EmLivrosEneiasNuncaFariaIsso: Oi, Tila. Você não respondeu a mensagem que eu mandei ontem.

EmLivrosEneiasNuncaFariaIsso: Não tem problema, mas eu queria ter certeza de que estava tudo bem. Foi o primeiro dia que não tive notícias suas em...

EmLivrosEneiasNuncaFariaIsso: Bom, em meses, acho. Enfim, se estiver sem tempo, entendo totalmente, só queria saber como você estava.

Tiete Da Lavínia: ah meu Deus desculpa quebrei um copo e cortei a perna ontem à noite, acabei indo parar no pronto-socorro

Tiete Da Lavínia: antes de me darem os pontos eles me deram ótimos analgésicos por isso fiquei meio fora do ar, acho que ainda estou, desculpa

EmLivrosEneiasNuncaFariaIsso: Sinto muito que você tenha se machucado, Tila. Mas tá tudo bem agora?

EmLivrosEneiasNuncaFariaIsso: Por favor, POR FAVOR, me diz que você voltou acompanhada pra casa e que tem alguém cuidando de você.

Tiete Da Lavínia: táxis servem pra isso também

Tiete Da Lavínia: eu não ia incomodar os meus amigos tão tarde, e de jeito nenhum ligaria pros meus pais

Tiete Da Lavínia: não se preocupa, eu tô bem, a semana do tesão confuso de Eneias tá tomando conta de mim, fanfic é tudo de bom

Tiete Da Lavínia: tesões confusos turgidos tumescentes latejantes são mesmo tudo de bom

EmLivrosEneiasNuncaFariaIsso: Tila...

EmLivrosEneiasNuncaFariaIsso: Merda. Eu queria poder...

EmLivrosEneiasNuncaFariaIsso: Por favor, se cuida, e chama alguém se precisar de ajuda.

EmLivrosEneiasNuncaFariaIsso: Vou mandar mensagem sempre que puder pra ver como você tá.

Tiete Da Lavínia: pode deixar, sou mais forte do que pareço

17

Homens mentiam. Para si mesmos e para ela.

Mas pênis não mentiam.

Diante de uma prova daquela proporção — uma prova gloriosa, grossa, cheia de veias —, não havia como duvidar. Marcus a desejava tanto quanto ela o desejava.

April levantou a cabeça e olhou de relance para Marcus, ajoelhado entre as suas coxas enquanto ela estava toda aberta na cama, nua. Para garantir a privacidade, os dois fecharam as cortinas, mas alguns raios de sol ainda conseguiam entrar. O quarto estava claro, cada centímetro do corpo de April iluminado e exposto, e a ereção de Marcus tinha ido de impressionante para aparentemente dolorosa quando ela abriu as pernas para ele.

O que era justo, porque a mera visão dele já estava fazendo April se contorcer de desejo.

O corpo de Marcus parecia dourado sob os raios de sol que se infiltravam através das cortinas — forte, flexível, a energia vibrante e contida concentrada em cada momento. Quando ele se abaixou mais e deslizou as mãos lentamente pelas coxas dela, passando por cada covinha, cada relevo, as mechas mais longas do cabelo caíram no seu rosto, escondendo seus olhos da vista de April.

Mas eles não poderiam mesmo ter feito contato visual. Marcus estava observando a trilha deixada por seus dedos, ou melhor, a pele dela arrepiada, que ardia sob aquela carícia lenta. Para decepção de April, ele não levou as mãos mais para dentro, na direção de sua virilha — deixou apenas que subissem mais, e mais, e mais. Acima dos quadris, da barriga e das marcas rosadas de estrias ali, acima das costelas, até roçarem nas laterais dos seios pesados. Mas as mãos de Marcus também não se demoraram ali.

Em vez disso, ele seguiu com os polegares as linhas das clavículas de April, e os nós dos dedos deslizaram por toda a extensão de seus braços.

Ela virou a palma das mãos para cima, expostas a ele. Aquilo provavelmente era uma afirmação desnecessária, dada a total entrega do resto do seu corpo, mas April queria que os dois soubessem: estava escolhendo confiar em Marcus.

Ele não era mais um estranho, e ela não pretendia que aquilo fosse só uma transa aleatória. Se Marcus se afastasse naquele momento, se dirigisse um olhar crítico para o corpo dela, aquilo a magoaria.

Assim, April ficou deitada ali, as palmas sensíveis, vulneráveis e pálidas sob o toque daqueles dedos dourados. O corpo de Marcus a envolvia por completo e, apoiado nas mãos e nos joelhos, ele se inclinou para a frente e encostou a cabeça na palma da mão direita dela. Em seguida, pressionou um beijo delicado ali.

Marcus deixou aquele maxilar bem marcado, com a barba ligeiramente áspera àquela hora do dia, subir pelo braço de April e roçar no pescoço dela até fazer cócegas e ele ouvir sua risada.

April sentiu o sorriso dele contra a sua pele, e não aguentou mais ficar deitada imóvel. Os ombros e tríceps de Marcus passaram por suas mãos, a pele quente e lisa, cada músculo aparente e definido. April tocou a leve camada de pelos loiro-escuros macios no alto daquele peitoral. E passou suavemente o polegar nos mamilos de Marcus, até deixá-los rígidos, sorrindo para si mesma quando ele arqueou o corpo acima dela e arquejou.

Então, sua mão passeou pelo abdômen dele, firme, liso e marcado no meio por mais pelos grossos, e subitamente os movimentos de Marcus já não eram mais tão lentos.

Ele se agachou entre as pernas dela. Murmurando um pedido de desculpas, afastou as mãos que exploravam o seu corpo, comentando alguma coisa sobre quanto tempo já fazia e como ele estava no limite do autocontrole. Marcus deslizou as próprias mãos para cima, envolvendo os seios de April pela primeira vez. Os peitos dela se espalharam sob o toque delicado, grandes demais para serem contidos, e April soltou um gemido baixinho de prazer.

— Tão macios — murmurou ele, como se para si mesmo.

Com os polegares, percorreu as aréolas, observando a pele lisa se contrair em resposta. As pontas dos dedos roçaram sutis como penas nos mamilos, para a frente e para trás, enquanto April involuntariamente abria mais as pernas.

Marcus se abaixou de novo e roçou a barba por fazer no alto dos seios dela. Foi a vez de April soltar um arquejo, e logo a boca quente dele estava colada a um mamilo, chupando, provocando, lambendo, brincando com o mais leve toque do dente, enquanto seus dedos acariciavam o outro. Então, ele passou para o próximo e ela se contorceu mais uma vez, arqueando-se contra a boca de Marcus, ansiando por mais pressão.

Para ser sincera, April nunca havia se interessado muito por carícias nos seios, porém naquele momento a sensação era elétrica, e ela sentiu o ventre pesado e líquido. Mas Marcus não se demorou, talvez porque sua respiração estivesse ficando cada vez mais ofegante, como a dela.

Depois de um instante, ele voltou a deixar a barba por fazer descer pelo corpo de April, indo mais e mais para baixo, até seu hálito chegar aos pelos pubianos dela. Quando ele a abriu com os dedos, April se contorceu novamente, o ar frio e a expectativa quase insuportáveis. Marcus deixou escapar um som baixo e bem-humorado, e ela teve vontade de lhe dar um tapa, mas como queria muito sentir a boca dele, esperou, tensa.

O canalha soprou o clitóris dela, lançando uma corrente de ar frio, e iria pagar por aquilo em algum momento no futuro. April estava tremendo de desejo àquela altura, ansiando por erguer os quadris para aqueles lábios que a provocavam, por pegar o cabelo dele e enfiar o rosto de Marcus exatamente onde ela queria que ele estivesse.

Então, Marcus a lambeu, sem pressa, por toda parte, e no fim April só conseguiu gemer. Alto.

Os braços de Marcus pesavam em cima das coxas e dos quadris dela, mantendo-a no lugar enquanto ele se dedicava ao que estava fazendo. Sua língua era tão forte, sensível e ágil quanto o resto dele, e... Nossa, a paciência determinada com que lambia, chupava e roçava o nariz na carne úmida dela...

— Cacete — sussurrou April, passando os dedos pelo cabelo dele e agarrando seus ombros. — Marcus...

Ao ouvir o som do próprio nome, ele chupou o clitóris dela com mais vontade, e ela não conseguiu mais ficar parada. Quando April ergueu os quadris, Marcus fez com que se abaixasse, manteve-a no lugar, forçando-a a aceitar o ritmo que empunha com a força implacável dos seus braços. Nada daquilo a machucou, mas a verdade era que ela não iria *a lugar nenhum*, a não ser que ele permitisse.

O impacto daquela constatação a deixou zonza por um momento, e April gemeu.

Marcus levantou a cabeça por um instante, erguendo o corpo e se apoiando nos braços pelo tempo necessário para fazer contato visual com ela, que gemeu diante da súbita ausência daquela língua tão habilidosa.

— Tudo bem? — A boca de Marcus estava molhada com o líquido dela, as pupilas dilatadas e escuras. — Se eu fizer alguma coisa que você não goste, é só me dizer. Ou se quiser que eu pare...

Tudo bem, chega de conversa. Já estava na hora de Marcus voltar a chupá-la.

— Pode deixar que eu aviso se tiver alguma reclamação. — Ela empurrou os ombros dele de leve e ergueu mais uma vez os quadris, porque, nossa, *por favor*. — Mas agora, pelo amor de...

Mesmo no papel de um semideus, Marcus nunca tinha parecido tão satisfeito consigo mesmo.

— Não precisa dizer mais nada.

April enfiou os dedos no cabelo dele e soltou um arquejo de prazer ao sentir a língua firme novamente nela. Jesus, se Marcus precisou aprender aquele movimento serpenteante para algum personagem, como havia acontecido com tantos outros talentos impressionantes, ela aplaudia a escolha de papéis do homem e provavelmente o indicaria a algum prêmio pornô retroativo.

Marcus voltou a chupar o clitóris dela, acariciando-o com a língua, enquanto contornava com o polegar a entrada dela, pressionando muito ligeiramente a parte de dentro e roçando ao redor, fazendo April mexer o corpo e arqueá-lo mais para perto dele, se esfregando na boca de Marcus enquanto inclinava o queixo para cima e o mundo se tornava brilhante por trás das pálpebras fechadas. Cacete. *Cacete.*

Então...

A boca de Marcus já não estava mais colada à pele dela. Ele saiu da cama, pegou o jeans e April ficou deitada ali, tremendo em um quase orgasmo, fuzilando-o com um olhar que deixava nítida a intensidade do seu aborrecimento.

As mãos dele também estavam trêmulas ao colocar o preservativo, e ele franziu o rosto ao ver a expressão dela, como que pedindo desculpa.

— Eu não sabia se ia conseguir me conter depois até você ter um terceiro orgasmo, e quero sentir você gozando no meu pau.

— Hum... — Aquilo era até razoável, pensou April, e abandonou o olhar furioso. — Você prefere ficar por cima, ou...

Marcus se deitou de costas no colchão, o rosto ruborizado, a expressão ansiosa, parecendo estranhamente jovem.

— Eu ia adorar que você me cavalgasse, se for tudo bem. Assim posso te ver em cima de mim.

O rosto de April também ficou vermelho quando ela ouviu aquilo, e o prazer que sentiu não foi apenas sexual.

Ela montou nos quadris de Marcus. E como, ao que parecia, era uma megera vingativa no que se referia a frustração sexual, fez questão de levar um bom tempo se posicionando acima dele e descendo o corpo sobre o pênis muito rígido. Ela foi se abaixando lentamente, engolindo-o centímetro por centímetro, os olhos cravados nos de Marcus, as mãos para trás, apoiadas nas coxas dele, enquanto sentia a própria carne sendo distendida e preenchida.

— *April* — protestou Marcus, mas ele não tinha o direito de reclamar, e sabia disso.

April estava tão úmida e pronta que a penetração foi apenas prazer, e ela contraiu os músculos ao redor do membro grosso dele, permitindo-se o seu próprio sorrisinho presunçoso enquanto descia cada vez mais.

Quando o tinha todo dentro dela, quando aquele pau quente e rígido já a preenchia completamente, Marcus ofegou e projetou os quadris contra April, os olhos azul-acinzentados atordoados e frenéticos. Mas naquela posição, e com o tamanho de April, naquele momento era ela quem tinha o poder.

Inclinando-se para a frente, ela colocou o cabelo atrás da orelha e acariciou o peito úmido dele.

— Tudo bem? — Cacete, ela precisava se roçar contra ele. Só um pouquinho, porque ainda estava muito perto do clímax, e seus olhos se fecharam de leve com a força da sensação. — Se eu fizer alguma coisa que você não gosta...

— Aham, eu sei. — O sorriso dele era tenso e sofrido, mas sincero. — Eu aviso.

Ela se forçou a ficar imóvel.

— Estou provocando você, obviamente.

Ele soltou uma risadinha.

— Obviamente.

— Mas também estou falando sério.

— Eu sei. E agradeço por isso. — A cada respiração, o abdômen dele se erguia um pouco, fazendo com que ela oscilasse como uma onda do mar. — Agora me deixa...

O polegar dele encontrou o clitóris de April e esfregou-o lentamente, e ela fechou totalmente os olhos.

Ah. *Ah*. Sim.

April inclinou o corpo para trás, posicionando-se melhor, e começou a se mover. Não para cima e para baixo, porque ela estava excitada demais para isso, mas para a frente e para trás, roçando contra aquele polegar ágil e provocante, enquanto o pênis de Marcus a preenchia cada vez mais.

— April. — A outra mão dele apertava o quadril dela em um gesto possessivo. — *April.*

Quando Marcus mexeu o corpo embaixo do dela, April soltou um grito, surpresa com a descarga de prazer entre as coxas. Marcus ergueu os quadris em arremetidas breves, curtas, penetrando-a de baixo para cima, enquanto April se agarrava às coxas dele, aos joelhos dobrados, a qualquer coisa em que pudesse se apoiar. Cacete, ele era tão forte, estava tão duro, tão excitado, e de algum modo pressionava mais fundo, roçando-a por dentro e por fora, e aquele polegar...

A pressão explodiu, e April deixou escapar sons roucos e altos, contraindo-se sem parar ao redor dele, alheia a qualquer outra coisa além da maravilha que era senti-lo se movendo dentro dela, ainda acariciando o seu clitóris. Ele ergueu o corpo para beijá-la com intensidade antes de se deixar cair de novo na cama, arremeter mais uma vez os quadris, soltar um grito e estremecer.

Marcus manteve a mão nela até o fim, arrancando o máximo de prazer da carne já saciada dela. Quando April deslizou para o lado, afastando-se dele com relutância para se deixar cair sem forças no colchão, Marcus segurou o rosto dela e a beijou de um jeito suave e carinhoso. Ele estava com o gosto dela. Seus dedos estavam melados dela.

Aquele toque, aquele beijo demorado, era uma declaração, April sabia disso, uma declaração imediata e silenciosa, feita antes mesmo que ela tivesse um momento sequer para se preocupar ou ficar imaginando coisas.

Depois que ambos passaram rapidinho no banheiro, Marcus reafirmou aquela declaração ao subir imediatamente de volta na cama e aconchegar-se junto ao corpo dela, envolvendo-a com os braços e as pernas de um jeito que April logo acharia sufocante, mas que recebeu com prazer a princípio. Marcus acariciou as costas dela com gestos longos, murmurando em seu ouvido sobre como tinha sido excitante pra cacete vê-la montada nele, como os sons que ela deixou escapar quando gozou o levaram ao orgasmo, assim como a sensação dela contraindo os músculos ao redor do seu pênis, e como na próxima vez ele a faria perder os sentidos usando só a boca.

Todas aquelas palavras eram bem-vindas, mas não eram a verdadeira mensagem que ele queria passar.

Marcus não precisou dizer aquilo em voz alta. Mas April ouviu mesmo assim.

Isso não foi só uma transa qualquer.

Eu amo o seu corpo.

E não vou a lugar algum.

SHARKPHOON — FURACÃO DE TUBARÕES

INT. SALÃO OVAL — MEIO-DIA

*O DR. BRADEN FIN está diante da presidente com a
GAROTA DE BIQUÍNI N. 3, e sua sunga justa está
coberta apenas pelo jaleco do laboratório. Tanto ele
quanto a garota ainda estão cobertos pelo sangue
do colega que caíra e fora devorado. Ele também
está usando óculos de proteção e tem uma expressão
de tristeza e determinação no rosto. A presidente
o encara, o olhar sério, os cotovelos pousados na
mesa, a ponta dos dedos das mãos se tocando.*

PRESIDENTE FOOLWORTH

O senhor está perdendo o meu tempo. Isso não é uma
emergência.

BRADEN

Senhora presidente, é, sim. A senhora não está
entendendo. O tufão é tão poderoso e os tubarões,
tão enormes, que nenhum lugar é seguro. Nem os
nossos porta-aviões. Nem as nossas usinas nucleares.
Nem mesmo aqui, com o Espelho D'Água tão perto da
Casa...

PRESIDENTE FOOLWORTH

(sorrindo friamente) A Fossa das Marianas está a um
continente de distância. O senhor está dispensado.
*Há uma rajada de vento e o som de vidro se
estilhaçando. Um tubarão quebra as janelas do Salão*

Oval e ataca a presidente, rasgando seu corpo
ao meio, então engole cada metade de uma vez e
desaparece pela mesma janela, em busca de outras
vítimas.

A Garota de Biquíni N. 3 pousa a mão no braço
dele para consolá-lo.

GAROTA DE BIQUÍNI N. 3

Você tentou avisar.

Ele balança a cabeça com uma expressão desolada,
a envolve com um dos braços e volta ao trabalho.

18

No fim das contas, April pediu comida mais uma vez para o jantar — frango no vapor e vegetais para Marcus e curry vermelho com camarão e arroz para ela — e ele aceitou seu convite para passar a noite ali. Os dois se aconchegaram juntos no sofá e ficaram assistindo a uma temporada antiga da série britânica de confeiteiros preferida de Marcus até tarde, antes de finalmente cambalearem de volta para o quarto.

Lá, ficaram deitados de lado na cama, nus, as pernas entrelaçadas, encarando-se na penumbra que as cortinas de blecaute do quarto forneciam, com apenas a luz distante do banheiro iluminando suas expressões.

Marcus segurava as mãos de April com uma das mãos e, com a outra, brincava com uma mecha de cabelo dela. Para uma primeira noite juntos como casal, o silêncio entre os dois era surpreendentemente confortável. Sem inquietação, sem constrangimento ou qualquer tensão não dita.

Ainda assim, April estava prestes a quebrar aquele silêncio e provavelmente tornar o momento constrangedor.

Mas a pergunta talvez parecesse menos perturbadora na escuridão. Pelo menos era o que ela esperava.

— Marcus?

— Sim? — Ele parecia surpreendentemente acordado, levando em consideração os esforços físicos que tinha feito naquele dia.

Apoiado na bancada da cozinha. Na cama. E apenas uma hora antes, ajoelhado no chão da sala, com as pernas de April pousadas nos ombros dele, o corpo reclinado no sofá coberto por uma manta, agarrada a uma almofada, gemendo e gozando com tamanha intensidade graças à boca criativa e bem-disposta de Marcus. Ela teve vontade de mandar banhar aquela língua em bronze. Mas naturalmente só depois de terminar de usar todos os seus recursos.

— Você já se preocupou... — começou April.

Ela fez uma pausa e deixou a ponta do dedo correr, curiosa, pela elegante maçã do rosto dele, até o nariz ligeiramente torto, e descendo pelo famoso maxilar anguloso.

— Já me preocupei com o quê? — O tom era de incentivo, nada impaciente.

A curva da orelha de Marcus era quente sob a ponta do dedo dela, a pele do lóbulo era macia. April se esforçou para memorizar ambas as sensações, mesmo quando ele virou a cabeça para beijar a palma da sua mão.

Milhões de pessoas seriam capazes de reconhecê-lo sob a luz ofuscante de um tapete vermelho. Mas se ela o tocasse daquele jeito por tempo o bastante, talvez conseguisse reconhecê-lo mesmo no escuro, apenas pelo tato, de um modo que o tornaria unicamente seu.

O sentimento possessivo daquele raciocínio deveria alarmá-la. Aquilo não era típico de April, ainda·mais em relação a um homem que tinha conhecido fazia tão pouco tempo, e um homem que carregava o fardo de uma enorme bagagem, entre coisas já expostas e outras de que ainda não se sabia nada a respeito.

Mas, por alguma razão, parecia que eles se conheciam havia anos. Era como se Marcus a *entendesse*, instintivamente, e April achava impossível resistir àquele sentimento. A troca de provocações naquela noite acontecera com muita tranquilidade, assim como os debates sobre massa de bolo que não crescia e a relativa rigidez das críticas dos juízes tinham sido confortáveis, como se os dois fossem amigos de longa data.

Ainda assim, o trabalho e a fama de Marcus complicavam os relacionamentos dele de formas que April nunca havia precisado considerar antes. E agora que tinha motivo para pensar naquelas complicações, não teria como deixar aquilo de lado sem conversar a respeito.

April recomeçou, daquela vez determinada a ir até o fim.

— Você já se preocupou com a possibilidade de eu me sentir atraída pelo personagem que você interpreta, ou pela pessoa que você finge ser em público, em vez de por quem você é de verdade?

Marcus ficou em silêncio por um minuto, o vinco entre suas sobrancelhas se aprofundando, apesar de April estar acariciando exatamente aquele ponto.

Ele se deitou de costas, então, fitando o teto em vez de encará-la, embora sua mão não soltasse a dela.

— Eu, hum… — Marcus deixou escapar um longo suspiro. — Eu contei pra você como meus relacionamentos terminaram nos últimos anos.

April apertou os dedos dele em uma resposta silenciosa.

Marcus virou a cabeça, voltando a encontrar o olhar dela.

— De um modo geral, eu ficaria nervoso com a possibilidade de isso voltar a acontecer. Mas você deixou bem claro desde o início que o cara que eu finjo ser em público não te atrai. Nem um pouco.

Bem, aquilo era verdade. Ela não tinha como negar.

— Você realmente não parece interessada no que está por fora. Mais no que existe por baixo de tudo isso. Talvez por causa do seu trabalho, ou talvez tenha sido exatamente isso que fez você escolher sua profissão. Não sei. — Ele passou o polegar pelos nós dos dedos de April. — Mas essa é uma das coisas de que mais gosto em você.

Mesmo no escuro, ela sentiu o rosto enrubescer tolamente diante da admissão do afeto dele.

April sabia por que gostava de entender o que havia por dentro de tudo, de buscar histórias, contaminações, em vez de se concentrar apenas na beleza da superfície. Mas as conversas sobre a infância dela poderiam ficar para outro dia, quando estivessem juntos há mais tempo.

Ela se esquivou fazendo piada.

— Você não está errado. — Depois de correr os dedos pelo peito dele, April alcançou uma mecha sedosa do cabelo de Marcus. — Dito isso, a sua superfície é mesmo uma beleza.

O sorriso de Marcus cintilou sob a luz fraca que vinha do banheiro.

— E a sua é espetacular. — Ele se virou de lado novamente, os nós dos dedos traçando a curva do seio dela. — Sabe, talvez...

Aquela era uma tentação difícil de resistir, mas April conseguiu afastar gentilmente a mão dele.

— Agradeço o elogio. Mas você não respondeu a outra parte da minha pergunta, Marcus.

Ele voltou a se deitar com as costas no colchão e soltou mais um suspiro.

— Droga. Não sou bom com as palavras, April.

Não. Ela não aceitaria aquilo como desculpa.

Em vez disso, apenas esperou e deixou que o silêncio o fizesse falar.

— Só... — Marcus apertou os dedos dela com mais força. — Só... me escuta até o fim, e se eu disser alguma coisa errada, por favor, deixa eu me explicar.

Nossa, aquilo pareceu sinistro.

— Como eu disse, não me preocupo com a possibilidade de você se sentir atraída pelo cara que eu finjo ser em público. — Ele se mexeu na cama, inquieto, os lábios franzidos, enquanto voltava a olhar para o teto. — Quanto a me preocupar que você possa se sentir atraída pelo personagem que interpreto em *Portões*, em vez de por quem eu sou de verdade...

O peito dele subiu e desceu. Uma vez. Duas vezes.

— Talvez — confessou por fim, relutante.

Marcus havia pedido que ela o escutasse até o fim, e aquilo não parecia o fim para April. Então, continuou a esperar, mesmo que seu cérebro estivesse zumbindo com argumentos, justificativas e dúvidas. Ela tentou deixar aqueles pensamentos de lado, porque dar uma resposta enquanto ele ainda estava falando acabaria impedindo que o escutasse. Que o escutasse de verdade, *ativamente*. E quando um homem reticente como Marcus — o Marcus de verdade — se dispunha a compartilhar verdades desconfortáveis para ele, só uma tola não lhe daria toda a atenção necessária.

— Você, hum, me contou que escreve fanfics sobre Eneias e Lavínia. — Ele umedeceu os lábios e, por um instante, a breve visão daquela língua provocou uma reação totalmente inapropriada entre as pernas dela. — Eu... talvez tenha dado uma olhada em algumas das suas histórias, e elas são...

— Sexuais — completou April, depois de ele fazer uma breve pausa.

Ao assentir, Marcus fez o cabelo se espalhar pelo travesseiro.

— Algumas delas.

— A maioria. — April não ia mentir, e não se sentia constrangida. Não por ter escrito conteúdo explícito. — Ou pelo menos tem sexo na maior parte delas, mesmo que não seja esse o principal... — ela não conseguiu resistir — ... clímax da história. Por assim dizer.

Marcus meio gemeu, meio riu ao ouvir aquilo.

— Não me distraia, Whittier. Essa conversa já é bem dura... *difícil* por si só.

Droga, ele estava certo. Era melhor ela voltar a ouvir em silêncio, em vez de ficar inventando trocadilhos sacanas.

Depois de um instante, Marcus afastou o cabelo da testa e continuou a falar.

— Muito bem, o meu argumento é o seguinte: suas fics têm sexo envolvendo o personagem que eu interpreto. E quando você descreve Eneias nas suas histórias, ele não se parece com o Eneias dos livros de Wade. Não tem cabelo escuro ou o peito absurdamente largo. Nem tem olhos castanhos. Em vez disso, ele é... mais esguio. Cabelo loiro. Olhos azuis.

Era óbvio que ele realmente tinha lido as histórias dela. O que era ao mesmo tempo lisonjeiro e alarmante.

E April não tinha como negar o que Marcus estava dizendo.

— Ele é você. Ou se parece com você.

— Sim. — Marcus soltou a mão dela e levou o polegar e o indicador à testa, os olhos fechados com força. — Agora que estamos saindo, acho que isso talvez possa ser um pouco, hã... confuso para você? Pelo menos às vezes?

Como ele não acrescentou mais nada por alguns segundos, April se virou de costas também, forçando-se a pensar sobre o que Marcus tinha dito e se dispondo a responder da forma mais sincera possível, sem se deixar contaminar pelo desejo instintivo de não afastá-lo de forma alguma.

— Isso pode ser desconcertante — admitiu ela em voz baixa. Uma admissão difícil. — Faço parte de um servidor Lavineias privado, e, às vezes, as pessoas postam GIFs das suas... das cenas de sexo de Eneias, e...

Marcus ficou totalmente imóvel ao lado dela.

— ... quando nós estávamos sem roupa antes, quando as suas mãos estavam dentro da minha calcinha, e quando você estava dentro de mim, ou me chupando, eu juro por Deus que não visualizei aquelas cenas. Mas, às vezes, quando não estamos ativamente no momento, tenho alguns... relances. — April engoliu com dificuldade, sentindo a garganta seca. — Tipo... *eu já vi isso antes.* Sua bunda. Seu peito. Sua expressão. Coisas assim.

Antes que ele pudesse responder, ela se apressou a continuar.

— Não me sinto constrangida por ter escrito fanfics, e não me sinto constrangida por ter escrito cenas de sexo nessas fics. Mas agora que conheço você, acho que não posso mais incluir cenas explícitas nas minhas histórias Lavineias, porque vai parecer muito...

Ele não tentou ajudá-la — na verdade, April não sabia nem se ele ainda estava respirando. Ela teve que encontrar as palavras sozinha, e mordeu o lábio enquanto buscava pela melhor maneira de dizer aquilo.

Sentindo a língua pesada, ela voltou a falar, com cautela.

— Vai parecer íntimo demais, agora que conheço você. Invasivo. E a última coisa que quero fazer, mesmo que sem querer, é visualizar você, Marcus, o homem com quem estou saindo, fazendo sexo com outra mulher. Mesmo que eu esteja escrevendo sobre Eneias, um herói da ficção. Posso até amar a Lavínia, mas não tenho o menor desejo de compartilhar você com ela, nem mesmo na minha imaginação.

Merda. April havia colocado o carro na frente dos bois. Eles ainda estavam muito no início do relacionamento.

April pigarreou, ainda com a garganta seca.

— Não que sejamos exclusivos…

— Eu quero ser exclusivo — interrompeu Marcus. — Só para você saber.

Ela fez uma pausa e ficou olhando para o teto, chocada.

— Quer?

— Sim, eu quero. — Pela primeira vez durante a conversa deles, Marcus pareceu totalmente seguro de si. — *Você* quer ser exclusiva?

April sentiu o lábio mordido doer quando começou a sorrir.

— Com certeza.

— Ótimo. — E lá estava aquele arzinho presunçoso de novo. Irritante, mas lisonjeiro também.

Em uma única palavra, Marcus tinha declarado que ela era alguém importante em sua vida, alguém que ele queria para si com uma possessividade que se igualava à dela. E, sim, aquilo com certeza era *ótimo*.

— Que bom, então. Acho que agora somos exclusivos. — Ela virou a cabeça no travesseiro para olhar para Marcus, com um sorrisão no rosto, a ponto de fazer as bochechas doerem. — Isso foi rápido.

Ele também estava olhando para ela, um sorriso nos lábios macios.

— Tenho quase quarenta anos. Isso corresponde a pelo menos duzentos anos em Hollywood. Não tenho tempo a perder.

— Infelizmente, isso só se aplica às mulheres. Não aos homens. — Ela franziu o nariz, expressando um desagrado particular por aquele padrão injusto. — A sua indústria é sexista pra cacete.

— Nem brinca. Você não ia *acreditar*... — Ele se deteve. — Espera. A gente ainda não terminou de falar sobre, hum...

O sorriso de April se apagou.

— Se quem eu quero na verdade é o Eneias, não você?

Marcus estava respirando de novo, os olhos fixos nos dela, mas não tentou tocá-la. O que significava que ela precisava continuar a falar, porque o relacionamento dos dois estava apenas começando. Um problema de confiança poderia afastá-los um do outro antes que realmente engrenassem, por isso April sabia que precisava ser totalmente aberta com ele.

— Você é um ator incrível. — Quando Marcus desviou o olhar e curvou os ombros, sem graça, ela tocou o braço dele. — Não, não ignore isso, Marcus. Me escute.

Ele voltou a encará-la, a expressão aflita, e aquela foi a deixa para April continuar.

— Amo a versão da Lavínia do Wade, mais do que qualquer personagem na série. Fiquei muito decepcionada quando a Summer Diaz foi escolhida para o papel. — Quando viu que Marcus cerrava os lábios, ela se explicou: — Não porque considero Summer uma atriz ruim, mas porque a escalação dela negava muito do que eu achava importante e interessante sobre a Lavínia e seu arco romântico e como personagem nos livros.

Ao ouvir aquilo, Marcus assentiu, compreendendo.

— Acho que o fato de eu não ter migrado para outro fandom depois que a série começou se deve em grande parte a você. Não por conta da sua aparência, embora você seja obviamente lindo, mas pela sua atuação. Você é bom *nesse nível*, Marcus. Não consigo acreditar que não tenha ganhado um monte de prêmios.

Ela fechou a cara ao pensar na injustiça, mas voltou a focar em sua argumentação.

April precisava explicar aquilo direito, porque estava sendo totalmente sincera ali. Talvez achasse a situação deles confusa às vezes, mas não tinha dúvidas em relação a que homem estava deitado na cama ao lado dela. Não tinha qualquer dúvida em relação à identidade de seu novo namorado. Não tinha dúvidas de quem e do que realmente queria.

— Milhões de pessoas leram os livros de Wade. Um número ainda maior viu você interpretar Eneias. Essas pessoas conhecem o personagem, conhecem a história dele. Eu conheço Eneias. Conheço a história dele. *Escrevi* histórias sobre Eneias por anos, assim como centenas de outras pessoas. E não me entenda mal. Ainda acho Eneias incrível. Ainda acho *você* incrível interpretando o personagem. — Como tinha feito mais cedo naquele dia, April pousou a mão na altura do coração dele, agora sem a proteção de nenhuma camada de roupa. — Mas quero conhecer *você*. Marcus Caster-Rupp, não Eneias. Quero conhecer a *sua* história. Eu me sinto atraída por *você*. Porque o que está escondido, o que é real, é sempre mais interessante e mais importante para mim do que aparências ou performances.

Marcus a fitava com muita atenção, aquele vinco entre as sobrancelhas ainda presente.

Quando ele falou, sua voz era pouco mais do que um sussurro.

— Não sou um herói corajoso, April.

Ela não tinha ideia de por que ele parecia considerar aquilo uma maldita confissão, por que a encarava daquele jeito ansioso e suplicante. Mas April pretendia afastar aquela expressão preocupada do rosto de Marcus, e quanto mais cedo fizesse aquilo, melhor.

— Eu não… — Ele mexeu o maxilar, e cada palavra parecia sair arrastada, contra sua vontade. — Nem sempre faço a coisa certa, ou a mais corajosa.

Quando ela deu uma risadinha, ele realmente pareceu tomar um susto.

— Então você é humano, e não um personagem de ficção, ou um semideus de verdade. — April fez um gesto de "deixa disso". — Que horrível… que decepção… Além disso, para ser justa,

Eneias também fez algumas merdas. Como abandonar a mulher com quem tinha dormido por um ano sem se dar ao trabalho de se despedir.

A testa franzida relaxou um pouco, mesmo enquanto ele partia em defesa do personagem.

— Os deuses o instruíram...

— Conversa fiada. — Ela revirou os olhos. — Ele não tinha responsabilidade moral só com os moradores do Monte Olimpo. Poderia pelo menos ter deixado a porcaria de um bilhete.

As narinas de Marcus se abriram quando ele expirou.

— Ok, ok. Você tá certa. Aquilo foi mesmo uma merda. Mas era uma cena que existia tanto na *Eneida* quanto nos livros de Wade, portanto não tinha como ser diferente.

ELENFI havia usado o mesmo argumento, e ele estava igualmente equivocado.

— Aham, claro. Porque os *showrunners* sempre são muito fiéis ao material-fonte...

Marcus não se deu ao trabalho de argumentar, provavelmente porque de fato *não havia* um bom contra-argumento. Em vez disso, apenas sorriu para April e voltou a pegar a mão dela, entrelaçando os dedos nos seus.

— Sem comentários.

— Ah, acho que isso já é um comentário. — Ela se aconchegou mais a ele. E então mais um pouco, até estar com o corpo colado à lateral do dele, sua maciez contra a firmeza de Marcus. Calor contra calor. — Se ainda estiver preocupado com o fato de eu não saber quem é você, *me mostra* quem você é de verdade.

— Vou... — Ele engasgou e logo ficou quieto, ao sentir a boca de April passando ao longo do seu ombro. E pelo relevo das costelas, descendo até os quadris, deslizando mais e mais para baixo.
— Vou me esforçar ao máximo.

— Obrigada. Pretendo me esforçar ao máximo aqui também.

Depois disso, a boca de April estava ocupada demais para continuar a conversa, e quando ela acabou o que pretendia fazer, aquela expressão preocupada no rosto de Marcus tinha sido substituída por outra, de um prazer atordoado, de satisfação e de uma alegria ofegante voltada para ela.

— April... — Ele estendeu a mão para ela, puxando-a para os braços suados e trêmulos. — Jesus. A Califórnia deveria declarar a sua boca uma espécie de tesouro nacional. Um ponto turístico? *Alguma coisa.*

Com um sorriso tão presunçoso quanto os de Marcus, April aproveitou com prazer cada elogio merecido. Deus sabia que não pretendia discutir com ele em relação àquilo.

Marcus podia ter dominado a arte de andar de monociclo, de picar legumes, de chorar emocionado e da esgrima, mas ela conhecia muito bem as próprias habilidades no que se referia a espadas. E elas também mereciam ser valorizadas.

Classificação: Não recomendado para menores de 13 anos
Fandoms: Deuses dos portões – E. Wade, Deuses dos Portões (TV)
Relacionamentos: Eneias/Lavínia, Eneias/Dido, Lavínia e Dido
Tags adicionais: Universo alternativo – Moderno, Universo alternativo – Ensino Médio, Competição, *Fluff*, Sublimação emocional através do exercício do domínio de conhecimentos em jogos de perguntas, Ciúme, A autora na verdade não sabe muito sobre jogos de perguntas, Ela provavelmente deveria ter escolhido outra premissa, Não importa, Agora é tarde demais
Coleções: Semana Eneias e Lavínia
Palavras: 1.754 Capítulos: 1/1 Comentários: 34 Curtidas: 115 Favoritos: 8

Preocupações e perguntas
Tiete Da Lavínia

Resumo:
Dido e Lavínia não se gostam. Na verdade, Dido odeia Lavínia por se relacionar com seu ex, e Lavínia evita Dido ao máximo. Mas quando um jogo de perguntas chama, uma mulher precisa responder.

Observações:
Uma resposta à proposta: *um confronto entre as duas mulheres que disputam o amor de Eneias.* Obrigada a EmLivrosEneiasNuncaFarialsso, como sempre, por sua leitura beta inspirada e paciente e por tanto apoio.

... próxima rodada, o placar delas agora estava empatado.

Uma nova pergunta apareceu na tela. *Esse filme garantiu a estatueta dourada a James Cameron como Melhor Diretor em 1998.*

Bom, aquela era óbvia. Lavínia tocou a campainha primeiro.

— *Titanic.*

— Ah, sim. — Dido se endireitou na sua postura de Representante de Turma e semicerrou os olhos. — A história de como o amor verdadeiro nunca morre, mesmo depois de uma longa separação.

Lavínia revirou os olhos.

— Rose acabou tendo filhos com outro cara, Dido. Ela superou.

Mensagem subliminar: *Talvez você devesse fazer o mesmo.*

— Ela esperou oitenta e quatro anos para dizer adeus ao Jack. *Oitenta. E. Quatro. Anos* — retrucou Dido, as mãos nos quadris.

Lavínia jogou as próprias mãos para o ar.

— Em vez de esperar oitenta e quatro anos, talvez ela devesse ter mexido a bunda para o lado e dividido a maldita tábua com ele!

— Moças... — começou a dizer o professor responsável.

— Se ele tivesse deixado, ela teria feito isso! — gritou Dido. — Mas ele simplesmente optou por virar um picolé sem avisar a ela!

Elas não estavam mais falando sobre Rose e Jack, se é que em algum momento estiveram, e Lavínia respirou fundo.

Eneias era namorado dela. E ela o amava. Mas o modo como ele tinha desaparecido da vida de Dido pouco antes do baile do terceiro ano, por exigência dos pais, tinha sido cruel, e ela não arrumaria desculpas para ele. Ela e Dido talvez nunca fossem próximas, mas Lavínia sabia que a garota havia ficado magoada na época, e ainda se sentia assim. E com razão.

— Você está certa. — Ela encontrou o olhar marejado de Dido. — Mas ele se foi, e não ia mais voltar, e ela merecia ser feliz de novo sem ele. Sei que ele iria querer isso, porque realmente gostava dela.

Dido assente, com o queixo trêmulo.

— Que tal seguirmos em frente? — sugeriu o professor.

Lavínia se voltou para Dido, a expressão questionadora. A outra garota voltou a assentir, e chegou até a tentar sorrir para Lavínia. Foi um sorriso trêmulo, mas genuíno.

— Acho que podemos — respondeu Dido.

No dia seguinte, quando Eneias viu as duas garotas sentadas juntas diante da mesma mesa no refeitório, no almoço, rindo e compartilhando segredos, ele deu meia-volta e saiu correndo dali.

19

Depois que April se recolheu ao seu minúsculo escritório/quarto de hóspedes com sua colega de trabalho, Mel, as duas conversando sobre bainhas, barras removíveis e outros assuntos que escapavam totalmente do conhecimento de Marcus, Alex se virou na direção do amigo, no sofá muito macio.

— Então você seguiu a sua namorada para casa que nem um gato de rua e se recusou a sair do colo dela depois disso? — Alex ergueu uma sobrancelha escura, obviamente se divertindo. — Boa jogada. Patética, lógico, mas eficiente.

Bom, ele não estava necessariamente *errado*. Aquilo era irritante, sim. Mas não incorreto.

Como Alex sabia muito bem, depois daquela primeira noite com April, Marcus simplesmente… nunca mais tinha ido embora de São Francisco. Pelo menos não por mais de um fim de semana. Não naquele mês todo.

Ele tinha um quarto reservado em seu nome em um hotel próximo, pago com seu cartão de crédito, mas não passava muito tempo por lá. Na verdade, nunca teve a intenção de ocupar aquela suíte durante toda a sua estadia na cidade. O quarto no hotel era mais uma declaração a April. Uma declaração de que ele não presumiria que poderia simplesmente se instalar no apartamento dela, embora os dois estivessem juntos no momento. Era uma garantia de que se April se cansasse dele, poderia mandá-lo embora a qualquer momento, e Marcus teria um lugar para ficar, mesmo no meio da noite.

Mas, até então, ela não parecera se importar com a presença quase constante dele em sua vida e em sua casa. Até então, Marcus não havia se arrependido nem por um momento de sua escolha de permanecer ali.

Nada o prendia a Los Angeles, não até que ele escolhesse outro papel, o que ainda não havia acontecido, apesar dos e-mails cada vez mais ansiosos enviados por sua fiel agente. O apartamento de April era mais confortável do que a casa dele, mesmo que fosse bem menor e mobiliado de forma mais modesta, e ele já estava acostumado a ficar longe de Los Angeles durantes meses por conta de sua agenda de filmagens. Aquelas ausências prolongadas não o incomodavam. De todo modo, apesar das lembranças dolorosas que provocava, a Bay Area sempre tinha feito Marcus se sentir mais em casa do que no sul da Califórnia.

A localização atual dele também lhe garantia uma certa proteção extra em relação aos paparazzi, que até poderiam viajar de Los Angeles para o norte para conseguirem fotos exclusivas de um astro da televisão com sua nova namorada, mas sempre de má vontade e por curtos períodos.

Mais importante, ficar ali significava que Marcus agora sabia que April ativava o modo soneca do despertador duas vezes toda manhã. Ele tinha decorado como aqueles olhos castanhos finalmente se abriam, ainda turvos de sono, com relutância, piscando contra o brilho suave do amanhecer enquanto ela se espreguiçava, o cabelo bagunçado e o corpo macio se movendo contra o dele. Marcus sabia agora como o cheiro dela mudava depois de um dos seus raros dias de trabalho de campo: perfume de rosas pela manhã e de suor e terra à noite. Ele tinha sentido o sabor da pele dela depois de um desses dias, e depois de um banho longo e preguiçoso compartilhado em um fim de semana, e depois de ela chorar enquanto lia uma fanfic particularmente agridoce, secando aquelas lágrimas com a boca.

Ficar ali significava que ele poderia passar as manhãs dos dias de semana lendo roteiros e escrevendo fics para postar sob um novo pseudônimo, antes de sair para comprar comida e se exercitar na academia do hotel à tarde. Ficar ali significava preparar o jantar para April toda noite. Fazê-la rir. Fazê-la gozar.

E Marcus achava que qualquer zombaria que pudesse sofrer por aquilo valia a pena.

— Não posso te culpar por ter se acomodado — acrescentou Alex. — Parece mesmo um colo muito confortável.

Ao ouvir aquilo, Marcus semicerrou os olhos para o amigo. Não lhe escapara o olhar rápido mas admirado que Alex lançara a April quando a conhecera naquela tarde, ou o modo como ela enrubescera e quase dera *risadinhas* de nervoso quando apertou a mão de Alex.

April não tinha enrubescido nem dado risadinhas quando conhecera Marcus, ele sabia daquilo com toda a certeza.

Obviamente precisava encontrar um melhor amigo menos bonito. Aquela era a única solução sensata. Ainda mais porque tal melhor amigo ia passar a noite na casa de April, como o primeiro hóspede dos dois como um casal, o que agora não parecia a Marcus uma decisão muito sábia.

O sorriso de Alex se tornou ainda mais insolente, e ele ergueu as mãos em uma falsa rendição.

— Não precisa me olhar de cara feia desse jeito, meu camarada. Eu estava só declarando um fato, não manifestando qualquer desejo de subir no colo da sua amada. — Ele soltou uma risadinha zombeteira. — Além do mais, em relação a companhia feminina, não estou aceitando mais ninguém. Já tem gente ocupando a vaga.

Excelente.

— Lauren?

Como se Marcus não soubesse... Alex tinha passado semanas reclamando por mensagem, por e-mail e até em uma ou outra ligação da "babá" que haviam designado a ele. Marcus quase esperou que em algum momento um pombo-correio pousasse no apartamento de April com um bilhete preso na pata: PELO AMOR DE DEUS, LAUREN É UM MALDITO PESO MORTO. Ou talvez um telegrama: LAUREN DIZ DOIS DRINQUES NO MÁX, PONTO. E ISSO É INJUSTO, PORQUE ELA É TÃO PEQUENA QUE EU PODERIA DESCANSAR A MINHA CERVEJA NA CABEÇA DELA, PONTO.

— Quem mais seria? Estou surpreso por ela ter me deixado te visitar este fim de semana sem exigir que eu envie relatórios do meu bom comportamento a cada hora. — Alex se deixou cair no sofá e olhou de cara fechada para a porta da frente. — R.J. e Ron orientaram a mulher a ficar de olho em mim sempre que eu estiver fora de casa, e a tonta é teimosa demais para reconhecer que está sendo explorada.

Hum, aquela era uma nova linha de argumentação.

— Como assim?

— Hoje é o primeiro dia de folga da Lauren em semanas. Você sabe que eu não durmo bem, por isso costumo sair de casa em horas bem estranhas, e eles exigem que eu avise a ela quando fizer isso, o que significa que *ela* não dorme bem, e... — Alex tinha apoiado um dos tornozelos em cima do outro joelho e balançava o pé sem parar. Aquilo não era de surpreender, levando em consideração o Transtorno de Déficit de Atenção e Hiperatividade do amigo e a tendência à inquietude que acompanhava a condição, mas a impressão era de que o movimento estava especialmente agitado naquele dia. — Ela parece cansada.

Marcus ergueu as sobrancelhas.

— É mesmo?

— Parece que Lauren considera você uma boa influência. Pelo menos na companhia da sua namorada. Por isso ela finalmente tirou uma folga. — O olhar dele voltou a ficar perdido. — É melhor ela estar aproveitando para dormir hoje.

Como Marcus ia dizer aquilo?

— Hum, Alex, você já considerou a possibilidade de que, hum, talvez seus sentimen...

— Chega de falar daquela criatura tão pequena mas que é uma pedra tão grande no meu sapato — interrompeu Alex, ignorando deliberadamente a tentativa de comentário do amigo. — Você viu o e-mail que a gente recebeu e as mensagens no grupo hoje mais cedo?

Sim. Infelizmente, Marcus *tinha* visto tanto o e-mail dos *showrunners* da série quanto as mensagens trocadas entre os colegas de elenco.

Carah: OUTRO maldito e-mail sobre a porcaria da cláusula de confidencialidade e avisos para não compartilhar nem falar mal dos roteiros, senão vamos encarar SÉRIAS REPERCUSSÕES

Carah: é algum de vocês que está vazando roteiros e fofocando sobre como essa temporada é uma merda gigantesca ou

Ian: acho o final incrível

Alex: é claro que você acha, o arco do seu personagem não foi brutalmente massacrado

Alex: ao contrário da população de atuns na sua vizinhança

Carah: hahahahaha

Summer: A Con dos Portões está chegando, e só de pensar em responder às perguntas sobre essa temporada e o que acontece com Lavínia e Eneias...

Summer: Aaaaaargh

Peter: ouvi que Ron e R.J. pretendem cancelar os painéis deles no último minuto, citando "compromissos anteriores"

Carah: compromissos anteriores de não terem seus rabos comidos por fãs que viram os tais roteiros vazados, talvez

Maria: mas ninguém se deu conta ainda de que as partes vazadas são reais

Maria: reais DEMAIS

Peter: sei que não fui eu nem a Maria que mostramos aqueles roteiros a ninguém

Peter: foi algum de vocês, ou alguém da equipe, ou...

Marcus: pelo bem das nossas carreiras, espero que seja a última opção

Ian: como você sabe que não foi a Maria, Peter?

Ian: ah, é mesmo, a sua boca está cirurgicamente costurada à bunda dela, portando se ela tivesse contado a alguém você saberia.

Maria: você viu *A Centopeia Humana* DE NOVO, Ian?

Peter: envenenamento por mercúrio, Maria, lembra

Peter: alucinações por causa de todo aquele atum

Maria: ah, sim, verdade, muito triste

Ian: estou querendo dizer que você LAMBE o cu dela o tempo todo, seu merda

Ian: no YouTube a gente encontra longas horas de compilações das entrevistas que vocês deram juntos, você está sempre com os olhos grudados nela que nem um cachorrinho, é CONSTRANGEDOR

Maria: mais constrangedor do que assistir compilações dos seus colegas no YouTube no seu tempo livre?

Carah: hahahahahahaha

Depois que Ian parou de responder, o resto da conversa tinha passado a tratar basicamente da turnê de divulgação da estreia da última temporada e das participações de todos nos eventos que se estavam por vir. Mas Marcus havia ficado reflexivo...

— Por favor, me diga que você não vazou aqueles roteiros — disse a Alex.

Não era uma ideia tão estapafúrdia assim. Alex tinha a tendência de tomar decisões por impulso. Então, mergulhava de cabeça, sem se importar com o que o esperava no fundo, e logo se via machucado, ensanguentado e incapaz de explicar por que tinha resolvido pular.

Ele não era exatamente um cara autodestrutivo. Apenas... impulsivo.

Problemas na função executiva, dissera a Marcus, com a fala arrastada, depois daquela última e fatídica briga de bar, fingindo indiferença no FaceTime apesar do olho tão inchado que nem abria, do rosto machucado e das mãos trêmulas. *Você não é o único cujo cérebro funciona de um jeito um pouco diferente da maioria.*

— Eu não vazei o conteúdo daqueles roteiros. — O sorriso de Alex estava só um pouco largo e satisfeito demais para o conforto de Marcus, apesar da firmeza da declaração. — Dito isso, fiquei muito intrigado com as histórias que estou lendo como leitor beta para voc...

— Shhhhhhh — sibilou Marcus, acenando freneticamente com a mão. — Aqui não.

As mulheres estavam conversando no outro cômodo, e pareciam usar a máquina de costura que Mel tinha levado, mas poderiam facilmente ouvir a conversa que estava rolando na sala se quisessem. E isso seria um desastre. Um desastre completo.

O sorriso de Alex desapareceu, mas ele obedeceu e passou a sussurrar.

— Você ainda não contou pra ela?

Marcus balançou a cabeça.

— Você não confia nela? — perguntou o amigo silenciosamente, apenas movendo os lábios.

No mês que passara na casa e na cama de April, não tinha sido publicada qualquer matéria sensacionalista nos sites de notícia, nenhum detalhe íntimo sobre Marcus ou sobre a vida dele nos tabloides, nenhuma entrevista do tipo "conta tudo" em programas de entretenimento na televisão. Por maior que fosse o entusiasmo da colega de trabalho dela, Mel, por *Portões*, a mulher não parecia saber nada sobre Marcus além do básico: o nome dele, alguns poucos papéis que tinha interpretado, o fato de ele já ter morado em São Francisco. Tudo o que April tinha dito a ela, de acordo com Mel, era que ele era *legal.*

Dadas as circunstâncias, dado o modo como havia duvidado de April e escondido informações cruciais dela, Marcus tivera que conter uma careta de vergonha diante daquela descrição.

Não, Marcus não tinha visto um único sinal de que April trairia a sua confiança. E ele deveria ter chegado àquela conclusão desde o momento em que descobriu que ela era Tila, mas não tivera fé nos próprios instintos *ou* nela, e agora estava pagando o preço por isso.

Marcus se inclinou mais para perto de Alex e falou em um sussurro quase inaudível.

— Eu confio na April.

— Então por que não contou? — O amigo franziu a testa. — Se seus sentimentos em relação a ela são sérios...

— É lógico que são — retrucou Marcus o mais baixo que pôde, irritado. — Mas se April descobrir que guardei um segredo tão importante dela esse tempo todo... — *Ela tem problemas de confiança*, tinha escrito April sobre Lavínia. *Sérios problemas de confiança.* — Não sei se ela me perdoaria. E não estou disposto a arriscar.

Uma mentira por omissão não era tão grave quanto uma mentira cabal, era o que ele repetia o tempo todo para si mesmo. Além disso, Marcus tinha praticamente parado de se corresponder com ela como EmLivrosEneiasNuncaFariaIsso assim que os dois começaram a sair juntos, portanto não era *exatamente* uma mentira, e com certeza ninguém o culparia por...

— Cara. — Alex encarou o amigo com uma expressão séria, os lábios franzidos. — *Cara.* Não culpo você por ter deixado o meu conselho de lado da última vez, mas... cara.

— Eu sei. É só que... — Marcus curvou os ombros e suspirou.

— Só me diga o que você ia dizer, mas deixa a história da leitura beta fora disso, tá?

Depois de um último olhar de desaprovação com os lábios cerrados, Alex fez o que o amigo pediu.

— Eu estava lendo fanfics de *Portões* outro dia, já que você comentou comigo sobre o alter ego on-line da *April* no AO3 — falou com um toque um pouco excessivo de sarcasmo —, e fiquei intrigado. Então acabei lendo algumas fics de Cupido/Psiquê. Achei *incríveis*. Para ser sincero, muito melhores do que os roteiros de verdade, principalmente nessa última temporada.

Ah, Deus. Marcus apontou para o quarto de hóspedes de April, onde a colega dela — que nenhum dos dois conhecia bem — provavelmente poderia ter ouvido cada palavra que o amigo tinha acabado de dizer.

Alex revirou os olhos e fez um gesto de desdém para aquela repreensão silenciosa.

— Elas acabaram de colocar para tocar uma música folk horrível enquanto costuram. Não dá para ouvir a gente.

Quando Marcus parou para prestar atenção, escutou o violão e uns choramingos desafinados. Era objetivamente péssimo. O que também era bom, já que abafava a voz de Alex.

— Só por uma curiosidade mórbida… Que tipo de histórias você leu? — perguntou Marcus.

O amigo deu uma piscadela.

— Só as que eram classificadas como *explícito*.

É claro. É claro.

Alex inclinou a cabeça, a testa franzida.

— Não consigo entender por que tantos fãs parecem convencidos de que sou passivo e que preciso desesperadamente que Psiquê me penetre por trás, mas… — Ele ergueu um ombro. — Talvez estejam certos. Por isso, escrevi minha própria fic de "Cupido sendo penetrado por trás", só que com uma personagem original como minha "penetradora", porque achei que seria repulsivo demais envolver nossas colegas de cena, mesmo que tangencialmente. Meu codinome é CupidoSoltinho.

Marcus levou os dedos à testa e gemeu.

— Escolhi as melhores tags. *Pornô sem enredo. Hot Hot Hot. Cupido desastre semi-humano. Bunda pra cima. A inversão de papéis prometida.* — Alex recostou-se e cruzou as mãos atrás da cabeça, apoiando-se nelas. — Até agora, recebi mais de cem comentários e quatrocentas curtidas. Alguém chamado CupidoEmocionado me chamou de "O encantador de bundas", e acho que foi um elogio.

Ok, agora Marcus estava não só preocupado, mas também com inveja. Nenhuma das fics *dele* tinha chegado nem perto de cem comentários. Provavelmente graças a uma ausência crítica de penetração anal.

— Em meio a todo o lubrificante e aos orgasmos múltiplos, incluí vários comentários incisivos sobre como Cupido havia mudado demais ao longo dos anos para algum dia abandonar alguém que amava de verdade, não importava o que Vênus e Júpiter lhe dissessem para fazer. — Alex sorriu. — Foi muito satisfatório, em vários níveis. Acho que a minha próxima fic vai ser um universo alternativo moderno onde Cupido estrela uma série de TV popular, em que os *showrunners* incompetentes e bem privilegiados estragam de forma irreversível as temporadas finais, e aí ele conhece uma mulher que o ajuda a superar essa depressão, porque ela...

Marcus suspirou.

— Faz penetração anal nele — completou.

— ... faz penetração anal nele. — Por mais que parecesse impossível, o sorriso do amigo pareceu brilhar ainda mais. — Como você adivinhou?

Marcus revirou os olhos.

— Fico feliz por você estar gostando de escrever a sua história, mas, Alex, você precisa ter mais cuidado. Se alguém descobrir...

— A Lauren sabe...

Marcus soltou um gemido tão profundo que sua garganta chegou a doer.

— Um dia desses ela me pegou escrevendo, aí eu disse que se ela não deixava eu me divertir na vida real, eu podia pelo menos ter algum prazer na ficção. Lauren deve ter lido a fic depois que eu postei, porque disse que torcia para que a parceira de Cupido usasse menos lubrificante da próxima vez. — Alex franziu os lábios, pensativo. — Para uma harpia tão mal-humorada, foi uma resposta muito boa. Fiquei impressionado.

— *Alex.* — Pelo amor de Deus, a carreira do amigo dele estava *acabada.*

— Não se preocupa. — Ele fez mais um gesto com a mão, ignorando a aflição de Marcus. — Lauren não vai contar nada pra ninguém.

Marcus respirou fundo e se forçou a falar devagar. Pausadamente.

— Você me disse que parte do trabalho dela era reportar a Ron e R.J. o que você faz fora do set, especialmente se for algo questionável. Escrever fanfics criticando o seu personagem é mais do que um pouco questionável. É motivo para demitirem você, e tem potencial para desencadear uma ação legal. Acredite em mim, *eu sei.*

Por conta das próprias fanfics, o e-mail que chegara mais cedo naquele dia tinha deixado Marcus muito tenso. Mas a perspectiva de uma derrocada iminente não pareceu abalar nem um pouco seu melhor amigo.

— Olha, ela me pegou escrevendo há uma semana, e não ouvi um pio de Ron e de R.J. — Alex deu de ombros, ainda largado no sofá. — Não pensei que esse era o tipo de coisa que a Lauren reportaria. Imagino que eu estava certo.

A música folk horrível e o zumbido da máquina de costura pararam, e os dois homens olharam na direção do quarto de hóspedes. Instantes depois, Mel e April apareceram, sorrindo.

— Acho que já estamos quase terminando. Só mais algumas partes para juntar e mais uma prova. Vamos deixar a máquina de costura aqui, mas ela não vai te atrapalhar em nada Alex. — Mel deu um empurrãozinho em April com o ombro. — E aí vamos trabalhar nos novos figurinos do My Chemical Folkmance, com design exclusivo de April Whittier.

April soltou uma risadinha debochada.

— Aprendi muito com Tim Gunn.

— Eu podia falar com uma das figurinistas da série, se vocês duas quiserem algumas dicas ou truques de uma expert para o cosplay de Lavínia — sugeriu Alex, de braços cruzados, tamborilando com os dedos no próprio bíceps, enquanto lançava um olhar rápido na direção de Marcus. — Quem você acha que seria a melhor aposta? Marilyn? Geeta?

April sorriu para o convidado.

— Obrigada, Alex, mas o Marcus já se ofereceu para falar com alguém pra mim. Eu disse a ele que não queria trapacear.

Até aquele momento, ela se recusara a mostrar a Marcus os esboços do figurino que estava produzindo, dizendo que queria fazer uma surpresa quando estivesse tudo pronto. Ele torcia secretamente para que a roupa fosse justa. Bem justa. Mas não comentou nada, porque April ficaria linda de qualquer jeito, e ele não era um babaca *completo*.

Marcus se virou para Mel.

— Nós vamos comer daqui a pouco. Quer jantar com a gente?

Àquela altura, ela e Pablo já tinham ido à casa de April várias vezes para resolver pendências de costura, e Marcus havia também almoçado com April e o restante de seus colegas mais próximos em um restaurante perto do escritório em que trabalhavam. Para crédito do grupo, todos o trataram basicamente como teriam feito com qualquer namorado de April, apesar de outros clientes do restaurante terem tirado uma ou outra foto dos dois enquanto comiam.

Marcus gostava dos colegas de trabalho de April, e gostava de como ela parecia confortável na presença dos amigos, como mantinha sua essência. Era franca. Prática. Confiante. E já fazia algumas semanas também que ela havia deixado de parecer surpresa toda vez que os colegas lhe mandavam mensagens com convites para socializar fora do escritório.

Para ser sincero, ele não costumava falar muito quando estava na companhia dos colegas dela. Na maior parte das vezes, comia sua salada e escutava. Mas *cada palavra* que Marcus falara tinha sido dele e apenas dele, e não as falas de um personagem que criara anos antes.

Aquilo era uma espécie de autoteste de baixo risco. Uma forma de medir sua coragem, seu desejo de crescer e mudar.

Marcus queria ser um homem que April pudesse respeitar, não apenas a dois, mas em público também.

Mais importante: Marcus queria ser ele mesmo sempre que as câmeras não estivessem gravando.

Aquilo levaria tempo. Exigiria esforço. Mas foi assim com tudo o que ele havia conquistado ao longo de quase quatro décadas, e não importava o que haviam lhe dito quando era criança: Marcus não era e nunca tinha sido *preguiçoso*. Fora apenas inseguro, ou não tivera coragem o bastante para fazer o que era necessário.

— Obrigada pelo convite. Queria poder aceitar. — Mel ajeitou no pescoço um de seus muitos, muitos cachecóis. — Mas sábado é meu dia oficial de sair com a Heidi. Podemos deixar pra outro dia?

A suposição natural: ele não iria a lugar nenhum, por isso teriam várias outras ocasiões para jantar juntos no futuro.

Marcus sorriu para ela, satisfeito.

— É claro.

Depois que todos se despediram de Mel e ela partiu, April foi até o quarto principal para pegar a bolsa e um suéter, enquanto Marcus passava os dedos pelo cabelo para arrumá-lo diante do espelho acima do console no saguão de entrada.

— Você deveria ter interpretado Narciso em vez de Eneias — resmungou Alex.

Marcus mostrou o dedo do meio para ele.

Quando April reapareceu na sala, Alex sorriu para ela e ofereceu o braço com um floreio refinado.

— Para sua carruagem, milady?

— Hum… — Ela ruborizou e deixou escapar um som estranho, engasgado, ao aceitar o braço dele. — Tudo bem. Obrigada.

Marcus encarou seu melhor amigo, que apenas ergueu uma sobrancelha pretensiosa.

— Me diga, April — começou Alex, conforme saíam do apartamento dela. — Você diria que Cupido é passivo? Porque estou muito intrigado com a interpretação que a comunidade da fanfic faz do personagem, principalmente sobre a inclinação dele a ser penetrado por trás.

E lá estavam. Aquelas risadinhas nervosas de novo, ao mesmo tempo que o rubor se acentuava. *Risadinhas nervosas*, e era um espanto que a nuca idiota de Alex não tivesse pegado fogo com a força do olhar de raiva de Marcus.

— Ah, ele com certeza é passivo. E diria que bem dos mimados. — Ela parecia ofegante, mas pensativa. — Ou talvez seja versátil.

Então, depois de apertar carinhosamente o braço de Alex, April se desvencilhou dele e estendeu a mão para Marcus. Ele entrelaçou os dedos nos dela na mesma hora e passou rápido pelo amigo, permitindo que uma sensação de triunfo inflasse ligeiramente seu peito ao lançar um olhar para Alex que dizia muita coisa.

— É mimado mesmo, April — concordou Marcus, e fingiu não ver o amigo lhe mostrar o dedo do meio em resposta. — Você o pegou de jeito. Por assim dizer.

Classificação: Explícito

Fandoms: Deuses dos portões – E. Wade, Deuses dos Portões (TV)

Relacionamentos: Cupido/Personagem Original

Tags adicionais: Universo Alternativo – Moderno, Pornô sem enredo, Hot Hot Hot, Cupido desastre semi-humano, Bunda pra cima, A inversão de papéis prometida, Ator!Cupido

Palavras: 3.027 Capítulos: 1/1 Comentários: 137 Curtidas: 429 Favoritos: 40

Pegando ele de jeito por trás
CupidoSoltinho

Resumo:

Cupido tem um dia duro no set de filmagem. Fora do set, as coisas também ficam duras. Por "coisas", quero dizer o pênis dele.

Observações:

Agradeço a EneiasAmaLavínia pela leitura beta. Você é o máximo, cara. E qualquer semelhança com algum sucesso de TV mundial de agora é totalmente não intencional.

Não, espera. O oposto da última frase.

As mãos de Robin, pousadas no peito nu dele, eram pequenas, mas quentes e muito macias.

— O que aconteceu hoje? Você parece... tenso.

Ela estava montada nele, o peso sólido e bem-vindo imobilizando-o. Talvez ele até conseguisse se mover se tentasse, mas não o fez. Não, ele queria aquela sensação de desamparo naquele momento, aquela sensação de segurança. Mais do que isso. Queria esquecer, afogar-se no prazer até não conseguir mais pensar.

— O de sempre — respondeu com um suspiro. — Como eu disse antes, os *showrunners* da série foram incompetentes desde o início.

Só o que salva é o talento da equipe, meus colegas de elenco e os livros. Mas agora que já não seguimos mais os livros, tudo está dando errado.

Ela o encarava com a testa franzida, concentrada. Preocupada.

— Como eu posso ajudar?

— Me possua — respondeu ele, e ela ficou de joelhos e começou a se mover acima dele, mas logo parou ao ouvir as palavras seguintes. — Não. *Me possua.*

Ela mordeu o lábio, seu rosto ficando muito vermelho.

— Tem certeza?

— Uma certeza da porra. — Ele sorriu para ela. — Se bem que dessa vez o negócio é por trás, né?

Quando eles riram juntos, ele teve certeza de duas coisas.

Primeiro: ela ia macetar ele por trás com vontade naquela noite.

Segundo: quando ela tivesse terminado, ele não se importaria mais que tivessem acabado com todo o arco de seu personagem na temporada final sem qualquer motivo aparente.

20

— O que você acha? — April olhou para Marcus de seu sofá na noite seguinte, o nariz franzido, a expressão preocupada. — Tá péssimo? Faz pouco tempo que comecei a seguir o canon do livro, então não sei se o tom do meu texto está certinho.

Depois que Alex foi para o aeroporto e April entrou no banheiro para tomar um banho, Marcus se recolheu ao pequeno escritório dela. Ele passou uma boa meia hora sentado diante da mesa, ouvindo enquanto seu aplicativo lia em voz alta o rascunho da fic mais recente de April repetidas vezes. Durante aqueles poucos minutos, Marcus se permitiu voltar a ser EmLivrosEneiasNuncaFariaIsso, fazendo a leitura beta do texto da amiga Tila para checar a consistência dos personagens, furos no enredo e qualquer outro ponto nebuloso que ele pudesse ajudar a polir. Como sempre, enquanto ouvia, ele fazia algumas anotações para si mesmo em uma letra quase indecifrável.

A rotina familiar o envolveu como a capa forrada de pele que ele tinha usado na primeira temporada de *Portões*, que se passou no inverno. Aconchegante. Confortável. Tão pesada que seus ombros doíam.

De certa forma, o pedido de April para que ele lesse seu texto estava ajudando os dois a recuperarem partes de um relacionamento que ela nunca chegara a saber que haviam perdido. Mas mesmo naquele momento bem-vindo de reparação, Marcus não poderia ser totalmente honesto com ela. Se fizesse o mesmo tipo de comentário sobre o texto que o alter ego dele teria feito, April poderia ficar desconfiada. E talvez o reconhecesse como seu amigo de longa data e parceiro de escrita.

Além disso, a versão de Marcus que ela conhecia agora não tinha passado anos ajudando com as fics dela e escrevendo as próprias. Ele não deveria se sentir tão à vontade, tão confortável com o processo de revisão quanto EmLivrosEneiasNuncaFariaIsso, tanto de um modo geral quanto com o material dela. O que significava que, pelo mesmo motivo, não poderia ser tão útil a April.

Se eles continuassem a fazer aquilo ao longo dos meses e anos por vir, se ela continuasse a pedir a ele para ler e comentar suas histórias, talvez Marcus conseguisse se transformar lentamente, de um jeito convincente, no companheiro de escrita que já tinha sido, de um modo que não levantaria suspeitas. Mas ainda não era o momento.

Aquilo deixava um gosto amargo em sua boca, perceptível mesmo em meio a tanta coisa gostosa.

Porque aquele momento *era* uma delícia. Assim como a história de April.

— Acho que você se subestima — respondeu Marcus. — Algumas poucas palavras são, sim, um pouco modernas demais — droga, ele precisava tornar aquele comentário plausível —, ou pelo menos os roteiristas nunca colocaram essas palavras na nossa boca, e provavelmente é melhor pesquisarmos quando elas se tornaram de uso comum. "Ok", por exemplo. Mas, tirando isso, acho que você conseguiu capturar a sensação dos livros.

A expressão de April se suavizou.

— Ah, ótimo. Eu queria encontrar uma maneira de conseguir continuar escrevendo nesse fandom sem que ficasse, hum… esquisito. Principalmente se eu incluísse conteúdo explícito.

O que ela havia feito. De um jeito muito hábil e descritivo. Aquele conteúdo em particular havia deixado o jeans de Marcus bem desconfortável na parte debaixo enquanto ele lia, porque, *cacete…*

No passado, quando April escrevia sobre um Eneias que se parecia com ele, Marcus tinha evitado fazer a leitura beta das cenas de sexo, uma exigência que Tila havia aceitado sem pedir explicações. Em um acordo mútuo, ela removia aqueles trechos antes de lhe enviar os rascunhos, anotando em uma ou duas frases irônicas qualquer desenvolvimento importante da história que acontecesse naquelas cenas que haviam sido retiradas.

Mas no começo daquela fic em particular, April tinha descrito Eneias como um homem robusto, de cabelo escuro, com o corpo musculoso, os olhos do castanho profundo de um solo fértil. Era o Eneias dos livros, não o da série. E não tinha nenhuma característica de Marcus.

Assim, ele agora podia ler aquelas cenas sem se sentir desconfortável.

Bem, pelo menos sem aquele desconforto antigo e familiar. O que o fez se lembrar:

— Aliás, durante uma das cenas de amor de Eneias com Dido, disseram pra mim e pra Carah que a palavra que se usa para, hum…

Os olhos de April cintilaram por trás dos óculos, e ela ergueu as sobrancelhas, a expressão questionadora, divertindo-se ao ver o constrangimento dele.

— Você não deve usar a palavra "boceta" — Marcus finalmente se forçou a falar. — É anacrônica.

Em todos os universos alternativos modernos que April criava, aquele termo era mais do que aceitável. Mas não em histórias que atendiam ao canon, levando em consideração o período em que se passavam. Wade usava uma palavra diferente nos livros. Só que Marcus também se sentia relutante em fazer outras sugestões de termos, com receio de April se ofender.

Ela ajeitou os óculos no nariz.

— Então talvez eu precise usar um sinônimo mais adequado ao tempo.

— Se quiser um termo que atenda ao canon e seja menos eufemístico do que, sei lá, "umidade". Ou "calor". Ou… algo do tipo.

Merda. Ele estava ficando excitado de novo, e seu olhar se desviou involuntariamente para a bainha sedutora da camisola macia e fluida de April, que só chegava até o meio da coxa quando ela estava de pé, e cobria ainda bem menos quando ela se sentava. Quando April mexia as pernas daquele jeito…

Ah, ela estava fazendo aquilo de propósito. A piscadela sacana só confirmava sua má intenção.

O resto dos comentários dele poderia esperar.

Marcus a agarrou, deitando-a de costas no sofá, o quadril dele encaixado entre as coxas redondas, abertas, sua mão deslizando pelo meio daquelas coxas, por baixo da camisola. April soltava risadinhas — finalmente *ele* havia conseguido provocar uma risadinha daquelas, portanto Alex podia ir para o inferno.

— Diz a palavra de novo — sussurrou April em seu ouvido, minutos depois, enquanto Marcus colava a boca aberta ao pescoço dela e se movia acima e dentro do seu corpo. — A primeira. Diz, vai.

O corpo dela estava contraído ao redor dele, trêmulo, tão úmido que Marcus conseguia ouvir cada arremetida. Quando ele se ergueu um pouco mais e roçou o sexo dela, April arquejou e fechou os olhos.

— Amo a sua boceta — disse ele, aquelas palavras quentes no ouvido dela, a mais pura verdade, os dentes no lóbulo da orelha. — *Amo*. Quando você está no trabalho... — ele conseguiu deslizar uma das mãos entre os dois, mais para baixo, porque não ia conseguir se conter por muito mais tempo, e cacete, o *som* que ela fazia quando ele acariciava o seu clitóris — ... quando você está no trabalho, seguro meu pau e penso em enfiar meus dedos na sua boceta, enfiar meu pau, minha língua...

April arqueou o corpo embaixo do dele e se balançou, pressionando o sexo contra os dedos de Marcus, movimentando-se ao redor do pênis muito duro. Então, desabou com um arquejo, estremecendo, o sexo em espasmos ao redor dele, que arremeteu uma última vez, segurou os quadris dela e gemeu.

Depois, os dois continuaram deitados no sofá, ofegantes, e April passou a mão pelas costas dele.

— Essa atuação foi excelente, digna de um reconhecimento da Academia. O prêmio para melhor incursão inicial em putaria vai para... Marcus Caster-Rupp! Viva!

Marcus bufou, divertindo-se, e inclinou a cabeça para distribuir uma sequência de beijinhos ao longo do pescoço suado de April.

— Se eu estava inspirado, você merece todo o crédito.

É, com certeza ele não teria problema nenhum em ler as cenas de sexo dela a partir daquele momento.

Na verdade, eu a encorajaria a escrever mais cenas assim. E quanto mais cedo, melhor.

Naquela mesma noite, depois de jantarem tarde, eles conversaram mais sobre a fanfic dela.

— Minha outra preocupação, pelo menos depois de uma primeira leitura, é se Eneias não está um pouco... — Marcus acenou com um garfo cheio de espaguete de abóbora, buscando a frase certa. — Ele talvez esteja um pouco *emocionalmente consciente* demais para um homem com aquele passado e que vive na época em que se passa a história.

April assentiu, pensativa, enrolando a massa com o próprio garfo.

— Faz sentido.

Não havia qualquer traço de ofensa na voz dela, nenhuma pressa em defender suas escolhas para o texto ou a caracterização que tinha feito de Eneias. Porém, enquanto mastigava, seu olhar estava fixo na mesa, e ela já não sorria mais.

— Desculpa. — Marcus estendeu a mão por cima da mesa e cobriu a dela. — April, desculpa. Eu deveria ter falado de um jeito mais delicado. Além disso, o que eu sei de texto? Nada.

Ao sentir o toque dele, ela levantou o olhar.

— Você *falou* de um jeito delicado, e está totalmente certo. Eu só... — Seus lábios tremiam, mas ela os pressionou com força. — O que você disse me fez lembrar de coisas que um antigo amigo meu do servidor Lavineias costumava dizer. O cara de quem eu te falei.

— O que também tem dislexia — disse ele lentamente.

O sofrimento óbvio de April pela perda de EmLivrosEneias-NuncaFariaIsso foi um golpe no coração de Marcus. A percepção involuntária dela em relação à mentira dele fez o estômago de Marcus se revirar.

— Isso. — April ergueu um pouco os ombros que haviam se curvado. — Ele agiu como um cretino no fim. Mas nós fomos amigos por alguns anos antes disso, e é muito difícil... superar. Sinto saudade dele.

— Sinto muito. — As palavras saíram em um tom irregular e, se Deus quisesse, April nunca saberia como ele falava sério. — Sinto muito mesmo, April.

Ela manteve o olhar no prato por mais alguns segundos, antes de levantar a cabeça, os olhos úmidos, com um sorriso hesitante no rosto.

— Obrigada, mas está tudo bem. Eu tô bem. E nada do que aconteceu com ele é culpa sua.

Por menor que ele já tivesse se sentido diante do olhar decepcionado e desaprovador dos pais, por mais culpado e *errado* que tivesse se sentido, ver April daquele jeito de alguma maneira era ainda pior. Porque, quando era criança, Marcus tinha conseguido se agarrar a um fio de certeza: *Estou dando meu máximo. Não tem mais nada que eu possa fazer.*

Aquele fato — de que ele estava dando tudo o que tinha, tudo o que era, para os pais, e *mesmo assim* não era o bastante, jamais seria o bastante — havia destruído algo dentro dele. E essa sombra acabou acompanhando Marcus por muitos anos. Anos demais.

Naquele momento, ele se via obrigado a reconhecer uma sensação ainda pior: uma culpa em relação à qual ele não era inocente, uma culpa plenamente merecida.

Eu poderia fazer mais alguma coisa, mas não vou fazer. Porque tenho medo de perder tudo.

Marcus sentia a palma da mão suada. Depois de apertar a mão de April uma última vez, ele a soltou e disfarçou sua angústia ajeitando o guardanapo no colo.

— Como você começou a escrever fanfic? O que te levou a isso? Ela pensou na pergunta por um instante. A expressão triste deixou seu rosto, a distração servindo ao propósito de Marcus.

— Por favor, não leve o que vou dizer agora para o lado errado, mas comecei a escrever fanfic basicamente por pura raiva. Os *showrunners* da sua série ferraram com a Lavínia desde o início, e isso me deixou muito *puta*. Quis consertar o que eles tinham feito e colocar de volta na personagem tudo o que eu amava nela e no relacionamento dela com Eneias.

Bem, Marcus não poderia culpá-la por aquilo.

— Então peguei o que havia de melhor nos livros: a Lavínia e os contornos do relacionamento dos dois. E o que havia de melhor na série: no caso, você, Marcus. E misturei tudo em fics gloriosamente românticas e obscenas, e foi um enorme prazer. Principalmente depois que descobri uma comunidade no servidor Lavineias e... — Ela se interrompeu por um instante. — Um bom amigo e parceiro de escrita.

Outra pontada de dor no peito dele.

Se pudesse, Marcus juntaria a própria história à dela, como uma espécie de pedido de desculpas. Contaria a April como uma jovem usando um traje completo e impressionante de Eneias tinha comentado sobre fanfics de *Portões* em uma convenção, e aquilo tinha deixado ele curioso. Naquela noite, no hotel, sentindo-se entediado, Marcus havia procurado pelas fanfics que a mulher havia mencionado e começara a ler. Então, descobrira que algumas histórias, as melhores, expressavam impressões que o próprio Marcus tinha sobre a série e o personagem que interpretava, e que não havia compartilhado com ninguém a não ser Alex. E logo descobrira que poderia usar a tecnologia para tornar a leitura muito, muito mais fácil do que se lembrava de já ter sido.

Naquela noite, pela primeira vez, Marcus tinha lido outra coisa além de roteiros por vontade própria. Sem pressão. Sem ter nada em jogo. Apenas pelo puro prazer da leitura de algo que ele valorizava. Algo em que, ao menos uma vez na vida, *ele* era o especialista.

Aquilo foi uma virada de chave para Marcus. Descobrir que *era capaz* de ler e de gostar daquilo, e por vontade e interesse próprio, de mais ninguém, foi uma vitória tão grande que ele nem conseguia explicar plenamente.

Mas mesmo nas melhores fics havia aspectos do personagem dele que escapavam a outros autores. E foi o impulso de compartilhar as próprias impressões que acabou levando-o a escrever sua primeira fanfic curta, como EmLivrosEneiasNuncaFariaIsso. Ninguém sabia quem diabo ele era, nem se importava se uma palavra tivesse sido escrita errado, ou se ele havia ditado o texto em vez de digitá-lo. Tinha feito aquilo apenas para si mesmo.

Marcus não estava esperando retorno algum, no máximo algumas críticas, mas jamais curtidas. Nem apoio, apesar da edição ruim do texto.

Então, de algum modo, ele se vira parte de uma comunidade. De algum modo, tinha passado a *gostar* de escrever, e aquela foi mais uma maneira de recuperar seu verdadeiro eu, para si mesmo.

E, de algum modo, ele conhecera Tila. April.

De algum modo, através do fandom, Marcus tinha descoberto quem ele era de verdade. Seus interesses. Seus talentos e possibilidades, depois de décadas fingindo ser alguém que não era, *acreditando* ser alguém que na verdade não era.

Mas não, ele não podia compartilhar nada daquilo com April. Se eles ficassem juntos, uma parte tão crucial da vida de Marcus permaneceria lacrada para sempre, e ela nunca saberia daquela história específica.

Do outro lado da mesa, April terminava de jantar, os dois em um silêncio confortável. Quando viu que Marcus a observava, ela sorriu. Esticou a perna para cutucar o tornozelo dele com o dedão do pé, brincalhona. Marcus sentia cócegas ali — o que April sabia muito bem —, então ele deu uma risadinha e balançou a cabeça.

Com um sorriso enorme, ela deu de ombros e voltou a se dedicar ao que restava de seu pão de alho.

Se ainda estiver preocupado com o fato de eu não saber quem é você, me mostra quem você é de verdade, April tinha dito a ele, porém Marcus não podia fazer aquilo. Não podia. Embora na noite anterior tivesse permanecido acordado na cama dela muito tempo depois de April ter adormecido, o braço possessivamente ao redor da cintura dela, pensando.

Fosse lá o que houvesse entre eles, Marcus estava agarrando aquilo com a maior força possível, mantendo o sentimento guardado ali, seguro, torcendo para que todo aquele esforço e pressão transformasse os dois em um diamante, como April havia lhe explicado. Brilhante. Difícil de danificar.

Mas talvez o que houvesse entre eles não fosse uma rocha. Talvez fosse água.

Talvez, quanto mais forte ele apertasse, menos retivesse.

Mas Marcus não sabia como soltar. Não no que se referia a April. Não no que se referia a sua carreira e sua persona pública. Não quando sabia exatamente, *exatamente*, a sensação de não ter nada a que se agarrar.

Só o vazio.

— Marcus? — O olhar de April era gentil. Preocupado. — Você tá…

Então, como se invocada pelos pensamentos que ele havia tido pouco antes, o que era uma possibilidade aterrorizante, o celular de Marcus tocou, e na tela apareceu DEBRA RUPP.

— É a minha mãe. Posso ligar para ela mais tarde — disse a April.

Muito mais tarde. Provavelmente nunca.

Ela acenou despreocupadamente com o garfo.

— Você que sabe. Mas não vou me importar se você quiser falar com seus pais.

Ele não queria, por isso deixou o celular tocar até parar, enquanto os dois olhavam para o aparelho. Alguns segundos depois, outro som de alerta. Uma mensagem de voz. A mãe dele havia deixado uma mensagem de voz.

Com um toque, ele poderia deletar sem ouvir. Em vez disso, levou o celular ao ouvido e escutou, enquanto endireitava conscientemente os ombros e deixava que o encosto da cadeira o sustentasse contra o que estava prestes a ouvir.

"Marcus, madame Fourier viu a sua foto em uma dessas revistas sensacionalistas no mercado. Ela nos disse que, ao que parece, você está em São Francisco há semanas. Visitando sua nova namorada do Twitter, de acordo com a matéria. Madame Fourier ficou insuportavelmente satisfeita por saber mais do que nós sobre o seu paradeiro e as suas atividades. Achávamos que você tinha voltado para Los Angeles ou estava gravando em algum lugar."

Ele não conseguiu decifrar exatamente o tom de voz da mãe. Ela estava magoada por não ter sido informada de que o filho ainda estava na cidade, ou por Marcus não ter visitado os dois no último mês? Havia ficado ressentida porque a antiga colega tivera uma oportunidade de tripudiar sobre ela? Ou estava apenas declarando um fato?

"Se possível, ligue para nós o mais rápido que lhe for conveniente."

Bem, *aquilo* com certeza era sarcasmo.

Depois de ouvir tudo, Marcus deletou a mensagem, como provavelmente deveria ter feito quando seus instintos lhe disseram para fazer aquilo, e afastou o celular alguns centímetros. Então, mais alguns centímetros, e mais, e mais, até não conseguir mais alcançá-lo do outro lado da mesa, e April pousar de leve a mão cálida em seu braço.

— Marcus? — disse ela, baixinho. Em um tom muito doce.

Ela ainda seria tão doce se soubesse a verdade?

Marcus balançou a cabeça, afastando o pensamento.

A história oculta deles no servidor Lavineias não importava. Não naquele momento. *Aquela* parte de sua vida ele poderia mostrar a ela. Aquela história ele poderia contar, embora a sentisse entalada na garganta, dificultando a saída das palavras.

Na verdade, em linhas gerais, a situação era muito simples. Era tolice ter tanta dificuldade para falar.

— Eu, hum, não contei aos meus pais que estava na cidade, mas uma das professoras da escola onde eles trabalhavam antes de se aposentarem viu uma matéria sobre nós dois e contou pra minha mãe. Ela quer que eu retorne a ligação.

Ela queria que Marcus os visitasse, porque o filho sempre tinha que ir até eles.

Da porta da cozinha da casa dos pais, ele se encolhia e ficava assistindo à dança dos dois.

— Você quer retornar a ligação? — O tom de April era completamente neutro.

Ela havia tirado os óculos em algum momento e puxado a cadeira mais para perto da dele. E aqueles olhos castanhos eram suaves e pacientes. Cheios de afeto e de uma confiança que ele não merecia.

— Eles… — Marcus pigarreou. — Eles odeiam a série. Eu já te contei isso?

Em silêncio, April balançou a cabeça.

— Na verdade, acho que odiaram todos os personagens que eu interpretei até hoje. Mas principalmente o Eneias, porque os dois eram professores de línguas clássicas e acham que a série destroçou a história de Virgílio. — A mão dele não estava totalmente firme quando pegou o copo para tomar um gole de água. — O que é verdade, lógico, mas ainda assim eu não…

Os joelhos dela encostaram nos dele, cutucando-o delicadamente. Um lembrete de como estavam próximos.

A voz de Marcus falhou quando ele continuou.

— Eu n-não esperava que eles escrevessem artigos de opinião sobre a "influência perniciosa" da série, ou sobre como ela "promove uma deformação desastrosa das bases da mitologia".

Aquele texto em particular tinha sido publicado no jornal mais popular do país, e, depois que o computador lera em voz alta para ele, Marcus se arrependera de ter escutado. Se tivesse lido para si mesmo as palavras impressas, talvez pudesse ter fingido que havia entendido alguma coisa errada. Que tinha misturado as letras. Se confundido, como acontecia com tanta frequência.

No artigo, os pais em nenhum momento mencionavam o filho, ou o papel dele na série. Nem uma vez. Mas lógico que seus sobrenomes levavam a uma conexão óbvia, e Marcus poderia ter previsto a reação do público, as risadinhas abafadas enquanto se perguntavam como pais tão cultos tinham dado à luz um filho como *ele*.

— Achei que seria diferente. Por eu já ser adulto, sabe. Achei que em algum momento passaria a me sentir diferente quando estivesse perto deles. Depois que eu tivesse uma carreira, amigos, outras coisas na vida além dos meus pais. Mas isso nunca acontece, e, April... — Ele se virou para ela, e os olhos de April estavam marejados de novo, agora por ele. Marcus não conseguia suportar aquilo, mas também não conseguiu se conter. — April, eu sinto tanta raiva toda vez que vejo os dois.

Quando ela pegou a mão dele, a força desesperada com que Marcus agarrou seus dedos devia tê-la machucado.

April não reclamou. Não se afastou.

— Odeio isso. *Odeio* — continuou ele, furioso. — O jeito como eles desprezam todos os meus papéis, e como escreveram aqueles artigos e provavelmente escreverão outros, e o jeito como me olham, como se eu fosse burro, preguiçoso e... *inútil*, embora eu tenha tentado, juro por Deus que tentei. E tentei, e tentei, o máximo que eu pude, e eu era só uma *criança*, cacete, e eles eram *professores*. Como não *perceberam*?

Com o passar do tempo, Marcus tinha se perguntado se a escola particular em que os pais trabalhavam desencorajava alunos com necessidades especiais ou se os pais dele eram apenas teimosos demais para admitir que o próprio filho, o produto dos genes e da criação dos dois, se provara um fracasso tão colossal. Se a vergonha que sentiam dele havia cegado os dois, carregando toda a família para dentro daquela escuridão.

Mas aquilo não importava. Não de verdade.

Os pais nunca tinham conhecido o verdadeiro Marcus, nunca perceberam o que ele poderia se tornar, o que ele *havia* se tornado, e o que ele nunca, jamais seria.

Isso ainda não tinha acontecido.

April estava secando com um guardanapo as lágrimas que escorriam pelo rosto de Marcus, e ele estava perdido demais para se sentir constrangido.

— Sei que eles me amam, e eu amo os dois também, mas não sei como perdoar meus pais.

Uma vida de mágoas se derramava sobre eles, e April esperou pacientemente, segurou a mão dele com firmeza e secou suas lágrimas. Naquele momento, se fosse o guerreiro que interpretara por tanto tempo, Marcus teria jurado sua lealdade, sua vida a ela. Teria pousado sua espada aos pés da amada, aliviado.

April fez com que ele se levantasse, levou-o até o sofá e o abraçou assim que os dois se sentaram. Marcus pousou a cabeça em seu ombro, os braços ao redor do corpo dela o mais apertado possível sem machucá-la, o rosto enfiado no pescoço, sentindo o cheiro de rosas.

— Não sei como perdoar meus pais — repetiu, sussurrando junto àquele refúgio secreto e macio.

April passava os dedos pelo cabelo dele, acariciando-o. Marcus fechou os olhos.

Como ele não falou nada por algum tempo, ela apoiou o rosto em sua cabeça e disse:

— Podemos conversar sobre isso, se você quiser, ou posso só te ouvir. Ou a gente pode ficar assim, em silêncio, se te ajudar.

Não havia qualquer crítica em sua voz. Nenhum traço de impaciência. Ou de desprezo pela fraqueza dele, pela ingratidão, ou pela tendência a *sentir* mais do que era confortável, às vezes.

Ele não sabia. Como poderia saber? Nada em seu passado, em meio a todos os sucessos que tivera e a todos os relacionamentos que deram errado, poderia ter profetizado o *alívio* estonteante de abrir o coração para April, sem se conter, e descobrir…

E descobrir que ela protegeria aquele coração para ele.

Assim, Marcus soube que conseguia falar. Que queria conversar a respeito. E que queria ouvir.

Ele respirou fundo contra o pescoço dela.

— Me diz o que você tá pensando.

— Eu acho... — April fez uma pausa, mas continuou a passar os dedos com delicadeza pelo cabelo dele. — Não acho que você seja obrigado a perdoar.

Como estava com o rosto junto ao pescoço dela, Marcus pôde senti-la engolindo com dificuldade.

— Ainda mais se esse perdão não for merecido. Mesmo se a pessoa que te magoou for alguém que... que ama você. — Os dedos dela se detiveram, e April manteve a palma da mão quente sobre a cabeça dele. — Acho que perdoar é uma escolha. Mas você não deve seu perdão a ninguém. Nem mesmo a seus pais.

Ela afastou a cabeça dele do ombro e segurou o rosto de Marcus entre as mãos. Quando os olhares dos dois se encontraram, o de April parecia subitamente feroz. Ela passou a falar mais rápido, com mais segurança.

— Se você não quiser visitar seus pais, não vai. Se não quiser falar com eles, não fala. Se não quiser perdoar seu pai e sua mãe, não perdoa, cacete. — April assentiu enquanto falava, e Marcus não tinha certeza se era para si mesma ou para enfatizar o que dizia. — Se quiser perdoar os dois, tudo bem, também. Se quiser falar com eles, ou fazer uma visita, vou te apoiar como puder. Não tem resposta certa ou errada aqui, Marcus. Só a resposta, seja ela qual for, que vai te deixar mais feliz.

Aquele nunca tinha sido o objetivo, não com os pais dele.

Por décadas, os três tinham sido unidos por expectativas e obrigações, e não por qualquer consideração especial por algo tão irrelevante quanto a felicidade de Marcus, ou mesmo a dos pais. Mas se ele se libertasse daquelas amarras sufocantes, se o laço com os dois se tornasse algo que ele pudesse escolher ter ou não, de acordo com o que desejasse fazer...

Marcus não sabia como se sentiria. Se a raiva e a mágoa finalmente se tornariam insignificantes. Se ele acharia mais fácil perdoar, ou se aquilo acabaria reafirmando sua decisão de não oferecer aquele perdão.

— Eu nunca... — Ele pensou um pouco. Repassou décadas de relacionamento, refletindo sobre o que ia falar, mas seu instinto estava certo. — Nunca disse aos meus pais como me sentia quando era mais novo. Ou como eles fazem com que eu me sinta agora. Em vez disso, simplesmente fingi ser outra pessoa. Então parece... errado não perdoar os dois por coisas que nunca disse que me magoavam.

April voltou a escolher as palavras com cuidado.

— E você quer conversar com eles sobre isso?

— Eu... não sei — admitiu Marcus depois de algum tempo.

Merda, era exaustivo colocar tanta emoção para fora. Ele sentia a cabeça pesada de cansaço e incerteza, e voltou a pousá-la no ombro de April, aconchegando-se a ela, como se seu corpo fosse um anteparo em uma ventania. Os dedos de April brincavam com os fios de cabelo na nuca dele, o outro braço quente envolvendo as costas de Marcus.

Ele realmente não sabia como agir em relação aos pais.

Só o que sabia era que nenhum de seus personagens, nenhum dos artifícios que usara, jamais lhe garantira aquele tipo de abrigo, de conforto. Só April.

Por isso, apesar do medo e da vergonha que faziam seu estômago se revirar, ele não contaria a ela sobre EmLivrosEneias-NuncaFariaIsso. Não iria confessar sua mentira por omissão.

Aquela abertura limitada em relação a April talvez não fosse o que ele desejava. April poderia nunca chegar a conhecer toda a história dele. Mas o que havia entre os dois era mais do que Marcus jamais tivera, mais do que ele sonhara conquistar um dia, e não estava disposto a arriscar tudo.

Não iria arriscar.

Ele se agarraria àquilo com ainda mais força.

DMs no servidor Lavineias, sete meses antes

Tiete Da Lavínia: Você vai à Con dos Portões do ano que vem?

EmLivrosEneiasNuncaFariaIsso: Participar de eventos como fã não é minha praia.

Tiete Da Lavínia: Porque você não gosta de multidões, ou...?

EmLivrosEneiasNuncaFariaIsso: Tipo isso.

Tiete Da Lavínia: Tudo bem

EmLivrosEneiasNuncaFariaIsso: É só que...

EmLivrosEneiasNuncaFariaIsso: Não me parece uma boa ideia conhecer pessoalmente os meus amigos virtuais.

Tiete Da Lavínia: Você é tímido?

EmLivrosEneiasNuncaFariaIsso: Às vezes?

Tiete Da Lavínia: Porque, só pra você saber: não precisa ficar nervoso perto de mim. Não me importo nem um pouco com a sua aparência, ou se você ficar constrangido se nos encontrarmos pessoalmente, ou... seja lá o que for. Já somos amigos há bastante tempo, e adoraria conhecer você pessoalmente.

Tiete Da Lavínia: de repente tomar um café

Tiete Da Lavínia: ou jantar? Só nos dois?

EmLivrosEneiasNuncaFariaIsso: Queria muito poder fazer isso. Por favor, por favor, não duvide.

21

Depois de um dia cheio de papelada no trabalho, April chegou em casa para enfrentar *mais* papelada.

Só que, em casa, o foco não eram resultados de análises de amostras de solo, ou relatórios de consultores que não sabiam interpretar os dados ou usavam critérios de avaliação errados para chegar a suas conclusões, mas sim roteiros de TV e cinema. Roteiros de Hollywood de verdade, cada um com um papel que a agente de Marcus achava que ele talvez gostasse de representar, ou um papel que já tinha sido oferecido a ele antes mesmo de Marcus dar sequer uma olhada na história.

Para alguns, ele teria que fazer um teste, para outros, não. Alguns pagariam uma quantia substancial, outros não muito acima do padrão. Alguns ostentavam grandes nomes no elenco, ou na produção, ou na direção, e outros contavam com a história em si como o atrativo principal.

Francine, a agente de Marcus, tinha suas preferências, lógico, mas em geral só queria que ele escolhesse *alguma coisa* e que essa escolha virasse notícia antes que a popularidade dele graças a *Deuses dos Portões* começasse a diminuir. Pelo menos havia sido isso que Marcus tinha dito a April durante o jantar deles — salmão assado com molho de mostarda e purê de couve-flor com alho. À tarde, ele também havia assado um pão pita delicioso só para ela, que comeu com entusiasmo.

Aquele salmão estava bom demais. Assim como o restante da refeição.

Marcus tinha comprado a comida. E também lavado a louça, trocado os lençóis e até colocado a roupa de April para lavar. E ainda pendurado alguns quadros onde ela havia pedido.

Se ele nunca escolhesse outro papel, April planejava mantê-lo como dono de casa.

Talvez aquilo devesse ser uma piada, mas não era.

E como a mãe dela vivia sugerindo, talvez April devesse ficar preocupada com a rapidez com que Marcus se instalara em sua casa, tornando-se uma presença familiar e essencial em sua vida. Em vez disso, aquilo parecia... natural. Como se eles estivessem juntos há anos, embora só tivessem se conhecido semanas antes.

April confiava em Marcus. Por algum motivo, mesmo em tão pouco tempo, ela já confiava nele.

Como os roteiros provavam, eles não teriam aquele tipo de convivência sempre. Logo ele teria que voltar para Los Angeles, ou ir para outro país filmar um novo projeto, e eles talvez ficassem semanas ou meses sem se ver.

Portanto, se Marcus queria continuar na casa dela, April não o colocaria para fora. Aquele alinhamento da vida deles, das agendas, não duraria para sempre, e ela pretendia aproveitar cada minuto.

— Espero que você não se importe de conversarmos sobre as minhas possibilidades de escolha. — Ele estava sentado em seu lugar de sempre no sofá depois de comerem, e encaminhou para April pelo celular um dos e-mails relevantes que tinha recebido. — Normalmente, eu já teria escolhido um novo projeto meses atrás, mas não consegui me decidir, e achei que poderia me dar um descanso depois que terminamos de filmar *Portões*. Mas a Francine está certa. Não posso mais enrolar. E seria bom ouvir a opinião de outra pessoa.

— Você espera que eu não me importe? — April abriu o notebook na mesa da cozinha agora vazia e olhou para ele por cima da armação dos óculos. — Marcus, já tivemos essa conversa antes. Sou uma enxerida incurável de merda. *Lógico* que quero ver seus roteiros.

Ele deu uma risadinha e continuou a examinar as mensagens que havia recebido para tentar encontrar outros roteiros para mandar para April.

— Tentei conversar com o Alex a respeito, mas não ajudou em nada. Ele fica insistindo para eu lançar uma linha de produtos de cuidados com o cabelo e ponto.

Honestamente, para um homem cuja vaidade era muito menor do que ele fingia em público, Marcus *realmente* passava muito tempo cuidando do cabelo. Mesmo nos dias em que não tinha nenhum compromisso importante.

Mas era melhor não comentar nada a respeito.

Enquanto o notebook inicializava, April começou a cantarolar, feliz, ansiosa para começar, e mais ansiosa ainda para passar algum tempo com ele.

Nos últimos dias, ela havia devotado duas noites a escrever e revisar sua fic para a Semana do Tesão de Tristeza de Eneias e uma noite a trabalhar na nova fantasia de Lavínia. Além disso, ainda dedicara uma noite a esboçar possíveis figurinos para o Folk Trio Antes Conhecido Como My Chemical Folkmance mas que no momento se chamava, graças aos esforços bem-sucedidos de Mel, Indium Girls — apesar dos protestos iniciais de Pablo, que argumentava que dois dos três membros da banda não eram mulheres.

— Não se preocupa — replicara Kei. — A contradição só vai aumentar nosso mistério.

— O nome já vai ter mudado de novo no mês que vem — sussurrara Heidi quando estava com April ao lado da geladeira da equipe, mais tarde naquele dia. — O que quer que você faça, Whittier, não crie nenhum figurino tendo como inspiração o nome da banda.

Nas noites em que April dizia a Marcus que queria trabalhar em seus vários hobbies, ele não reclamava. A não ser por um ou outro beijo mais demorado, ou uma oferta hesitante, mas útil, de conselhos para a fic em andamento, ele lhe dava o espaço de que ela precisava. Em vez de ficar amuado, como teria acontecido com alguns ex-namorados de April, Marcus se distraía ouvindo audiolivros e maratonando episódios de séries de confeiteiros com Alex via FaceTime.

— O bolo esponja solou! — ficava gritando Alex, animado, a voz muito alta e clara através do alto falante do celular. — *O maldito bolo esponja solou!*

Depois das horas que passavam separados, April recompensava na cama a paciência de Marcus. E ele parecia muito satisfeito com isso. Tão satisfeito, na verdade, que insistia em retribuir o favor, e quando *ela* estava satisfeita, ele já estava excitado, quente e pronto para subir a bordo do Transatlântico April para outra viagem mutualmente agradável sem roupas.

Mas, apesar de todo o sexo, April tinha se sentido culpada. Já passava da hora de eles terem uma noite juntos, principalmente fazendo alguma coisa importante para Marcus.

— Muito bem — disse ele depois de mais alguns minutos. — Mandei os três mais promissores pra você.

Havia de fato três mensagens novas na caixa de entrada de e-mail dela, com os devidos anexos. Mas antes que pudesse abrir os roteiros e satisfazer a própria curiosidade, ela precisava saber mais.

Afastou um pouco o notebook para que o aparelho não bloqueasse sua visão do namorado.

— Agora que *Deuses dos Portões* está quase terminando, qual é seu próximo passo? Que rumo você quer pra sua carreira? Que tipo de papel está procurando? E por que esses são os três roteiros que mais chamaram sua atenção?

Por quase uma década, Marcus tinha encaixado papéis em filmes e séries entre os ciclos de gravação de *Deuses dos Portões*, escolhendo os projetos a partir de uma seleção limitada de trabalhos que ao mesmo tempo lhe interessavam e se encaixavam no período que ele teria disponível. A liberdade absoluta que tinha agora para escolher o papel que quisesse, não importando quando e onde aconteceriam as filmagens, era algo novo para Marcus.

Às vezes, April tinha a sensação de que toda aquela liberdade o desorientava um pouco.

— Negativo. — Ele se reclinou contra as almofadas do sofá, o sorriso subitamente desafiador. — Você gosta de descobrir as coisas, portanto, ao trabalho, Whittier. Me diga *você* por que esses são os três papéis que estou considerando.

April achava que, além de um desafio genuíno, Marcus também estava aproveitando para fugir das perguntas, mas ele já a conhecia bem demais. Ela *amava* aquilo. Um mistério. Um teste à capacidade de percepção dela. Um convite para descobrir histórias dentro de histórias. Sem mencionar a promessa carnal contida naquele sorriso preguiçoso e provocante.

April ergueu as sobrancelhas, respondendo ao sorriso insolente dele com uma expressão tão insolente quanto.

— Se eu acertar, qual vai ser minha recompensa, Caster-Hífen-Rupp?

Ao ouvir aquilo, a tensão se quebrou e ele não conseguiu conter uma risada.

Mas depois de se recuperar, encarou-a com uma expressão intensa. Então, deixou o olhar percorrer lentamente o corpo de April, desde o rabo de cavalo feito às pressas até os dedos dos pés, fazendo uma pausa em alguns pontos específicos no caminho: nos seios livres de qualquer contenção, com os mamilos se destacando contra o algodão macio e fino da blusa; no volume opulento dos quadris e do abdômen; nas coxas com dobrinhas, que a calça larga de tecido mole envolveu quando ela se agitou sob o olhar dele; na junção entre as coxas, onde àquela altura ele já havia se acomodado, provocado e explorado em tantas noites.

Marcus esticou o corpo no sofá, um rubor intenso tomando seu rosto.

Ele sabia exatamente o que estava fazendo. Sabia exatamente como se posicionar. Todo o preparo que havia feito para os vários papéis que interpretara e toda a experiência em atuação lhe ensinaram a ter consciência do próprio corpo de um jeito que April nunca vira antes.

Enquanto Marcus se esticava no sofá, a camiseta fina subiu por seu abdômen, os bíceps esticaram o tecido das mangas. Ele arqueou a coluna e jogou a cabeça para trás de um jeito que April reconheceu dos muitos momentos íntimos dos dois juntos.

Não que faltasse intimidade àquele momento.

Marcus voltou a relaxar no sofá com um ronronar satisfeito. Ele percebeu que April engolia em seco, e aquele sorriso desafiador voltou.

— A sua recompensa? — Agora com o corpo totalmente esticado no sofá, Marcus cruzou as mãos atrás da cabeça e piscou lentamente os olhos azul-acinzentados para ela. — Para cada papel que você analisar corretamente, vou tirar uma peça de roupa. E se acertar os três, você pode ter o que quiser. Qualquer coisa.

April enrolou uma mecha de cabelo no dedo enquanto o encarava, pensativa. Ela sabia com certeza que, naquele momento, Marcus estava usando três — e apenas três — peças de roupa. O número perfeito para os propósitos dela.

Seria preciso pouquíssimo esforço para deixá-lo nu. Menos ainda para montar naquele lindo rosto dele, assim que Marcus estivesse quente, excitado e deitado embaixo dela.

— Que os jogos comecem — disse April.

Ela obviamente precisou fazer uma leitura dinâmica, e não leu os roteiros até o fim.

Mais tarde, se Marcus quisesse que ela lesse cada palavra, April poderia fazer isso. Mas naquela noite, para aquela conversa e aquele desafio em particular, não era necessário avaliar tudo com profundidade.

Ele ficou observando enquanto April trabalhava, a atenção firme agindo como um afago, não um incômodo. Sempre que ela fazia uma pausa e tirava os olhos da tela, encontrava o olhar de Marcus, e precisava conter o próprio rubor diante do ardor que via ali.

April esperou que ele fosse ficar entediado, que fosse pegar os fones de ouvido sofisticados para escutar seu audiolivro mais recente, mas Marcus não fez isso. Simplesmente permaneceu onde estava, aguardando a avaliação dela.

Os roteiros eram tão diferentes uns dos outros que não havia risco de April confundi-los. Ainda assim, ela digitou algumas observações para lembrar a si mesma do que lera e das conclusões a que chegara.

"Custe o que custar": série de TV ambientada na Nova York vitoriana. Mistério/suspense dramático. Romance que arde em fogo brando.

Personagens principais: ladra semirregenerada e ex-prostituto (Marcus), que unem seus conhecimentos das ruas para encontrar um assassino que tem como alvo vítimas marginalizadas demais para merecerem a atenção necessária da polícia. Precisa fazer um teste. $$–$$$.

"Ex e O": Filme independente. Dramédia. Ophelia (O), por MOTIVOS, acaba dividindo a casa com vários ex-namorados. Jack (Marcus), que ela abandonou e de quem sente saudade desde então, é seu destino romântico. Não precisa fazer teste. $

Na teoria, havia um terceiro roteiro de filme competindo pela atenção de Marcus, mas aquele era uma óbvia tentativa da parte dele de confundi-la, e não valia a pena nem fazer qualquer anotação a respeito.

April afastou o notebook.

— Você mentiu pra mim, Marcus.

Ele se sentou de um pulo no sofá. Pálido.

— April... — O corpo erguido, agitado, ele cerrou os lábios por um momento. — Desculpa. Não... eu não deveria...

Suas palavras vacilaram enquanto ele olhava para ela, abatido.

Aquela parecia uma reação exagerada a uma desaprovação inofensiva, mas April já sabia que Marcus era, bem... sensível. Não só em relação às próprias emoções, mas também em relação às dela. Alex o chamava de "cristalzinho dramático", um clássico exemplo do sujo falando do mal lavado, mas ela não considerava a vulnerabilidade do namorado uma fraqueza.

Se algum dia Marcus resolvesse deixar de lado as máscaras que usava para se proteger da vida pública, April estaria mais do que disposta a servir como uma outra espécie de escudo para ele. E protegeria com prazer seus pontos mais sensíveis do escrutínio indelicado dos outros. Pelo bem dele, mas também — e de forma bastante egoísta — porque queria que Marcus precisasse dela.

Mais do que isso.

Queria que ele a amasse. Ela podia admitir isso, pelo menos para si mesma.

— Tá tudo bem. — April foi até o sofá, acomodou-se ao lado dele e deu um beijo tranquilizador em seu rosto. — Para sua sorte, não me importo com perguntas capciosas.

— Perguntas... capciosas. — Ele deixou o ar escapar, a voz trêmula. — É.

Depois que Marcus relaxou contra o corpo dela, April cutucou seu braço.

— Apesar do que disse, você na verdade me enviou só dois roteiros promissores. Não três, seu trapaceiro.

O rosto dele se iluminou ao ouvir aquilo, mais uma vez como um sol em um céu aberto, e aquela expressão já foi o bastante para dizer a April que ela estava certa.

Ainda assim, Marcus ergueu uma sobrancelha arrogante, a compostura totalmente restabelecida.

— Talvez sim, talvez não. Vamos ouvir sua argumentação.

Ela o encarou, sentando-se em uma das pernas.

— Não existe a menor possibilidade de você escolher *Júlio César: Remake* — declarou. — Você adora a Roma Antiga, mas não o bastante para trabalhar com aquele diretor. Até eu ouvi rumores sobre ele, o que já diz alguma coisa. — April sorriu. — Além disso, o roteiro é uma merda, e você não precisa mais aceitar papéis só por causa do cachê. Pode escolher um projeto condizente com seu talento e sua inteligência.

— Condizente com meu... — Ele parecia ter dificuldade de continuar. — Com meu talento e minha inteligência.

Marcus parecia preso àquela frase, mas April tinha um desafio a vencer, por isso não se demoraria ali.

— Para ser sincera, não foi uma artimanha muito convincente. Se quiser me enganar, vai ter que fazer coisa melhor. — Ela balançou a cabeça para Marcus. — Você é bom demais para aquele filme, em todos os aspectos possíveis. Ele não é promissor. A sua agente não deveria nem ter mandado esse roteiro pra você.

Marcus a encarou, os olhos azul-acinzentados arregalados e subitamente sérios.

Quando ele finalmente falou, sua voz saiu baixa.

— Eu disse a ela para não me mandar mais nenhum projeto daquele diretor, por maiores que sejam as bilheterias dos filmes dele. E disse também que não queria receber mais nada daquele roteirista, porque o texto era uma merda e misógino. Exatamente como você disse.

— Um ponto para o Time Whittier. — Ela lambeu o indicador e fez um tique invisível no ar.

Como Marcus não se moveu, April indicou a roupa dele com o queixo.

— Faz uma dancinha de stripper bombeiro em um palco de Las Vegas e tira a roupa — disse ela.

Os lábios dele se curvaram lentamente enquanto ele se esticava no sofá, e ele a provocou, levantando a camiseta lentamente, só um pouco, então um pouco mais, até o peito definido estar à mostra. Por fim, Marcus arrancou a camiseta pela cabeça — os músculos nus se flexionando com uma fluidez impressionante sob a pele coberta por pelos finos — e a jogou no colo de April.

A camiseta ainda estava quente do calor do corpo dele. April passou a língua pelos lábios com uma lentidão proposital, pois sabia que os olhos de Marcus acompanhavam o movimento.

— Um já foi. Faltam dois.

Marcus se recostou e pousou a mão no joelho dela. Então, traçou o desenho da patela.

— Mal posso esperar.

A voz dele era de quem estava se divertindo, embora ele olhasse para baixo, os olhos fixos no movimento circular e repetitivo da ponta dos dedos.

— O filme independente... — Quando ela cerrou as coxas, Marcus ergueu o olhar e a brindou com um sorriso malicioso. — É um compromisso limitado, mais do que a série. Isso provavelmente te atrai. É muito bem escrito. E uma oportunidade de mostrar sua amplitude emocional. Também seria um dos poucos papéis que você já fez em comédia, e o primeiro desde que ficou tão famoso.

O dedo de Marcus estava na parte interna do joelho dela agora, provocando a pele delicada da região através da barreira fina do tecido da calça.

— Por que eu não aceitei o papel, então?

— O cachê não é lá essas coisas, mas acho que essa não é sua principal preocupação.

— Não? — Foi outro quase ronronar, lânguido e ardente.

Com aquelas mãos fortes, Marcus fez com que April se levantasse e a colocou entre as pernas dele, que permanecia sentado no sofá. Depois, abaixou a calça soltinha e deixou as palmas quentes descerem pelas laterais das coxas e da panturrilha de April.

Ela ainda estava de calcinha, mas desconfiava que aquilo não duraria muito, a julgar pelo modo como ele deslizou o polegar pela cintura da peça e acariciou sua barriga.

— Não... *ah* — soltou April quando Marcus a acomodou em seu colo, montada em seus quadris, aquele volume no jeans a pressionando *bem ali*, onde ela ardia, quente. — O-o elenco é tão grande que você talvez não tenha oportunidade brilhar. Também não sei se Ophelia tem uma identidade de verdade a não ser pelos ex-namorados.

Marcus soltou um murmúrio em concordância e espalmou as mãos na bunda dela, pressionando-a contra ele.

— Dois pontos para o Time Whittier.

A paciência de April estava quase se esgotando. Queria a boca de Marcus, depois queria o pênis dele, e não queria esperar mais do que o necessário por nenhum dos dois.

— Então tira a porra da calça — falou ela.

Os olhos dele cintilaram. Não precisava nem falar duas vezes. Tirando-a do colo por um momento, Marcus despiu o jeans rápido e chutou-o para o lado. Então, voltou a tocá-la, puxando-a mais para perto, as mãos possessivas na bunda dela incentivando-a a montá-lo de novo.

Com apenas duas camadas finas e macias de tecido separando o pênis de Marcus das partes íntimas dela, cada movimento dos quadris dele fazia April ver estrelas atrás das pálpebras semicerradas.

— Falta mais um. — A voz de Marcus saiu rouca, uma vibração profunda contra o ombro dela.

April levantou o queixo e ele falou junto ao pescoço dela.

— A série…

Merda. As mãos de Marcus deslizavam por baixo da blusa dela, acariciando suas costas e seguindo adiante, em movimentos circulares, e se April não terminasse a análise *naquele instante*, obviamente nunca faria aquilo, e se não terminasse, não venceria, e se não vencesse, não poderia assistir a Marcus se despindo antes que ela montasse naquele rosto sexy e cheio de si dele.

Bem… ela poderia, sim. Mas a sensação seria ainda melhor sabendo que tinha *vencido*.

— Jogando sujo de novo, Caster-Hífen-Rupp? — April levou mais alguns segundos apreciando aquela língua quente que provocava o ponto logo abaixo de seu maxilar, e a pressão contra seu clitóris entumecido. — Que seja.

Quando April ficou de joelhos no sofá, Marcus gemeu diante da perda da fricção. Em seguida, gemeu mais alto quando ela o empurrou nas almofadas e passou os dedos sob o elástico da cintura de sua cueca boxer.

— Levanta os quadris — disse April, e Marcus obedeceu pelo tempo necessário para ela puxar o tecido até logo abaixo da bunda firme e redondinha dele.

O pênis grosso saltou da cueca, todo duro e úmido na ponta.

April não o tocou, embora pudesse. Embora quisesse.

Marcus balançou a cabeça para ela em uma repreensão fingida, mas sua voz saiu rouca.

— Isso é trapaça, Whittier. Você ainda não ganhou essa peça de roupa.

— Não trapaceei. — Ela abaixou o olhar para ele, o rosto ardendo de desejo. — A menos que eu esteja enganada, você ainda está usando a cueca.

Aquele sorrisinho convencido deveria ser ilegal.

— É verdade. Mas não da forma adequada.

— E não por muito tempo — avisou April. — Deita.

Quando ela estalou o dedo, ele se deitou por completo mais uma vez no sofá. Dessa vez, April montou ao redor das coxas dele, a mão fechada ao redor do pênis crescente. E, a não ser por alguns movimentos aflitos dos quadris, Marcus não a distraiu ou interrompeu mais.

April acariciou o pênis dele em um movimento firme, antes de voltar a falar, e Marcus ergueu o corpo abaixo dela e ficou ainda mais rígido.

— Vi o comentário da Francine sobre para que canal os criadores pretendem vender a série. — O mesmo canal a cabo de *Deuses dos Portões*. — Se conseguirem, isso vai garantir um bom orçamento, e tenho certeza de que sua participação no programa os ajudaria a conquistar esse objetivo. O papel tem sequências de ação, mas também tem uma base emocional forte. E desconfio de que você goste do fato de terem invertido o gênero dos personagens, em comparação com o que costumamos ver nas histórias.

April lambeu a palma da mão. Então voltou a acariciá-lo, provocando um gemido alto.

— Passei mais tempo lendo esse último roteiro, porque estava procurando sinais reveladores de que a série pretendia constranger os profissionais do sexo. Não consegui encontrar nada. — Com a outra mão, ela acariciou a barriga firme e o peito forte de Marcus, enquanto ele se contorcia sob suas coxas. — Meu palpite? Você se sentiu atraído pelo papel porque todos, até mesmo a personagem feminina principal, em um primeiro momento, encaram seu personagem só como um rostinho bonito e um corpo trepável, mas tem muito mais nele. É um roteiro inteligente, Marcus. O melhor do lote. E um bom cachê.

— Então por que... — Ele estava arqueando o corpo embaixo do dela e ofegando, para infinita satisfação de April. — Por que eu ainda não fiz o teste?

Ela parou de mover as mãos. Droga. Estava torcendo para que ele não perguntasse aquilo.

— Não sei — respondeu lentamente. — Não consegui deduzir isso.

Marcus soltou o ar com força.

— Se você descobrir, me avisa — conseguiu dizer em um tom irônico. — Porque não tenho ideia, estava com a esperança de que você pudesse me dizer.

— Tudo bem. — Aquilo merecia a plena atenção dela, e a de Marcus também, por isso April tirou as mãos do corpo dele e pousou-as nas próprias coxas. — Você tem alguma teoria?

Ele se deixou cair no sofá de novo.

— Não quero me afastar de você, é claro. Mas só precisaríamos ficar longe por um ou dois dias enquanto faço o teste, então não é esse o problema. Ao menos não é todo o problema. E não quero parar totalmente de atuar, por isso essa também não é a questão.

Marcus colocou uma mecha de cabelo atrás da orelha dela.

— Não consigo me convencer a fazer nenhum teste há meses, e não sei por quê. Embora pareça uma *ingratidão* desperdiçar essas oportunidades. E uma burrice também.

— Não é burrice. — Ela pousou a mão no peito dele, na altura do coração, como tinha feito antes. — E não tem resposta certa ou errada aqui. Só...

— ... o que me deixar mais feliz — completou ele, com um leve sorriso iluminando sua expressão. — Espero que isso seja verdade.

April revirou os olhos.

— Lógico que é verdade. Eu não mentiria pra você.

De repente, Marcus estremeceu de uma forma intensa, e ela saiu rápido do seu colo.

— Você está com câimbra? — April o examinou, mas não conseguiu ver nenhum problema a não ser a ereção agora murchando. — Onde está doendo?

Ele fechou os olhos com força.

— Não. Eu...

O celular dela tocou, interrompendo-o, mas April ignorou.

— O que eu posso fazer para ajudar?

— Por favor, atende o celular. — Como ela não se mexeu, Marcus insistiu. — Eu tô bem. Só preciso de um instante.

Preocupada com o estado de nudez e possivelmente de dor de Marcus, April não checou a tela antes de atender o celular. O que se revelou um erro.

— Oi, meu amor! Que bom que eu consegui te pegar em casa hoje à noite!

Era a voz da mãe, alta e animada. Alta e animada demais, o que significava que JoAnn estava ansiosa. Provavelmente porque a filha não vinha atendendo às ligações dela.

— Oi, mãe. — Droga. Droga, droga, droga. — Sim. Hoje, pra variar, a gente resolveu ficar em casa e relaxar, em vez de sair.

Marcus lançou um olhar interrogativo para April enquanto ajeitava a cueca, sem dúvida se perguntando por que ela estava mentindo para a mãe. Os dois não tinham saído à noite desde a visita de Alex, em parte para evitar os paparazzi, e em parte porque pareciam ser naturalmente caseiros.

Ao que parecia, ele não tinha percebido que April não atendia às ligações de JoAnn.

— Você... — A mãe pigarreou. — Você ainda está saindo com aquele rapaz?

April conteve sua resposta instintiva e mesquinha. *Você precisa de um sofá por perto para desmaiar, ou de sais de cheiro para te reanimar? Sei que vai ficar chocada com a resposta.*

— Estou. — Foi uma resposta educada, a melhor que April conseguiu dar.

Felizmente, a mãe não pediu mais detalhes.

— Nesse caso, então, vou fazer o convite para os dois. Seu pai e eu adoraríamos receber vocês aqui para meu almoço de aniversário, se puderem vir. No primeiro sábado de julho, só nós quatro.

O ar no apartamento parecia ter se tornado úmido e frio contra as pernas nuas de April. Ela se abraçou e se encolheu, abaixando a cabeça.

Não havia como recusar. Se ela dissesse que não poderiam naquela dia, a mãe iria propor uma nova data, então outra, até se tornar claro que aquele não era o verdadeiro problema, e April teria que abordar questões que ainda não estava pronta para enfrentar. Teria que fazer declarações sobre as quais queria pensar melhor antes de encontrar com os pais.

Quando April era criança, sua mãe se esforçava muito para tornar o aniversário dela especial. Dava vários presentes de tirar o fôlego. Festas que incluíam todos da turma de April na escola. Balões e fitas e, em um dos anos, até um minizoológico no quintal.

Até mesmo bolo, qualquer um que April escolhesse.

— Um dia de escapada da dieta por ano, meu bem — sempre dizia JoAnn. — Aproveite ao máximo.

April deveria estar ansiosa para fazer parte da comemoração do aniversário da mãe, apesar de tudo. Mesmo que só como um reconhecimento por todas aquelas festas de aniversário, já que a mãe realmente tinha se dedicado. A mãe se esforçava e queria o que era melhor para a filha, e torcia pela felicidade de April a cada telefonema, a cada visita, a cada vez que lembrava a ela o que a saúde, a beleza e o amor exigiam.

Ela sentiu os braços quentes e fortes de Marcus a envolverem por trás, dando-lhe apoio, e engoliu em seco, apesar da garganta apertada.

— Espera só um instante, mãe. — April colocou o celular no mudo, ficou olhando com a expressão perdida para a cozinha e transmitiu o convite a ele. — Minha mãe quer saber se você pode ir ao almoço de aniversário dela no primeiro sábado de julho. Eles moram em Sacramento, então seria uma viagem longa.

Não houve um instante de hesitação.

— É claro. Vou colocar na minha agenda mais tarde.

Antes que ele pudesse dizer qualquer outra coisa, April tirou o celular do mudo.

— Nós vamos. Me manda um e-mail com os detalhes e me avisa se pudermos levar alguma coisa.

— Perfeito. — Houve uma pausa constrangedora, que a mãe acabou preenchendo, tagarelando de forma animada. — Nada muito empolgante por aqui, embora seu pai e eu estejamos pensando em passar um fim de semana em Napa no mês que vem. Ele conseguiu alguns clientes novos, e eles recomendaram um vinhedo...

Não. Não, April não queria falar sobre o pai. Disso tinha certeza.

— Escuta, mãe, preciso ir pra cama cedo, então vou ter que desligar. — Marcus, que acariciava os braços frios dela, parou no meio do movimento. — A gente se fala depois.

April jamais conseguiria entender como a mãe era capaz de preencher com mágoa o mais absoluto silêncio. Mesmo as duas estando a duas horas de distância, a culpa fez com que ela abaixasse ainda mais a cabeça.

— Tudo bem. Amo você, querida — disse JoAnn finalmente.

Depois de engolir em seco mais uma vez, April falou a verdade:

— Também amo você.

Ela desligou o mais rápido possível. Quando se virou para Marcus, ele a fitava, a testa franzida, e April não queria responder a nenhuma pergunta. Não naquele momento.

Ela percebeu que as próprias mãos estavam trêmulas e cerrou os punhos.

— Eu venci, né? Estava certa sobre o último roteiro?

Marcus assentiu lentamente.

— Então, tira a roupa — indicou ela. — Depois disso, vou reivindicar minha recompensa.

Enquanto ele despia a cueca, April seguiu na direção do quarto, acendeu a luz e esperou que Marcus a seguisse. Assim que ele chegou, ela o recebeu tirando a blusa e a jogando em um canto, então fez o mesmo com a calcinha.

Ele respirou fundo e mordeu o lábio, mas sua testa continuava franzida.

— Não quero falar sobre essa ligação agora — explicou April. — Conversamos sobre isso depois, prometo.

Marcus assentiu novamente, daquela vez com mais firmeza.

— Tudo bem.

Em um desafio tácito, ela apoiou os punhos fechados nos quadris e ficou parada ali, totalmente nua, a luz acima deles no brilho máximo, para que não houvesse qualquer possibilidade de ele não vê-la por completo. Cada curva. Cada dobrinha. Cada sarda. Cada estria. Cada centímetro de seu corpo nu para que ele pegasse ou largasse.

Marcus demorou algum tempo estudando-a, então se aproximou. E mais, até as pernas dos dois estarem entrelaçadas e os pelos grossos das coxas dele roçarem contra a pele sensível de April.

Ele deixou os nós dos dedos correrem pelo pescoço dela com cuidado. Com ternura.

— Do que você precisa, April?

Eles haviam passado aquela noite discutindo desejos, não necessidades. Mas, naquele momento, para ela, talvez as duas coisas fossem sinônimos.

— Como minha recompensa, quero que você trepe comigo com todas as luzes desse quarto acesas. — Ela ergueu ainda mais o queixo, recusando-se a quebrar o contato visual. — Quero que olhe para mim o tempo todo. Consegue fazer isso?

April sentiu o desejo renovado dele contra o abdômen, e o pênis rígido novamente lhe provocou uma sensação de triunfo. De vitória absoluta contra um inimigo com quem ela vinha batalhando havia décadas.

Marcus riu, enquanto envolvia os seios de April com as mãos.

— Lógico que consigo fazer isso. Já fiz antes, e seria literalmente um prazer voltar a fazer. — Então ele hesitou. — Só...

A sensação de vitória pareceu escorrer pelos dedos de April, e ela precisou firmar as pernas para se manter de pé.

— Sim? — conseguiu dizer, sentindo o nariz arder com lágrimas que não iria, *não iria* derramar na frente dele.

As mãos de Marcus se afastaram dos seios dela, e April engoliu um soluço.

Então, ele segurou o rosto de April e acariciou a pele macia com os polegares em um arco delicado, enquanto pressionava os lábios na testa dela, nas têmporas, no nariz. E nos lábios traidores, que tremiam.

Marcus abaixou a cabeça, encostou a testa na dela e fez o próprio pedido.

— Depois que eu trepar com você, a gente pode fazer a amor? Com as luzes ainda acesas?

Quando April ficou na ponta dos pés para beijá-lo, Marcus interpretou isso — corretamente — como um sim.

No fim das contas, o que ela queria e o que precisava não eram exatamente a mesma coisa.

Naquela noite, felizmente, Marcus lhe deu ambas.

Classificação: Explícito
Fandoms: Deuses dos portões – E. Wade, Deuses dos Portões (TV)
Relacionamentos: Eneias/Lavínia
Tags adicionais: <u>Universo Alternativo – Moderno</u>, *Angst e Fluff*, <u>*Hot*</u>, <u>A ereção mais triste que já existiu</u>, <u>Fantasma!Lavínia</u>, <u>O final feliz vem em algum momento</u>, <u>Mesmo que os dois estejam mortos no final</u>, <u>O que na verdade é o que conta né</u>, <u>Vocês vão detestar isso</u>
Coleções: Semana do Tesão de Tristeza de Eneias
Palavras: 2.267 Capítulos: 1/1 Comentários: 39 Curtidas: 187 Favoritos: 19

O amor o eleva até o lugar a que pertence
Tiete Da Lavínia

Resumo:

Eneias passou vinte anos de pau duro por um fantasma. O amor da sua vida, morta havia muito. Lavínia, que desaparece sempre que ele tenta tocá-la.

Então, um dia, ela não desaparece.

Observações:

Um agradecimento especial ao meu novo leitor beta. :-)

À noite, ela apareceu mais uma vez diante dele. Um pouco mais *translúcida* do que tinha sido em vida, mas, a não ser por isso, exatamente como ela mesma — o que também partia o coração de Eneias. Todos os ângulos e feições muito marcados, o sorriso torto e o cabelo castanho escorrido roçando nos ombros. A visão mais doce imaginável.

Por vinte anos, ele a vira pairar pelo quarto, usando a mesma camisola fina e curta que tinha usado para dormir certa noite, aconchegada em seus braços, para nunca mais despertar. Até que ela o fez, como um fantasma. O fantasma *dele*. A esposa dele. Sua amada.

Como sempre, parecia ao mesmo tempo perversa e totalmente natural a forma como o corpo dele reagia àquela visão. Se fosse possível, tudo nele se ergueria para encontrá-la, em qualquer plano que ela habitasse, mas, por ora, apenas uma parte dele poderia fazer aquilo. Ela abriu um sorriso tímido ao ver o estado de excitação dele, um sorriso tão tímido que ninguém desconfiaria que ela o estimulava a se masturbar certas noites, os olhos cintilantes e ardentes colados nele enquanto Eneias se acariciava, ofegava e se derramava na própria barriga.

Os dois não podiam se tocar. Quando ele tentava, ela desaparecia na mesma hora e, às vezes, demorava dias para retornar. Quando fazia isso, parecia abalada. Perturbada. Com um olhar sombrio.

Ele não sabia para onde ela ia, e ela não falava a respeito. Mas depois da terceira vez, depois de passar uma semana desesperado com a possibilidade de ela não conseguir voltar mais, ele não tentou mais tocá-la.

Naquela noite, porém, alguma coisa estava diferente. Deitado na cama — inundado de desejo, de tristeza, de amor —, ele arquejou. Ela havia estendido a mão para *ele*, como não fazia havia duas décadas.

Os dedos longos e delicados acariciaram o rosto dele.

E estavam quentes.

22

— Ainda não sei como vou abordar a Semana do Tesão Inconveniente de Eneias. — April ajustou o espelho retrovisor pela milésima vez. — Ontem, me ocorreu que talvez eu pudesse voltar para os universos alternativos modernos sem que as coisas ficassem esquisitas, desde que continuasse usando a versão de Wade de Eneias, em vez da sua. O que, devo admitir, torna o personagem milhões de vezes menos sexy, mas às vezes é necessário fazer sacrifícios por um bem maior. E por "bem maior", quero dizer "trepadas explícitas nas minhas fanfics".

Marcus deu uma risadinha, mas ela continuou antes que ele pudesse formular uma resposta melhor.

— Falando de trepada explícita, preciso te mostrar a obra-prima mais recente da minha amiga MePegaEneias, "Por cima para dominar todo mundo", que é uma espécie de *mashup* sexy de *Deuses dos portões* e *Senhor dos anéis*. A Montanha da Perdição é toda uma *outra* coisa ali.

Quanto mais perto eles chegavam de Sacramento, mais falante April ficava.

E, sim, ela era divertida, e, sim, ele queria ouvir qualquer coisa que ela tivesse a dizer. Mas aquela não era uma tagarelice feliz, nem resultado do excesso de cafeína de um cacrofinut. Era do tipo que parecia que ela queria preencher qualquer silêncio possível, sem deixar espaço para outros pensamentos.

Enquanto falava, April prestava atenção ao caminho, mas também checava o clima, a playlist e os ângulos da saída de ventilação do carro, inquieta, enquanto dirigia de um jeito que Marcus nunca tinha visto.

Aquilo era ansiedade. Pura e simples.

Em algum momento durante o primeiro mês deles juntos, April tinha comentado que o pai trabalhava como advogado corporativo e a mãe era dona de casa. Na época, Marcus talvez devesse ter se perguntado por que ela não havia acrescentado mais detalhes, mas não fez isso. O que obviamente era um ponto contra ele, mas também uma prova de como April tinha a habilidade de desviar de qualquer assunto que considerasse desconfortável demais. Também era uma indicação de que talvez, apenas talvez, ela lidasse melhor com a carga emocional e o histórico pessoal confuso de outras pessoas do que com as próprias.

Mas, se April queria jogar conversa fora, era o que ele faria. Se precisava de distração, ele lhe garantiria isso.

Marcus daria qualquer coisa que ela quisesse, ou de que precisasse, algo que se esforçava para provar a April no mês anterior, desde que ela se postara nua e trêmula diante dele sob a luz forte do quarto e lhe pedira para trepar com ela como recompensa. Como recompensa para *ela*.

April ainda não entendia, mas ele a faria entender.

Marcus a amava, *amava*, e *ela* era a recompensa dele. Tocá-la era um presente para *ele*.

Naquela noite, ele finalmente tinha entendido como April escondia bem as próprias vulnerabilidades, apesar de parecer tão transparente e da luz intensa que irradiava, que iluminava ambos.

Na manhã seguinte, Marcus estava decidido a saber mais. A compreendê-la melhor.

Quando ele acordou no quarto escuro, uma hora antes do alarme de April tocar, ela já estava acordada. Ao perceber que Marcus se movimentava, virou a cabeça na direção dele, e seus olhos não estavam pesados de sono, como deveriam estar, considerando que os dois tinham ido dormir tão tarde.

April estava totalmente alerta. E tão imersa em pensamentos que Marcus ficou surpreso por não conseguir ouvir o barulho das engrenagens funcionando.

— Me conta — pedira ele, enquanto a aconchegava junto a si, colocando um braço por baixo do pescoço dela e acariciando com a outra mão o braço e os quadris de April, enquanto a acomodava como a concha de dentro da "conchinha", papel que ela não costumava assumir. — Me conta sobre a ligação de ontem.

Os lençóis tinham o cheiro deles. Cheiravam a sexo e rosas e a tudo com que Marcus tinha sonhado.

— Os meus pais… — April havia começado a rir subitamente, o som estridente no silêncio do dia que ainda nem nascera. — Isso é tão irônico, Marcus. *Tão* irônico.

— Não tô entendendo. — Ele tinha enfiado o nariz no alto da cabeça dela e dado um beijo ali.

— Eles vão amar você. *Amar*. Vão aprovar você mais do que me aprovaram em qualquer momento da vida. — April fizera uma pausa. — Mas não só quem você é de verdade. Também vão amar a sua versão fake, a sua versão pública. Mesmo se perceberem a diferença, acho que não vão ligar muito pra isso. Talvez a minha mãe ligue. Mas o meu pai, não.

A ideia não havia ocorrido a Marcus antes, mas…

— Os meus pais teriam matado para ter você como filha, e não eu — comentara ele.

Aquela constatação deveria ter doído, mas, por algum motivo, isso não aconteceu. Aquelas facadas não doíam mais, não desde que Marcus havia conversado sobre os dois com April. Desde que tinha se dado conta de que podia escolher a melhor maneira de conduzir seu relacionamento com os pais no futuro, se é que teria algum tipo de relacionamento com eles. Desde que April havia lhe dito que ele não era obrigado a perdoá-los, ou a fazer qualquer coisa que não quisesse.

Além do mais, como Marcus poderia se ressentir de alguma versão dos pais em um universo alternativo por adorarem e admirarem April, quando era exatamente isso que ele fazia?

— Daí a ironia. — Ela se aconchegara mais ao corpo dele na cama. — Todas as suas melhores qualidades, tudo o que torna você extraordinário... nada disso importa para o meu pai. Ele só liga para a aparência. Só liga para as aparências e para a melhor maneira de se vender para os clientes. Nós não nos damos bem, mas minha mãe é completamente leal a ele, e ela tem as próprias... — April hesitou, a respiração ficando irregular. — Ela tem as próprias preocupações. Por isso as coisas podem ser complicadas.

Quando ela permaneceu em silêncio depois daquela confissão logo antes do amanhecer, Marcus não a pressionara.

Em vez disso, havia perguntado o que poderia fazer por ela, e April sussurrou na escuridão.

Os dois tinham feito amor lentamente, e não só porque ela já estava com o corpo sensível e ligeiramente dolorido da noite anterior. Sem urgência, na penumbra fria do quarto, no calor compartilhado da cama, Marcus se posicionou em cima dela, ajeitou o corpo, segurou aquele rosto amado entre as mãos e fez questão de se certificar que April soubesse que ele *a via*.

Porque era daquilo que ela precisava.

Sim, ele finalmente estava começando a entendê-la. Demorou mais do que deveria, mas Marcus estava disposto a compensá-la pelo tempo perdido, e começaria a fazer isso durante aquela visita aos pais dela.

April não tinha pedido a ajuda dele, porque ela não era assim. Marcus a ajudaria da mesma forma.

Se ela precisava de distância do pai, Marcus poderia cuidar disso, e April já havia lhe dado o caminho das pedras. O pai dela se importava com as aparências. Sendo assim, não havia literalmente ninguém mais apropriado para ocupar a atenção dele e mantê-lo afastado dela do que o Golden Retriever Bem Treinado.

Marcus tinha o personagem. Tinha o roteiro e muita motivação.

Assim que chegassem à casa dos pais de April, ele estaria pronto para entrar em ação.

E aquilo não deveria demorar muito. O trânsito estava tranquilo, eles deviam ter mais uns vinte minutos pela frente. April continuou a olhar pelo espelho retrovisor, como se estivesse ansiosa para voltar, mas seguiu dirigindo.

Depois de conversarem sobre várias outras fics recentes do Lavineias, a maior parte das quais Marcus já havia lido secretamente, ela ficou em silêncio.

Mas não por muito tempo.

— Vi você dando uma nova olhada nos roteiros ontem — comentou April, enquanto aumentava mais um pouquinho a intensidade da ventilação do carro, para logo voltar a diminuir um instante depois. — Tomou alguma decisão?

Discutir a carreira dele talvez ajudasse a distraí-la um pouco, mas a verdade era que não havia muito a contar.

— Não.

Algumas de suas opções não existiam mais, não depois de tanto tempo de espera. Com outras, Marcus ainda não tinha certeza se queria se comprometer, apesar de toda a lógica e bom senso.

Quando April deixou escapar um "hum" encorajador, ele elaborou um pouco mais, de boa vontade.

— Reconheço plenamente a minha sorte de ter acesso a roteiros como aqueles, e sou grato por isso. De verdade. Não considero minha capacidade de ganhar a vida atuando como algo garantido, e não tenho palavras para expressar como valorizo as experiências e oportunidades que já tive.

— Sei disso. — April lhe lançou um breve sorriso, antes de voltar a olhar para a estrada. — Quando você fala do seu trabalho, dá pra sentir em cada palavra a sua gratidão. É fofinho demais.

A atenção de April, o afeto com que ela falou, bateram fundo no peito dele, como sempre acontecia.

Com ela, Marcus se sentia constantemente quentinho. Pleno.

— Acho que existem ótimos roteiros naquela pilha, mas eu só... — April não tentou preencher o espaço para ele. Por fim, Marcus se obrigou a continuar: — Não sei se eu quero algum daqueles papéis.

Nenhum deles parecia ser o papel certo. Pior, ele não sabia "qual" Marcus deveria aparecer para um teste. O Marcus de verdade? Alguma versão do homem que ele interpretara em público por quase uma década?

Se quisesse mudar a própria narrativa, aquela era a melhor oportunidade.

Marcus balançou a cabeça. Não, não era uma questão de *se*. Ele *queria* mudar a própria narrativa. Era mais uma questão de *como*. Também envolvia coragem. Como já havia confessado a April, ele não era nenhum Eneias no que se referia a bravura.

— Então aqueles papéis não são o que você está procurando. Tudo bem. — April apertou o joelho dele. — Você tem tempo, e vai receber outras ofertas. Assim que a última temporada de *Deuses dos Portões* for ao ar e você estiver de volta aos holofotes internacionais, a caixa de entrada da Francine provavelmente vai transbordar.

Talvez. Mas, àquela altura, ele já teria garantido um intervalo bem longo entre projetos.

Como não queria seguir com aquele assunto, Marcus se virou na direção de April o máximo que seu cinto de segurança permitia.

— E por falar em fama, como você está se sentindo em relação à Con dos Portões? Está pronta para toda a atenção que vai receber?

A convenção seria no fim de semana seguinte, e eles tinham decidido aproveitar a ocasião para fazer a estreia semioficial como um casal assumido. Nada de evitar os paparazzi, ao menos naquele fim de semana. Em vez disso, os dois entrariam no local do evento orgulhosamente juntos.

Marcus mal podia esperar. Queria exibir April, e ela parecia achar aquela expectativa dele ao mesmo tempo divertida e lisonjeira.

Quando não estivesse no painel do elenco da série ou em mesas e sessões de fotos com fãs, Marcus pretendia ter April ao seu lado sempre que possível. Embora, lógico, ela tivesse os próprios compromissos, alguns mais recentes do que outros.

— Acho que estou pronta. — O ritmo do tamborilar dos dedos dela ficou mais lento. — Já separei o que preciso colocar na mala, e só falta fazer a bainha do meu figurino de Lavínia.

Marcus abriu a boca.

— E *não*, você ainda não pode ver. — O sorriso dela foi só um pouquinho cruel. — Vai ter que esperar até o concurso de cosplay, assim como todo mundo, Caster-Hífen-Rupp.

Ah, ele adorava quando April o chamava daquele jeito. Significava que ela estava se sentindo atrevida, e atrevida era um milhão de vezes melhor do que ansiosa.

Como falar da convenção parecia relaxá-la, Marcus estava disposto a fazer quantas perguntas fossem necessárias.

— E sua mesa com a Summer? Como está se sentindo a respeito disso?

Poucos dias antes, a pessoa que estava escalada para moderar a mesa com Summer tinha subitamente pulado fora. Os organizadores do evento, obviamente cientes do amor de April por Lavínia e de sua atual notoriedade on-line como namorada de Marcus, não tardaram a convidá-la para ser a nova moderadora. Depois de pensar um pouco a respeito, April tinha concordado.

Marcus já havia apresentado as duas em uma rápida conversa por FaceTime, para acabar com qualquer possível constrangimento. Logo depois, Summer tinha mandado uma mensagem para ele. Não que você precise da minha aprovação, mas gostei da April. E ela parece ser uma mulher confiante, o que vai ajudar. Mas tome conta dela durante esse evento, Marcus. É difícil para todos nós, mas acho que você não entende como é ser uma mulher sob os holofotes. Ainda mais uma mulher que não está acostumada a eles, e *especialmente* uma mulher que talvez não seja o tipo de namorada que a imprensa e o público esperam que você tenha.

Tinha sido um comentário gentil, atencioso e totalmente, cem por cento, Summer. Foi por isso que quando Ron e R.J. tinham ferrado com Lavínia e Eneias na última temporada, Marcus havia ficado tão triste, não apenas pelo arco do próprio personagem, mas também porque a colega e amiga ficou devastada.

Por terem trabalhado de forma tão próxima ao longo dos anos, ela e Carah provavelmente eram as pessoas do elenco que sabiam mais como Marcus era de fato, mas nenhuma das duas jamais havia revelado a verdadeira personalidade dele à imprensa. Nunca.

Talvez ele e suas três mulheres favoritas pudessem jantar juntos durante a convenção. De repente, na companhia delas, com a orientação delas, ele conseguisse uma pista do caminho profissional que deveria seguir partir dali.

Afinal, o conselho delas não poderia ser pior do que a sugestão de Alex sobre a linha de produtos de cabelo: *Com Caster o penteado dura forever!* Ou para sprays de cabelo extrapotentes: *Preocupado com a Rupptura das suas madeixas? Deixe Marcus cuidar de você!*

— Vou ficar bem com a mesa. Não tenho problema em falar em público. — April deu de ombros. — Devo receber um perfil da Summer e as perguntas esta semana, então vou ter tempo para me familiarizar com o que precisar dizer.

Marcus se forçou a fazer a próxima pergunta óbvia:

— Quando você vai encontrar seus amigos virtuais? Já marcou uma hora?

Na semana anterior, enquanto April estava no trabalho, Marcus havia se logado ao servidor Lavineias no modo invisível e vira o anúncio que ela havia feito na noite da véspera. Finalmente, Tiete Da Lavínia revelou a todos que era a fã que estava namorando com Marcus, e ele ficou sinceramente surpreso por toda a internet conter largura de banda o suficiente para todos os gritos de comemoração que aconteceram.

Isso significa que você vai pra con, né? NÉ???, tinha perguntado MePegaEneias, depois que o furor se acalmara um pouco. NÓS PRECISAMOS NOS ENCONTRAR! AI, MEU DEUS, TEMOS QUE NOS ENCONTRAR! PODERES DE LAVINEIAS, ATIVAR!

Milhões de emojis com cara de choro e corações nos olhos depois, o encontro havia sido combinado.

Mas Marcus supostamente não sabia de nenhum daqueles planos, ao menos não em detalhes. Mas ele sabia, e seria capaz de dar tudo o que havia ganhado em seu último ano em *Portões* para se juntar ao grupo como EmLivrosEneiasNuncaFariaIsso.

Ele ainda estava escrevendo, e Alex ainda era o leitor beta de suas histórias, e Marcus ainda postava os textos sob um novo pseudônimo, EneiasAmaLavínia. Mas, até agora, seus textos não tinham recebido muita atenção, o que era ao mesmo tempo compreensível e desanimador. E era indescritivelmente solitário se sentir de fora da comunidade que ele ajudara a fundar.

Mas April valia aquilo. Um milhão de vezes.

— Domingo de manhã. Vamos todos nos encontrar para o café da manhã. Depois devo dar uma olhada nas lojinhas com MePegaEneias, a menos que um dos painéis pareça muito interessante. — Ela ligou a seta, saiu da rodovia e desacelerou na descida. — Estamos quase chegando. Só mais cinco minutos.

April já não tamborilava mais no volante. Em vez disso, o segurava com tanta força que seus nós dos dedos estavam brancos, com a pele esticada.

Por algum motivo, o súbito silêncio era ainda pior do que aquela tagarelice ansiosa. Os lábios dela estavam cerrados em uma linha fina, o rosto pálido, o queixo erguido em uma postura agressiva.

Uma raiva inesperada disparou pela coluna de Marcus.

Ele não ia fazer April falar sobre um assunto que obviamente a aborrecia, mas ainda assim poderia fazer o possível para tranquilizá-la.

O pai não ia chegar nem perto dela. Marcus ia se certificar daquilo.

Ele esperava que Brent Whittier tivesse um graveto para jogar, ou um brinquedo para mastigar disponível, porque o Golden Retriever Bem Treinado tinha chegado para *brincar*.

Servidor Lavineias
Tópico: Então, para o conhecimento de todos, sou aquela mulher

Tiete Da Lavínia: E com isso quero dizer: no Twitter, sou a @SempreLavineias. Que, como devem se lembrar, também é o @ usado pela fã que Marcus Caster-Rupp convidou para um encontro. O que faz sentido, já que sou aquela fã.

Tiete Da Lavínia: Sim, ele é maravilhoso e me faz muito feliz, e não, não posso contar muito mais do que isso. Mas queria que vocês soubessem. E agora já sabem! ♥

MePegaEneias: AI MEU BOM JESUS!!!

LavineiasOTP: Cacete

LavineiasOTP: Caceeeeeeeeeeeeeeteeeee

Sra. Eneias O Piedoso: Esse é o dia profetizado pelos nossos antepassados. O dia em que uma fã Lavineias conseguiu tocar o contorno do maxilar de MCR e descobrir se ele realmente é capaz de cortar seus dedos, de tão anguloso.

Tiete Da Lavínia: Ainda não precisei levar pontos. Mas o futuro a Deus pertence.

MePegaEneias: É POR ISSO QUE O ENEIAS DAS SUAS FICS AGORA É O ENEIAS DE WADE

Tiete Da Lavínia: Sim. Eu não queria descrever um personagem com o rosto e o corpo do meu namorado fazendo sexo com outra mulher. Mesmo que essa mulher fosse a Lavínia. Sou egoísta assim. :-)

LavíniaÉMinhaDeusaESalvadora: VOCÊ TEM QUE CONTAR PRA GENTE.

LavíniaÉMinhaDeusaESalvadora: ELE REALMENTE TEM CHEI-RO DE ALMÍSCAR, DE SUOR LIMPO E DE HOMEM

Tiete Da Lavínia: Mais ou menos. Principalmente depois que faz exercício.

MePegaEneias: [gif de pernas abertas com a pélvis para cima]

23

April não via os pais fazia um ano, e tinha ficado horas acordada na noite anterior a sua primeira visita a eles depois de todo esse tempo, determinada a chegar a algum tipo de veredicto.

Em dado momento depois das duas da manhã, ela finalmente havia tido uma luz.

No que se referia à mãe, a terra estava contaminada. Dava para continuar a viver com uma cobertura no solo, uma fina camada de amenidades que cobrisse os danos profundos, ou cavar até encontrar o problema.

O processo não seria fácil. E teria um custo, talvez maior do que ela imaginava.

Mas a verdade era que April sempre se interessara mais pelo que estava no fundo de tudo.

Estava na hora de cavar e descartar algumas coisas.

Por sorte, tinha pensado antes de finalmente, graças aos céus, cair no sono, *Marcus vai estar comigo. Para segurar minha mão. Me lembrar de que não sou eu o contaminante, caso eu me esqueça. Mesmo que os meus pais não concordem.*

Só que ela estava errada. Completamente errada, de um jeito humilhante, de embrulhar o estômago.

Marcus não ficou ao seu lado, nem por um minuto. Não segurou a sua mão.

Em vez disso, ficou conversando com o pai de April, do lado oposto do salão de planta aberta do primeiro andar. Rindo. Trocando dicas de exercícios e de nutrição, algumas das quais Brent repetia para que toda a casa ouvisse, o tom afável o bastante para que estranhos não compreendessem como o comentário era incisivo, nem em que corpo aquelas flechas verbais pretendiam se cravar.

O apoio e o afeto de Marcus nunca haviam vacilado antes, e April tinha contado com ele para que conseguisse enfrentar aquele dia. Mais do que isso: ela havia contado que aquilo seria uma prova, para os pais e para si mesma, de que tudo em que os dois acreditavam, tudo o que tinham dito para April por dezoito anos, estava errado.

Os dedos de Marcus entrelaçados aos dela, o modo como ele sorria para a filha deles, seriam uma prova maior de seu triunfo do que qualquer palavra.

Sou gorda, e ele me quer.

Sou gorda, e ele não precisa que eu mude.

Sou gorda, e ele tem orgulho de mim.

Agora, ela se sentia só outra mulher grande que o cara sexy não queria por perto, ao menos não em público. O que era exatamente o que seus pais esperavam, e também o que a mãe havia lhe alertado em todos aqueles telefonemas preocupados que April tinha parado de atender.

Para ser bem sincera, April não dava a mínima para o que o pai estava pensando, ou no que ele acreditava, não mais. Mas quando visualizara aquela conversa com a mãe, tinha imaginado Marcus passando por tudo aquilo ao seu lado, a proximidade como um lembrete silencioso de que ela era desejada e valorizada, que a felicidade dela valia conversas delicadas e limites impostos com dificuldade.

Em vez disso, April estava fazendo todo o trabalho sozinha, porque lógico que era isso que ia acontecer.

Lógico.

Enquanto as duas colocavam a mesa, a mãe já havia expressado seu desconforto, aos sussurros, a testa franzida acima dos olhos castanhos cálidos.

— Tem certeza de que isso não é um golpe publicitário, meu bem? É que parece tão… improvável.

Aquela ansiedade era real. Assim como o amor naquele olhar familiar.

O que só fazia as palavras doerem mais. Quando April havia defendido que seu relacionamento com Marcus era verdadeiro, o descrédito não explícito mas óbvio da mãe também doera.

Agora, conforme davam o toque final no *almoço de comemoração gourmet de spa* deles, como a mãe tinha chamado, as duas voltavam a pisar naquele mesmo terreno contaminado.

— Vi algumas fotos nos tabloides. — JoAnn checou o ponto de cozimento do salmão assado, depois transferiu os filés para uma travessa. — Vou te mandar alguns links de cintas modeladoras com sustentação. Eles vão suavizar um pouco as coisas, assim você vai se sentir mais confortável quando os paparazzi tirarem fotos de surpresa.

— Cinta modeladora nenhuma nunca fez com que eu me sentisse mais confortável — retrucou April, tentando manter o tom irônico, e não amargo. — Na verdade, o resultado é exatamente o oposto.

A mãe riu.

— Você sabe o que eu estou querendo dizer.

Ah, April sabia. O conforto físico não significava nada, se o desconforto ajudasse a conter a censura tanto de pessoas queridas quanto de estranhos. E JoAnn tinha aprendido aquilo da forma mais difícil.

Durante o primeiro ano de casamento, ela havia ganhado cerca de vinte quilos. E logo voltou a perdê-los, assim que percebeu que se estivesse acima do peso o marido não a convidaria para eventos com os colegas dele, não dançaria com ela em público, jamais a tocaria quando estivessem a sós.

Foi um erro que nunca mais se repetiu. Brent ainda se gabava de como a esposa tinha perdido todo o peso que ganhara na gravidez apenas um mês após o parto. JoAnn não quisera correr o risco de que aquilo não desse certo uma segunda vez, então April permaneceu filha única.

April tinha nascido pequena e permanecera magra... até a puberdade. Então, o número na balança começara a aumentar assustadoramente, semana após semana. Até a mãe finalmente puxá-la de lado para compartilhar a história daquele primeiro ano de casada e as lições que havia tirado daquilo.

— Os rapazes prestam mais atenção nessas coisas do que nós imaginamos, e não quero que você seja pega de surpresa como eu fui. — JoAnn tocava o rosto úmido e ruborizado de April, sua mão fresca, macia e terna. — Meu amor, só estou dizendo isso porque amo você e não quero que se magoe.

Aquela frase foi repetida incontáveis vezes.

Eu amo você, e não quero que se magoe.

E já era tarde, muito tarde para evitar mágoas. Mas ao menos aquela história tinha servido para confirmar o que April já desconfiava. Já temia.

O pai havia parado de levá-la aos eventos familiares da empresa em que trabalhava. As únicas fotos de April pela casa eram de antes da puberdade. No casamento de sua prima mais velha, quando a avó materna de April tinha tentado incentivar o pai a dançar com a filha, ele simplesmente fingira não ouvir.

O pai tinha vergonha de ser visto com ela.

Sim, aquilo doía. Muito. E April acabara fazendo terapia para lidar com a questão.

No entanto, com toda a sinceridade, aquele homem era tão cretino, de diversas maneiras, que foi relativamente fácil cortar laços com ele. Os dois não se falavam mais. E mal se viam a não ser por tardes muito eventuais como aquela, e, mesmo nessas ocasiões, a mãe permanecia como uma espécie de mediadora e um amortecedor constantes. Passar algum tempo sob o olhar de desaprovação do pai ainda deixava April nervosa, mas não a devastava.

Mas a mãe a tratava com uma doçura inextricavelmente temperada com uma visão tóxica que JoAnn nunca havia reconhecido e jamais reconheceria como danosa.

Se quisesse se livrar do veneno, April muito provavelmente perderia a doçura também.

Ainda assim, havia falado para Marcus que ele tinha o direito de estabelecer limites com os pais, em prol da própria felicidade, e precisava seguir o conselho que ela mesma dera. O amor de JoAnn por April não justificava o mal que ela causava à filha, e o amor de April por JoAnn não conseguiria salvar a relação das duas.

A menos que as coisas mudassem. A menos que April falasse e a mãe realmente escutasse.

Naquele dia, ela estava disposta a falar. O resto cabia à mãe.

JoAnn estava colocando nos pratos as colheradas de molho de iogurte de baixa caloria com endro. E continuava falando. Continuava preocupada, amorosa e nociva.

— Você já pensou em fazer cirurgia para o seu... problema? — A mãe sempre tropeçava na palavra, como se ser gorda fosse uma obscenidade. — Pode melhorar um pouco as coisas, ainda mais com um homem como Marcus. E você sabe como eu me preocupo com a sua saúde.

April dificilmente poderia esquecer, levando em consideração a frequência com que a mãe a lembrava disso.

— Eu poderia ficar na sua casa e te ajudar na recuperação, se você quisesse. — Como a filha não respondeu, JoAnn tentou uma abordagem diferente: — Mas sei que é um passo importante. Se você não estiver pronta para isso, por que não experimenta seguir a rotina de dieta e exercícios dele? Pode ser algo que vocês têm em comum, como o seu pai e eu.

Quando era mais nova, April havia se perguntado por que os pais continuavam juntos. JoAnn era agitada, animada e tinha boas intenções. Brent era confiante, egocêntrico e insensível. Eles estavam casados havia quase quarenta anos, mas permaneciam dois estranhos em tudo o que mais importava. Um casal que parecia extremamente distante, mesmo quando estavam parados um ao lado do outro.

Bem, agora April sabia a resposta: agachamentos e proteína magra haviam salvado o casamento deles.

Aquilo seria até engraçado, se a mãe não parecesse sempre tão apavorada toda manhã e toda noite, quando subia na balança, e todas as outras vezes ao longo do dia em que conferia mais uma vez o próprio peso.

Depois que saiu de casa e foi para a faculdade, April levou três anos para parar de se pesar depois de cada refeição. E mais uma década para se livrar totalmente da balança.

A mãe estava torcendo rodelas de limão para decorar cada prato, o que significava que o almoço estava quase pronto. O tempo de April estava acabando, e ela começava a perder a coragem.

Não daria para esperar até o fim da refeição, como havia planejado.

A conversa teria que acontecer naquele momento.

— Mãe. — April pousou a mão no braço de JoAnn, detendo aqueles movimentos hábeis e perfeitos. — Preciso conversar um minutinho com você. Em particular.

JoAnn franziu a testa.

— Estou prestes a servir o almoço, meu bem. Essa conversa não pode esperar?

— Acho que não — retrucou April, e guiou a mãe até a privacidade do quarto de hóspedes.

O almoço de aniversário de JoAnn não era o momento certo para fazer aquilo, mas elas precisavam conversar pessoalmente, e April não sabia quando voltaria à casa dos pais. Aliás, não sabia nem *se* voltaria. Tudo ia depender do que acontecesse a seguir.

Após décadas morando com um homem como Brent, sua mãe era extremamente sensível a qualquer possível insatisfação das pessoas que amava. Ela já estava torcendo as mãos, ansiosa, prestes a chorar, o que explicava parcialmente por que as duas nunca haviam tido aquela conversa antes. Deixar JoAnn naquele estado fazia April se sentir um monstro. Fazia com que se sentisse como o pai.

— Qual é… — A mãe se sobressaltou ao ouvir o som da porta se fechando, embora April tenha feito aquilo da forma mais silenciosa possível. — Qual é o problema, meu bem?

Muito bem. Ela não precisava de Marcus.

No fim, sempre soubera que teria que fazer aquilo sozinha.

— Depois de hoje, nunca mais quero ver o papai. Nunca mais.

— A qualquer minuto, Brent começaria a se perguntar por que a esposa não estava servindo seu almoço com a rapidez necessária, e aquela conversa terminaria. April não tinha tempo para enrolação. — Estar perto dele só me causa ansiedade, e não vou mais me sujeitar a isso.

A mãe engoliu em seco diante daquela primeira declaração firme, os olhos ficando marejados e apavorados.

Por anos, JoAnn lamentara a distância entre pai e filha, e tentara convencer April nos telefonemas entre as duas a visitar Brent no aniversário dele e a mandar presentes de Natal, isso antes de sussurrar, em um tom significativo, que ele havia perguntado como a filha estava.

April não acreditava naquilo. E mesmo que fosse o caso, uma mera lembrança passageira em relação ao bem-estar de April seria mesmo o bastante para indicar que ele sofria com a distância entre os dois e que desejava se reaproximar dela?

Seria o bastante para fazer dele um pai de verdade?

Não. Não seria.

Naquele momento, April estava declarando a própria independência, excluindo-o de vez da sua vida, e tornando realidade todos os piores medos da mãe. E era horrível, *horrível*, ser a pessoa a infligir aquele golpe necessário.

— Querida… — Com os lábios trêmulos, JoAnn estendeu as mãos para April.

Mas, quando a filha continuou a falar, ela abaixou a mão e ficou em silêncio.

— De agora em diante, minha relação com você não vai mais incluir meu pai. — A mãe exploraria qualquer brecha de incerteza, por isso April fez questão de ser bem direta. — Se você não puder me visitar sem estar na companhia dele, vou entender. Mas então também não vou ver você.

Na noite da véspera, April havia formulado mentalmente diferentes versões daquela conversa.

Ele não me ama, diria à mãe. *Talvez eu ainda o ame um pouco, só porque é difícil não amar o próprio pai. Mas definitivamente não gosto dele. E pra mim chega.*

Mas aquilo levaria a mãe a insistir que era *lógico* que o pai a amava, que os homens apenas demonstravam sentimentos de uma forma diferente, e April tinha que entender. Aceitar. Negar a ansiedade que aquilo lhe provocava, negar as necessidades que tinha, embora seu peito parecesse ressecado, vazio, diante da perspectiva de ver uma pessoa que deveria amá-la incondicionalmente, mas que não fazia aquilo.

Não fazia.

Mas a mãe, sim. O que só tornava o restante daquela conversa ainda pior.

— Quanto à relação entre nós duas depois do dia de hoje, vai depender de você. — Um gosto ácido subia pela garganta de April. Bile. — Não só porque não vamos mais nos encontrar quando ele estiver presente, mas porque as coisas precisam mudar entre nós duas. Mesmo sem o envolvimento do meu pai.

JoAnn agora chorava abertamente. Seus joelhos pareceram ceder e ela se deixou afundar na beira da cama, o corpo curvado para a frente. April teria arrancado o próprio coração para evitar que a mãe se encontrasse naquele estado.

E, de certa forma, já havia arrancado.

Mas April estava prestes a dar uma basta naquilo, mesmo que se sentisse suja e monstruosa.

— Nunca mais quero voltar a conversar sobre o meu corpo com você. — Por mais que sua voz saísse trêmula, ela precisava estabelecer seus limites. Sem fraquejar, de modo que não restasse nenhuma dúvida sobre tudo, que a mãe não pudesse ultrapassar aqueles limites "sem querer". — Não vou conversar sobre o que eu como ou não como. Nem sobre como me exercito ou não. Não vou falar sobre a minha aparência. Nem sobre resultados de exames médicos ou remédios. O meu peso, a minha saúde e as minhas roupas, tudo isso passa a ser assunto proibido entre nós.

Os olhos de JoAnn estavam vermelhos, os lábios entreabertos, e ela balançava a cabeça em uma perplexidade paralisante, ou negação, ou alguma outra emoção que April não conseguia identificar em meio ao próprio sofrimento.

— Sei que você se preocupa comigo, sei que quer me ajudar, mas isso não muda o que eu estou te dizendo. — As lágrimas ardiam nos olhos de April, borrando sua visão. Ela afastou-as com um gesto determinado e continuou falando, de pé. — Por favor, acredite em mim: da próxima vez que você disser qualquer coisa sobre o meu corpo, vou encerrar a conversa. Vou sair pela porta ou desligar o telefone. Da próxima vez que você me mandar links de matérias sobre perda de peso, vou bloquear seu número.

Pela primeira vez na vida, April ficou feliz pela timidez da mãe diante da segurança dos outros. Aquilo significava que ela poderia colocar para fora a próxima parte antes que o peso do próprio amor a arrastasse para baixo e afogasse as palavras que precisavam, finalmente, ser ditas.

— Se isso não for o suficiente, se você não parar, vou cortar todo o contato com você. — Apesar do arquejo da mãe, apesar das próprias lágrimas, April continuou encarando JoAnn o máximo que conseguiu. — P-porque você me magoa, mãe. Você está me magoando.

JoAnn soluçava alto, os punhos fechados ao lado do corpo.

— Eu *amo* você.

Ao ouvir aquilo, April teve que abaixar a cabeça. Mas, depois de engolir mais ácido, voltou a erguer o queixo.

— Você me a-ama, mas ainda assim me magoa. Quando converso com você, quando vejo você, termino quase convencida de que quem eu sou, ou o que eu sou, é errado, abominável, e precisa de conserto.

As palavras podiam até ter saído engasgadas, mas foram firmes. E sinceras.

— Você não é abominável — sussurrou JoAnn, o rosto franzido e marcado. — Eu nunca, jamais pensei isso.

A verdade crua daquela declaração fez April pegar a mão da mãe. Os dedos finos estavam frios e trêmulos. Tão frágeis que April não apertou com muita força, com medo de quebrá-los.

No entanto, a mãe precisava entender.

— Mas é assim que você faz com que eu me sinta.

Ela havia falado tudo o que roteirizara mentalmente. Tudo menos uma última coisa. E as vozes dos dois homens estavam ficando mais altas, mais próximas, por isso April precisava falar logo.

— O papai nunca, jamais vai entender como ele nos magoa. E mesmo se entendesse, jamais admitiria. — April deu um aperto suave na mão da mãe. — Mas você não é ele. Por favor, mãe. Por favor, pense se você quer continuar me magoando, agora que sabe que está fazendo isso.

As lágrimas de JoAnn eram silenciosas, e a trilha que deixavam no rosto dela cintilavam sob a luz do sol que entrava pela janela, a dor aprofundando as rugas ao redor da boca pálida.

— Eu só queria ajudar — sussurrou, por fim.

April deu um beijo nas costas da mão da mãe, a pele ali mais seca e fina do que ela se lembrava. Levemente sardenta, apesar do filtro solar e dos cremes para reduzir manchas nas mãos.

Na mente de April, a mãe ainda era jovem e glamorosa. Ainda usava vestidos elegantes e justos, a maquiagem perfeita, enquanto saía de braço dado com o marido para festas de fim de ano da empresa onde ele trabalhava, dando as últimas instruções para a babá, enquanto Brent, impaciente, a puxava para fora de casa.

Mas JoAnn não era mais jovem. E April também não.

Elas estavam ficando sem tempo para consertar as coisas. Para consertar a relação das duas.

E a única forma de seguir adiante era a sinceridade.

— O jeito como você age não ajuda, mãe. Só magoa.

Então, a porta do quarto de hóspedes foi aberta e as risadas camaradas de Marcus e do pai de April pararam abruptamente.

Brent franziu a testa, mas não se aproximou da esposa.

— JoAnn? O que...

— Acho melhor nós irmos — declarou April. De algum modo, Marcus estava bem ao lado dela, a mão descansando quente e forte em seu ombro. Instintivamente, April se desvencilhou do contato. — Desculpa por perder o almoço, mãe. Deixei seu presente na sala.

Pela visão periférica, ela via Marcus a encarando, confuso, as mãos congeladas no ar, mas April não conseguia lidar com ele naquele momento. JoAnn ainda estava sentada na cama. O corpo curvado, os ombros estreitos se sacudindo enquanto ela chorava silenciosamente, como se para não constranger ninguém com a sua tristeza.

April se abaixou e deu um beijo no alto da cabeça da mãe. Então inspirou, talvez pela última vez, o perfume de talco e flores.

— Quando tiver um tempo para pensar no que conversamos, me liga. — Ela estava molhando o cabelo da mãe, por isso ergueu o rosto, depois de inspirar fundo uma última vez. — Eu amo você, mãe.

April pegou a bolsa e saiu da casa dos pais, com Marcus indo atrás em silêncio, deixando o pai bradando protestos e exigências e a mãe chorando.

Sua visão podia estar turva com as lágrimas, mas April estava de queixo erguido.

O que era uma coisa boa. Porque aquele dia infernal ainda não havia terminado. Depois de cinco minutos de viagem, ela pediu para Marcus estacionar o carro.

A mãe não tinha sido a única pessoa que a magoara naquele dia.

E April não pretendia deixar que aquilo acontecesse de novo.

Classificação: Adulto
Fandoms: Deuses dos portões – E. Wade, Deuses dos Portões (TV)
Relacionamentos: Eneias/Lavínia
Tags adicionais: Universo Alternativo – Moderno, Angst e Fluff, Hot, Casamento arranjado, Lavínia tem problemas com imagem corporal, Por razões óbvias
Palavras: 1.893 Capítulos: 1/1 Comentários: 47 Curtidas: 276 Favoritos: 19

Intocável
Tiete Da Lavínia

Resumo:

Lavínia sabe exatamente por que o marido não toca nela, não a beija, não a leva para a cama. Mas é possível que ela tenha feito algumas suposições ao longo do caminho. Suposições que Eneias tem a intenção de corrigir.

Observações:

Agradeço ao meu fabuloso leitor beta, EmLivrosEneiasNuncaFaria-Isso! Ele vem me ajudando a incluir alguma carga emocional nas minhas fics, por isso o que tiver de carga de emoção desta história é mérito dele.

À noite, a ironia a fez engasgar. De algum modo, ter um marido lindo, um marido que passara a amar, tinha tornado a sua vida de casada muito pior, muito mais dolorosa, do que se ela simplesmente tivesse se casado com Turno. Turno, de quem ela era noiva antes que o destino — e a intromissão dos pais — interferisse na união. Turno, com seus cachos castanhos, arrogância, fúria justiceira e força.

Turno, que a teria possuído no escuro e por trás sempre que possível, evitando olhar o rosto dela, da mesma forma como evitava olhar para o rosto dela desde que a conhecera.

Mas ao menos ele a teria levado para a cama. Ao contrário do atual marido.

O marido, dourado sob a luz do sol. O marido, de músculos harmoniosos e feições polidas à perfeição. O marido, educado, atencioso e tão distante quanto a lua acima deles.

Para Eneias, evidentemente, nenhuma escuridão era suficiente para esconder a aparência da pessoa com quem ele se casara, e com quem teria que fazer sexo. Para ele, ela era mais do que apenas feia, esquisita e tudo o mais que o pai sempre havia falado a Lavínia. Ela era intocável. Tão feia que Eneias não conseguia suportar encostar nem um dedo em seu corpo.

Lavínia teria acreditado naquilo para sempre, se não fosse pela noite em que ficou bêbada. Muito, muito bêbada. Pela primeira vez na vida. Na festa de despedida de solteira de Dido, quando afogara na bebida a raiva estúpida pelo modo como a ex de Eneias — agora uma amiga fiel de Lavínia — tinha conseguido esquecê-lo e seguir em frente com a própria vida de um jeito que Lavínia nunca poderia, como esposa dele.

Quando ela chegou em casa de táxi, à sua espera encontrava-se Eneias, que recebera uma mensagem de Dido avisando que a esposa dele estava chegando. Lavínia cambaleou, e ele a puxou para perto e passou o braço forte ao redor de seus ombros.

Lavínia ergueu os olhos vermelhos para ele e disse com a voz arrastada:

— Não precisa me tocar. Sei que não quer. Você já deixou isso bem claro.

Eneias estacou na calçada, ainda abraçando-a, uma expressão confusa no rosto. Então, quando ela repetiu aquela verdade terrível e humilhante, ele a encarou, os olhos brilhantes como as estrelas acima, e confessou a própria verdade.

— Venho querendo tocar em você a cada minuto, de cada dia, há meses — replicou Eneias. — Que merda é essa que você tá falando?

24

April tinha se desvencilhado da tentativa dele de confortá-la no quarto de hóspedes da casa dos pais dela, então Marcus não tentou tocá-la de novo. Em vez disso, aceitou em silêncio as chaves do carro que April lhe estendeu, passou a caixa de lenços de papel e uma garrafa de água para ela, colocou o endereço do apartamento de April no GPS e começou a dirigir de volta para casa.

April não queria que ele a tocasse. Era um direito dela e, sem dúvida, havia bons motivos para aquele afastamento. No entanto, Marcus simplesmente não sabia quais eram esses motivos. E talvez não tivesse permissão para fazer qualquer contato físico no momento, mas ainda podia lançar alguns olhares de relance para ela enquanto dirigia. Nas placas de "Pare" e nos semáforos vermelhos, ou quando precisava esperar que alguém virasse à esquerda.

Nessas breves espiadas, Marcus aproveitou para examinar o rosto manchado de lágrimas em busca de alguma pista do que poderia ter feito de errado, mas... não descobriu nada. Nada.

O rosto de April era como uma pedra sarapintada. Impenetrável.

Ele sentia a ansiedade e a confusão crescerem a cada instante, enchendo sua cabeça, a ponto de se perguntar como suas orelhas não haviam saltado com a pressão.

De repente, April apontou para a direita.

— Estaciona ali. — Eles tinham chegado a um pequeno parque, não muito longe da estrada. Marcus obedeceu e entrou no estacionamento. — Pega uma vaga sem ninguém perto, por favor.

A área mais afastada do terreno tinha vagas com mais privacidade, e ele escolheu a que ficava bem no fim. Em instantes, o carro estava estacionado e o zumbido do motor cessara, mas Marcus manteve as mãos agarradas com força ao volante. Porque estava nervoso, e porque precisava se impedir de tocá-la até que ela estivesse pronta para isso.

Ele examinou o rosto molhado de April e os lenços de papel amassados em seu colo, e sentiu o maxilar dolorido de tensão pelo esforço de conter a enorme necessidade de reconfortá-la.

April não falou. Nem uma palavra.

— April... — disse Marcus finalmente, e o nome dela soou como uma súplica rouca. — Não sei o que aconteceu com a sua mãe, e não sei como consegui fazer alguma merda, mas obviamente eu fiz. Desculpa.

Ele tinha achado que havia compreendido. O pai dela era um babaca, e a companhia dele a perturbava. Se Marcus se oferecesse como uma barreira humana, então April poderia passar aquele tempo com a mãe e escapar ilesa daquela. Simples assim.

Só que, em vez disso, ela saiu daquilo tudo ferida, e, nossa... Era evidente que Marcus não tinha ajudado de forma alguma. Ao que parecia, tinha piorado as coisas.

Marcus sentia a pele pegajosa de vergonha por ter abandonado April em um momento de necessidade, mesmo que sem querer. Era a pior sensação do mundo. A *pior*.

Será que não tinha prestado a atenção necessária? Ou April tinha contado menos do que ele havia se dado conta, menos do que ele precisava saber para apoiá-la e protegê-la? E, se fosse esse o caso, como ele não havia percebido uma omissão tão gritante?

Depois de mais um momento de silêncio torturante, April finalmente respondeu ao pedido de desculpas dele, as palavras saindo abruptas, diretas e supreendentemente altas no confinamento do carro.

— Meu pai despreza gente gorda. E isso me inclui. Minha mãe quer me salvar do julgamento de pessoas como ele, por isso me dá conselhos o tempo todo em relação ao meu corpo. — Ela cerrou os lábios trêmulos por um momento. — Hoje eu disse a ela que nós duas não vamos mais nos ver se para isso eu também tiver que encontrar com o meu pai, porque não quero vê-lo nunca mais. E falei também que cortaria totalmente o contato se ela não parasse de falar sobre o meu corpo.

Marcus sentiu um gosto de metal na boca. Havia arrancado sangue de algum lugar, do lábio, da parte interna da bochecha ou da língua, e aquilo pareceu certo. Sangue *deveria* ser derramado em resposta ao que April tinha acabado de contar.

Aquele desgraçado.

Havia filhos da puta, e havia...

Marcus não sabia nem qual era o termo certo para descrever o pai dela.

Mesmo naquele momento, com o rosto marcado de lágrimas e vermelho de angústia, April cintilava sob a luz do sol que entrava pela janela. Marcus não conseguia entender como o pai não via a beleza e o valor dela, como ele era capaz de dar as costas à filha que deveria ser seu maior orgulho.

E a mãe dela. A *mãe* dela.

De certo modo, aquilo era quase pior, não era? No fim, talvez fosse mais fácil lidar com a rejeição daquele desgraçado tóxico do que com os insultos impensados da mãe.

Brent não valia um único segundo do tempo de April, uma única lágrima. Mas JoAnn...

JoAnn queria proteger a filha. JoAnn tinha a melhor das intenções. JoAnn amava April, amava de verdade, mas a magoava mesmo assim. O tempo todo.

Imaginar April crescendo naquele ambiente embrulhava o estômago dele.

Merda, Marcus queria abraçá-la. *Precisava* abraçá-la. Em vez disso, tentou encontrar as palavras certas, os punhos fechados com tanta força ao redor do volante que ele ficou surpreso por não ter arrebentado o couro.

Mas quando abriu a boca para falar, April ergueu a mão para detê-lo.

— Deixa eu colocar isso pra fora, por favor.

Marcus assentiu, sentindo mais gosto de metal na língua.

— Eu queria você do meu lado hoje, segurando minha mão. Para mostrar a eles que não preciso mudar minha aparência para ter um bom relacionamento, e para me apoiar durante a conversa difícil com a minha mãe. — Ela esfregou os olhos vermelhos e suspirou. — Eu realmente precisava do meu namorado, e não da sua versão pública. Mas eu não te disse nada disso, então você não precisa se desculpar. Tá tudo bem.

Em meio à agitação da tarde, aquele perdão quase instantâneo era de uma generosidade que Marcus não esperava, e que não tinha certeza se merecia. April podia até não ter contado tudo aquilo antes da visita, mas ele deveria ter perguntado como poderia ajudá-la, em vez de presumir o que fazer.

O fracasso o deixou enjoado, mas aquilo não era sobre ele. Não era sobre o coração dele. E precisava se lembrar disso.

Marcus não falou até April voltar a encará-lo.

A mão dele estava a poucos centímetros da dela, mas ele não a tocou.

— Posso?

Quando April assentiu, ele soltou o ar lentamente, entrelaçou os dedos dos dois e pousou as mãos unidas na coxa. Com a outra mão, secou uma lágrima que escorrera até o queixo dela, a ponta do polegar passando com delicadeza pela pele.

April não se encolheu, nem se afastou. Graças a Deus, cacete.

A náusea que o dominava cedeu um pouco, enquanto o pânico que Marcus sentira de que aquela tarde seria o fim do relacionamento deles, de que April nunca o perdoaria, recuava a cada movimento do polegar dele sobre a pele dela.

— April... — Marcus abaixou a cabeça, ergueu as mãos entrelaçadas dos dois, encostando-as no rosto, e beijou os nós dos dedos dela. — Você me disse que não se dava bem com seu pai, e pareceu ansiosa em relação à visita. Por isso, meu objetivo hoje foi manter o Brent o mais longe possível de você. Como você tinha comentado que ele só se preocupava com as aparências, achei que a melhor forma de eu fazer isso seria…

— Não sendo você mesmo. — Merda, ela parecia cansada. Marcus torceu para que April o deixasse dirigir pelo restante do caminho até Berkeley. — Eu entendo. Quer dizer, *agora* eu entendo.

Ele a compensaria por aquilo. Quando visse a mãe dela de novo, *se* aquilo voltasse a acontecer, faria o que April precisasse. Seria o que ela precisasse que ele fosse.

Nesse meio-tempo, lhe daria todo o amor que pudesse.

E daria aquele amor porque April merecia, e porque Marcus não conseguiria evitar. Estava tão apaixonado que a adoração se derramava dele como água de uma fonte, ou como sangue de um ferimento. Marcus sentia que exalava amor a cada respiração. O sentimento flutuava atrás dele a cada passo, cintilando como vaga-lumes na escuridão da noite.

E, acima de tudo: daria seu amor a April porque queria receber o amor dela também.

Para isso, precisava ter certeza absoluta de que ela compreendia por que ele a decepcionara, e como ele estava arrependido de ter feito aquilo.

— Depois de duas frases, ficou evidente pra mim que seu pai era um babaca. O que eu já imaginava, já que vocês não se dão bem. Não foi difícil entender o porquê. — Marcus suspirou. — Mas sua mãe me pareceu sinceramente afetuosa com você, por isso achei que era seguro deixar vocês duas sozinhas enquanto eu mantinha o Brent afastado. Desculpa…

As mãos de April estavam geladas, e ele as esfregou, tentando lhe emprestar um pouco de calor.

Ela ficou olhando, a exaustão visível na postura caída e nas olheiras.

— Ela é afetuosa mesmo. Esse não é o problema.

— Agora eu sei disso. Sinto muito, de verdade — reforçou Marcus, a voz rouca. — Se eu tivesse alguma ideia de que ela te atormentava desse jeito, jamais teria te abandonado.

— Não precisa se desculpar. — Ela deu um bocejo. — Você não sabia. Eu não tinha te contado.

April relaxou o corpo no assento e começou a tremer, embora não estivesse frio no carro. Pros infernos com as emissões de carbono — Marcus ligou o carro na mesma hora e ajustou o termostato o mais alto possível, além de ligar o aquecimento do assento dela na temperatura mais alta.

April não protestou.

Então, ele segurou o rosto dela.

— April, juro que não sou nada parecido com o seu pai. De um modo geral, porque ele é um babaca, mas também...

Quando ele parou de falar, desconfortável, April completou a frase.

— Porque você não se importa de eu ser gorda. — Ela roçou o rosto contra a palma da mão dele e voltou a fechar os olhos. — O que eu já deveria ter percebido desde o princípio, levando em consideração o modo como a gente se conheceu.

No servidor Lavineias? O que aquilo tinha a ver com o peso dela?

— Levando em consideração...? — Marcus fez uma pausa. — No Twitter. Sim, levando em consideração o modo como a gente se conheceu.

Merda, ele quase se entregou. Quase revelara exatamente há quanto tempo os dois *realmente* se conheciam. Jesus. Como se aquela tarde precisasse de mais drama e conflito...

Marcus roçou os lábios com gentileza na testa dela, então no nariz, antes de lhe dar um beijo rápido e carinhoso na boca.

— Eu amo o seu corpo exatamente como ele é, April.

— Eu acredito em você. — O sorriso cansado dela pareceu deixar o coração de Marcus mais leve. — Nem mesmo um ator com o seu talento conseguiria fingir o jeito como você me olha. Principalmente quando fazemos amor.

Dominado pelo desejo, arrebatado por seus sentimentos, e sem palavras. Era assim que Marcus se sentia quando eles faziam amor, e aquilo provavelmente se refletia em seu olhar.

O corpo de April era perfeito exatamente daquele jeito. Brent Whittier podia ir para o inferno.

— Eu não tinha ideia de que esse era o motivo do seu afastamento em relação ao seu pai. — Depois de tirar carinhosamente uma mecha de cabelo da testa dela, Marcus se ajeitou de novo no próprio banco e colocou o carro em movimento. — Eu sabia que esse tinha sido um problema com alguns dos seus namorados, mas não com ele. Sinto muito mesmo.

A princípio, April não respondeu. Apenas inclinou a cabeça para trás e fechou os olhos. Marcus deduziu que estava exausta de toda a perturbação do dia e que dormiria em trinta segundos.

Então, quando estavam quase saindo do estacionamento, ela pareceu registrar as palavras dele.

April piscou algumas vezes, até abrir os olhos de vez, e pousou a mão no braço de Marcus, fazendo com que ele freasse o carro novamente. Ele puxou o freio de mão e se virou para ela.

— Qual é o problema?

Será que April ainda estava com frio? Será que queria sair do carro e se sentar em um dos bancos do parque, ao sol?

— Marcus… — A testa dela estava franzida. — Como você sabia que eu já tinha sido vítima de gordofobia por parte de caras com que eu saí antes?

O som da saliva passando com dificuldade pela garganta pareceu ecoar nos ouvidos dele. Merda. *Merda.*

Alguns de seus ex-namorados tinham sido uns babacas em relação ao corpo dela, mas April nunca tinha lhe contado aquilo. Ao menos nunca havia contado aquilo a *Marcus.*

Na verdade, ela só levantara o assunto dos namorados cretinos uma vez para ele: quando tinha postado sobre gordofobia no servidor Lavineias, e ele lera o post e respondera. Como ELENFI.

Marcus abriu a boca. E voltou a fechá-la com força.

A escolha estava diante dele. Poderia mentir, dizer que havia deduzido isso com base apenas naquele mal-entendido sobre o convite da academia e do bufê do café da manhã, meses antes.

Ou poderia ser sincero. Parar de esconder a verdade de April. Marcus sabia qual seria a escolha que um bom homem, que um bom parceiro para ela faria. Mas também sabia de outra coisa com uma certeza que o deixou nauseado mais uma vez.

Se tivesse contado toda a verdade a April por vontade própria, talvez houvesse uma forma de salvar a relação. Mas admitir a mentira por omissão naquele momento, depois de ser pego... Aquilo ela não seria capaz de perdoar.

April, que só se importava com a verdade por baixo de todas as belas mentiras, jamais confiaria nele de novo, e Marcus não poderia culpá-la por isso. Não mesmo.

Mas ele ainda precisava explicar, ou ao menos tentar, porque a amava, e ela merecia saber a verdade. Não importava se ainda o amaria depois que ele lhe contasse. Não importava se ela algum dia sequer o havia amado.

— Marcus? — April não parecia mais nadinha sonolenta.

Marcus abaixou a cabeça, tentou ignorar o gosto ácido em sua garganta, e soltou o ar. Porém, se aquela náusea piorasse, ele teria que abrir a porta do carro para poupar o estofamento.

Sem dizer uma única palavra, ele guiou novamente o carro na direção do ponto mais extremo e vazio do estacionamento.

A cada centímetro que o carro avançava, April se aprumava mais. Ficava mais alerta, o olhar afiado como uma lâmina encostada no pescoço dele.

Então, Marcus estacionou, e estava ficando quase sem tempo.

Um último olhar enquanto ela ainda confiava nele. Uma última carícia em seu rosto. Um último instante torcendo para que talvez — talvez, apesar de tudo o que sabia sobre April — ela fosse capaz de aceitar as desculpas completamente sinceras dele e os dois ainda pudessem ficar juntos.

A pele de April estava gelada. E, agora, a dele também.

— Eu sou o EmLivrosEneiasNuncaFariaIsso — confessou Marcus.

DMs no servidor Lavineias, seis meses antes

Tiete Da Lavínia: Tô me sentindo mal. Quer dizer, meio mal. Meio não.

EmLivrosEneiasNuncaFariaIsso: ???

Tiete Da Lavínia: Acabei de ser meio grossa com a FãDoEneias83 no tópico dela sobre a "imprecisão histórica" de pessoas não brancas na série. Mas sinceramente, ELENFI, ela acha mesmo que até a era vitoriana só existiam pessoas brancas?

EmLivrosEneiasNuncaFariaIsso: Vou dar uma olhada no tópico, mas acredito que, se você foi grossa, ela mereceu, ainda mais porque esse comentário dela é uma idiotice completa.

Tiete Da Lavínia: OBRIGADA

EmLivrosEneiasNuncaFariaIsso: Estou aqui para defender o seu direito de ser grossa sempre que for preciso.

Tiete Da Lavínia: Justiça seja feita, eu já estava irritada antes de todo esse papo de não-existiriam-pessoas-não-brancas-na-Europa-mesmo-que-haja-um-monte-de-provas-contemporâneas-de-que-existiam-cacete e provavelmente descontei nela.

Tiete Da Lavínia: E, só para deixar claro, mesmo se não existissem pessoas não brancas na Europa naquela época (E EXISTIAM), nossa série tem uma porra de um PÉGASO, então engole seu comentário racista sobre precisão histórica, madame.

EmLivrosEneiasNuncaFariaIsso: Outro excelente argumento.

EmLivrosEneiasNuncaFariaIsso: Mas o que já estava te chateando antes de você ver o tópico?

Tiete Da Lavínia: É meio que uma longa história...

EmLivrosEneiasNuncaFariaIsso: Não precisa se sentir obrigada a me contar. Ignora a pergunta.

Tiete Da Lavínia: Não, tudo bem.

Tiete Da Lavínia: Sem entrar em muitos detalhes, encontrei com uma amiga para jantar e ela me decepcionou.

Tiete Da Lavínia: Achei que ela me aceitava do jeito que eu sou, mas...

Tiete Da Lavínia: Ela quer me consertar. Me melhorar.

EmLivrosEneiasNuncaFariaIsso: Hã?!?!

Tiete Da Lavínia: Ela teve que falar, ELENFI. Por pura PREOCUPAÇÃO.

EmLivrosEneiasNuncaFariaIsso: Tenho certeza de que você já sabe disso, mas: você não precisa ser consertada ou melhorada. É perfeita exatamente do jeito que é.

EmLivrosEneiasNuncaFariaIsso: Sinto muito. Isso deve ter te magoado.

EmLivrosEneiasNuncaFariaIsso: Eu não tenho muitos amigos... talvez três? E todos são colegas de trabalho. Mas eles nunca fariam isso comigo. Você merece coisa melhor.

Tiete Da Lavínia: Levando em consideração como você é gentil e divertido, fico chocada por não ter um círculo enorme de amigos próximos e leais. Mas qualidade é melhor do que quantidade, né?

EmLivrosEneiasNuncaFariaIsso: Sinceramente, às vezes ainda fico surpreso por ter ALGUM amigo. Não tinha nenhum quando era mais novo.

Tiete Da Lavínia: Ser criança é muito esquisito.

EmLivrosEneiasNuncaFariaIsso: Sim. Mas, bom, vou ser eternamente grato pelos amigos que eu tenho. E isso definitivamente inclui você, Tila.

Tiete Da Lavínia: Digo o mesmo.

Tiete Da Lavínia: Obrigada por me ouvir, como sempre.

EmLivrosEneiasNuncaFariaIsso: Quando você quiser.

Tiete Da Lavínia: Não deixo todo mundo se aproximar, e dói quando faço isso e me decepcionam.

EmLivrosEneiasNuncaFariaIsso: Infelizmente eu sou um especialista em decepcionar os outros.

Tiete Da Lavínia: Bom, você nunca me decepcionou.

25

April estava chorando de novo. De tristeza, sim, mas também de raiva.

Muita raiva.

Marcus era EmLivrosEneiasNuncaFariaIsso. Num passado recente, aquele teria sido o desejo mais ardente dela, ter os dois homens mais importantes de sua vida de algum modo fundidos em um. Não precisar escolher entre eles. Mas agora... agora...

Todo aquele tempo. Todo aquele tempo, Marcus tinha fingido que eles eram estranhos que tinham se conhecido no restaurante. Todo aquele tempo, ele tinha *mentido* para ela.

— April, desculpa. Por favor, me desculpa. — Quando Marcus estendeu a mão em um gesto hesitante para secar as lágrimas dela de novo, April afastou a mão dele com um tapa.

— Por quê? — perguntou ela, em uma voz tão abafada pela sensação de traição que April mal conseguiu compreender o que estava dizendo. — Por que você não me contou?

Ele passou a mão pelo cabelo. Agarrou os fios com tanta força que provavelmente arrancou alguns.

— Eu queria, April. Merda, teria feito qualquer coisa para ter falado a verdade.

Jesus, que bobagem. Ele achava que ela era tão ingênua assim?

— Qualquer coisa. — April riu, e o som saiu horrível, áspero. — Qualquer coisa, menos *me contar*.

Ele tinha cometido um deslize tão pequeno. Tão fácil de contornar, de despistar com uma explicação qualquer, se aquele deslize não tivesse envolvido algo que April não pudesse questionar ou duvidar.

Porque ela havia decidido meses antes que não falaria para Marcus que já tinha sido vítima de gordofobia por parte de ex--namorados. Aquela foi uma omissão proposital, bem consciente, com a intenção de poupar seu orgulho. April tinha dito a si mesma que aquela parte do seu passado não importava. Não quando Marcus *realmente* amava o corpo dela do jeito que era.

Se ela não tivesse percebido aquela maldita escorregada, ele teria lhe contado a verdade algum dia? E fazia quanto tempo, exatamente, que ele sabia da verdade?

— Você sabia quem eu era quando me convidou para sair pelo Twitter? — O tom de April era mais duro agora. A postura mais fria, já sem lágrimas.

Marcus balançou freneticamente a cabeça.

— Eu não tinha ideia de quem você era. Juro. Não até você me contar durante o jantar.

Aquela expressão perplexa, chocada, quando ela havia contado a ele o nome com que assinava as suas fanfics. Aquelas perguntas sobre Marcus — sobre *ele mesmo*, e como ela se sentia sobre ele —, sondando-a, no servidor Lavineias. Todas aquelas conversas em que ele fingiu não saber quase nada sobre fanfic.

— Você vem mantendo isso em segredo desde o nosso primeiro encontro — sussurrou ela. — Desde o nosso primeiro encontro, cacete.

Ele levou a mão à nuca e apertou com força.

— April, você precisa entender…

— Ah, que maravilha. — Ela nunca havia usado aquele tom de voz com ele antes, carregado de sarcasmo e desdém. Nunca. E Marcus se encolheu ao ouvi-lo, o que a deixou com uma sensação intensa de *satisfação*. — Sim, *por favor*, me diga o que eu preciso entender. Mal posso esperar para descobrir.

— Se alguém soubesse que eu estava escrevendo fics para "consertar" a série, se descobrissem tudo o que eu dizia sobre os roteiros no servidor Lavineias… — Ele parecia sincero, cada palavra como uma súplica arrancada do fundo do coração. Um grande ator, como sempre. — Eu poderia ter perdido o papel de Eneias. Poderia até ter sido processado. E ninguém iria querer escalar um ator que...

Chega. April não precisava de um sermão sobre como as consequências poderiam ter sido graves, ou como ainda poderiam vir a ser. Lógico que os *showrunners* de *Deuses dos Portões* não ficariam satisfeitos. Talvez nem mesmo os colegas de elenco dele. Mas Marcus tinha mentido para ela, e April não estava disposta a deixar que ele mudasse de assunto.

Ela ergueu uma das mãos, firme.

— Eu já entendi, Marcus.

— Acho que não. — Ele cerrou os lábios, só por um momento. Um lampejo de raiva. Marcus nunca, jamais, tinha ficado zangado com ela... até ser pego em uma mentira. — Não de verdade.

April ignorou aquela tentativa dissimulada e passou à parte mais crucial e dolorosa daquele show de horrores.

— Também entendi qual é o verdadeiro problema aqui.

— O *verdadeiro* problema? — A frase saiu quase como um grunhido.

— Você não confia em mim. — Ela se recostou no banco do carro e riu de novo, e o som foi exatamente tão horrível, tão cortante, quanto antes. — Fomos amigos virtuais durante dois anos, e você está morando comigo há meses, mas *não confia em mim*.

Ela havia confiado tanto nele. Neles.

E então descobriu que, desde o início, tinha construído as bases daquele relacionamento em areia movediça.

A raiva abandonou a expressão de Marcus, e o modo desesperado como ele balançou a cabeça provavelmente o fez machucar o pescoço.

— Não, April. *Não*. Não é...

Ela mordeu o lábio, a postura fria e calma se rachando.

— Eu n-nunca teria contado a ninguém. A ninguém. Nem aos meus colegas de trabalho. Nem aos nossos amigos no servidor Lavineias. Nem à minha mãe. A *ninguém*.

Aquela era a mais pura verdade, e April esperava que ele reconhecesse isso.

— Eu sei! — Marcus ergueu as mãos, a própria voz saindo trêmula. — Você acha sinceramente que eu não *sei* disso?

O ar parecia ao mesmo tempo rarefeito e pesado demais para se respirar, e April teve vontade de abrir a porta do carro e sair correndo. Em vez disso, ficou onde estava e encarou Marcus.

— Certo. É claro. — Seu lábio, vermelho e aberto, ardeu quando ela abriu um sorrisinho cruel. — A não ser por um probleminha: se você *sabia disso*, se realmente *confiasse em mim*, teria *me contado a verdade*.

Marcus agarrou o cinto de segurança como se estivesse sendo estrangulado, até finalmente encontrar o fecho para se livrar dele. Mas a violência do movimento não pareceu satisfazê-lo, e seu peito se agitava com a respiração difícil.

— Eu estava com medo. — Foi uma declaração direta, crua o bastante para apagar o sorriso zombeteiro dos lábios de April, mesmo contra a vontade dela. — Quando nos conhecemos pessoalmente, prestei atenção para não compartilhar qualquer informação que pudesse me prejudicar, e acho isso compreensível, embora você talvez não concorde. Depois, soube que podia confiar em você, mas eu não...

Marcus cerrou o maxilar, com uma expressão de frustração, parecendo estar buscando as melhores palavras.

— Não confiava que *eu* seria capaz de dizer a coisa certa quando explicasse a situação. Não confiava que eu seria suficiente para fazer você ficar comigo depois de saber que vinha escondendo uma coisa tão importante esse tempo todo. Desde o primeiro encontro. — Ele franziu a testa, em uma súplica por compreensão. — Eu te amo, e fiquei apavorado com a ideia de você me deixar.

O arquejo súbito de April pareceu sugar todo o oxigênio que restava no carro. Ela encarou Marcus, sentindo-se zonza e nauseada.

Eu estava com medo.

Eu te amo, e fiquei apavorado com a ideia de você me deixar.

Mesmo sentindo-se furiosa e desolada, April não teria como negar a sinceridade nua e crua daquela confissão. Não poderia fingir para si mesma que Marcus estava brincando com os sentimentos dela, que a havia enganado e que aquilo tudo era uma estratégia de manipulação, uma falsa demonstração de vulnerabilidade, para tentar convencê-la a perdoá-lo.

Finalmente ele havia permitido que ela o visse sem qualquer barreira, sem qualquer artifício, sem que houvesse qualquer dissimulação entre os dois.

Mas era tarde demais. Demais mesmo.

Do lado de fora do carro, crianças davam gritinhos enquanto brincavam de esconde-esconde na outra ponta do amplo campo gramado do parque. O som era distante, quase inaudível com o latejar nos ouvidos de April, o rangido súbito do banco do carro quando ela se deixou cair de vez contra ele.

Quando April falou, sua voz não estava mais zangada ou desdenhosa, mas ainda embargada. Ainda desesperada.

— Durante meses, você sabia mais sobre mim do que eu imaginava, e me escondeu essa informação. Essa é uma quebra de confiança grave. Você tem consciência disso, não tem?

Aquilo era desorientador. Horrível.

April teria que revisitar e questionar cada conversa dos dois, cada momento do relacionamento deles. Quando Marcus tinha mentido? Quando simplesmente omitira a verdade? Quando tinha usado seu conhecimento como ELENFI para levar adiante seus propósitos como Marcus?

Como ELENFI, ele a sondara sobre Marcus, disso April sabia com certeza. E então... então ele cortou qualquer contato no servidor Lavineias. De uma hora pra outra.

— Quando ELENFI p-parou... — Ela respirou fundo pelo nariz e deixou o ar sair pela boca, em um som trêmulo. — Quando *você* parou de me escrever no servidor, achei que eu tinha feito alguma coisa errada, ou que você finalmente tinha me visto e percebido que não me queria. Você era m-meu...

O choro sacudia os ombros dela, e Marcus abaixou a cabeça. April fungou para conter mais lágrimas.

— V-você era meu melhor amigo, e simplesmente... foi embora. Sem explicar as coisas direito, só com uma desculpa esfarrapada, que obviamente era mentira. Você mentiu pra mim como Marcus, mas também mentiu como ELENFI. Você me *a-abandonou*.

Ela inclinou a cabeça para trás e encarou o tecido cinza do teto do carro, enquanto esperava um pouco até conseguir voltar a falar de forma compreensível.

— Você me magoou, mentiu e quebrou minha confiança porque estava com medo.

— Desculpa... — Marcus parecia angustiado. Impotente diante do desespero dela.

— A sua persona pública. — Irritada, April esfregou a testa. — Você disse que queria abandonar esse seu lado tinha anos, mas não fez isso. Pela mesma razão, imagino. Porque é difícil demais... Você poderia perder tudo, e tem medo disso. Medo demais para escolher seu próximo papel, afinal, você teria que decidir qual das suas personalidades apareceria no estúdio de gravação.

A declaração não exigia resposta, e Marcus não falou nada.

Em vez disso, depois de respirar fundo, ele endireitou os ombros.

— Você consegue me perdoar?

A pergunta saiu em um tom brusco, e os olhos de Marcus estavam marejados quando encontraram os dela.

April abriu a boca, então voltou a fechá-la com força. Uma vez. Duas.

Quando ela continuou a olhar para o teto do carro, em silêncio, ele prosseguiu:

— Você não me deve isso. Tenho plena consciência. O meu amor não compra a minha absolvição, e eu não disse que te amo para te sensibilizar. Eu disse isso porque você precisa saber. Não importa o que aconteça entre nós, você precisa saber que é amada. Mesmo que não me perdoe.

April já sentia o rosto repuxado pelo sal das lágrimas, e estava chorando de novo.

Marcus a amava. Ela acreditava naquilo. E, de certa forma — de muitas formas —, ele era realmente um homem muito bom. Tão bom que April quase tinha acreditado que os dois poderiam fazer aquele relacionamento dar certo, apesar de tudo.

Mas ela sabia a resposta para aquela pergunta, porque se conhecia.

Não queria dizer aquilo, mas diria. Precisava dizer.

— Não — respondeu finalmente. — Eu não consigo perdoar você.

Marcus deixou escapar um som visceral, ferido, e aquilo só fez com que April chorasse mais.

Ela virou a cabeça para o lado e finalmente olhou para ele de novo, mas viu apenas um borrão através dos olhos marejados, a expressão indistinta, e talvez fosse melhor assim.

April secou as lágrimas do queixo.

— Quero ir para casa.

O amor que Marcus sentia por ela não lhe comprava o perdão, e o que ela sentia por ele não a faria oferecer isso. O que significava que aquela seria a última vez em que estariam sozinhos juntos. Para sempre.

Mas quando Marcus estendeu a mão para pegar a dela, April não se desvencilhou.

Seus dedos estavam trêmulos e frios, assim como os dele. Marcus deu um beijo carinhoso na palma da mão de April, e voltou a pousá-la no colo dela.

Então, ele travou novamente o cinto de segurança e engatou a marcha do carro.

— Quando a gente chegar em Berkeley, vou arrumar as minhas coisas.

April soltou outro arquejo, alto.

Mas não disse nada.

Deuses dos portões: Um uivo vindo de baixo (Livro 2)
E. Wade

— Construa uma pira — disse Dido à irmã, Anna, enquanto o vento soprava as velas do barco de Eneias, levando-o cada vez mais rápido para longe. — E então, jogue lá tudo o que restou da nossa vida juntos. Do nosso leito conjugal. As roupas que ele já usou. Todas as armas que abandonou.

Como ele me abandonou.

Em dado momento, ela também havia sido uma arma. Uma espada, cintilante, afiada e letal. O rei berbere Iarbas a vira daquela forma quando Dido chegara ao norte da África e implorara a ele por um pequeno pedaço de terra, um lugar onde pudesse se refugiar antes de retomar suas viagens.

— Apenas um pedaço de terra que possa ser coberto pela pele de um boi — pediu ela, a voz doce.

O rei concordara depois de ouvir as risadas divertidas e tolerantes de seus homens. De seus sábios conselheiros.

Uma mulher tola. Um pedido tolo.

Primeiro, ela afiou a lâmina da espada até que apenas a mínima pressão da ponta de um dedo conseguisse esquartejar um homem antes que ele se desse conta. Então, pegou aquele couro fedido e cortou-o em faixas tão finas e estreitas que poderia cercar uma colina fértil de bom tamanho.

E lá Dido se estabeleceu, ela e seus súditos, antes de expandir cada vez mais seu reino.

Uma soberana. Uma rainha. Respeitada e amada por seu povo, por Eneias.

Em meio à paixão febril dela, seu povo começou a ficar inquieto. Assim como ele.

Quando a pira estava pronta, Dido subiu até o topo e ergueu a espada com que Eneias a presenteara, ajoelhado, a lâmina pousada na palma das mãos. A parte plana já não a interessava mais. Só a ponta.

Dido murmurava palavras finais que ninguém ouviria, mas seus lábios ficaram imóveis ao vê-lo.

Cupido. Um semideus, tão trapaceiro quanto o que ela amara.

Com as asas dobradas graciosamente, ele deslizou até parar no alto da montanha de luto dela. Observou-a, a expressão triste.

— Você veio para aumentar minha devoção? — A risada dela era como o ranger de metal, fria e terrível. — Isso já me levou à destruição. O que mais pretende?

— Não, rainha traída. — A voz de Cupido saiu baixa, determinada. — Eu vim para libertá-la.

Ela tentou rir de novo, mas saiu como um soluço impotente.

— Estou pronta para libertar a mim mesma.

— Não desse jeito — disse ele. — Não desse jeito.

A flecha que Cupido enfiou no peito dela não estava afiada ou quente. Mas sim cega e fria.

Pela primeira vez desde que vira Eneias partindo em seu barco, os cachos acariciados pela brisa enquanto ele se aproximava da costa, Dido era novamente uma lâmina. E não precisava da espada ainda apontada para seu coração. Não mais.

Pensar em Eneias só lhe provocava desgosto, não desejo. Ou qualquer anseio frenético.

Cupido inclinou a cabeça dourada.

— Assim, estamos ambos livres. Você, de um amor condenado. Eu, dos ditames egoístas da minha mãe traiçoeira.

Com um bater de asas, ele a ergueu e a deixou na base da pira.

— Preciso voltar para Psiquê. — Cupido lhe estendeu a mão, mas Dido não precisava de ajuda. — Você sabe o que fazer.

Ela sabia. Ela sabia.

Vestiria novamente o manto de seu reino, para proteger o seu povo das ameaças da terra e do inferno. Transgressores humanos e aqueles que rastejavam das profundezas do Tártaro, através do portão aberto entre os muros da cidade dela.

Enquanto Cupido se tornava uma mancha dourada no horizonte, Dido pegou uma tocha e ateou fogo a sua vida com Eneias.

26

A chave da casa de Marcus ainda funcionava, embora ele tivesse a sensação de que não deveria.

· De algum modo, ao longo dos meses anteriores, o pequeno apartamento de April tinha se tornado a casa dele. Um lugar dos dois, não só dela. Um lugar do qual ele nunca precisaria sair.

Marcus tinha se deixado envolver por aquela ficção até quase esquecer que *era* ficção.

Quando abriu a porta da frente, o ar-condicionado gelado o atingiu como uma bofetada, fazendo-o estremecer. O frio enrijeceu os pulmões de Marcus, mas a verdade era que ele não havia respirado fundo nem uma vez nas últimas vinte e quatro horas.

April o dispensara — com razão, é claro, com razão — havia quase um dia, e Marcus ainda estava sem ar. Ainda se sentia claustrofóbico, preso em uma armadilha que ele mesmo havia criado.

Ainda assim, forçou-se a entrar em casa e fechar a porta. A trancá-la. E ligou o alarme, porque a casa era cheia de objetos valiosos, embora ele mesmo se sentisse totalmente sem valor.

Marcus deixou as chaves e a carteira em cima do console perto da entrada, em uma tigela de bronze batido. Os sapatos foram para o armário do saguão. Já o coração partido… bem, aquilo não tinha como deixar em lugar nenhum.

Ele enfiou as mãos trêmulas nos bolsos e contemplou o espaço arejado do primeiro andar, que era todo em plano aberto, com o teto alto, janelas que deixavam entrar muito sol e uma decoração impecável. Paredes brancas, detalhes metálicos e móveis minimalistas, de assentos fundos.

Ele nunca havia se sentido em casa em lugar algum antes de conhecer April. Nem ali.

A garganta dele doía. Marcus foi até a cozinha para pegar um copo de água com gás gelada do compartimento na porta da geladeira, seus passos ecoando baixo no espaço espartano.

A garrafa barata de água que ele tinha comprado em um posto de gasolina havia ficado quente durante a viagem de Berkeley para Los Angeles, e ele a deixou no carro. Não precisava de nenhuma lembrança desnecessária daquele dia, por mais irrelevante que parecesse.

Toda vez que deixava a mente vagar, Marcus se pegava pensando em April chorando.

Em outros tempos, ele teria se ajoelhado diante dela. Se prostrado. Teria feito qualquer coisa, qualquer coisa que pudesse apaziguar um pouco do infinito desprezo que sentia por si mesmo.

Ele também tinha chorado, é claro, mas só depois de ir embora da casa dela, porque seria um babaca se chorasse na frente de April. Pelo menos naquelas circunstâncias. Aquilo teria sido uma manipulação involuntária, porque ela gostava dele. Marcus sabia disso, ainda que soubesse que não merecia.

Se April algum dia o perdoasse, se em algum momento o aceitasse de volta — e ela não faria isso —, Marcus não queria que fosse por pena. Nunca mais vê-la doeria menos.

Provavelmente. Talvez.

Ele tomou um gole de água, mas o gás irritou a garganta já machucada.

Sob a palma de sua mão, o concreto polido da bancada era liso e frio. Ele pousou o celular ali em cima e checou distraidamente as mensagens que tinha recebido.

Havia mensagens de Alex falando sobre a espessura adequada de massa para fazer boas tortas, e também reclamando do desprezo lamentável de Lauren tanto por programas de confeitaria britânicos quanto por histórias de penetração anal. Havia uma mensagem carregada de obscenidades de Carah sobre algo relacionado à temporada seguinte de premiações. Um e-mail do pai, que Marcus deletou sem ler. Mais meia dúzia de e-mails da agente dele, que ele não deletou, mas também não abriu. Uma ligação perdida de Summer.

O grupo de mensagens do elenco também tinha andado bem ativo nas últimas horas. Ativo e agitado, provavelmente por causa da convenção que estava próxima.

Carah: SURPRESA, CANALHAS

Carah: Ron e R.J. desistiram oficialmente da Con dos Portões, alegando que estão com uma carga de trabalho muito pesada

Carah: Carga de trabalho muito pesada é o meu lindo rabinho

Alex: Imagino que eles estejam se referindo à carga de trabalho do projeto de Guerreiros das Estrelas deles, já que ninguém viu os dois no NOSSO estúdio nessa última temporada

Alex: A não ser na frente das câmeras, naturalmente, para matérias especiais e entrevistas que destaquem a genialidade e a dedicação deles

Maria: Bom, eles com certeza não estavam trabalhando nos nossos roteiros

Ian: Ah, eles passavam bastante tempo no estúdio, seus resmungões

Peter: Mais alucinações provocadas pela intoxicação por atum, pobre Ian

Peter: É uma pena que todos vão perder o painel de Ron e R.J., "A arte e a ciência de cair em pé como homens brancos, cis e héteros"

Ian: Vai se foder, Peter

Ian: Você é um decadente

Ian: e como nunca fez uma série de sucesso antes, não tem ideia de como as coisas funcionam, ainda mais fora da sua ilhazinha idiota

Alex: Fúria de Atum é uma doença reconhecida? Tipo Fúria de Anabolizantes, só que mais fedida e menos articulada?

Maria: "Vai se foder, Peter?"

Maria: Ah, Ian, sinto muito

Maria: Acho que Peter exige um certo nível de...

Maria: como devo dizer...

Maria: higiene pessoal? sim, higiene pessoal

Maria: no que se refere a amantes

Maria: tenho certeza de que qualquer um que cheire ao peixe do dia não se qualifica, lamento

Carah: iaeeeeeee

Carah: que FORAÇO aquático raro e elusivo!

Carah: PORRADA PORRADA PORRADA PORRADA

Ian: Pois é, né, Maria

Ian: imagino que você SAIBA mesmo tudo sobre as exigências sexuais do Peter

Summer: Pode parar por aí, Ian

Maria: Não, continua, eu adoraria ouvir isso

Alex: Ian, o Peter talvez não tenha um dispositivo intravenoso de atum e músculos sobre músculos, como alguns esboços de peitorais construídos por anabolizantes, mas vai acabar com você, meu camarada

Alex: e eu também vou, só para você saber

Peter: obrigado pela oferta gentil, Alex, mas não sobraria nada dele depois que eu terminasse

Peter: e isso só se a Maria não alcançar o cara primeiro, porque ela sozinha também transformaria ele em uma nevoazinha rosa

Peter: Então, por favor, Ian, termina o que você estava dizendo

Carah: PARECE ATÉ QUE HOJE É A PORRA DO MEU ANIVERSÁRIO, DE TÃO ANIMADO QUE O GRUPO ESTÁ

Carah: NENHUM ATUM ESTÁ SEGURO ESTA NOITE

Peter: Ian?

Alex: Ei, Ian

> **Carah:** IAN, VOLTA

> **Maria:** Ele nadou pra longe, como o seu amado peixe

> **Maria:** que é um vertebrado, ao contrário dele

> **Summer:** Ah, uau *high-fives*

> **Carah:** DESTILANDO VENENO ICTIOLÓGICO, ADORO MINHA VIDA, PORRA

Se Marcus tivesse forças para sorrir, teria feito isso.

Mas ele apenas tomou de uma só vez o resto da água, pousou o copo na pia funda e larga e se preparou para tirar as malas do carro e literalmente desfazer a bagagem do seu relacionamento com April.

Depois de várias viagens até o carro, colocou as malas em cima da cama super king size e abriu tudo, determinado a esvaziar cada compartimento, cada bolso, cada canto escuro escondido.

A roupa suja vai para o cesto. A roupa limpa, para as gavetas ou cabides. Itens de higiene, para o banheiro. Eletrônicos, para a minha mesa de cabeceira ou para o meu escritório.

Se ele continuasse narrando os próximos passos para si mesmo, não pensaria em nada além daquele momento. Não se lembraria.

Era tudo muito fácil. Automático. Automático era bom.

Uma braçada por vez, minuto por minuto, tudo estava arrumado de volta no lugar. Roupas, artigos de higiene pessoal, eletrônicos, emoções. A vida dele, restaurada ao seu estado pré-April. Se ele não soubesse da verdade, acharia que nunca tinha saído dali.

Então Marcus o viu, cuidadosamente guardado em um bolso, embrulhado em jornal para não amassar.

— Mudei de ideia — dissera April a ele em um sábado, os dois no alto das colinas em Sutro Baths, observando as ondas quebrarem. — Achei que você era um diamante, depois achei que era ouro. Mas percebi que não é nenhum dos dois. Não depois que te conheci melhor.

Ela tinha apertado carinhosamente a mão dele, então a soltou, afastou-se e foi procurar alguma coisa na bolsa enorme.

— Vai ser um prazer dar isso a você. — April balançara a cabeça pesarosamente, o cabelo cintilando por conta do pôr do sol.

— É pesado pra cacete. Era de imaginar que seria fácil encontrar esse negócio exatamente por isso, mas...

Ele até a ajudaria, mas não tinha a menor ideia de que diabo ela estava falando.

— Não estou entendendo.

— Eu tenho um presente pra você — declarara April, animada, e continuou a procurar.

Marcus ficara observando-a, perplexo. A última vez que alguém havia lhe dado um presente sem segundas intenções, sem ser uma ocasião especial, ou para celebrar uma conquista...

Bem, aquilo nunca tinha acontecido antes. Nem uma vez, até onde ele conseguia se lembrar.

— Achei. — Ela havia levantado a cabeça, sorrido satisfeita e colocado alguma coisa extremamente pesada na palma da mão dele. O presente estava embrulhado em jornal, mas era vagamente arredondado. — Abre.

As camadas de papel se enrugaram enquanto Marcus as desembrulhava cuidadosamente, revelando... uma pedra. A pedra mais linda que ele já tinha visto na vida. Era de um azul bonito, intenso, com pontos brancos e veios que pareciam ouro. Uma esfera polida e fria em sua mão.

— É lápis-lazúli. — Ela tocara a pedra com a ponta do dedo.

— Comprei quando fomos àquele depósito de pedras preciosas e minérios outro dia, no fim de semana. Enquanto você estava no banheiro.

Marcus teria ficado grato por qualquer coisa que April lhe desse. Ingressos para o cinema. Uma daquelas peças fossilizadas de fezes — coprólitos? — que eles tinham visto no depósito. Um refrigerante. O que fosse.

Mas aquilo... aquilo era lindo, tanto quanto a mulher que o presenteara.

O coração de Marcus parecera inchar, preenchendo todo o peito dele e subindo pela garganta.

— Essa é uma pedra metamórfica. A rocha original é submetida a um calor e pressão intensos, então se torna... isso. — April havia pousado a palma da mão no peito dele, acima do coração, o toque reverente. — Beleza.

Marcus mordera o lábio, incapaz de responder diretamente ao elogio implícito sem começar a chorar.

— Esses veios não são ouro, são?

— Não. — Ela dera de ombros, o movimento um pouco constrangido. — É pirita. O ouro dos tolos. Sinto muito.

Merda, ela havia achado que ele estava criticando o presente, e nada poderia estar mais distante da verdade.

— Ouro não conseguiria deixar essa pedra mais bonita do que é. — Marcus erguera o queixo de April e a beijara com toda a adoração que o coração transbordante de um homem poderia conter. — Obrigado. Eu amei.

Talvez ela não tivesse dito com palavras, mas Marcus reconheceu a importância do presente. Não era só uma esfera rochosa, mas...

O coração de April. Era como se ela tivesse colocado o coração na palma da mão dele, apesar de todos os seus medos.

Em termos de coragem, April tinha mais do que a parcela justa.

Ele também havia sido corajoso, porém tarde demais. Tinha contado a verdade a ela, toda a verdade. Aberto o coração para

April, sem artifícios ou omissões, e dito: *Essa parte de mim é pirita, não ouro.*

E quando ela soube disso, não o quis mais. Ele era um mentiroso, que teria valor só para algum tolo que se deixasse ludibriar.

E agora que April se fora, ele não servia mais para ninguém. Não era mais uma esfera de um azul intenso sarapintado de branco, polido e bonito, embora também substancial. Pesado na palma da mão dele, tanto antes quanto naquele momento.

Agora, Marcus era a sombra de um homem. Uma das partículas de poeira que cintilavam e flutuavam dentro do carro de April, brilhando sem rumo, à deriva.

Sim, estava furioso por April ter desprezado as preocupações dele com a carreira com tanta facilidade. Mas estava mais furioso consigo mesmo. Ainda. Sempre.

Nunca aprendia. Nunca, jamais, aprendia.

O celular vibrou na cômoda. Outra mensagem de Alex, que pelo visto finalmente tinha recebido a mensagem que Marcus havia lhe enviado.

Cara. Sinto muito, dizia a notificação na tela. Estou indo praí.

Marcus soltou o ar com força. De pura gratidão. Ele precisava do melhor amigo. Precisava de algo para furar a bolha de silêncio que era aquela casa e, ao mesmo tempo, silenciar a cacofonia dentro de sua cabeça.

Alex era capaz de fazer isso com facilidade, bastava uma tirada idiota sobre expectativas nada realistas dos jurados de realities de confeiteiros. Ainda mais se ele levasse...

Chegou outra mensagem. Sei que você não costuma fazer isso, mas quer ficar bêbado? Posso comprar bebida no caminho.

Sim, respondeu Marcus. Por favor.

Marcus não desembrulhou a esfera de lápis-lazúli. Em vez disso, colocou-a ainda envolta em jornal em um canto no fundo do armário, atrás da caixa do par de botas de caminhada que ele nunca tinha conseguido usar.

Ali, a pedra não o atormentaria lembrando o que ele perdera, e também não poderia lembrá-lo do que nunca havia tido realmente.

April estava cansada de se esconder. O que significava, infelizmente, que iria à Con dos Portões no dia seguinte, menos de uma semana depois do término com Marcus. Ela não estava nem aí para o escrutínio público, a possibilidade de humilhação e a própria infelicidade.

Mas não ia se enganar. Sabia que não seria uma situação confortável. Depois de todos aqueles tuítes, posts em blogs e matérias, muitas pessoas conheciam seu rosto. Conheciam seu corpo. Não haveria como se esconder na multidão, nem como esconder o fato de que ela e Marcus não tinham ido juntos ao evento.

Os cínicos revirariam os olhos e diriam que sabiam desde o início que aquele relacionamento se tratava de um o golpe publicitário. Os cruéis ririam. *Olha só no que deram as ambições de salvador da pátria dele*, comentariam. *Nem um ator tão talentoso assim conseguiu fingir que desejava uma mulher que nem aquela por muito tempo.*

Não importava. Aquelas pessoas podiam ir para o inferno.

E mesmo se ela *quisesse* se esconder, de jeito nenhum deixaria sua fantasia de Lavínia, fruto de horas de esforço e dedicação de Mel e Pablo, ficar esquecido no armário por pura covardia. E de jeito nenhum iria faltar ao encontro tão esperado com seus amigos mais próximos do Lavineias.

Eles repaariam na distância entre ela e Marcus e ficariam curiosos, lógico. Com sorte, fariam a gentileza de evitar perguntas. Ou, se não fosse o caso, seriam espertos o bastante para fazer qualquer pergunta com uma caixa de lenços de papel por perto.

Depois de guardar as últimas peças de roupas e o nécessaire na mala, April fechou o zíper e levou a bagagem até a entrada do apartamento. Depois, sentou-se no sofá, coberta por uma manta, e escutou um podcast.

Ela tentou prestar atenção, mas não parava de pensar que Marcus iria achar aquele assunto interessante. Não por ter qualquer interesse específico em assassinatos em série sem solução, mas porque era mais ávido por conhecimento do que qualquer outra pessoa que April já havia conhecido, e sua curiosidade inata era páreo para a dela.

Merda, ela sentia falta dele.

Quando se deu conta de que não havia registrado nada do que tinha sido dito nos dez minutos anteriores do podcast, ela desligou. E ficou sentada na escuridão da sala de estar, com uma almofada junto ao peito, até decidir parar de tentar não pensar naquilo. Não pensar neles. Não pensar na vida dela sem ele.

Em muito pouco tempo — ou talvez *não* tão pouco tempo assim, agora que ela sabia que ele era ELENFI —, Marcus tinha conquistado um amplo espaço na vida diária e nos pensamentos de April. Mas ele não era tudo, e não era a única coisa que importava na vida dela. O trabalho, a fantasia para o evento e a reunião que logo aconteceria com os amigos da comunidade Lavineias eram provas suficientes de seus interesses que não tinham relação com Marcus. Assim como seus planos de jantar com Bashir e Mimi na semana seguinte.

Ela não estava perdida. *Não estava.*

Mesmo que a ausência de Marcus em sua casa, em sua cama, em seus braços, certos dias a deixasse com os olhos fundos e uma dor que parecia chegar aos ossos. Mesmo que ela assistisse a programas de confeitaria britânicos enquanto jantava alguma comida que encomendara para o jantar, porque bolos-esponja solados e massa que não crescia a faziam se lembrar dele.

Mesmo que ela o amasse, e ele também a amasse.

Quando April desligava a luminária da cabeceira tarde da noite, ainda o via por trás das pálpebras fechadas — o rosto franzido, arrasado e amoroso enquanto ela brigava com ele no carro. Com os olhos úmidos, mas digno demais para usar as lágrimas ou o amor que sentia por April como instrumentos para forçá-la a perdoá-lo.

Às vezes, quando se virava de lado e ajeitava mais uma vez o travesseiro, ela se perguntava se aquela conversa teria seguido um outro rumo em circunstâncias diferentes. Se April não estivesse tão machucada e exausta do confronto com a mãe, tão adiado, ainda perturbada por ter tido que ver o pai e por Marcus ter ficado longe dela enquanto visitavam.

Marcus tinha aumentado o aquecimento do carro para ela. Aquecido seu assento. Segurado o rosto dela. E havia se desculpado com sinceridade.

Mas a raiva e a mágoa de April ainda estavam pairando logo abaixo da superfície, fáceis demais de acessar. O mais leve arranhão em sua compostura teria desencadeado toda aquela emoção volátil, e Marcus lhe infligira muito mais do que um mero arranhão.

Com a decepção que causara, ele a destroçou.

Com as palavras cortantes que dissera, com sua recusa em perdoá-lo, April o destroçara também. Aquilo estava evidente. Se a devastação que tinha visto naqueles olhos tão expressivos já não houvesse deixado isso bem claro, a linguagem corporal teria. No caminho do carro para o apartamento dela, o andar de Marcus era o de um homem destruído, curvado e se protegendo de qualquer outro sobressalto.

Cinco dias haviam se passado desde então. Por respeito ao desejo expresso de April, ele não havia ligado, mandado e-mails nem mensagens. Naquela primeira noite, Marcus tinha mandado apenas uma mensagem. Uma única palavra que ele já havia repetido para ela e que April sabia que era sincera.

Desculpa.

Medo. Ele tinha sentido medo, e por isso a magoara e a enganara.

April não podia culpá-lo por aquilo, mas também não era capaz de perdoá-lo. Não quando se lembrava da dor profunda que sentira com o súbito e agora explicado afastamento de ELENFI. Não quando se lembrava de todos aqueles meses em que Marcus tinha fingido não saber nada sobre fanfictions; todos aqueles meses sem assumir como a conhecia profundamente, um conhecimento adquirido após anos de amizade; todos aqueles meses que manteve essa vantagem em segredo, tirando de April o direito de saber quem e o que ele realmente era.

Não era de espantar que ela sentisse como se o conhecesse há anos. Ela realmente conhecia. Mas não ele por inteiro. Não o bastante.

April não odiava Marcus. Não estava mais com raiva. Só estava... cansada.

O holofote quente e cintilante do amor dele se fora, e as sombras que deixara para trás não eram um problema. Ela estava bem.

Totalmente bem.

Ou ficaria, se conseguisse se convencer de que tinha feito a escolha certa.

DMs no servidor Lavineias, cinco meses antes

Tiete Da Lavínia: O que você faz quando se sente pra baixo sem motivo?

EmLivrosEneiasNuncaFariaIsso: Qual é o problema? Você tá bem?

Tiete Da Lavínia: Estou pra ficar menstruada. Não tem nada errado, mas tá tudo errado.

Tiete Da Lavínia: Espero que você não se incomode com papo de menstruação, porque, se for o caso: TARDE DEMAIS, MANÉ.

EmLivrosEneiasNuncaFariaIsso: Como aproximadamente metade dos seres humanos neste planeta ou ficam ou vão ficar menstruados, sempre achei meio absurdo que alguém se incomode em falar sobre isso

Tiete Da Lavínia: Você é o tipo de cara que compraria absorventes internos para a namorada no mercado?

EmLivrosEneiasNuncaFariaIsso: Essa não é uma situação hipotética, na verdade. Eu já fiz isso. E massagem nas costas. E ajudei a tirar manchas de sangue de lençóis e roupas.

EmLivrosEneiasNuncaFariaIsso: E, caso esteja preocupada, minha masculinidade segue intacta. Apesar do que alguns homens parecem acreditar.

Tiete Da Lavínia: Nossa, muito obrigada por me reassegurar em relação à sua masculinidade, ELENFI. Estou aliviada.

EmLivrosEneiasNuncaFariaIsso: Sinto muito por você não estar se sentindo bem, Tila.

Tiete Da Lavínia: Obrigada. ♥

Tiete Da Lavínia: E agradeço também por você me distrair dos meus lamentos com esse papo sobre absorventes internos. Não imaginei que a conversa seguiria nesse rumo.

EmLivrosEneiasNuncaFariaIsso: Tento manter um certo ar de mistério.

Tiete Da Lavínia: Você é uma caixinha de surpresas, meu amigo. Um enigma, envolto em mistério, dentro de um mercado com absorventes íntimos no carrinho de compras.

Tiete Da Lavínia: Mas você não respondeu minha pergunta. O que você faz quando se sente pra baixo?

Tiete Da Lavínia: Toma chá? Toma um banho? Vê um filme horrível? Lê? Toma um pote de sorvete? Uma taça de vinho?

EmLivrosEneiasNuncaFariaIsso: Em vários momentos no passado, todas as opções acima. Mas, hoje em dia, eu basicamente...

Tiete Da Lavínia: Sim?

Tiete Da Lavínia: ELENFI?

EmLivrosEneiasNuncaFariaIsso: Eu basicamente converso com você.

27

Depois de mais ou menos dez segundos dividindo um quarto de hotel com Alex, Marcus se lembrou exatamente por que os dois não dividiam mais um apartamento.

Seu melhor amigo tinha muitas qualidades. Era absurdamente leal. Tinha a língua afiada como a lâmina de uma espada. Era solidário diante da infelicidade abjeta e autoinfligida de Marcus. Além de uma boa distração, e por isso que Marcus havia sugerido que dividissem o quarto.

Mas Alex tinha um defeito: não conseguia ficar parado.

Marcus esperava tirar um cochilo antes que a programação da noite começasse. A primeira sessão de fotos com fãs estava agendada para aquele dia, seguida da mesa com Alex, e os participantes tinham pagado caro pelo privilégio de estarem lá. Ele queria aparecer revigorado para eles. Queria se *sentir* renovado.

Por mais que Alex tivesse falado sem parar durante a demorada viagem de carro do aeroporto até o hotel, havia continuado a falar enquanto faziam o check-in, e ao longo de cada corredor por que passaram a caminho do quarto deles, por isso todas as esperanças de uma soneca provavelmente teriam uma morte muito lamentada em breve.

— ... não sei por que Lauren está tão preocupada. — Depois de se deixar cair de cara em cima da cama queen, Alex se apoiou nos cotovelos e começou a digitar no celular. — Eu não fiz nada censurável com a fã. Só sugeri que se ela não tinha nada melhor para fazer com o próprio tempo do que insultar estranhos, deveria aproveitar e ir se foder. Não é culpa minha que a mulher tenha ido direto para os tabloides, e certamente também não foi culpa da Lauren. Ron e R.J. não vão demiti-la por causa de um detalhe *desses*.

Marcus franziu a testa.

— O que a fã disse pra você?

— Ela não falou comigo. — Alex pressionou o dedo na tela com uma força incomum. — Falou com a Lauren.

Ah. Aquilo explicava as coisas, pelo menos um pouco.

A aparência de Lauren poderia ser descrita como *não convencional*. Ela era bem baixinha e tinha uma forma avantajada, com pernas finas em comparação ao tronco, olhos brilhantes, feições angulosas, e quase o tempo todo mantinha uma expressão fechada no rosto.

Lauren fazia Marcus se lembrar de um passarinho rechonchudo e bonitinho. Mas sabia que alguns estranhos feios por dentro seriam capazes de criticar a fisionomia dela.

— Nem me pergunta o que essa *fã* — Alex falou a última palavra como se a cuspisse, em seu tom mais cortante — disse a ela. Foi vil e ofensivo, não importa o que a Lauren diga a respeito. Não estou *nem aí* se ela está acostumada a passar por situações como essas. Na minha frente, não vai acontecer. Não se eu puder evitar.

Alex passou a mão com força pelo cabelo, a expressão ameaçadora.

Não. Marcus não conseguiria tirar um cochilo nem tão cedo.

— Vou pegar gelo para nós — ofereceu Marcus. — Quer que eu traga mais alguma coisa?

— Não. Vou rascunhar uma fic em que a flecha do Cupido faz com que uma mulher horrível e agressiva fique tão desesperada para se foder que ela não consegue comer nem beber, só se masturbar, até morrer de desnutrição masturbatória. — Ele fez uma pausa, pensativo. — Ou talvez ela só desmaie e aprenda a lição. Não costumo matar pessoas nas minhas histórias.

Aquela era a deixa de Marcus.

— Tudo bem, volto logo. Tente não ser demitido enquanto eu estiver fora, por favor.

— Não posso prometer nada — resmungou Alex, novamente focado no celular.

O hotel onde aconteceria a conferência tinha um átrio bem no meio, com pé-direito muito alto, e os corredores de cada andar davam para aquela praça central, com vista para a loucura abaixo. De acordo com o mapa que havia na porta do quarto, do lado de dentro, a máquina de gelo ficava localizada no ponto exatamente oposto do saguão do andar dele, o mais distante possível.

Tudo bem. Marcus ia gostar de alguns minutos de silêncio.

A porta se fechou com um barulho. Marcus caminhou com calma pelo corredor, carregando o balde de gelo embaixo do braço, e deu uma olhada distraída para baixo, na direção da recepção. A maior parte do elenco de *Portões* e da equipe de produção que participaria da *con* deveria chegar em breve, então ele procurou rostos conhecidos.

As chances eram infinitesimais, com milhares de pessoas se aglomerando no hotel.

Ainda assim, lá estava ela. Minúscula vista do alto, mas saltava aos olhos dele. Quase no início da fila do check-in, com a mala ao lado, esperando paciente enquanto a luz discreta do saguão do hotel fazia seu cabelo parecer incandescente.

Ele havia torcido desesperadamente para que ela fosse. E rezado para que não fosse.

Mas sabia o que April decidiria fazer, no fim. Ela não era mulher de abandonar suas responsabilidades, e havia concordado em ser a moderadora da mesa de Summer, além de ter combinado de se encontrar com os amigos deles — dela — do servidor Lavineias durante a conferência. April não faltaria ao evento, mesmo se quisesse.

E talvez ela não se importasse de encontrá-lo de novo. Talvez seu estômago não estivesse se revirando em uma náusea quase constante desde que os dois terminaram. Talvez ela não tivesse perdido o sono, repassando mentalmente a última conversa deles, tentando descobrir o que poderia ter dito de forma diferente, lamentando as escolhas que havia feito semanas e meses antes.

April devia estar bem. Em seus dias menos egoístas, Marcus até *torcera* para que ela estivesse bem.

Mas ele não estava.

Depois daquela viagem horrível de volta para a casa dela, não tinha mais acessado o servidor Lavineias, nem de forma invisível. Ver o nome de April, seu avatar, bastaria para piorar a sensação nauseante que parecia não ir embora. Até mesmo escrever fanfics evocava lembranças demais no momento — dos comentários cuidadosos e alegres de Tila como sua leitora beta, do prazer de April diante de histórias particularmente obscenas, da comunidade que ele tinha ajudado a criar e então perdido.

April não havia postado nenhuma história no AO3 desde que ele fora embora da casa dela. Marcus não sabia se teria coragem de ler se ela tivesse escrito alguma coisa.

Tudo que lhe trazia alegria e dava significado à vida dele parecia estar se extinguindo, e Marcus só podia culpar a si mesmo por isso. Não era de se espantar que passasse os dias com o estômago embrulhado e a cabeça latejando.

De onde estava, Marcus viu April chegar ao balcão de check--in. Ele a viu esperar enquanto passavam o cartão de crédito e checavam sua identidade. Viu quando ela aceitou o cartão que abria a porta do quarto e se encaminhou para os elevadores, onde saiu de seu campo de visão.

Então ele seguiu pelos corredores até a máquina, encheu o balde e tentou não se lembrar do motivo que havia deixado a sua vida tão fria e dura quanto o gelo que sacudia a cada passo que ele dava.

Instantes depois de voltar para o quarto, porém, a dor do próprio coração dilacerado foi ofuscada por um novo desastre. Desta vez, na forma de um único e terrível e-mail.

— Quanto tempo leva pra pegar gelo? — perguntou Alex assim que Marcus fechou a porta. — Você foi pessoalmente até a tundra ártica para cortar os cubos com as próprias mãos?

Alex continuava na cama, com o celular nas mãos. Evidentemente ainda estava determinado a preencher cada momento livre com conversa.

— A máquina fica do outro lado do... — Marcus suspirou. — Deixa pra lá. Desculpa pela demora.

Uma rápida checada no relógio ao lado da cama acabou de vez com qualquer esperança de uma soneca. Os dois tinham, na melhor das hipóteses, dez minutos para descansar antes de descerem para a primeira aparição pública agendada.

— *Merda* — soltou Alex com um gemido. — Recebi mais um e-mail do Ron. O assunto é "Comportamento inapropriado e possíveis consequências". Como se eu já não soubesse as coisas horríveis que eles podem...

De repente, Alex se calou e franziu a testa.

Marcus ficou olhando, preocupado, enquanto o amigo passava o dedo pela tela para ler a mensagem. Então, Alex voltou para o início do texto, aparentemente relendo a mensagem, e foi rolando, passando a tela para baixo mais uma vez.

Sua respiração se tornou brusca e acelerada, até ele estar bufando como o touro ensandecido que Ron e R.J. haviam incorporado à quarta temporada sem razão alguma.

Seu rosto ficou vermelho, o que nunca, nunca, era um bom sinal.

— Aqueles filhos da puta — sussurrou Alex. — Aqueles malditos filhos da puta.

Alex já ia contar tudo ao amigo mesmo, provavelmente em um volume desconfortável, então Marcus pegou logo o celular da mão dele e leu lentamente a mensagem.

Grosseria inaceitável com uma fã, violando as expectativas de comportamento, blá-blá-blá. *Obrigações contratuais*, blá-blá-blá. Nada tão surpreendente ou desagradável, e nada que suscitaria aquele tipo de reação de Alex...

Ah.

Ah.

No fim da mensagem, Ron acrescentara um adendo menos formal.

P.S.: Acho que isso é culpa nossa, por termos atrelado você a uma acompanhante tão feia. Diga a Lauren para cobrir a cabeça com um saco, se for necessário, mas não deixe mais a cara dela colocar você em nenhuma encrenca. Embora isso não conserte o resto dela, não é mesmo?

Para terminar o e-mail, Ron tinha acrescentado um emoji chorando de rir.

Eles também tinham copiado Lauren na mensagem. Eram mesmo uns *malditos filhos da puta*.

Merda. Marcus precisava resolver aquela situação, ou pelo menos ganhar mais algum tempo para eles. E sem devolver o celular ao amigo, se fosse possível.

Já estava quase na hora do primeiro compromisso de Alex no evento, mas ele não podia subir em um palco naquele estado, e certamente não dava para confiar que conseguiria responder àquele e-mail tão casualmente cruel de uma maneira profissional, de uma forma que não acabasse com a sua carreira. Não até que tivesse se acalmado.

Quais eram as opções razoáveis?

— Escuta, Alex, por que não damos uma volta antes de...

— Não temos tempo. — Com o rosto ainda muito vermelho, Alex se levantou, calçou os sapatos depressa e seguiu em direção à porta do quarto. — Vamos. Preciso ir para uma mesa. Pode ficar com o meu celular por enquanto.

Marcus enfiou o telefone do amigo no bolso do jeans, o mais perto possível da virilha, onde Alex teria que tocá-lo com uma intimidade que não tinham para pegar o aparelho de volta.

O que era... bom?

Então por que o fato de Alex renunciar com tanta facilidade ao celular só deixava Marcus mais nervoso?

Os dois seguiram pelos corredores intermináveis, Marcus dirigindo sorrisos aos fãs e culpando o compromisso iminente de Alex pela impossibilidade de parar para selfies.

Alex não disse uma palavra, o que não lhe era nada característico. Ficou só olhando para a frente, enquanto percorria os corredores pisando firme, cada movimento eficiente e determinado.

Poucos minutos antes, no caminho de volta da máquina de gelo, Marcus havia cogitado a possiblidade de assistir aos primeiros minutos da mesa de Alex da lateral do palco e depois escapar para o quarto, em busca de um alívio esperadíssimo e extremamente merecido, tanto de sua angústia quando da falação incessante de Alex.

Agora ele não sairia dali. Não depois de chegarem ao salão designado para Alex. Não quando o moderador e os organizadores da conferência receberam os dois com uma cortesia efusiva. Não quando ambos foram guiados até os bastidores, onde lhes indicaram cadeiras que nenhum dos dois usou.

Depois de mais um minuto de silêncio, Marcus tentou de novo:

— Sei que você está com raiva, mas...

— Não se preocupa. — O tom do amigo era frio, em contraste com aquelas faixas de um vermelho furioso em seu rosto. — Vou ficar bem.

Aquilo conseguiu ser ao mesmo tempo mais e menos tranquilizador do que Marcus tinha esperado.

Quando o moderador anunciou Alex, ele assentiu para Marcus e entrou no palco como se estivesse entrando em um ringue de boxe.

Aquilo foi...

Marcus se aproximou das cortinas até conseguir ver o amigo andando de um lado para outro com o microfone na mão, em vez de se sentar ao lado do moderador. O sorriso que cintilava através da barba desgrenhada era feroz, cortante e familiar.

E costumava preceder alguma atitude apocalíptica.

Aquilo era muito, muito ruim.

Havia sido reservado para Lauren um assento especial no fim da primeira fila, e ela estava observando Alex atentamente, a testa ainda mais franzida do que o normal. Lauren havia se inclinado na beira da cadeira dobrável e parecia pronta para fazer... alguma coisa. Se jogar na frente dele, talvez, ou arrancá-lo do palco.

Mas, apesar da aflição evidente dela e da preocupação do próprio Marcus, a sessão seguiu sem percalços. Talvez as respostas fossem um pouco mais diretas do que o normal, e talvez o rubor no rosto dele nunca cedesse por completo, mas Alex foi carismático, inteligente e tudo o que os *showrunners* da série queriam que ele fosse em público.

Pelo menos até a última pergunta da sessão.

A mulher na terceira fileira estava quase tremendo de nervoso, mas se levantou e balbuciou a pergunta:

— O que você pode nos contar sobre a temporada final?

— Você quer saber sobre a temporada final, é? Você perguntou o que eu posso contar a respeito? — O sorriso de Alex se tornou ainda mais brilhante sob as luzes do palco, então Marcus soube. De algum modo, ele simplesmente *soube*. — Obrigado por essa fantástica pergunta de encerramento. Vai ser um grande prazer responder.

Marcus já estava se encaminhando para o centro do palco, tentando inventar alguma desculpa, qualquer desculpa, para arrancar o amigo dali, mas era tarde demais. Ele chegou tarde demais. Assim como Lauren, que se levantou rapidamente ao primeiro sinal de problema.

Tudo o que os dois puderam fazer foi parar e ficar ouvindo, horrorizados, enquanto Alex colocava toda a sua maldita carreira em risco em um ataque de fúria.

— Como vocês sabem, membros do elenco não têm permissão para falar muito sobre os episódios que ainda não foram ao ar. — Com o sorriso anárquico e furioso, ele parou de andar e enunciou bem as palavras para as câmeras, que transmitiam o que ele falava para o mundo todo. — Mas, se querem saber o que eu penso sobre a temporada final, talvez achem interessante dar uma olhada nas minhas fanfics. Meu nome de usuário é CupidoSoltinho. Tudo junto, com *C* e *S* maiúsculos.

Tirando um ou outro arquejo diante daquele anúncio, não se ouvia um som que fosse vindo da plateia. Nada. Lauren se abraçou, o rosto contraído de horror, e se deixou cair no assento, encolhida.

Alex fez uma mesura em um agradecimento floreado e pousou o microfone no assento que lhe havia sido designado, mas que ele não usara. Então, ergueu o indicador e pegou novamente o microfone.

— Ah — acrescentou, o tom brincalhão —, as histórias que eu posto lá vão dar a vocês uma noção do que sinto sobre a série em geral.

Lauren tinha coberto o rosto com as mãos e abaixou a cabeça.

Houve uma longa pausa enquanto o sorriso de Alex ficava ainda mais largo, o que parecia impossível.

— Mas estejam avisados: Cupido é propenso a levar por trás nas minhas fics. Isso acontece com frequência, e ele adora. Não é alta literatura, mas se levarmos em consideração essa última temporada da série, é melhor do que algumas soluções do... — Ele piscou para a plateia, deixando que completassem a frase: *roteiro*. — Bem, deixa pra lá.

Por causa das transmissões ao vivo e das pessoas gravando a mesa de Alex com o celular, ele não poderia retirar o que tinha dito mais tarde, ou reinterpretar sua resposta, dando a ela outro contexto. Era tudo uma provocação, proposital e incisiva.

Marcus ouviu o som de um gemido baixo, e se tivesse que apostar, diria que tinha vindo de Lauren.

Alex esperou mais um momento, a cabeça inclinada, pensativo. Então, sorriu uma última vez.

— Não, é só isso mesmo. — Outra breve mesura em agradecimento. — Acabei.

Ele saiu do palco sob o som de murmúrios chocados e parou perto de Marcus, o corpo irradiando um calor inacreditável. Alex fechou os olhos com força e voltou a respirar como aquele touro, pronto para esfregar os cascos no chão e atacar.

— Alex. — Como o amigo não respondeu, Marcus tentou de novo. — Alex.

O outro conseguiu encará-lo.

— Você destruiu a sua carreira — disse Marcus —, a menos que encontre uma forma de fazer alguma espécie de contenção de danos imediatamente. — Marcus pousou a mão no ombro do amigo. — Vou voltar pro quarto assim que as sessões de fotos terminarem, mas você precisa ligar pro seu agente, pro seu advogado e pra qualquer outra pessoa da sua equipe que possa ajudar. Agora.

Alex fechou os olhos de novo, finalmente relaxando os ombros. E assentiu.

— Eu sei — concordou, a voz resignada, mas sem qualquer traço de arrependimento. — Eu sei.

Servidor Lavineias
Tópico: Que merda tá acontecendo com o roteiro dessa temporada?

Tiete Da Lavínia: Tem tantos problemas. Tantos.

Tiete Da Lavínia: Ainda não entendi por que os *showrunners* fizeram a história que era na Roma Antiga passar a ser na Europa quase medieval. (Sim, eu sei o que o ELENFI vai dizer.)

Sra. Eneias O Piedoso: "Para tentar surfar na onda de Game of Thrones."

Tiete Da Lavínia: Exatamente. Mas mesmo mil anos mais tarde, as pessoas não diriam "estressada". Até mesmo ~Eu~, uma mulher que NÃO se deixa limitar pelo canon, sei DISSO.

EmLivrosEneiasNuncaFariaIsso: Obrigado por me citar SEOP, assim não preciso ser repetitivo.

MePegaEneias: Mesmo deixando de lado todos os anacronismos, o diálogo parece muito mais... rudimentar?... do que antes.

EmLivrosEneiasNuncaFariaIsso: Isso não é coincidência. Um livro por temporada. Três livros.

EmLivrosEneiasNuncaFariaIsso: Os *showrunners* da série nunca entenderam os personagens. Eles se apoiavam nos livros e nos atores. Agora os livros acabaram, e os atores vão dar o máximo para vender o que for entregue a eles, mas não podem simplesmente inventar enredos e diálogos.

EmLivrosEneiasNuncaFariaIsso: Pelo menos esses são os rumores. Não sei ao certo.

28

April não foi à mesa de Alex, com medo de acabar encontrando Marcus. Mas não pôde evitar ouvir a respeito do que havia acontecido lá.

— Ele simplesmente... *anunciou* — comentava com o círculo de amigos um cara usando asas estilizadas na camiseta, parecendo chocado, mas empolgado. A estampa da camiseta dizia: *Cupido resolve a porra toda.* — Do nada. E parece que em todas as fics dele o Cupido toma por trás.

April se manteve atrás de uma planta, ouvindo a quarta versão dos acontecimentos que lhe chegou aos ouvidos nos dez minutos anteriores, torcendo para pescar alguma migalha de informação, qualquer coisa que acalmasse suas preocupações com Alex.

Uma garota com uma tiara, a marca registrada de Psiquê, franziu a testa.

— Toma por trás?

Outra fã, com a camiseta estampada com um mapa do Tártaro, puxou a amiga para perto e sussurrou por um instante em seu ouvido.

— Ah. — A fã de Psiquê piscou algumas vezes. — *Ah.*

Diante da expressão e do rubor dela, todos riram.

— As gravações da última temporada terminaram, certo? — Outro integrante do grupo, um homem de quarenta e poucos anos com uma espada de plástico presa à cintura, parecia estar achando tudo muito divertido. — A essa altura, ainda podem demitir o cara?

O homem com camiseta de cupido deixou escapar uma risadinha debochada.

— Acho que não, mas podem processá-lo. E vou ficar chocado se não fizerem isso.

Quando o grupo começou a caminhar em direção a um dos salões para as sessões de fotos, April não os seguiu nem tentou escutar mais nenhuma conversa. Todas tinham basicamente as mesmas informações, e todas a faziam chegar a uma conclusão inevitável.

Alex estava ferrado.

April estava aliviada por não ter ido à sessão dele, e *não* pretendia assistir a nenhum dos incontáveis vídeos postados no YouTube minutos depois do incidente. Alex podia ser um cretino às vezes, mas também era um cara leal, engraçado e divertido. Ela gostava dele, e não tinha a menor vontade de ver o homem jogar o trabalho da sua vida fora no que, de acordo com quem tinha visto, parecia ser um ataque total e misterioso de fúria.

Mas isso não significava que ela não ia procurar as fanfics dele. Imediatamente. Se alguém do universo de *Portões* precisava de uma boa penetração anal, *definitivamente* era o Cupido.

Ao se dirigir para os elevadores, April atraiu mais do que alguns poucos olhares e sussurros, como tinha acontecido desde o momento em que chegara no hotel, mais cedo naquela tarde.

Mesmo depois de algumas horas ali, e apesar de toda a sua preparação mental, aquela atenção ainda a desorientava. Alguns dos outros participantes da *con* apenas olhavam, ou tiravam fotos e faziam vídeos de longe, e April não se incomodava muito com isso. Mas tinha gente que se aproximava dela e fazia comentários, perguntas, tratando-a com uma intimidade excessiva, deixando-a desconfortável...

Ela queria se esconder quando isso acontecia. Não porque fosse tímida ou tivesse vergonha de si, da própria aparência ou do relacionamento que tivera com Marcus.

Mas porque estava sofrendo com o fim daquela relação. Porque falar o nome dele *doía*. Porque as piscadelas, as insinuações, as perguntas animadas eram como se esfregassem sal em feridas que ainda não tinham começado a cicatrizar.

— Essa é... — sussurrou uma mulher usando uma camiseta onde se lia *Tour de vingança de Dido: 1000 AC*, cutucando a amiga. — Essa é a fã que estava saindo com o Marcus Caster-Rupp. Vamos perguntar pra ela...

April se afastou rapidamente.

Além disso, não seria ruim ficar algum tempo sozinha, embora aquela fosse apenas a primeira noite do evento. Graças aos céus ela não tinha aceitado os convites para dividir quarto com o pessoal do Lavineias, nem mesmo com MePegaEneias.

Depois de se recolher a seu quarto tranquilo e silencioso, agradecida, April tirou os sapatos e se recostou confortavelmente na cabeceira da cama. Levaria apenas cerca de duas horas para ler todas as fics de Alex, se estivesse julgando corretamente pelo contador de palavras, e ela estava mais do que disposta a dedicar esse tempo ao texto. Afinal, não tinha a menor vontade de responder a mais perguntas sobre Marcus.

April acabou levando mais de duas horas. Muito, muito mais. Até já ter perdido todos os eventos agendados ainda para a noite, até depois de os grupos de fãs de *Portões* pararem de passar pelo corredor, dando risadinhas agitadas e fazendo "shh" uns para os outros em volume máximo.

As histórias de Alex eram fascinantes. Mais do que isso. Eram *reveladoras*, de várias formas.

Antes de cada fic, ele agradecia a seu fiel leitor beta e colega escritor EneiasAmaLavínia. As leis da probabilidade lhe garantiam quem era *aquele* escritor. Era ELENFI, que não queria usar seu nome antigo, menos ainda atrair a atenção de April para o fato de que continuava on-line, evitando assim magoá-la ainda mais. Era Marcus, que não queria ou não conseguia parar de escrever.

Agora que sabia que ELENFI e Marcus eram a mesma pessoa, April não conseguia deixar de se perguntar o que o havia atraído para o universo das fanfics. O que ele ganhava escrevendo, principalmente escrevendo histórias sobre Eneias, ainda mais levando em consideração o risco para sua carreira se alguém descobrisse. O que a comunidade Lavineias, a comunidade que ele havia deixado para trás — pelo bem dela, é claro que pelo bem dela —, significava para ele. Como foi se afastar daquele círculo de amigos e ter que começar de novo, suas histórias agora sem um público garantido.

Isso com certeza o magoava. Quanto, April não saberia dizer. Provavelmente mais do que ela se dava conta.

Talvez estivesse sendo boba e sentimental, mas depois que se deu conta de quem provavelmente era EneiasAmaLavínia, April leu as fics dele antes de ler as de Alex, as histórias que Marcus tinha escrito durante o tempo que passaram juntos em Berkeley.

E foi fácil reconhecer o trabalho dele. Mais do que isso, as histórias dele eram...

April abaixou a cabeça e mordeu o lábio até sentir o gosto de sangue.

As histórias de EneiasAmaLavínia eram *apaixonantes*.

Ainda era possível encontrar aquela sofrência que era marca registrada do texto dele. Eneias estava sempre meio tenso e nervoso, com medo de que Lavínia descobrisse o passado turbulento dele com Dido e o julgasse duramente por isso.

Mas grande parte de suas novas fanfics se concentravam principalmente no amor, não na dor.

A cada história, o Eneias de Marcus entregava mais o coração à esposa. Determinado a também conquistar o coração dela, ele se esforçava para seduzi-la, para fazer com que Lavínia *visse* sua devoção, lutava contra a insegurança e os mecanismos de defesa dela, até os dois alcançarem um final feliz, conquistado a duras penas.

Mais ninguém reconheceria os paralelos com a vida real.

April dificilmente poderia *não* reconhecer.

Depois de assoar o nariz, colocar uma toalha molhada com água fria nos olhos inchados e questionar todas as suas recentes escolhas de vida, ela voltou às histórias de Alex, e... *cacete*.

A mulher metendo nele por trás. Ah, Deus, aquela penetração anal era gloriosa.

Mas não foi *esse* aspecto do texto dele que a deixou chocada e preocupada.

O fato de a fic de Alex mostrar Cupido como um ator de uma série popular baseada em *Deuses dos portões* era mais do que revelador. Mais do que prejudicial para ele. Alex deixava dolorosamente claro o que considerava os pontos fortes da série — o elenco, a equipe de produção, o material original — e o que via como pontos fracos.

Mais objetivamente: os *showrunners* incompetentes e desagradáveis da série.

Tudo o que ele escrevia confirmava o que April e a maior parte dos outros participantes do Lavineias já acreditavam, bem como alguns poucos comentários que Marcus havia feito quando os dois estavam sozinhos. Mas o que nem ela, nem os outros fãs jamais, em momento algum, haviam imaginado, era que veriam um integrante do elenco dizer aquelas coisas de forma tão clara e pública.

E havia um motivo para que não esperassem aquele tipo de sinceridade vindo de um ator de *Deuses dos Portões*: aquilo destruía carreiras. Especificamente a de Alex.

Assim que terminou de ler as fanfics dele, April procurou por tuítes recentes a respeito, e também por novos posts em blogs e sites de entretenimento, porque não havia qualquer possibilidade de que a divulgação do alter ego on-line do ator não fosse causar um alvoroço. Ainda mais levando-se em consideração o conteúdo das histórias.

A busca durou segundos. Menos do que isso.

O nome de Alex estava por toda parte. Ele estava entre os assuntos mais comentados do Twitter. Era o tema de matérias nervosas na internet e de comentários com sorrisinhos afetados na TV. Na tela do notebook de April, Alex olhava para ela de um palco genérico de hotel, o rosto vermelho, o sorriso feroz, a reputação na indústria em que escolhera trabalhar arruinada. Talvez de forma irreparável.

De acordo com os blogs mais confiáveis, os *showrunners* de *Deuses dos Portões* estavam furiosos e considerando a possibilidade de uma ação legal, ou de uma retaliação financeira assustadora.

Um dos colegas de elenco de Alex, o cara que fazia o papel de Júpiter, o havia criticado diante das câmeras, chamando-o de traíra ingrato. O pior era que todos pareciam concordar: futuros diretores e produtores evitariam trabalhar com Alex, por medo de que ele também os expusesse.

Incontratável, era como uma das matérias o chamava.

VENENO DESTILADO PELO ELENCO, dizia a chamada de um programa de entretenimento. TEXTOS DE ATOR GERAM REAÇÃO NEGATIVA.

O agente e o advogado de Alex pareciam estar trabalhando febrilmente nos bastidores. E Marcus também, lógico. As matérias podiam até não dizer isso, mas April o conhecia. Ele com certeza estava no meio do caos, tentando apoiar o amigo e ajudar como fosse possível.

Antes que se desse conta direito do que estava fazendo, April se viu com o celular nas mãos, digitando uma mensagem rápida para Marcus.

Quando tiver uma chance, por favor, diga ao Alex que estou pensando nele e desejando sorte. Espero que ele esteja bem. Depois de um instante, acrescentou: Não precisa responder. Sei que vocês dois estão ocupados.

Entregue, avisou o celular. Ótimo. Marcus não tinha bloqueado o número dela.

Em um minuto, ele respondeu, e só isso já deixou os olhos de April marejados de novo. Não importava que a resposta dele fosse breve.

Lauren foi demitida. É tarde demais para demitir o Alex, já que as filmagens já acabaram. Ele talvez consiga evitar multas e um processo, mas não tenho certeza.

Marcus tinha respondido. Não apenas isso: tinha contado informações confidenciais, informações que não seriam divulgadas ao público, embora os dois não estivessem mais oficialmente juntos, e ela tivesse motivos para se sentir vingativa.

Marcus confiava nela. Ele *confiava*.

Tá bem, escreveu April. Obrigada por me contar.

April não recebeu uma nova resposta. Nem naquele momento, nem mais tarde naquela noite.

Enquanto esperava pela mensagem que nunca chegou, ela ficou rolando a tela do Twitter, lendo mais matérias sobre Alex e a ruína da reputação que ele havia conquistado a duras penas em Hollywood. Durante todo esse tempo, April se questionou sobre a forma como tratara Marcus menos de uma semana antes.

Ele deveria ter *sabido*, ela havia dito, como se fosse a dona da verdade. Deveria ter confiado a ela sua identidade on-line. Deveria ter colocado a própria carreira nas mãos de April depois que havia descoberto que ela era a Tiete Da Lavínia, sem levar em consideração o perigo que aquilo poderia representar para a reputação e a profissão que ele havia construído ao longo de duas décadas de dedicação e trabalho sem fim.

E, de acordo com ela, Marcus deveria ter feito tudo aquilo mesmo que a exposição pública do que ele tinha dito, do que ele tinha escrito, o condenassem ao mesmo destino de Alex.

As palavras haviam saído com muita facilidade de sua boca, como se April soubesse de que merda estava falando, como se tivesse qualquer noção das consequências que ele enfrentaria. E quando Marcus havia tentado explicar, ela *não* tinha compreendido. Realmente não tinha, como havia ficado claro com o desenrolar da revelação de Alex.

Talvez Marcus de fato devesse ter confiado nela. Depois de um mês juntos. Depois de dois meses. Mas para um homem que só conquistara um mínimo de autoestima e de orgulho por si mesmo a duras penas através da carreira, April agora entendia por que ele havia hesitado.

E ele ainda havia falado que o principal problema não tinha sido confiança. Não no final.

Eu estava com medo. Fiquei apavorado com a ideia de você me deixar.

E fora exatamente o que ela havia feito.

April se pegou procurando na internet os artigos escritos pelos pais de Marcus sobre *Deuses dos Portões*. Não foi difícil encontrar, já que tabloides e jornalistas de entretenimento haviam divulgado amplamente o óbvio desentendimento entre o ator famoso e os pais.

Mesmo anos antes de conhecer Marcus pessoalmente, April tinha achado mórbido o fascínio da mídia com aquele desentendimento, e se recusara a ler qualquer artigo sobre o assunto. Mas naquele momento... naquele momento ela precisava entender.

Sentou-se na cama, sentindo-se mal, e leu atentamente os artigos, buscando alguma conexão dos pais de Marcus com o filho, alguma indicação reveladora de que aquelas eram as pessoas que haviam dado à luz e formado o homem que ela conhecia.

E foi como ver Marcus por uma casa de espelhos de um parque de diversões, a imagem distorcida e perturbadora.

A inteligência dele foi transformada em desdém. A facilidade com a escrita, em ironia e frieza. Toda a sua vida profissional foi retratada como uma fonte de vergonha, e não de orgulho. O lugar que Marcus ocupava na vida dos pais era tão pequeno que eles nem se sentiram obrigados a reconhecê-lo.

Mas April ainda conseguia vê-lo. No sofá da casa dela. Em seus braços. Abalado, com os olhos marejados e sussurrando o que devia aos pais, rouco. O que eles mereciam da parte dele.

Se Marcus era capaz de perdoar os dois, bom para ele.

Ela não era. Não conseguiria.

Marcus não devia nada ao pai e à mãe. April, por outro lado, devia um pedido de desculpas a ele.

Apesar de falar tanto sobre confiança, ela não havia preparado Marcus para enfrentar JoAnn e Brent, ou para como ficava instável depois de passar algum tempo na presença dos pais. Não havia descrito o desprezo no rosto do pai quando ela era mais jovem e precisava de roupas novas, de um tamanho maior. Não contara como era ver a mãe na frente de um espelho, nua, segurando dobras da própria carne, quase em lágrimas, enquanto avaliava se ainda estava magra o bastante para ser amada pelo marido.

April não tinha explicado a total humilhação que sentia ao perceber que um homem que acabara de vê-la nua, que acabara de estar *dentro* dela, queria que ela tivesse um corpo diferente; e também não compartilhara a raiva e a tristeza que havia sentido quando, apesar disso, o mesmo homem esperava que ela ficasse nua, abrisse as pernas e lhe oferecesse mais uma vez seu corpo que ele tanto desprezava.

Aqueles momentos do passado dela eram cruciais para que alguém pudesse compreendê-la, assim como a identidade virtual de Marcus era crucial para que ele fosse compreendido. Mas nenhum dos dois tinha dito uma palavra que fosse ao outro.

Eu estava com medo. Fiquei apavorado com a ideia de você me deixar.

No entanto, mesmo se ela quisesse consertar as coisas entre os dois, mesmo se *pudesse* consertar as coisas entre eles, não era hora nem lugar para aquilo. Os dois tinham responsabilidades, compromissos a cumprir, amigos a encontrar.

Como se seguindo a deixa, o celular de April sinalizou a chegada de uma mensagem de um número que ela havia incluído em seus contatos apenas na véspera. Era o número que Cherise — também conhecida como MePegaEneias — tinha compartilhado por DM no servidor Lavineias, logo antes da *con*.

Desculpa por mandar essa mensagem tão tarde. Espero não ter acordado você. Não te vi no servidor agora de noite, por isso queria te atualizar: o encontro para o café da manhã no domingo ainda está de pé, mas você também vai nos ver amanhã de manhã. De jeito nenhum nós vamos perder a sua estreia no concurso de cosplay, mulher.

Ah, cacete. Hora de pegar mais uma toalha molhada para os olhos inchados e mais lenços de papel.

Mas aquelas eram lágrimas diferentes. Eram lágrimas de felicidade.

April tinha uma comunidade agora — comunidades, na verdade, no plural — e não precisava esconder nada deles. Nem no trabalho, nem on-line, nem em lugar nenhum. Aquelas pessoas a conheciam e a aceitavam exatamente como era. E queriam *apoiá-la*.

Obrigada, respondeu April por fim, a visão embaçada pelo cansaço e pelas lágrimas. Mas vocês não precisam vir. Sei que vai ter outras coisas acontecendo ao mesmo tempo.

Cherise mandou três emojis revirando os olhos, então um texto mais curto, o tom decidido. Espere uma sessão cheia de aplausos, TDL. Você merece.

Àquela altura, April não tinha mais o que dizer. Uma fileira de emojis com olhos de coração teria que servir para expressar a intensidade de sua emoção, pelo menos naquela noite. Então, ela deixou o celular de lado e se preparou para dormir, porque precisava descansar e recuperar as forças para o dia seguinte.

April tinha um plano de reparação para colocar em prática na manhã seguinte.

Chega de se esconder, havia jurado a si mesma em outro quarto de hotel, meses antes. *Chega de se esconder*.

O concurso de cosplay seria bem cedo, e ela pretendia usar sua fantasia de Lavínia com orgulho, apesar de todas as câmeras, de todos os cochichos. Seus amigos, ao que parecia, estariam lá para torcer por ela. Depois, seria a moderadora da mesa com Summer Diaz. Mais tarde, mandaria um e-mail para Mel e Heidi contando como as coisas tinham ido — as duas haviam exigido aquilo na semana anterior.

Não havia mais dúvida: April tinha definitivamente parado de esconder seu corpo e seu fandom.

Talvez, depois que aquele fim de semana terminasse, ela também pudesse parar de esconder o coração.

Na manhã seguinte, bem cedo, Marcus passou nos estandes de venda e comprou uma máscara de Eneias, para diversão e prazer de quem estava por ali. Depois de dar alguns autógrafos e tirar mais selfies, ele voltou para o quarto.

Que agora ocupava sozinho. Alex tinha ido embora na noite da véspera, fosse por obediência às exigências de Ron e R.J., para seguir o conselho do advogado, do agente e da equipe de relações públicas, ou com a intenção de ver Lauren. Marcus tinha quase certeza de que sabia qual das opções era a verdadeira.

Até então, o amigo só tinha enviado uma resposta para as mensagens de Marcus: Vou consertar as coisas. Não se preocupe.

Como se aquilo fosse possível... Mas não havia mais nada que Marcus pudesse fazer por Alex durante a *con*, e ele tinha responsabilidades e obrigações a cumprir o dia todo. Também havia outro evento que se recusava a perder, por mais frágeis e dolorosas que fossem as circunstâncias.

De jeans, camisa de manga comprida básica e a máscara, ele passava despercebido pela multidão. O salão onde aconteceria o concurso já estava lotado, apesar de ainda ser relativamente cedo, mas não foi difícil conseguir um lugar de pé, na lateral.

April não o veria, mas ele ainda pretendia vê-la.

Os concorrentes do concurso de cosplay estavam agrupados na base do palco. Mesmo em meio a tantos figurinos coloridos, ousados e impressionantes, bastou um olhar para que Marcus a encontrasse. Talvez por causa do cabelo dela, ou talvez porque, para ele, April sempre brilhava mais do que qualquer outra mulher sob um holofote. Uma estrela, no sentido mais verdadeiro da palavra.

A capa que April usava ainda escondia a fantasia, e ela estava encarando a tela do celular. Mas, sob o olhar de Marcus, ela levantou rapidamente a cabeça, boquiaberta de espanto, abriu um sorriso largo, estendeu os braços e logo foi envolvida em um abraço por duas figuras muito familiares. Mel, com uma de suas echarpes, e Heidi, com seu cabelo azul, as colegas de trabalho de April, e suas parceiras na confecção do figurino, que claramente tinham ido assistir ao concurso.

Até a semana anterior, April não esperava que elas fossem, e o toque de surpresa em seu sorriso enquanto ela se deleitava com o apoio das amigas deixou a garganta de Marcus apertada.

Outras pessoas também a cercaram, pessoas que April pareceu não reconhecer. Mas, depois de uma conversa rápida, ela também abraçou os recém-chegados, rindo, e Marcus deduziu quem seriam.

Ele se aproximou mais, ainda sem ser reconhecido. E mais um pouco. O bastante para ler um dos crachás.

Cherise Douglas. Então, entre parênteses, logo abaixo: *MePegaEneias do AO3*.

Ele abaixou a cabeça e se recompôs antes de se afastar novamente. Aquelas pessoas se apresentando umas às outras, sorrindo e se abraçando já não eram mais a comunidade dele, assim como April não era mais sua melhor amiga virtual nem sua namorada.

Ele não se meteria no momento deles. Não poderia, não sem atrair para si o mesmo castigo que estava sendo imposto a Alex.

Então, o concurso começou, April tirou a capa, entregou-a para Mel com um floreio e entrou na fila. Pelo que Marcus podia ver, o figurino que usava não parecia tão diferente do que ela havia exibido no Twitter, talvez só um pouco mais colorido e com um caimento melhor.

No entanto, quando April subiu os degraus laterais e atravessou o palco, ele viu a diferença. Todos viram. No meio do caminho, ela se virou para a plateia, fez uma pausa e soltou alguns laços escondidos. Instantes depois, de alguma forma, transformou a saia de Lavínia em uma capa e fez alguma coisa com o corpete que revelou uma segunda fantasia, totalmente diferente, criada a partir da primeira.

Calções. Um gibão. Uma espada escondida sob o vestido agora transformado.

Eneias. April estava vestida de Eneias, graças àquele truque engenhoso.

Ela ficou parada ali, parecendo incandescente sob as luzes fortes, diante de todas as câmeras voltadas para ela, sorrindo. Linda. Ao mesmo tempo guerreira e donzela. Lavineias, seu OTP, em carne e osso. Orgulhosa, *muito orgulhosa* ao fazer uma mesura para agradecer à plateia que aplaudia e a alguns assovios de apreciação.

Marcus conhecia aquela posição do queixo de April. Desafio.

Apesar das vulnerabilidades que só agora ele compreendia, ela estava se revelando ao mundo e desafiando-o a julgar seu corpo, suas paixões, suas conquistas, sua vida. E estava fazendo isso com uma comunidade de pessoas que a apoiavam, que a cercavam, porque April havia permitido que eles a conhecessem, que a *conhecessem* de verdade.

Era um triunfo. Mais do que isso: era uma demonstração de bravura. Da mais pura coragem.

Eneias não conseguiria fazer frente àquilo, semideus ou não. E Marcus também não poderia.

Mas, talvez, como todas as outras habilidades que ele havia se esforçado para dominar ao longo dos anos, isso exigisse apenas treino.

Depois que April recebeu a faixa e o troféu de vice-campeã — o que Marcus considerou uma grande injustiça —, ele voltou para o quarto e tomou coragem.

Um e-mail seria o suficiente, porque ele não achava que seria capaz de dizer as palavras certas em voz alta.

No fim, conseguiu manter a mensagem objetiva. O que não significava que eles compreenderiam o que Marcus estava tentando lhes dizer. Mas, de todo modo, aquilo precisava ser dito, porque ele devia aquela declaração a si mesmo, tanto quanto a eles.

O parágrafo final resumia tudo, como a mãe havia lhe ensinado na época em que os dois passavam horas intermináveis fazendo textos que nunca, jamais, estavam bons o bastante.

Amo vocês dois. Mesmo assim, se vocês não são capazes de me respeitar, ou ao meu trabalho, não quero mais vê-los. Meu sucesso é devido à sorte, sim, mas também a muita dedicação e ao fato de eu ser bom no que faço. Tenho orgulho do meu trabalho e do que conquistei. Sinto um orgulho especial de ter conquistado tudo isso apesar das dificuldades acarretadas pela minha dislexia. Se não conseguem se sentir da mesma forma, vou compreender, mas não estou mais disposto a me sujeitar à desaprovação de vocês. Se também me amam de verdade, espero que me aceitem como eu sou. Se não conseguirem fazer isso, talvez precisem repensar a definição de amor de vocês.

Marcus assinou o e-mail com "Do filho que ama vocês", possivelmente pela última vez.

Ele revisou a mensagem ditada da melhor maneira que conseguiu.

E pressionou *enviar* com o dedo trêmulo.

Então, sentiu o celular úmido de suor na palma da mão e digitou o número que tinha guardado em seus contatos semanas antes, só para o caso de algum dia ter a coragem necessária.

Talvez ainda não tivesse. Mas pelo menos havia encontrado motivação e inspiração suficientes. Suficientes para fazer o que já deveria ter feito anos antes.

Vika Andrich atendeu no segundo toque, e, por conta do barulho ao redor dela, Marcus quase não conseguiu ouvi-la falar. Ela com certeza estava em um dos corredores do hotel, cercada por uma multidão de fãs de *Portões* e reunindo informações para seus próximos posts no blog.

— Vika falando. — Ela parecia distraída. — Como posso ajudar?

— Aqui é Marcus Caster-Rupp — disse ele, a voz rouca. — Cometi alguns equívocos que gostaria de corrigir. O que acha de uma entrevista exclusiva hoje de noite?

Houve uma longa pausa, longuíssima.

— Só um instante. — Quando ela voltou a falar, Marcus já não ouvia o barulho ao redor. — Posso ser sincera?

Ele engoliu em seco.

— Com certeza.

— Já era hora — respondeu Vika.

Classificação: Adulto

Fandoms: Deuses dos portões – E. Wade, Deuses dos Portões (TV)

Relacionamentos: Eneias/Lavínia

Tags adicionais: <u>Obediente ao canon</u>, *Angst e Fluff*, <u>Culpa</u>

Palavras: 5.937 Capítulos: 3/3 Comentários: 9 Curtidas: 83 Favoritos: 4

Treino
EneiasAmaLavínia

Resumo:

Eneias ensina a esposa a lutar com espada — e espera pelo dia em
que ela arrancará sangue.

Observações:

Obrigado ao meu beta. Ele sabe quem é.

Lavínia se mostrava cada vez mais confortável com uma espada
na mão.

Aquilo era verdade na cama, lógico, e ele era egoísta o bastante
para apreciar o talento crescente dela ali. Mas era fora da cama que
ela confiava cada vez mais nele, a cada nova arremetida.

À noite, Lavínia permitia que ele a acariciasse e se aventurava
a fazer o mesmo, ávida mas ainda desajeitada. Aquele olhar arre-
galado de choque cada vez que estremecia e gozava nos braços
do marido ainda não havia desaparecido. A hesitação persistente
o encantava, ao mesmo tempo que o prazer dela estimulava o dele.

Sob o sol abrasador, no chão de terra, Lavínia era uma mulher
diferente. Vestida e confiante, ela atacou-o de volta. Se desviou de
golpes. Batalhou.

*Você precisa aprender, caso eu e os outros guardas do portão
Latium fracassemos*, tinha dito Eneias a ela.

E era verdade. Mas também era uma desculpa, que ele se recusou a abandonar depois da primeira vez que treinou com ela.

Com aquele sorriso afável de lado, Lavínia moveu o corpo elegante e angular sem hesitação, certa de que o marido não a feriria. Aparentemente, ela considerava algumas espadas mais perigosas do que outras.

Um dia, ela que o feriu.

— Me conte sobre Cartago, marido — disse Lavínia, jogando a espada dele de lado e avançando. — Como você passava o tempo lá?

Ele se desconcentrou, e o resultado foi previsível. O corte em sua coxa jorrou sangue, e Lavínia arquejou e procurou uma parte limpa de sua estola para pressionar o ferimento.

Ela deixou escapar pedidos de desculpa abafados, e ele a consolou, enquanto refletia.

Se Lavínia soubesse como ele havia deixado para trás a última mulher que amara, abandonando-a sem dizer nem uma palavra; se ela tivesse estado ao lado dele no convés do barco, e visse a rainha colocar fogo em si mesma, desolada com a crueldade dele; se soubesse o que ele era e o que tinha sido, e o que havia feito...

Talvez então Lavínia não aceitasse a espada dele na cama, e talvez ela não risse e usasse uma espada para se defender das arremetidas dele no pátio de terra que compartilhavam.

Talvez ela tivesse voltado a própria espada na direção dele, em vez disso.

29

— ... Então Cipriano e Cássia precisarão tomar algumas decisões difíceis sobre o que significam um para o outro e o que estão dispostos a sacrificar um pelo outro e pela humanidade — disse Maria em resposta à pergunta do moderador, antes de se voltar para Peter. — Quer acrescentar alguma coisa?

Enquanto ela falava, Peter tinha ficado o tempo todo encarando-a, fascinado, os lábios curvados em um leve sorriso.

— Outra questão que vai se tornar essencial é se a ilha onde eles naufragaram anos antes ainda é a prisão deles, ou se o local se tornou o lar dos dois. Tirando isso, acho que você abordou tudo que eu planejava dizer. Como sempre.

Maria torceu o nariz para ele, com um ar travesso.

— Se isso é uma indireta de que eu falo demais...

— Nunca — declarou ele dramaticamente, uma das mãos na altura do coração, enquanto a plateia ria. — Assino embaixo de cada declaração sua, milady.

— Existe uma palavra em sueco que cabe aqui. — Maria apoiou os cotovelos na mesa diante dela e olhou com uma expressão conspiratória para todos que assistiam à sessão. — *Snicksnack*. Uma bobagem. Falando merda, né?

Carah deu uma risadinha abafada.

— Achei que eu seria a primeira pessoa a ser censurada hoje.

— Descobri que os suecos falam muito palavrão — comentou Peter ao microfone, enquanto Maria sorria para ele. — Só posso concluir que os longos invernos são um verdadeiro incentivo para a vulgaridade.

Marcus balançou a cabeça para os dois. Mais tarde, quando ele entrasse no Twitter, aquela conversa já teria viralizado, assim como outras como aquela que já tinham virado memes e gifs ao longo dos últimos anos. Ele tinha certeza disso.

A proximidade e aparente devoção que os dois colegas de elenco expressavam um ao outro fascinavam até mesmo pessoas que nunca tinham assistido a *Deuses dos Portões*. Até onde todo mundo sabia, inclusive Marcus, Maria e Peter nunca, jamais, haviam tido qualquer envolvimento romântico, mas aquilo só parecia encorajar toda aquela especulação, em vez de acabar com ela.

O moderador então se virou para Marcus, o único membro do elenco que ainda não tinha respondido a uma pergunta específica sobre o próprio personagem.

— Marcus, você pode falar um pouco sobre o arco de Eneias ao longo da série? Sei que não pode dar nenhum spoiler da última temporada, mas nós queríamos saber um pouco mais sobre a situação do seu personagem enquanto todos se preparam para o grande embate entre Juno e Júpiter.

Marcus não costumava receber perguntas tão complexas.

Ali estava. Outro momento de decisão. Outra oportunidade para ser ou não ser corajoso.

April não estava na plateia. Ele havia procurado com atenção. Talvez ela precisasse se preparar para a mesa com Summer, que aconteceria em menos de meia hora, ou talvez não quisesse estar no mesmo espaço que o ex-namorado em público.

Não importava. A coragem dela talvez o tivesse inspirado, mas aquilo não era por ela.

Era por ele mesmo.

Marcus já tinha previsto aquela pergunta. Sabia o que precisava dizer.

— Acho... — Ele tomou um gole da garrafa de água para ajudar a umedecer a garganta seca. — Acho que quando conhecemos Eneias, na primeira temporada, ele perdeu seu lar, mas não a identidade. Pode estar navegando por meses, às vezes muito longe de terra firme e à mercê de Netuno, mas sabe o que quer e se conhece muito bem. *Eneias, o Piedoso*. Um guerreiro e um líder dedicado a fazer cumprir a vontade dos deuses, não importa o que isso envolva.

Os colegas de elenco o encaravam, todos de olhos arregalados e testa franzida, o que não era de espantar. Marcus não ousou olhar para a plateia, que tinha ficado em silêncio.

— Mas... — Outro gole de água, e ele continuou a falar. — Mas depois de receber a ordem de deixar Dido, a mulher que ama, de um modo tão cruel e nocivo, e de assistir do convés do barco, impotente, enquanto ela queimava em uma pira funeral alimentada por tudo o que compusera a vida deles juntos, Eneias se vê incapaz de conciliar sua noção pessoal de honra com a sua obediência a Vênus e Júpiter.

Mais um gole de água. Outra respiração funda, antes de continuar a desafiar tão completamente a imagem pública que tinha cultivado, a ponto de não haver a possibilidade de negar o artifício que vinha usando até ali.

— Quando ele conhece Lavínia, começa a se debater com a contradição entre dever e consciência, e tenta determinar o que ser piedoso realmente significa para ele. Eneias não é mais o mesmo homem. Principalmente depois que começa a construir uma vida com a esposa, uma vida que não é definida por batalhas e por sangue derramado. — Marcus dirigiu um sorrisinho bobo ao salão de um modo geral, sem chegar a fazer contato visual com ninguém. — Mas infelizmente não posso contar para vocês como isso vai se desenrolar na última temporada.

O moderador, um repórter de uma revista de entretenimento bastante conhecido, o encarava, perplexo.

— Hum... tá certo. Hum... obrigado, Marcus, por essa... — O homem mais velho fez uma pausa. — Obrigado por essa resposta tão atenciosa.

Na primeira fileira, Vika observava Marcus. Quando o olhar dele cruzou sem querer com o dela, a jornalista inclinou a cabeça com um sorrisinho. Um reconhecimento. Encorajamento, talvez.

— Bem, hum... — O moderador ainda parecia um pouco chocado, mas abaixou o olhar para os papéis à sua frente e se recompôs. — Acho que temos tempo para perguntas da plateia.

Depois de um instante de confusão generalizada, uma mulher quase no fundo do salão se levantou, pegou o microfone e se dirigiu aos que participavam do painel.

— A pergunta é para o Marcus.

— Jura?!?! — murmurou Carah, e deu uma palmadinha tranquilizadora no braço do companheiro de elenco.

Mas, para surpresa de Marcus, a mulher da plateia não abordou a dicotomia óbvia entre a pessoa pública anterior dele e a versão que tinha acabado de se manifestar.

Não, o que ela perguntou foi infinitamente pior.

— O meu namorado e eu temos uma discussão já faz tempo — anunciou ela, indicando com um gesto um cara com uma camiseta de *Portões* que estava largado no assento ao seu lado, com um sorrisinho presunçoso nos lábios. — Ele tem certeza de que você só saiu com aquela fã como parte de uma jogada de marketing, ou alguma espécie de declaração política. Eu disse a ele que você é um grande ator, mas que de jeito nenhum conseguiria fingir aquela cara sempre que olhava para ela. Quem está certo?

Em algum lugar de sua mente, Marcus se perguntou como seria aquela tal cara sempre que olhava para April. Uma expressão atônita, provavelmente. Apaixonada.

O moderador soltou um suspiro e olhou irritado para a mulher.

— Por favor, peço a gentileza de que as próximas perguntas sejam sobre a série, e não sobre questões de natureza totalmente pessoal. Vamos passar para a próxima...

— Não — Marcus se pegou dizendo. — Não, tá tudo bem. Vou responder.

Antes de April, ele não teria se dado conta das verdadeiras implicações daquela pergunta, do que o namorado daquela mulher estava querendo dizer com aquela suposição. Mas, agora que sabia, ele não deixaria aquilo passar batido.

April talvez não o quisesse mais, mas ele não ia ficar parado enquanto aquele cretino presunçoso ou qualquer outra pessoa relegava o relacionamento dos dois a um golpe de marketing, ou uma declaração política.

— O meu relacionamento com a srta. Whittier é real — declarou Marcus no microfone, enunciando cada palavra com muita calma, o tom frio. — Ela é uma mulher absurdamente inteligente e talentosa, além de linda.

O namorado da moça na plateia deu uma risadinha debochada ao ouvir aquilo, e Marcus o encarou. E continuou a encarar, impassível, até aquele sorrisinho odioso evaporar.

— Eu me considero um homem de sorte por ter namorado com ela, e teria muito orgulho de tê-la ao meu lado em todo e qualquer tapete vermelho, se ela estivesse disposta a me acompanhar. — Com uma sobrancelha erguida, ele se virou para a mulher que havia feito a pergunta, a expressão desafiadora. — Isso responde à sua pergunta?

— Hum… — A mulher se deixou cair no assento com um baque, os olhos arregalados. — Sim. Obrigada.

Aquilo não era o bastante para compensar o quanto Marcus havia magoado April, mas pelo menos ele tinha provado uma coisa: não era que nem o maldito pai dela.

Naquele momento, pela primeira vez em anos, Marcus era apenas ele mesmo. Nada mais e definitivamente nada menos. Se aquilo seria o bastante — para ela, para os fãs de *Portões*, para os pais dele —, não saberia dizer.

Mas finalmente, depois de quase quatro décadas, era o bastante para ele.

Dois minutos antes do horário marcado para a mesa delas começar, Summer Diaz entrou correndo nos bastidores e deu um abraço rápido e ligeiramente suado em April.

— Mil desculpas — falou, ofegante. — O painel do elenco demorou demais. A plateia fez muitas perguntas. Perguntas embaraçosas.

— É mesmo? — April colocou o cabelo atrás da orelha e se esforçou para não parecer tão sedenta por informação como realmente estava, ainda mais se essa informação fosse sobre Marcus.

— O que as pessoas perguntaram?

Um dos organizadores da conferência estava acenando para as duas, tentando chamar a atenção delas. April virou o corpo de propósito, até Summer bloqueá-lo de vista.

A atriz a observava atentamente, enquanto sua respiração voltava aos poucos ao normal.

— Entre outras coisas, queriam saber por que Marcus subitamente parecia um candidato a Ph.D., em vez do bobão mais bonito da Terra. Se o relacionamento entre vocês dois era de verdade ou só um golpe publicitário.

April estava boquiaberta. E sabia disso, mas o ar do hotel subitamente pareceu rarefeito, tanto que ela precisou respirar fundo em busca de ar.

— O que... — Outro arquejo. E mais um. — O que ele disse?

— Bastante coisa. Deixa eu ver. — Summer inclinou a cabeça. — Alguns destaques: que ele é tímido e disléxico e que vai explicar essa questão em uma entrevista que deve ser publicada hoje mais tarde, ou amanhã.

Cacete. *Cacete.*

Ele tinha feito aquilo. Tinha se livrado da persona que tinha criado, e do jeito mais público possível, o que equivalia a interromper um casamento real para fazer uma dança interpretativa anunciando sua dislexia, antes de colocar fogo em uma série de produtos de cabelo.

Não que Marcus algum dia fosse colocar fogo em seus produtos de cabelo. Era apegado demais a eles. Especialmente à mousse de fixação suave, que cheirava a alecrim, a nuvens fofinhas e a gente rica.

— E como a plateia reagiu? — Essa era a pergunta principal, a mais aterrorizante.

Summer deu de ombros.

— Foram solidários, por mais que tenham ficado confusos. Acho que essa entrevista de mais tarde vai ajudar a aplacar qualquer incômodo.

April segurou as costas de uma cadeira próxima, os joelhos literalmente bambos de alívio.

— E... o que ele disse sobre mim? — A pergunta saiu quase em um sussurro, porque o organizador da con estava se aproximando. De todo modo, ela também não sabia se teria conseguido falar mais alto.

— Que você é inteligente, talentosa e linda. — Summer enumerou os adjetivos nos dedos, um por um. — E que o relacionamento de vocês é real, que ele tem orgulho de estar com você.

April fechou os olhos, desejando que as lágrimas recuassem.

— Já estamos um minuto atrasados — anunciou o organizador, parecendo preocupado. — Estão prontas?

April assentiu, os olhos ainda fechados.

— Claro — disse Summer. — April?

Então, as duas entraram no palco, semicerrando os olhos sob a luz forte, e April encarou as anotações que havia levado, tentando se concentrar no trabalho que tinha a fazer. As pessoas continuavam a encher o salão, agora tendo que ficar de pé no fundo, enquanto ela apresentava Summer a todos, e April não pôde deixar de se perguntar se também estavam vindo direto do painel com o elenco completo de *Portões*, se tinham ouvido o que Marcus havia falado. Sobre ele mesmo, sobre ela. Sobre o relacionamento dos dois.

Não posso pensar nisso agora.

— Summer — disse April, e se virou na cadeira para encarar a atriz —, primeira coisa, você pode explicar o que te atraiu na personagem da Lavínia?

O restante da mesa passou como um borrão, pontuado aqui e ali pela forte empatia de Summer com a personagem que interpretava, e pela inteligência com que respondia às perguntas sobre seu trabalho, sobre os livros que tinham inspirado a série e sobre a experiência de fazer parte do elenco de um programa com um alcance global. Enquanto ouvia tudo aquilo, April se esforçou ao máximo para manter a mente clara, presente, estar preparada para qualquer coisa que viesse a acontecer, mas tudo fluiu com tranquilidade, muito melhor do que ela esperava.

Então, como planejado, deixaram dez minutos para perguntas do público.

Um dos voluntários do evento escolheu alguém na plateia, uma moça que April se lembrava vagamente de ter chegado à sessão momentos antes de ela apresentar Summer.

A garota alta, gorda, que não devia ter muito mais de vinte anos, sorriu timidamente enquanto olhava para April.

— Oi. Meu nome é Leila e queria fazer uma pergunta.

April retribuiu o sorriso, de forma encorajadora.

— Oi, Leila. Pode falar. Sei que a Summer vai adorar responder qualquer pergunta que você tenha para ela.

A garota franziu a testa.

— Não, a pergunta é pra *você*.

Ah.

Ah, merda.

Pela visão periférica, April viu Summer pegar o celular e digitar ferozmente, o que pareceu estranho e meio grosseiro dadas as circunstâncias, mas April achava que ninguém na plateia estava prestando atenção na atriz naquele momento.

Não, estavam todos olhando para ela, e todos sabiam sobre o que a garota queria perguntar. Marcus. É claro, Marcus.

O organizador da *con* estava acenando para ela da lateral do palco, movendo a boca, tentando se comunicar sem falar nada... *Você é que sabe*, foi o que April entendeu do movimento exagerado dos lábios do homem.

A privacidade dela estava em jogo naquele momento, mas seu orgulho também.

E seu coração.

April sabia que Marcus acabaria assistindo àquilo. No mínimo ouviria a respeito, por Summer ou por outra pessoa. E talvez ela tivesse achado que a convenção não era o lugar certo para ter aquela conversa, talvez não pretendesse abrir o coração em um salão cheio de desconhecidos antes de falar diretamente com ele, mas não ia fugir da pergunta, seja lá qual fosse.

Marcus a amava. Ele *a amava*. E aquele homem já tinha amado muitas pessoas que o haviam decepcionado. Ignorado suas necessidades. Se recusado a reconhecê-lo publicamente.

April estava orgulhosa dele e por ele, e independentemente do que acontecesse entre os dois no futuro, Marcus precisava saber disso.

Depois de respirar fundo, ela se concentrou em ser a mulher adulta que era e respondeu à garota.

— Claro. Qual é a sua pergunta?

— No painel do elenco... — Leila gesticulou na direção da porta. — Sabe, aquele que aconteceu logo antes dessa mesa?

April assentiu.

A garota continuou.

— Enfim, naquele painel, Marcus Caster-Rupp disse que o namoro de vocês não era uma jogada de marketing.

— O nosso relacionamento não tem nada a ver com publicidade. — Suas palavras saíram em um tom firme. Definitivo. — Assim que nos conhecemos, a atração foi imediata e mútua.

E aquilo era verdade tanto para o primeiro encontro virtual deles quanto para o primeiro encontro ao vivo.

— Ah. Ótimo. — O breve sorriso de Leila foi lindo, largo o suficiente para erguer as bochechas dela de um jeito muito fofo. — Vocês dois ainda estão namorando? Porque... — O microfone captou a voz ligeiramente embargada. — Pra mim significa muito ver vocês dois j-juntos.

Quando April olhou nos olhos da garota, viu a dor e o anseio ali. Os mesmos sentimentos que haviam permanecido cravados fundo nela por décadas, que a levaram inexoravelmente para o fandom Lavineias.

Por favor, me diz que pessoas como a gente podem ser amadas.

Por favor, me diz que pessoas como a gente podem ser desejadas.

Por favor, me diz que pessoas como a gente podem ter finais felizes.

April mordeu o lábio. Abaixou a cabeça. Pensou no que deveria responder à garota. Droga, ela não havia planejado falar sobre nada daquilo, mas...

— Não quero que pareça uma atualização de status de relacionamento em rede social, mas é complicado. — O público riu, e April também deixou escapar uma risadinha rápida. — Mas quero deixar uma coisa bem clara: se realmente terminarmos, não vai ser porque o nosso relacionamento era falso, ou porque ele não gosta da minha aparência. O Marcus me quer exatamente como eu sou. Podem acreditar em mim... — ela dirigiu para a plateia um sorriso cheio de si, carregado de autoconfiança — ... *eu sei.*

Leila deu uma risadinha ao ouvir aquilo, e April riu com ela e tomou um muito merecido gole de água. Então, quando desviou o olhar do público, viu alguém parado na extremidade mais distante do palco, fora da vista dos outros, protegido por uma cortina.

Não era o organizador do evento. Nem um voluntário.

Marcus.

A respiração dele estava ofegante, como se ele tivesse atravessado o hotel correndo para chegar até ela. Marcus segurava o celular, e April de repente soube exatamente para quem Summer estava mandando mensagem pouco antes, e por quê.

Ele a encarava, o rosto tomado pela preocupação. Foi fácil para April ler o que ele disse apenas com o movimento dos lábios, e interpretar o gesto amplo na direção da plateia que não estava vendo. *Desculpa.*

Quando April sorriu, o olhar de Marcus se suavizou. Ainda estava preocupado, mas agora mais gentil, afetuoso.

— Leila, você não me perguntou isso, mas quero anunciar mais uma coisa — disse ela ao microfone, mas estava olhando para ele. Sempre, sempre para ele. — Se o Marcus e eu terminarmos, não vai ser por decisão minha, e nem porque não o amo.

Ele ficou bem paradinho, o rosto sério.

— Eu amo o Marcus. Lógico que amo. Como poderia *não* amar? — Na verdade, era impossível. Inevitável, desde aquela primeira mensagem no servidor Lavineias. — Ele é um homem muito talentoso. Incrivelmente bem informado, inteligente e muito curioso sobre tudo.

Marcus ficou agitado e fechou as mãos. Mas não desviou o olhar. Nem uma vez.

— O Marcus é muito mais do que o que ele mostra para o mundo, e tudo isso é muito mais impressionante do que a pessoa que vocês veem nas telas da TV e do cinema. — O que era um enorme eufemismo. April torcia para que ele compreendesse aquilo um dia. — Ele não é perfeito, assim como eu também não sou. Comete erros, óbvio. O Marcus não é um semideus de verdade.

Ele entreabriu os lábios, e seus olhos cintilavam, não apenas por causa das luzes fortes vindas do teto. O que era justo, porque April também se via subitamente à beira das lágrimas.

— Ele é só um homem. Um homem muito, muito bom, que merece todo o amor e toda a felicidade do mundo. — Ela inclinou o queixo na direção dele, em um gesto rápido de afirmação, antes de se voltar novamente para a plateia. — Também não é nem um pouco ruim ele ser o homem mais bonito que eu já conheci.

Então estavam todos rindo de novo, e o som familiar do riso de Marcus ressoou da lateral do palco. O que foi um alívio, porque April não queria que ele achasse que ela o estava descrevendo como *só* um rostinho bonito, por mais que aquele rosto fosse de uma beleza inegável.

— Tudo bem, agora vamos nos concentrar nas perguntas para Summer. — Ela procurou na plateia pelo voluntário responsável por escolher alguém. — Quem vai ser…

De repente, tiraram o microfone da sua mão.

— Com licença. Desculpa interromper. Só um comentário rápido antes de a gente continuar. — Marcus estava de pé ao lado dela, a mão pousada no alto das costas de April, o polegar acariciando sua nuca em um ponto que sempre a fazia estremecer de prazer. — Isso é, se a Summer não se importar.

A colega estava recostada na cadeira, as mãos entrelaçadas no colo, com um sorriso satisfeito no rosto delicado.

— Leve o tempo que precisar, Marcus. Não estou com pressa.

— Ótimo. — Ele se virou para a plateia. — Leila, também queria deixar uma coisa registrada. Só um adendo à resposta da April.

A garota voltou a ficar de pé.

— Ah, tá certo...

— A srta. Whittier pareceu em dúvida em relação a isso, portanto me deixe esclarecer. — A voz dele saiu firme e segura, e um sorriso marcou os cantos daqueles famosos olhos azul-acinzentados. — Não vamos terminar. Não se depender de mim.

Foi a vez de April se virar para encará-lo, chocada. Marcus abaixou o microfone e a encarou, a mão livre erguida, esperando que ela desse permissão.

April assentiu.

Ele levou a palma da mão com delicadeza ao rosto dela, e examinou sua expressão com cautela.

— Estou certo?

— Sim. — April mal reconheceu a própria voz de tão rouca de alívio e de amor.

— Muito bem, então. — Marcus abaixou a cabeça e deu um beijo leve nos lábios trêmulos dela. E outro. Então voltou a levantar o microfone. — É oficial. Ainda estamos namorando. Essa é a resposta para a sua pergunta, Leila.

April ficou grata por ter uma declaração tão transparente registrada.

Mas, para ser sincera, Leila teria chegado àquela conclusão de qualquer forma, assim como todos que vissem o vídeo ou lessem a transcrição da mesa mais tarde. Principalmente depois que April ficou de pé, puxou Marcus para perto e enfiou as mãos naquele cabelo tão macio dele para fazer com que abaixasse a cabeça.

O beijo foi longo. E apaixonado. E ardente. E envolveu mais língua do que seria apropriado para um evento divulgado como classificação livre.

E, para os fãs de *Deuses dos portões*, foi um beijo que gerou milhares de novas fics.

Classificação: Adulto

Fandoms: Deuses dos portões – E. Wade, Deuses dos Portões (TV)

Relacionamentos: Cupido/Psiquê, Cupido e Vênus, Psiquê e Vênus

Tags adicionais: <u>Universo Alternativo – Moderno</u>, <u>Celebridade!Cupido</u>, <u>Fã!Psiquê</u>, <u>Vocês sabem que isso tinha que acontecer</u>, <u>April Whittier está vivendo o sonho</u>, <u>A inversão de papéis prometida</u>

Palavras: 925 Capítulos: 1/1 Comentários: 22 Curtidas: 104 Favoritos: 7

Um beijo lendário
CupidoEmocionado

Resumo:

Psiquê ainda não acredita que Cupido vai priorizá-la, agora e sempre. Mas quando a mãe dele tenta atrapalhar o casal em uma convenção de fãs, ele mostra a Psiquê a verdadeira profundidade de sua devoção e de sua paixão. Em público e em particular.

Observações:

Se você não foi à Con dos Portões, deveria ter ido. O vídeo do YouTube não faz justiça ao beijo. Não MESMO. Todos saúdem April Whittier, a rainha por direito dos obcecados por *Portões*.

Como moderadora da sessão, Psiquê não deveria responder perguntas. A possibilidade de que isso acabasse acontecendo não havia lhe ocorrido. Quem iria querer falar com ela, uma geóloga tediosa, quando Cupido, o solteiro mais sexy do planeta, estava sentado a seu lado.

Ainda assim...

Quando ela levantou a cabeça, viu a próxima pessoa da plateia pronta para fazer uma pergunta, e, para seu terror absoluto, era Vênus. Linda, perfeita e vingativa — e mãe de Cupido, dona de um amor sufocante o suficiente para ter estimulado o filho a cometer os atos mais hediondos.

— Olha só pra você — desdenhou a deusa em carne e osso. — Nenhum filho meu desejaria uma mulher assim. Ele é um astro. Você não passa de uma fã. Esse suposto relacionamento é apenas uma jogada de marketing. Admita agora, Psiquê. Diante do mundo. Assim todos vão saber a mentirosa que você é.

Lágrimas fizeram os olhos de Psiquê arderem. Mas antes que pudessem escorrer, polegares quentes e gentis as secaram.

— Deixe que conheçam você como a mulher que você é — corrigiu ele, e o microfone projetou suas palavras para todo o salão, alto e claro. — Deixe que conheçam você como a mulher que eu amo.

Então, ele abraçou Psiquê, em um gesto protetor, sem dar atenção ao gritinho de consternação da mãe, depois lhe deu um beijo, e seguiu beijando até ela poder jurar que haviam crescido asas nas costas dele, levando ambos para os céus.

Naquela noite, pela primeira vez, ela o penetrou por trás.

Epílogo

— Não acredito que era Ian o tempo todo. — April franziu a testa para Marcus por cima da tela do notebook. — Ele estava compartilhando roteiros com a esposa, ou...?

Marcus se esticou no sofá da casa dela, as mãos atrás da cabeça, e se deleitou com o momento. April, sentada diante da mesa da cozinha, trabalhando animada em sua fic mais recente. Ele, que estava entre projetos de trabalho, feliz por ter tempo de sobra para ler e escrever as próprias histórias, para conversar com os amigos deles no Lavineias como ELENFI e, de um modo geral, para arrastar April para a cama sempre que possível.

Os dois estavam juntos havia quase dois anos agora. Noivos fazia quase um ano.

No mês anterior, Marcus tinha colocado sua casa em Los Angeles à venda, e começara a procurar uma para comprar em São Francisco, um imóvel de bom tamanho e a uma distância que permitisse a April se deslocar tranquilamente até o trabalho. O corretor de imóveis havia sido instruído a evitar qualquer residência perto demais dos pais dele, embora Marcus e April tivessem a gentileza de visitá-los esporadicamente, passando tardes desconfortáveis com eles.

Desconfortáveis, mas não mais tão dolorosas. Não depois da carta que Marcus havia mandado, e não depois de seus pais se verem como alvo do escrutínio frio de April, de olhos semicerrados, e da defesa determinada que ela fazia sempre que havia uma oportunidade.

Para ser sincero, Marcus tinha a sensação de que os dois morriam de medo de sua noiva. Um sentimento que, levando-se em consideração a opinião de April sobre eles, não era de todo indevido.

— Não. Não foi a esposa do Ian. — Ah, aquela era a melhor parte. Marcus mal podia esperar para ver a cara de April. — Ele estava compartilhando os roteiros com o fornecedor pessoal de atum dele, para ganhar desconto.

Ela fechou lentamente a tela do notebook, ainda encarando o noivo.

— Ele... — April tinha a cabeça inclinada, o cabelo cor de cobre caindo por cima do ombro. — Você está me dizendo que o Ian quebrou o contrato para conseguir comprar peixe mais barato? Eu entendi direito?

— Sim — respondeu ele, com a maior ênfase possível.

— Uau. Uaaaaau. — Ela deixou os óculos deslizarem pelo nariz e o encarou, atordoada. — A série terminou há meses. Por que isso só veio à tona agora?

— Ian está fazendo um personagem menos em forma na série nova, por isso parou de se exercitar tanto. Menos treino, menos necessidade de proteína. Menos necessidade de proteína...

— ... menos necessidade de atum. — April tamborilou com a haste dos óculos na mesa. — Hum... Ian foi delatado por um vendedor de atum recém-falido e vingativo. Tenho que admitir que jamais imaginaria isso.

Marcus sorriu.

— Acho que a Carah não parou de rir desde que descobrimos, hoje de manhã.

Cabeça de bagre filho da puta, tinha escrito ela no grupo do elenco. Literal e figurativamente. HahahahaHAHAHA.

Marcus e os colegas de *Portões* tinham continuado amigos, alguns mais próximos do que outros. Mas todos eles muito mais próximos de Marcus do que ele teria esperado dois anos antes, provavelmente porque agora realmente o *conheciam*. Não se passavam muitos dias sem que alguém postasse uma novidade, e eles conversavam sobre os novos filmes e séries em que estavam envolvidos, ou sobre a família de cada um, ou tentavam marcar um encontro.

Mas haviam tirado Ian do grupo naquela manhã, porque... *sério?* Um fornecedor de atum?

— Ah, e a Summer mandou um oi. — Ele coçou distraidamente os pelos do peito. — Ela quer jantar com você na próxima vez que formos para Los Angeles.

Desde aquela primeira convenção juntas, a antiga esposa na tela e a noiva na vida real de Marcus tinham se tornado boas amigas, em parte porque haviam tido muitas oportunidades de passar algum tempo na companhia uma da outra. Em premiações e em *cons*. Durante visitas a Los Angeles. E também por algumas poucas semanas na última primavera, quando Marcus e Summer tinham filmado juntos em São Francisco.

Para diversão de April e total perplexidade dos pais de Marcus, o primeiro projeto dele pós-*Portões* tinha envolvido interpretar um personagem muito familiar: Eneias. O Eneias da *Eneida* de Virgílio, especificamente, em vez da versão de Wade, ou — e ele teve que conter um calafrio — a versão de Ron e de R.J.

Pela primeira vez, Marcus tinha ajudado a produzir o próprio filme. Uma produção de duas horas para um serviço de streaming com um orçamento generoso, que estava disposto a investir em projetos um tanto excêntricos, desde que houvesse grandes estrelas envolvidas. Estrelas como, por exemplo, Marcus, Carah e Summer.

Os fãs de Marcus haviam permanecido fiéis, mesmo depois de ele ter deixado de lado sua persona pública, e isso permitiu que ele pudesse escolher outros papéis de qualidade. Mas ficar atrás das câmeras era uma forma de garantir que teria mais poder de decisão em relação ao roteiro, aos personagens que aceitava e aos astros que trabalhavam com ele. Também era um desafio e todo um conjunto de novas habilidades a dominar. E, para grande satisfação de Marcus, ele tinha conseguido coordenar a gravação de algumas cenas importantes em São Francisco, o mais próximo possível da mulher que amava.

Não que April não fosse capaz de ficar sem ele quando Marcus estava filmando em outro lugar. Mas ele tinha se sentido solitário por muitos anos antes de conhecê-la. Anos demais para aceitar tranquilamente passar meses longe dela, ainda mais se houvesse alternativas disponíveis.

Quando havia mencionado de forma hesitante a ideia de co-produzir e estrelar uma nova versão da *Eneida*, com Carah no papel de Dido e Summer interpretando Lavínia, April tivera uma crise de riso até literalmente desabar na cama deles e chorar de rir.

— Você... — Depois de secar as lágrimas, ela havia tentado falar mais uma vez. — Você tem noção de que isso é basicamente uma grande fic de resposta, para consertar *Deuses dos Portões*, certo?

Bem, ele não havia encarado a situação por aquele ângulo, mas...

— Mais ou menos? — Marcus tinha feito uma careta. — Talvez?

— Meu Deus, você é *fofo demais* — havia declarado April, então o puxara para a cama, por cima dela, e a conversa terminara abruptamente.

A lembrança daquela noite era mais do que agradável. Era uma baita *motivação*.

Aquilo fez com que Marcus ajeitasse ligeiramente o corpo no sofá, voltando-se mais na direção de April. Ela ainda o observava, ainda não havia voltado a se enfiar atrás da tela do notebook para continuar a digitar, por isso ele tirou plena vantagem da oportunidade.

Com uma das mãos atrás da cabeça, Marcus deixou a outra correr pelo meio do peito nu, parando logo acima do cós da calça jeans de cintura baixa.

April suspirou de forma audível, e ele abriu um sorriso lento e sexy para ela.

Então, ouviram o toque de um celular.

— O seu ou o meu? — perguntou ele.

Ela checou o celular do outro lado da mesa.

— O meu. É a minha mãe.

A ligação caiu no correio de voz, como costumava acontecer com as ligações da mãe dela.

Só agora, depois de dois anos, JoAnn era capaz de ter conversas de vez em quando sem qualquer referência a perda de peso ou exercícios. Assim que aqueles assuntos eram mencionados, April desligava imediatamente o celular, mas a mãe nunca parecia aprender.

Ainda assim, April continuava a lhe dar chance após chance de mudar.

— No fim, não tem a ver comigo — April tinha explicado a Marcus depois de outra conversa problemática entre as duas. — Tem a ver com os medos dela. Não sei nem se a minha mãe tem consciência de que faz isso.

Mas April nem sempre tinha energia ou disposição para descobrir se JoAnn conseguiria se manter dentro dos limites estabelecidos pelo tempo de uma ligação telefônica, e quando isso acontecia, ela deixava o celular tocar até parar.

Marcus queria que a noiva simplesmente bloqueasse JoAnn de uma vez, mas aquela não era uma decisão dele.

Pelo menos as duas não se encontravam mais pessoalmente. Não depois de um primeiro almoço desastroso, em que JoAnn passara o tempo todo indicando nervosamente para a filha opções de baixa caloria no cardápio.

Marcus tinha segurado a mão de April por baixo da mesa, e ela apertara a mão dele com força o suficiente para machucar.

Então, ela havia soltado a mão de Marcus e se levantado, colocado a bolsa no ombro e saído do restaurante sem dizer mais nem uma palavra.

JoAnn começou a chorar na mesa, bem pequena e curvada, e Marcus até quis ser capaz de sentir mais pena dela do que sentia. Mas ele havia testemunhado a fúria e a dor de April depois daquela desastrosa visita de aniversário, a vira nua, trêmula e atipicamente insegura, questionando se ele ainda iria desejá-la com todas as luzes acesas. Por isso, não.

Não, não iria ser mais complacente com JoAnn do que April havia sido com os pais dele.

— JoAnn — disse Marcus, antes de seguir April porta afora.

— Por favor, melhore. Se não fizer isso, vai acabar sem a sua filha, por mais que ela ame você.

Naquela noite, April tinha se aconchegado aos braços dele, embaixo de uma enorme montanha de cobertas, sentindo frio de um jeito que Marcus só a vira sentir uma vez antes.

— Não vou mais fazer isso — tinha sussurrado ela junto ao pescoço de Marcus, depois de algum tempo.

Marcus pousara o rosto no alto da cabeça dela.

— Você não precisa fazer.

Felizmente, apesar da interrupção do telefonema da mãe, April não parecia nada fria naquele momento. De forma alguma. O olhar dela passeava lentamente pelo corpo dele, largado de um jeito sexy no sofá, fazendo com que Marcus sentisse a pele quente e deixando uma trilha ardente que levava direto ao pênis rígido dele.

— Nossa, vovó… — A voz de April saiu em um ronronar baixo, enquanto ela afastava a cabeça, o olhar agora fixo no volume do jeans dele. — Que grande isso que você tem aí…

Um celular tocou. De novo.

Marcus fechou os olhos e esfregou a testa.

— O seu ou o meu?

— O seu. Deixa eu ver quem é. — Houve um momento de silêncio. — Merda. Marcus, acho… — Passos, e aí o celular aterrissou em cima do abdômen dele. — Acho melhor você ver essa mensagem.

Ele abriu os olhos com relutância e checou a tela, enquanto acariciava os quadris de April com a outra mão, torcendo para que a disposição dela não esfriasse por causa daquela pausa. Tirando a fantasia de Perfurador Ingênuo e Geóloga Lasciva, Chapeuzinho Vermelho era o joguinho sexual preferido dele.

Mas depois que viu quem havia mandado a mensagem, Marcus se sentou tão rápido no sofá que April até tomou um susto.

— E. Wade me mandou uma mensagem. — Ele ficou encarando a tela, chocado. — Por que E. Wade escreveu para mim?

April revirou os olhos.

— Só existe um jeito de descobrir, Caster-Hífen-Rupp.

Marcus ativou a função de leitura em voz alta do celular, pousou o aparelho na mesa de centro e aumentou o volume do alto-falante.

Olá, Marcus, tinha escrito o autor. *Por favor, perdoe a invasão, mas soube que a sua adaptação da* Eneida *de Virgílio está prestes a ser lançada, e gostaria de parabenizá-lo. A sua interpretação de Eneias foi um dos poucos pontos memoráveis daquela maldita série, e estou ansioso para ver o que você é capaz de fazer com o personagem tendo acesso a um roteiro minimamente competente.*

April estava sorrindo para ele, o orgulho brilhando nos olhos castanhos suaves. Marcus pegou a mão dela e puxou-a para o colo. Ela se aconchegou e ficou ouvindo o restante da mensagem ali, sua maciez contra os músculos rígidos dele, coração junto a coração.

Se algum dia você resolver escrever roteiros próprios, fica aqui um conselho: como nós dois sabemos — e muito bem —, alguns roteiristas acreditam que a morte, a infelicidade e a estagnação são soluções mais inteligentes, mais importantes e mais fiéis à realidade do que o amor, a alegria e a mudança. Mas a vida não é só tristeza, e encontrar um caminho para a felicidade quando se tem uma vida muito, muito difícil é algo inteligente, importante e que requer que sejamos firmes. Atenciosamente, E. Wade.

Marcus abriu a boca, mas não teve tempo de dizer nada antes que a mensagem continuasse.

P.S.: Gosto das suas fics, mas elas precisam de mais sexo. Só pra você saber.

P.P.S.: Se quiser dicas em relação a essas cenas, tanto a sua noiva quanto Alex Woodroe têm bastante talento para elas.

O olhar espantado de Marcus encontrou os olhos arregalados de April.

— E. Wade sabe que eu escrevo fanfics de *Portões*.

— E. Wade acha que eu tenho talento para sexo explícito — disse April. — Por favor, coloque isso na minha lápide.

Ah. Um lembrete oportuno do joguinho que a mensagem de Wade quase tirara da agenda.

Marcus abaixou a cabeça e deixou a boca subir pela lateral do pescoço dela.

— Você *tem* talento para sexo explícito. Posso atestar isso.

April riu. Então, quando ele mordiscou o lóbulo da sua orelha e lambeu o lugar da mordida, ela estremeceu.

Marcus fez com que April se deitasse no sofá, tirou a calça macia que ela usava, depois a calcinha, e abriu suas coxas pálidas e grossas. Ele acariciou aquelas coxas e deixou as mãos subirem lentamente, observando cada centímetro de pele por onde seus dedos passavam.

A voz de April saiu abafada.

— Nossa, vovó, que... — Ela arquejou quando ele se ajoelhou mais perto, o olhar ardente fixo nos dedos que brincavam entre as suas pernas. — ... Olhos grandes você tem.

O olhar de Marcus encontrou o de April. Daquela vez, como sempre fazia, ele deu à frase toda a ênfase que ela merecia, cada palavra dita com intensidade.

— É pra te ver melhor, minha querida.

O sorriso que ela deu em resposta foi suave, assim como o arquejo que deixou escapar quando os dentes de Marcus afundaram na carne macia e deliciosa da parte interna da sua coxa. Assim como o modo tentador com que abriu o corpo. E como o olhar que pousava nele sob a luz do amanhecer no quarto dela toda manhã.

E como o coração de April. E o de Marcus.

Juntos, eles estavam construindo um caminho feliz em vidas que às vezes eram difíceis. Mas ambos eram inteligentes, ambos firmes apesar de toda a suavidade, ambos dispostos a se dedicar. Um ao outro e à própria felicidade.

E, para Marcus, era aquilo que importava. E era o suficiente para durar toda uma vida.

— Nossa, vovó… — April agarrou o cabelo dele, incentivando a boca de Marcus a ir para onde ela precisava que estivesse, confiante, brincalhona e linda. Exatamente como ele a queria, naquele momento e para sempre. — Que dentes grandes você tem.

A parte favorita dele havia chegado, e não era sem tempo.

— É pra te comer melhor, minha querida.

Então, ele se abaixou e começou seu trabalho, determinado como nunca a dar à Chapeuzinho Vermelho — April, Tila, a noiva dele, a mulher que sempre, sempre iria amar — seu final feliz.

Como os finais felizes das fics que os dois escreviam.

Como o final feliz que ela havia possibilitado a ele.

Agradecimentos

Para mim, a existência deste livro já é seu final feliz por si só, algo alegre, conquistado a duras penas e por meio de muito amor. Do meu amor pela história, é claro, mas também do amor dos meus amigos e da minha família, e do amor da minha agente e da minha editora pelos livros e autores delas. Gostaria de agradecer a todos que me apoiaram na criação deste romance, mas isso dobraria o número de página da publicação, por isso vou me concentrar em algumas pessoas-chave:

Sarah Younger, minha agente, que batalhou tanto por mim e pelo meu trabalho. Sempre absurdamente profissional, ela também tomou para si o compromisso pessoal de publicar minhas histórias, e sou grata demais por isso. Seu apoio e sua ambição em meu benefício, seu esforço e sua gentileza significam tudo para mim.

Elle Keck, minha fantástica editora, que acreditou em mim e neste livro, e me estimulou a continuar a poli-lo até ele brilhar. Agradeço pela orientação tão hábil, bem-humorada e paciente nesse processo, e também por me querer como sua autora. Sou mais grata do que seria capaz de expressar.

Também tenho uma enorme dívida de gratidão com todos os funcionários da Avon que trabalharam neste livro, especialmente Kayleigh Webb, Angela Craft, Laura Cherkas, e Rachel Weinick. E fico muito grata pela Avon ter contratado minha ilustradora favorita, Leni Kauffman, para fazer esta capa linda! Leni: o desenho me fez chorar (assim como a muitas outras pessoas), porque nos vimos de um modo que raramente acontece. Não sei como te agradecer.

Margrethe Martin passou horas intermináveis conversando sobre geologia comigo via FaceTime — a ponto de a bateria do meu celular acabar algumas vezes durante essas ligações —, e depois leu meu rascunho para se certificar de que eu tinha entendido tudo certo. Eu não tinha, mas ela me ajudou a consertar. Foi muito generoso e gentil da parte dela, coisa de amiga de verdade. Obrigada. E agradeço por você me levar tanto à Shake House, o simulador de terremoto da trama, quanto ao depósito de pedras, apesar de suas dúvidas sobre minha sanidade. Fiquei muito empolgada por conseguir incluir os dois lugares na história!

Emma Barry leu esta história e a aperfeiçoou muitíssimo, como sempre faz, e agradeço muito por isso. Mas sou ainda mais grata por ela ser quem é: por sua gentileza, sua atenção, sua risada contagiante e por acreditar mais em mim do que eu mesma jamais acreditei. A perspectiva de Lucy Parker sobre o livro também foi importante demais para mim, assim como sua amizade.

Para todos os meus outros amigos da Romancelandia no Twitter, que sempre me apoiam e que me ajudaram a avançar nas minhas revisões enquanto o mundo se acabava: obrigada. *Obrigada.* Um agradecimento especial às minhas queridas amigas Therese Beharrie, Mia Sosa, Kate Clayborn, e Ainslie Paton.

Meu marido me ama como eu sou, incondicionalmente. Com o apoio dele, tudo é possível. Qualquer coisa. Minha filha é o sol da minha vida, tão deslumbrante e cálida que tenho que piscar às vezes. Toda vez que a vejo no meu céu pessoal, meu dia fica mais brilhante. Minha mãe passou por um dos desafios mais difíceis da sua vida recentemente, mas continua seguindo adiante, continua determinada e continua a se dedicar às pessoas que ama. Obrigada por serem minha família, todos vocês, e obrigada por me amarem.

E, por fim, a todos os escritores de fanfic por aí: eu amo *vocês.* Por mais de um ano, minha ansiedade fez com que eu não desse conta de ler livros publicados, mas ainda conseguia me perder no trabalho de vocês. Histórias hilárias, histórias que eram como um soco no estômago, tamanha a sofrência, histórias de uma criatividade sem limites e de um talento tão grande que me deixavam maravilhada — vocês oferecem tudo isso ao mundo de graça, e salvaram minha sanidade (ou pelo menos o que restava dela). Um agradecimento especial ao fandom Braime, onde me escondi durante aquele ano. Vocês, hum, talvez vejam alguns sinais disso ao longo deste livro? Fica a dica. :-)

1ª edição	MARÇO DE 2024
impressão	CROMOSETE
papel de miolo	LUX CREAM 60 G/M²
papel de capa	CARTÃO SUPREMO ALTA ALVURA 250 G/M²
tipografia	ADOBE CASLON PRO